U0575111

新诗十讲

点得着灵魂的烛光

孙玉石——著

山东人民出版社

目录

代　序

谈谈新诗作品的阅读与接受

中国新诗，摆脱旧体诗而独立萌生发展，自20世纪的1917年以来，到21世纪的头一个十年，已经走过了九十多年的历程。从胡适、刘半农、郭沫若等或写实或浪漫或明白易懂的白话诗，经过李金发、戴望舒、卞之琳、何其芳、林庚、废名、穆旦等人的象征派、现代派、意象派诗，到20世纪80年代后产生的朦胧诗、后朦胧诗，以及现今各种各样表现方法复杂多变的现代诗，新诗发展的一个重要艺术趋势，是作者的传达方式越来越追求复杂和多元，对于诗歌的阅读与接受，也越来越多了一些隔膜和障碍。也就是说，就这一类表现方法复杂的新诗而言，诗的创造者与接受者之间，出现了比较大的理解上的鸿沟。

为此，作为研究者和批评者，就有必要从理论上进行一种努力和建设，即在宏观地和历史地研究新诗现状和发展的同时，如何注意复杂文本的微观研究，也就是多进行一些美丽而复杂文本的细读、解析的工作，从基础上激发起读者走近和阅读新诗的兴趣，提高他们对于新诗阅读与接受的素养和能力，使得更多读者能够从新诗阅读中，获得一种美感的熏陶和精神的愉悦。多年以来，我自己本身也带领学生，通过课堂教学、理论著述、作品读解，进行所谓重建现代"解诗学"的工作，就是这种努力的一种实践。

作为一个读者、接受者，也有必要进行自己接受心态的调整与文化素质的提升。中学语文教师，既是普通读者，也是施教育人的教育者。我以为，要解决这样一个普遍存在的新诗"阅读和接受"的问题，作为一位中学的语文教师，主要应该注意以下三个方面。

第一，对于新诗创造出的朦胧性与神秘美，要有一种积极的接受心态。

新诗自从诞生的时候起，就存在不同形态的艺术探求和美学差异。伴随这种现象而来的，对于诗的朦胧性和神秘美的讨论，也一直存在反对还是赞成的分歧。如胡适的《蝴蝶》《老鸦》，郭沫若的《立在地球边上放号》《天上的街市》，周作人的《小河》，大多都明白清楚，很好懂，创造者的追求与读者的接受之间，几乎没有多少距离。而另外一类，当时也出现了一些比较含蓄的作品，如沈尹默的《月夜》："霜风呼呼地吹着，月光明明地照着，我和一棵顶高的树并排立着，却没有靠着。"短短四行，只给你一幅自然景物和氛围的图景，诗里传达的意思，却比较隐秘，不易为人弄清楚。朱自清1935年编的《中国新文学大系》里，就没有选这首诗，他认为，这首诗作者表现得"不充分"。其实它所采用的，是一种传统诗里有的，也是新的艺术表现方法：在略带象征性的自然景物与氛围的描写渲染中，暗示或烘托出自己所赞扬的一种"五四"时期的"人格独立"的思想。它具备一种朦胧性和神秘美的特征。

胡适当时提倡白话诗，不赞成"抽象的写法"，提出要用"具体的写法"，创造出一种"逼人的影像"。这主张本来是对的，但他在这里接受了20世纪20年代美国意象派诗的现代影响，却丢掉了意象派主张的意象呈现而避免直白的追求诗歌现代性的灵魂。他提出，新诗写得越明白清楚，越有力。在他看来，明白，清楚，加上有力，就是美。因此，他肯定古代元稹、白居易的诗歌写实传统，而否定李商隐、温庭筠代表的晚唐诗含蓄蕴藉的传统。他认为唐末"有李商隐一派的妖孽诗出现"，李商隐的《锦瑟》，"这首诗一千年来也不知经过多少人的猜想了，但是至今还没有猜出他究竟说的是什么鬼话"。甚至对于杜甫《秋兴八首》这一寄托很深的抒情杰作，胡适也否定说，虽然它能"传诵后世，其实也都是一些难懂的诗迹。这种诗全无文学的价值，只是一些失败的诗顽艺儿而已"。(《五十年来之中国文学》《国语文学史》)对于这种狭隘偏颇的美学观念，梁启超1922年在清华学校关于古典诗歌研究的长篇讲演稿（后来发表于《改造》杂志，题目是"中国韵文里头所表现的情感"）里，第一次尝试用西方文学研究的方法，用写实主义、浪漫主义、象征主义这三种观念，去梳理中国古典诗歌，肯定了自《楚辞》开始，至李商隐诗这一脉系的象征诗的艺术价值和神秘美的意义。在这篇文章里，梁启超表达了不同于胡适的意见。

　　此后，这种意见越来越多了。1926年，周作人反对新诗过于透明，像玻璃球一样，缺少余香和回味，提出了如何将西方诗的"象征"与中国传统诗的"兴"融合起来，寻找新诗发展道路的构想。20世纪30年代初，戴望舒提出这样的美学诉求：诗"不单是真实，亦不单是想象"，诗的传达应当是"像梦一般地朦胧的""泄漏隐秘的灵魂"的"吞吞吐吐的东西"，它的动机是在于

"表现自己与隐藏自己之间"。一直到20世纪30年代后期的1937年，胡适、梁实秋在《独立评论》上，还串演了一场"双簧戏"，反对"看不懂的文艺"，周作人、沈从文立即站出来发表文章反对，赞成李金发、戴望舒、卞之琳、何其芳等对朦胧性的现代诗的探索。他们作为"看不懂的文艺"的辩护者，认为这些作者的作品具有一种含蓄蕴藉的抒情特性，他们不是没有能力表达自己，而是拥有了艺术地表达自己个性的能力。因为作品艺术追求与传达方式不同，我们就不能用同样的尺度，同样的眼光，去看待这些不同层次的作品了。

回顾已经过去的历史，可以帮助我们更好地面对值得回味的历史重现。从20世纪20年代到40年代，关于"朦胧"以及"看不懂文艺"的争论，到80年代以来关于朦胧诗的争论，都告诉我们这样一个事实：面对文学艺术乃至诗歌的出现，我们作为阅读者和接受者，应该调整和转变已经习惯于阅读"明白清楚"的文学作品的心态，对于那些更复杂更含蓄更富蕴藉的作品，由兴趣的单一而走向多元，感觉上由远离陌生而接近熟悉，审美上由不懂、拒绝而走向认知、接受，使自己从情趣与习惯上"不拒绝陌生"，经过不断地熏陶和养成，提升对于这类有深度"余香和回味"美的作品接受理解的审美能力。

第二，如何进入和解读那些具有朦胧性和神秘美的新诗作品。

从象征主义诗学方面，如何把握和养成自己进入这类含蓄蕴藉、表现复杂的诗歌作品的观念与方法？最重要的，是要注意把握具有复杂性神秘美的文学作品，从多个方面认识和理解这些诗特殊的传达方法，与我们习惯接受的传统传达方法不同的特点。

（1）注意诗的意象的象征性。自19世纪中叶以来，从法国的象征派诗创始者波德莱尔开始，对于以前写实主义、浪漫主义诗歌直抒胸臆的传达感情的方法进行反叛，提出诗人个人思想感情与"客观对应物"之间"契合"的现代性象征诗学理论，自此产生了通过象征的物象暗示传达感情的诗歌艺术。后来，20世纪初年美国、英国的意象派诗、T.S.艾略特《荒原》所代表的现代派，虽然在意象的理论、玄学与象征结合的智性诗理论方面有不少新的发展，但以物的意象象征诗人要传达的感情，还是诗歌现代性追求的一个基本特征。所以在20世纪30年代关于新诗"晦涩"的争论里，批评家李健吾在为那些崛起的新诗人辩护时，非常简化地说明诗里面传达感情方式的三种形态：写实主义是描写出来的，浪漫主义是呼喊出来的，而象征主义是烘托出来的。烘托，就是诗人不把自己的感情直接告诉你，而是创造出一种与感情相契合的诗化了的物象，即意象，从而把自己的感情、智性，一点儿一点儿暗示象征给你。我们读一首诗，首先要通过直觉感悟、理性思索、反复琢磨，弄清楚这首诗里的意象、蕴蓄和烘托的内涵究竟是什么。

如戴望舒1937年3月写的一首小诗《我思想》：

我思想，故我是蝴蝶……
万年后小花的轻呼，
透过无梦无醒的云雾，
来震撼我斑斓的彩翼。

作者以短诗前三个字作为诗的题目，实际是一首传统的"无题诗"。它本身就需要隐藏模糊抒发的感情，诗要传达的是什么意思作者隐藏起来了，没有告诉你。他用蝴蝶、小花、云雾这三个互相关联的意象，构成了一种传达感情的象征世界，把自己想传达的意思、思想，通过这个象征世界，烘托和暗示给你。我们反复阅读后，可以发现，蝴蝶意象，暗示一种美丽，是被吸引者；小花意象，暗示一种美的吸引源，一种对于蝴蝶的理解的化身；无梦无醒的云雾，暗示一种死亡的懵懂混沌境界。弄明白这些含义或关系之后，再进入对诗的理解，就会大体弄清楚诗人想告诉你的意思可能是多层的。一层是，对于被当时诗歌界所尖锐批评的自己所追求的新诗创造艺术美理念的坚信："我"创造（思想）着，故"我"是美丽的（蝴蝶）；即使"我"被别人所彻底否定了，即使"我"死去了，即使是在一万年之后，一旦有理解者（小花）轻轻地呼唤（对于美的理解和认知），"我"就会透过"无梦无醒"的死亡境界，重新复苏、呼吸，重新展示"我"的美丽（"来震撼我斑斓的彩翼"），重新振翅飞翔。这是一种理解，象征诗有多义性、模糊性，也可以有另外的理解：在当时日本侵略战争迫近的时代背景下，这是作者对于自己生命意义的一种思考，或是以庄周梦蝴蝶、蝴蝶梦庄周的生命虚无的想象，抒发一种负面的思想慨叹。无论如何理解，诗人在短诗里想告诉你的，是一种抽象的思想，但通过与蝴蝶的因果关系的分析，你所获得的是一个读者通过自己的想象，进行艺术再创造的一种美的获得和享受。如果你拒绝接近它，理解它，就失去了一个接受美和享受美的机会。

在诗的接受中，意象复杂、蕴含多元的作品，引起了批评家与研究者之间因多义理解而发生分歧的现象。卞之琳的《断章》：

你站在桥上看风景，看风景人在楼上看你。

明月装饰了你的窗子，你装饰了别人的梦。

批评家李健吾读这首诗，着重从"装饰"二字解释这首诗表现了人生的悲哀。作者回应说，自己的诗原来要表现的，是人生哲学体悟中所感到的"相对"观念。李健吾又出来辩解，进一步阐述了对这类象征诗的接受与理解的多种可能性。他认为"诗人挡不住读者"，与其说他的理解与作者的解释是相悖谬的，不如说是相反相成的。

（2）注意这些诗的语言、意象的特殊内涵，以及它们各自之间存在的特殊联系。

何其芳在 20 世纪 30 年代说过，这些诗的不好懂，是因为作者创作完作品之后，把语言与语言、意象与意象之间的桥"拆掉了"，读者要追踪作者的想象，自己把桥搭起来。这些诗，在语言、意象的内在联系上，留下了很多空白，让读者靠自己的想象去补充、连接。20 世纪 30 年代，苏雪林在一篇评论李金发象征派诗的文章里，揭示了李金发那些难懂的诗的特点："观念联络的奇特"，语言意象上"省略法"的运用，是"象征派诗的秘密"。1935 年朱自清在《中国新文学大系》导言里也说："他要表现的不是意思而是感觉或情感：仿佛大大小小红红绿绿的一串珠子，他却藏起那串儿，你得自己穿着瞧。"

为此，这类作品往往使用省略、跳跃、模糊意图等方法，通过对新奇的意象语言的捕捉，对新的哲理思绪的发现，以及内在抒情逻辑的巧妙搭配，创造诗所传达的别开生面和朦胧蕴藉。李商隐的《锦瑟》：

锦瑟无端五十弦，一弦一柱思华年。

庄生晓梦迷蝴蝶，望帝春心托杜鹃。

沧海月明珠有泪，蓝田日暖玉生烟。

此事可待成追忆？只是当时已惘然！

因为这些意象典故朦胧地搭配在一起，构成一种情绪的谜，至今解说甚多，却没有定论，而它的美，却为多少人所倾心喜爱。《月》：

过水穿楼触处明，藏人带树远含清。

初生欲缺虚惆怅，未必圆时即有情。

在超越的想象中，写出了月的动态美，并在月圆月缺的慨叹里，隐藏了人生的哲理。这与李白、杜甫笔下一些写月的诗，如"床前明月光，疑是地上霜。举头望明月，低头思故乡"（《静夜思》），如"今夜鄜州月，闺中只独看。遥怜小儿女，未解忆长安。香雾云鬟湿，清辉玉臂寒。何时倚虚幌，双照泪痕干"（《月夜》），书写同样的意象，而李商隐诗意象的隐匿度，则注重哲理的蕴含，有新的突破。李金发的《题自写像》：

即月眠江底，

还能与紫色之林微笑。

耶稣教徒之灵，

吁，太多情了。

感谢这手与足，

虽然尚少，

但既觉够了。

昔日武士被着甲，

力能缚虎！

我么？害点羞

热如皎日，

灰白如新月在云里。

我有草履，仅能走世界之一角，

生羽吗？太多事了呵！

　　苏雪林讲李金发诗里的"省略法"，举的就是这个典型的例子。诗里面有意省去了很多连接性字词，造成跳跃、空缺、模糊，读起来有不连贯感。如果把它省略的词句，都一一填补上，意思倒明白了，但也就失去了象征诗追求朦胧惝恍的神秘美的特点了。又如，林庚最早写的一首短诗《夜》：

夜走进孤寂之乡

遂有泪像酒

原始人熊熊的火光

在森林中燃烧起来

此时耳语吧？

墙外急碎的马蹄声

远去了

是一匹快马

我为祝福而歌。

初读起来，会有一种模糊的神秘感，实际是诗人通过夜的孤寂，写自己和一代知识分子的时代寂寞感，他把自我隐藏起来，运用很多非现实的想象或带有寓言式隐喻的意象，如原始人的热烈亲密（熊熊火光、耳语），逃离寂寞的象征意象（远去的马蹄声等），最后写"我为祝福而歌"，是歌唱有人逃离了寂寞，实际暗示的是自己怎样渴望逃离寂寞的强烈心境。卞之琳表达自己爱情心迹的《无题一》：

　　　　三日前山中的一道小水，
　　　　掠过你一丝笑影而去的，
　　　　今朝你重见了，揉揉眼睛看
　　　　屋前屋后好一片春潮。

　　　　百转千回都不跟你讲，
　　　　水有愁，水自哀，水愿意载你。
　　　　你的船呢？船呢？下楼去！
　　　　南村外一夜里开齐了杏花。

这里运用了"小水""春潮""杏花"等意象，象征地隐藏了自己的感情；写了两个人的对话，但去掉了连接词语，配上结尾的一夜开齐杏花的象征物象，表达了自己爱的情感。再举一个例子，2008 年我读到台湾老诗人张默的一首短诗《蜻蜓私语》，很喜欢：

　　　　谁不能承受空气之重温

故而每天，飘飘然的
在野草杂树的方寸之间乱窜
偶尔也依附在一朵
不知名的小花的肩膀上
东张西望

眼前是一片茂茂密密的田野
究竟如何才能吻遍
那一片片一波波金黄的稻穗
任自己小小的胃囊，填得满满的
那是黄昏以后的事

生命的意义
在你透明的腑脏
像是不断的捕捉与飞跃
但，怎样才能走出自我的视域
除了承受
风雨之苦，雷霆之怒外
你还盘算些什么
环顾烟尘滚滚的四周
可还有你，落单的，兄弟

　　我在一篇短文中谈到，读这首诗后自己这样理解：诗人是
写自然的小景物，抒写人生的某种慨叹，也是在以诗论诗、以诗
论己，传达自己思考并坚守的诗观。仅从后一角度来看，在这

首诗里，诗人是借对"蜻蜓"意象被注入的内涵的独到发现，言说他自己诗歌创造的价值和意义，言说自己一生的艺术追寻与坚守。它以深潜的隐喻方式，告诉人们这样一个艺术创造的真理：自由而辛苦飞翔的蜻蜓，在"金黄的稻穗"中饱吸"营养"的蜻蜓，"你透明的腑脏"所显示的"生命的意义"，乃在于用自己生命"不断的扑捉与飞跃"，而且要永无休止地思考着"怎样才能走出自我的视域"，创造新的大地，即使为此将承受更多的"风雨之苦，雷霆之怒"以及"孤独寂寞"的代价，也是在所不惜而又非常值得。诗人张默自己曾说过："本来新的艺术领域，就是由不断的探讨，不断的观摩与不断的发掘中得来。"这只小小蜻蜓的"私语"，隐喻中透露的信息，与诗人用逻辑语言表述的艺术观念，应该是可以做对照观之的。

（3）注意一些象征派和现代派诗，往往借助神话传说、荒诞情境、虚幻想象，构成抒情主体，在这些意象组合的背后，曲折隐秘地传达自己的诗旨。

大家熟悉的何其芳的《预言》，就用了瓦雷里《水仙辞》中写过的西方神话故事，构成寓言性质的情节过程和抒情结构，传达了自己感受的爱情由追寻中接近到无语中远去的心理与感情。要真正了解这首诗灵感的来源，传达的情绪与深度的内涵，就要读此前发表的梁宗岱翻译的瓦雷里长诗《水仙辞》。而何其芳的另一首《古代人底感情》：

深巷柝声远了
一阵铁轨底震动
夜车在开行

此处惆怅的一挥手

始有彼处亲切的笑脸

旅行人梦中走了千里路

倦眼里没有惊奇

唉我何以有了不眠的

类似别离底渴望底凄惶

仿佛跋涉在荒野

循磷火指引前进

最终是一个古代的墓圹

我折身归来

心里充满生的搏动

但走入我底屋子

四壁剥落

床上躺着我自己的尸首

七尺木棺是我的新居

再不说寂寞和黑暗了

坟头草年年地绿

坟侧的树又可作他人的棺材

深巷柝声远了

一阵铁轨底震动

夜车在开行

这首诗，则属于想象的梦中世界，意象的展开非常荒诞离奇，但它的荒诞背后，却包含着非常痛苦冷峻的现实批判性思考。"此地一为别，孤蓬万里征"，这个意象启发诗人独特的现代性想象。死寂般的城市之深夜，夜行铁轨的震动，激发了诗人关于人生离别相见的想象。自己于梦中感到"别离底渴望底凄惶"，如踏遍旷野，寻到的却是象征死亡的"墓圹"，而心里充满"生的搏动"，返回家中的时候，又发现屋中死亡的正是自己。它告诉人们，这种无法排遣的现代人的寂寞与痛苦，乃是自古以来人们所无法摆脱的精神煎熬。诗的思绪是李白"自古圣贤皆寂寞"的现代版书写，但它的方法却是以超现实的怪异奇幻想象来完成的。我们以更复杂的美学眼光，走进诗人构想的荒诞性虚幻的想象世界，才能理解这样一些更富现代性，甚至很多是超现实的新诗。

（4）注意诗人和诗作具有的特殊深玄的文化背景。

T. S. 艾略特所代表的西方现代派诗崛起之后，非常强调诗的象征性对于法国17世纪玄学诗这一传统艺术的吸收。受其影响，中国20世纪30年代现代派诗"主智"成分越来越强，有"智慧诗"的理论倡导和实践。到了40年代，袁可嘉进一步提出探索确立"现实、玄学、象征"综合的诗歌新传统："现实表现于对当前世界人生的紧密把握，象征表现于暗示、含蓄，玄学则表现于敏感、多思、感情、意志的强烈结合及机智的不时流露。"这种玄学与诗结合的突出代表，是废名。废名研究佛学，精于禅理。他曾参禅入佛，著有佛教专著《阿赖耶识论》，与佛教禅学有很深的关系。他的一些诗，就带有很深的佛教玄学文化背景，又以象征性与暗示性很强的方法表现出来，这样就增加了进入这些诗的难度。朱光潜说："废名先生的诗不容易懂，但是懂得之后，你也许要惊叹它真好。有些诗可以从文字本身去了解，有些诗非先了解作者不可。废名先生富敏感而好苦思，有禅家与道人的风味。他的诗有一个深玄的背景，必须了解这背景，不了解这些背景，理解起来就会很隔膜。"如《海》：

> 我立在池岸
>
> 望那一朵好花
>
> 亭亭玉立
>
> 出水妙善，——
>
> "我将永不爱海了！"
>
> 荷花微笑道：
>
> "善男子，
>
> 花将长在你的海里。"

　　此诗 1934 年 1 月在《文学季刊》发表后，刘半农在日记里就说，那里发表的"短诗数首，无一首可解"。废名说这是自己最喜欢的一首诗，"我喜欢它有担当精神，我喜欢它超脱美丽"。20 世纪 90 年代出版的一部《中国新诗鉴赏大辞典》中，欣赏者认为，这里写"花将长在你的海里"，以独有的大胆想象，把大海与荷花融为一体，"表现出人与自然间的和谐美。它寄托了诗人对于人的精神力量的追求，诗人认为，大海是担当精神的象征，表现对现实的无所畏惧和宽容，赢得这种思想境界，自我与自然才能和谐地共存。20 世纪 30 年代初期，白色恐怖斗争残酷，诗人借物抒情，以大海的担当精神激励自我"。离开具体的"深玄背景"，过分从现实层面去理解"担当精神"，使得这种阐释很牵强，显得滞重拘泥，失去了灵性。更甚者，说这诗是嘲讽那个"善男子"情感不专一，移情别恋的象征。我自己以为，"海"和"花"这两个意象，都是佛的一种精神境界的象征。曾经爱过海的人，因见荷花的美丽高洁，"亭亭玉立，出水妙善"，感叹说："我将永不爱海了！"荷花微笑告诉那个男子："花将长在你的海里！"也就是说，当你彻悟了人生，你的世界本身就是一片海，那里有烦恼、痛苦，也有美丽的花存在；彻悟人生的大海之后，荷花一样的美丽就会永远与你相伴了！这是一种佛，一种道，一种禅语一样的悟。从特有的文化背景进入，你就可以更好地把握这一类诗的意义了。废名的另一首《十二月十九夜》，也体现了这种禅学的特色：

深夜一只灯，
若高山流水，
有身外之海。
星之空是鸟林，
是花，是鱼，
是天上的梦，
海是夜的镜子。
思想是一个美人，
是家，
是日，
是月，
是灯，
是炉火，

炉火是墙上的树影，

是冬夜的声音。

　　有鉴赏者说诗人冬夜默坐，面对孤灯，"眼前仿佛出现了耸立的高山，潺潺的流水，而寂静的黑夜又宛如大海一样包围着他"。之后都是实有想象的景物，以一连串的意象字句抒写了"对冬夜的感受"，表现的是"诗人冲破冬夜的寂寞的主观感受"。非常现代性的诗境，被引进了一种死板的理解。这首无题诗，受到很深的佛教禅学影响，有很多古代诗歌典故的化用。"灯"是实有的意象，也是佛教的意象。"高山流水"也非实写，而是暗用了"高山流水觅知音"的典故：俞伯牙、钟子期弹琴遇知音的历史典故，这些都被解诗者忽略了。实际本诗是说，深夜面对"一只灯"时，于孤独寂寞中得到如"高山流水"般的知音感，于是在禅意的世界里，就获得了极大的自由，如进入了"身外之海"，这并非实有的海，而是佛教的"海"，在这里，一切看上去都是一个自由想象的美丽世界。后面一系列美丽意象，都是由此而获得的自由愉悦。其实诗人暗示的是：一旦彻悟人生之后，就会获得更大的精神自由。我们读这样的诗，只有进入作者诗的意象里所着意渲染的文化背景，才能超越世俗实有的观念制约，真正了解诗里面的主要意象和一连串的意象组合所隐约传达的更深层次的象征内涵。

　　第三，如何训练培养自己的解诗能力，提升自己进入复杂文本的审美素养，减少隔膜和误读。

　　误读往往来自对于现代诗传达方式的陌生。对复杂的美在一段时间里可能感觉陌生，但接触多了，增强了理解复杂美的东西的敏感性，陌生也就会变得熟悉。20世纪80年代初，朦胧诗被认为看不懂，顾城的诗当时被许多人批评为不知所云的四行小诗：

> 你一会儿看我
> 一会儿看云
> 你看我时很远
> 你看云时很近

现在人们都可以理解了，他喊出的，是那个时代里一个年轻人对于自己这一代人的存在，被前辈人漠视的"代沟"，所发出来的倔强否定的反叛呼声。郑敏20世纪40年代写的《金黄的稻束》，过去人们也认为不好懂，但今天看起来，已经很容易接近和接受了。这首诗前些年还进入了高考的试题。郑敏1986年写的《心象组诗》之三《渴望：一只雄狮》，我们在理解和接受时所遇到的障碍就要大得多了。这首诗是这样的：

> 在我的身体里有一张张得大大的嘴
> 它像一只在吼叫的雄狮
> 它冲到大江的桥头
> 看着桥下的湍流
> 那静静滑过桥洞的轮船
> 它听见时代在吼叫
> 好像森林里象在吼叫
> 它回头看着我
> 又走回我身体的笼子里
> 那狮子的金毛像日光

那象的吼声像鼓鸣

开花样的活力回到我的体内

狮子带我去桥头

那里，我去赴一个约会

　　当时有研究者认为这是一首爱情诗，把它选入《世界爱情名诗鉴赏辞典》进行赏析。说这首诗"身体的笼子里"的"雄狮"，象征了一种被压抑的性冲动，这诗表现了 20 世纪 80 年代出现的强烈的性解放呼声。我在 1992 年发表的一篇评论郑敏诗的文章里，不赞成这样"误读"的阐释。我认为，这首诗运用复杂的象征意象，超现实的手法，传达了诗人对于创作精神自由的一种渴望与冲动。郑敏给我的信里认为，那种"误读"性的"离题的阐释"，使她有一种啼笑皆非之感。她还具体说明了写作这首诗的背景，是以形象揭示了自己在 1983 年的精神压抑中逐渐康复的一种精神历程。这个"误读"的阐释之所以产生，是因为解诗者没有按照现代派诗的形象内在逻辑和深层内涵去探索诗的内蕴，而是从错误的观念出发，进行了附会解说。进入这种特殊的诗歌文本，不应该按照世俗的思维去理解里面的意象与词语。据我的推测，如果"雄狮"意象是误读者进入理解误区的第一步，那么"去赴一个约会"的"约会"一词，在它本来意义上去看待，就是导致误读的关键了。"约会"可以不是辞典意义上的运用，诗人赋予了它另一番个人精神与外界自然自由"契合"的意义。这样的表达，是这种现代性的艺术表达，赋予诗人的权利。误读，不仅伤害读者，也伤害了作者。在 2001 年 1 月 13 日诗人送给我的人民文学出版社出版的《郑敏诗集》里，我重读这首诗，看到诗里别的地方都没有任何改动，最后一行，作者却改成了"那里，我去赴与自然的约会"。这样改后，虽然读者对于全诗的意义可以更清楚了，被某些读者当成赞美"性解放"或"爱情诗"的"误读"，也可以避免了，但是却使这首诗失去了含蓄蕴藉的精髓所在。读到这样改后的句子，给人有些索然无味的感觉了。这是诗人对于错误批评的一种"让步"和"屈服"，也是误读性批评对于诗人艺术创造的伤害，由此导致诗美的损失的一个证明。

第四，我想讲一讲，从心理学视点和个人经验上来看，这种阅读和理解复杂性神秘美作品的能力，也就是欣赏力，主要并非是先天的特性，而更多是后天养成的结果。

在20世纪30年代关于诗的"晦涩"问题的争论中，朱光潜发表了一篇著名文章，题目为"心理上的个别差异与诗的欣赏"，里面谈到"明白清楚"不仅是诗本身的问题，同时也是读者了解程度的问题。离开读者的了解程度而言，"明白清楚"不是批评的一个标准。"明白清楚"的程度不仅有关作者的传达力，也尤其有关读者的欣赏力，也就是读者修养上的差别问题。他说："修养上的差别有时还可以用修养去消化"，而"不容易消化的差别是心理原型上的差别。创造诗和欣赏诗都是很繁复而也很精纯的心理活动，论诗者如果离开心理上的差别而在诗本身上寻求普遍的价值标准，总不免是隔靴搔痒"。他借用法国心理学家芮波（T. Ribot）提出的两种心理原型，将此分为"造型的想象"与"泛流的想象"。而后进一步认为，"生来属于'造型类'的人们不容易产生和欣赏'迷离隐约'的诗，正犹如生来属于'泛流类'的人们不容易产生和欣赏'明白清楚'的诗，都是'理有固然'。"朱光潜先生的意图，是想用心理原型的差异分析人欣赏作品的差异，来为当时朦胧晦涩诗的创作与欣赏进行辩护，希望由此"彻底认识诗的作者与读者在性情，资禀，修养，趣味各方面都有许多个别的差异，不容易勉强纳在同一个窠臼里"。但是这种心理原型分析理论也有一个局限：忽视了人的后天养成在欣赏作品能力方面的重要性。也就是说，随着个人学术根基、艺术素质、文学欣赏层次的逐步积累提高，他接受和理解复杂的、朦胧恍惚的作品的能力、敏感性，也会不断得到提升。一方面的放弃和迟钝，可能造就另一方面的敏感，更多阅读经验的积累，就会提高人们理解复杂文学作品的能力。这里举自己个人经历的两个例子来说明。

一个是同一时空中获得的发现。鲁迅《野草》中的一篇散文诗《颓败线的颤动》，过去的解释，认为这是写一个劳动妇女靠出卖身体养活自己年幼孩子的悲哀，是像《祝福》一样的现实主义作品。我自己因为阅读、讲授象征派诗、现代派诗的作品及理论的经验多了，对于这方面敏感了，在阅读中忽然悟出新的发现：这篇作品与《祝福》的表现手法有很大不同，它从两段梦的构想，一个妇女的两段悲剧，传达了外似写实而实含内在象征的内涵：通过一个象征性的意象符号，书写作者对于某些青年个人的愤激复仇情绪，它显然不应是劳动妇女悲惨命运的写实，而是创造了对于青年乃至人类忘恩负义的复仇的象征世界。

另一个是不同时空里汇聚的历史积累。在20世纪30年代《现代》杂志创刊号上，发表了戴望舒翻译的法国象征派诗人阿波里内尔的《诗人的食巾》。里面讲了作为一位年迈的老艺术家食客的四个诗人，因为轮流使用一块破旧的食巾，染上肺病，相继死去的荒诞故事。20年前，我读过这篇作品，完全不懂这篇散文诗的意思。20年后再来重读，忽然发现它是通过真实与想象结合的荒诞虚幻性故事，告诉人们一个真理：因袭陈旧的传统是艺术生命的死亡，只有创新才是艺术蓬勃发展的生命所在。

引述自己这些阅读经验的事实，是想说明一个普通的道理：对于晦涩难懂的文学作品，包括诗歌的理解、接受和欣赏的能力，不是一个人与生俱来的"心理原型"决定的。我自认自己不可能在"心理原型"上发生从"造型型"向"泛流型"的转变。这种敏感能力的获得，主要还是在后天里，更多阅读一些陌生性的文学作品，积累起来而形成的一种性情、资禀、修养、趣味，同时也获得了阅读中的兴趣、敏感、能力。由此，我也时常告诫自己这样一句话："不拒绝陌生。"通过自我努力，养成对于陌生难解的作品思考解读的兴趣。2009年年初，我给一个中学语文教育刊物写的一段"卷头语"，就用的是"不拒绝陌生"这个题目。在那里面，我说了如下一段话，现在抄在这里，算是送给大家的寄语吧：

一位从事语文教学、文学研究的老师，不断提升自己在阅读复杂的优秀文学作品中的理解和欣赏能力，这一点至关重要。多年教学生涯里，我努力将自己不断解读复杂文本的收获或体会，传达给更多像我一样渴望知识、渴望美的学生们。这种将"历史"与"审美"结合起来的自我养成和教育别人的"审美意识链条"，使得不少学生们不仅追求学术研究的工作所应具备的历史性和科学性品格，也努力在中外复杂文学经典文本中拓展审美想象和艺术享受的空间。复杂文学文本往往超越了习惯的思维逻辑和想象轨道，用各种新奇的故事、意象、语言和传达手法，创造一个让许多囿于传统的读者感到陌生的文学世界。它拉开了文本意义与读者接受之间的距离。有些复杂作品，如有人说的，好像作者自己过了河，却把桥拆掉了，让读者靠自己想象去搭桥追踪。作为教师，应充当帮助读者去"搭桥"和"追踪"的角色。朱自清说："文艺的欣赏和了解是分不开的，了解几分，也就欣赏几分，或不欣赏几分，而了解得从分析意义下手。"随着表现方法的不断突破、创新，许多文学作品传达方式变幻多样，意义也更为复杂。远的外国许多作品不去说，即如鲁迅的《野草》，戴望舒代表的现代派诗，近二三十年的一些探索性的新诗、小说，它们往往带给我们一种陌生的美，读了甚至让人懵懂，不知所云。但不要因此拒绝和排斥它们，一些作品当时备受诟病，后来却为人所理解和喜爱了。如戴望舒1937年3月写的一首小诗《我思想》：

我思想，故我是蝴蝶……
万年后小花的轻呼，
透过无梦无醒的云雾，
来震撼我斑斓的彩翼。

它传达的，或生命哲学，或美学自信，如今已隐约均可体会。读起来虽然陌生，却给人更多美的余香与回味。"不拒绝陌生"，是一个语文教师应该具备的基本品格。对于那些深层表现的作品，多阅读、多思考、多超越，升华自己的想象，提高自己的素质，积以时日，就会让自己的心灵插上翅膀飞翔，养成进入各种复杂文学作品的能力了。

读一些蕴蓄性很强的美丽的诗，往往就像猜一个美丽的谜语。它是一种趣味，一种隐藏美的神秘，一种对欣赏能力的自我挑战，也是一种征服、破解之后爱与美享受的获得。为此，我最后想给大家留一道谜语式的思考题：前些时候夜里，我在晚上睡觉前，翻阅尹宏先生编的《纪伯伦散文诗全集》，偶然读到里面所收冰心翻译的《沙与沫》中，有这样一则散文诗：

斯芬克司只说过一次话。斯芬克司说："一粒沙子就是一片沙漠，一片沙漠就是一粒沙子；现在再让我们沉默下去吧。"

我听到了斯芬克司的话，但是我不懂得。

这里，我请大家回去猜一猜，这位高标"美是贤哲的宗教"的伟大的黎巴嫩诗人纪伯伦，在这段"美丽的谜语"里想告诉人们的，究竟是什么意思呢？

2009 年 5 月 22 日，未刊

附录一

可能的答案很多，以下为我的猜测，例如：

1. 我的沉默就是对制造沉默者最有力的抗争。

2. 沉默是一种最高最伟大的品格——"沉默是金"。

3. 一切伟大和渺小都只是相对的，无须语言的纷争。

4. 所有的存在同时就是虚无。

5. "给我沉默，我将向黑夜挑战。"

6. "真实的我是沉默的；后天的我是多嘴的。"

7. 与此相似的，鲁迅也说："当我沉默的时候，我觉得充实；我将开口，同时感到空虚。"（《野草·题辞》）

附录一

在丽江束河古镇里，我看到一个名为"格桑林卡"的小店，门前是石板街，流水潺潺而过。院内绿树盆花，茶桌古色古香，外面一白纸贴于木板的广告上，写有一首小诗，很有雅趣：

我如同一滴水，
在宇宙间蒸发漂泊，
居无定所。
终于最后一次聚成雨，
坠入最深的海底，
自此成为大海的一部分，
从此再也不被蒸发，
永远告别漂流。

书有此诗的广告右上角，还用红笔画一放光芒的太阳，下面用中英文分别写着"喝茶小憩""品味咖啡"等字样。

附录三

在丽江古镇"午后阳光"小店，见到外面的广告，很别致，有风味，如一首诗，我非常喜欢它朴实的诙谐和文字的风趣：

纳西味，是个朋友店，是一个纳西人、一个意大利人和一个四川粉子的店。纳西人做了丽江粑粑、牦牛肉烩饭；意大利人做了比萨、甜点和咖啡；四川女孩做了卤味、辣牛肉。

纳西味

在丽江生活就可以这样

不相干的事情　在这里就是和谐

不可能的事情　在这里就是能发生

离开钢筋水泥的城市

离开不堪重负的现代生活

就着意大利正宗的咖啡

吃上一片纳西的米灌肠

又有什么不可以呢？

因为这就是纳西味

这就是丽江

也可这样说，这就是"混血儿"的自由

点得着灵魂的烛光

点得着

灵魂的

烛光

读闻一多的诗

也许铜的要绿成翡翠，

铁罐上锈出几瓣桃花，

再让油腻织一层罗绮，

霉菌给他蒸出些云霞。

红　烛

闻一多

> 蜡炬成灰泪始干
> ——李商隐

红烛啊！
这样红的烛！
诗人啊！
吐出你的心来比比，
可是一般颜色？

红烛啊！
是谁制的蜡——给你躯体？
是谁点的火——点着灵魂？
为何更须烧蜡成灰，
然后才放光出？
一误再误；
矛盾！冲突！

红烛啊！
不误，不误！
原是要"烧"出你的光来——

这正是自然底方法。

红烛啊！
既制了，便烧着！
烧罢！烧罢！
烧破世人底梦，
烧沸世人底血——
也救出他们的灵魂，
也捣破他们的监狱！

红烛啊！
你心火发光之期，
正是泪流开始之日。

红烛啊！
匠人造了你，
原是为烧的。
既已烧着，
又何苦伤心流泪？
哦！我知道了！
是残风来侵你的光芒，
你烧得不稳时，
才着急得流泪！

红烛啊！

流罢！你怎能不流呢？
请将你的脂膏，
不息地流向人间，
培出慰藉底花儿，
结成快乐的果子！

红烛啊！
你流一滴泪，灰一分心。
灰心流泪你的果，
创造光明你的因。

红烛啊！
"莫问收获，但问耕耘。"

（选自《红烛》，上海泰东图书局，1929 年）

点得着灵魂的烛光

读闻一多的《红烛》

鲁迅先生曾说，"五四"退潮时青年们的心境大体是"热烈而悲凉"的。但其中一些人毕竟是有热血的觉醒者，他们在矛盾中仍葆有炽热的创造热情，只是火山爆喷的岩浆已由地面转入内心。多少青年以心灵之火编成了自己炽热的歌，闻一多的这首《红烛》，就是一朵闪光的花。它唱得热烈、唱得真诚、唱得深沉，具有悠久而感人的美的力量。

"五四"时代精神的一个重要侧面，就是人们为民族、为理想而献身的精神和创造的渴望。这是启蒙时代先觉者们具有的社会使命感与精神品格，这一切在《红烛》一诗中得到了最深情的表现。诗一开头，就以感叹的语气把诗人的心与红烛的颜色进行比较，把对物的吟咏引向了对人的深思。诗的后面虽然只写红烛，没有再出现对人的描写与歌颂，整首诗却始终使人感到，作品不仅歌颂了红烛的精神与品格，处处又都是对包括诗人自己在内的先觉者们的精神与人格的剖白。红烛的意象唱出了一切先觉的创造者灵魂的颂歌，它唱出了诗人崭新的人生价值观。诗前引了李商隐的千载名句"蜡炬成灰泪始干"，诗人将它借来，以现代人的思考提出疑问：

红烛啊！

是谁制的蜡——给你躯体？

是谁点的火——点着灵魂？

为何更须烧蜡成灰，

然后才放光出？

一误再误；

矛盾！冲突！

为他人发光须以自我毁灭为代价，在一般人眼中，这确是一种深藏痛苦之感的"矛盾"和"冲突"，是实现人生价值的一种迷"误"。诗人并没肯定这种价值观，他以倔强的反驳句式唱出了自己真正的人生价值观："不误！不误！"原来红烛的"烧出"光来，正是"自然"的法则。红烛的价值就在于燃烧，就在于发光。"成灰"在这个角度看也是一种价值，因为这一切为了一个崇高的目的：

烧罢！烧罢！

烧破世人底梦，

烧沸世人底血——

也救出他们的灵魂，

也捣破他们的监狱！

随着这愤激的呼声，诗人又展开了第二层矛盾。红烛"心火发光之期"，正是"流泪开始之日"，这流泪是"残风"侵袭的结果，同时又是流向"人间"的"脂膏"，带给人们"慰藉"与"快乐"的花果，而"灰心"也好，"流泪"也好，都是为人世"创造光明"。诗人歌颂红烛无私奉献的精神，没有惆怅的情调，却满带乐观的色彩。谁读了之后，内心的一腔热血不会为红烛精神的光照而沸腾呢？

《红烛》是一首典型的浪漫主义诗篇，与那些直接呼喊的诗篇不同，读完之后会感到一种有余味的美，以至于久久不忘，原因在哪里呢？我认为主要在于作者受李商隐诗句的启迪，抓住红烛这个中心抒情意象，并用燃烧、发光与"成灰""流泪"这两个矛盾进行抒情构思，使得胸中的一腔愤世与创造的热情赋形于具体的意象，理想的浪漫感情与象征的寓意形象达到了非常和谐的统一。红烛形象同被象征的思想感情有着确定明朗的关系，并无象征派诗的朦胧性，可是由于作品没有采用直线式抒情结构，而是用了"为何更须烧蜡成灰？""又何苦伤心流泪？"两句诗一问一答的方法，使感情传达显出一种跌宕曲折的气势，对人间黑暗不平的思辨性沉思，便融入了这一起一伏的抒情波流的峰谷之中，有些比较抽象的议论性抒情也就不显得平淡苍白和概念化了，就连最末两行"红烛啊！/'莫问收获，但问耕耘'"这样点题式的抽象警句，也具有一种情感的重量，没有过分的说教气和训诲感。闻一多批评"五四"以后的新诗人缺乏想象力，作品缺少新鲜的意象，这首《红烛》多少避免了这种毛病。

闻一多十分谙熟和热爱传统诗歌，对东方文化的美有过分的偏爱和推崇。他不是艺术传统的膜拜者和因袭者，但对于中国传统诗歌艺术有巨大的吸收力和创造力。他立志在新诗领地上融汇东方文化与西方文化的精华，创造出东西艺术结合后产生的"宁馨儿"。《红烛》就做了这方面的努力。"春蚕到死丝方尽，蜡炬成灰泪始干"，这一尽人皆知的名句要想花样翻新是很难的，但闻一多的诗思是聪颖的，他抓住后一句诗，赋予一般蜡烛以"红烛"的特色，以此暗喻诗人自身的心灵与品格。李商隐原诗写个人对爱情的坚贞执着，闻一多把同一形象转化为对国家、民族、时代的献身精神；同是殉情，内容不同了，时代色彩也不同了。作者利用原诗中"成灰""流泪"这一诗意，加以扩展与演绎，把奉献精神的无私与乐观特征加以强化，诗境便由"成灰泪始干"的心境变成了烧破黑暗并创造光明的心境。诗人赋予古诗意象以现代人的全新思想色彩。这首诗是《红烛》时代的诗歌艺术探索的一个总结，还未进入《死水》的格律化诗时代，自由的形式仍是一种审美的标准。诗人注意感情的浓烈和表达的洒脱，形式上也在自由参差中渗以整饬的诗行，吸收了中国古代诗歌注意对仗的造句特征，又在总体上保持了自由体诗形式服从感情流动的审美特色。有的诗节更显出一种视觉美与听觉美很完美的结合，如：

> 红烛啊！
> 你流一滴泪，灰一分心。
> 灰心流泪你的果，
> 创造光明你的因。

读起来觉得情深，听起来也敲人心弦。《红烛》被创作出来已经 60 多年了，时光并没有磨去这首浪漫主义诗篇的光辉，诗人炽热鲜红的心的跃动与献身创造精神的光芒，仍如一支不熄的红烛，"流向人间"，照亮人们的心头。

死 水

闻一多

这是一沟绝望的死水，
清风吹不起半点漪沦。
不如多扔些破铜烂铁，
爽性泼你的剩菜残羹。

也许铜的要绿成翡翠，
铁罐上锈出几瓣桃花；
再让油腻织一层罗绮，
霉菌给他蒸出些云霞。

让死水酵成一沟绿酒，
飘满了珍珠似的白沫；
小珠笑一声变成大珠，
又被偷酒的花蚊咬破。

那么一沟绝望的死水，
也就夸得上几分鲜明。
如果青蛙耐不住寂寞，
又算死水叫出了歌声。

这是一沟绝望的死水，
这里断不是美的所在，
不如让给丑恶来开垦，
看他造出个什么世界。

（选自《死水》，上海新月书店，1928 年）

最丰富的想象在这里开花

读闻一多的《死水》

我总是想，如果中国新诗的园地中没有闻一多这一沟美丽的"死水"，人们会对往昔的诗歌产生怎样一种苍白之感呢？！时间整整流逝60年了，《死水》闪放的异彩，依然明灭于许多读者的心坎。

《死水》的魅力，完全来自诗人醇厚深沉的诗情。诗人闻一多唱出了这一时代青年人对现实绝望之后的痛苦心声。年轻的浪漫主义诗人，曾怀抱着对"如花的祖国"的热情，从异国留学归来，进入一个思念故国游子的心与眼的，却是满目疮痍的民众和充满黑暗的现实，他遂发出绝望的呼号："这不是我的中华，不对，不对！"声音里迸着血泪。诗人为民族、为祖国深沉的忧患，迅速凝聚在一个震人心弦的意象里："一沟绝望的死水。"那个时代街头巷尾常见的生活景物，被发现寄寓了诗意，诗人的灵感遂由此迸发，诗人的诗情程度达到了饱和点，似乎碰一下就要爆炸了。他内心聚敛着一腔愤火，他让感情寄托于对一沟绝望的"死水"的诅咒。诗人任丰富的想象驰进了这个意象的世界之中，先是唱死水的凝滞，唱死水的肮脏，再唱死水的臭味，唱死水的沉寂，诅咒的感情隐藏在反讽的诗句背后。到了最后，诗人实在憋不住自己感情的激流，站出来说话了：

> 这是一沟绝望的死水，
> 这里断不是美的所在，
> 不如让给丑恶来开垦，
> 看他造出个什么世界。

丑恶是美的对立物。它既是一种自然现象的概括，又是诗人诅咒的象征性实体。诗人最后这一节浪漫主义常有的呼喊，因为诗情自身的深厚与真醇，唱出来的便是一曲悚动心弦的诅咒之歌。这歌声于冷峻之美里灌注一腔爱国主义的情感之火。其热恋的感情之真，绝望的痛苦之深，是当时的爱国篇什中所罕见的。

一首好诗，选择一个恰到好处的抒情视角至关重要。闻一多留美期间，曾攻读过英美浪漫派诗歌，直呼式的抒情对他来说轻车熟路，《死水》里显然仍留有这一影响。同时，他接触的洛威尔、桑德堡等意象派诗人注重"意象的呈现"的美学原则，使他对原有的抒情模式有了自觉的突破和超越。《死水》因此并非纯然运用浪漫主义的方法，而是打着双重审美的烙印。诗中使用的仍然是明喻法，把"丑恶"统治的现实"世界"比喻为一沟"绝望的死水"。围绕"死水"的肮脏、霉烂、寂寞，分章节展开了想象与情感的流动，最后仍以直抒胸臆的方法体现了对浪漫主义抒情模式的回归。但是诗人在整体上注重于对意象本身呈现作用的关注，他在抒情的主要段落尽量隐去了自己的感情而让意象"说话"，注意在明喻中尽量使用暗示与隐藏这一独特的视角，这样，他笔下的"清风吹不起半点漪沦"的"绝望的死水"，就不仅是对现实修饰作用的喻体，这个意象本身已经变成了一种令人厌恶的现实的象征实体。诗人的种种想象都围绕这个实体而展开：扔的破铜烂铁，会"绿成翡翠"，"锈出""桃花"，"死水""发酵"成"一沟绿酒"，那里飘满的"大珠"与"小珠"，会"被偷酒的花蚊咬破"。这沟绝望的"死水"，只有青蛙的叫声才能打破那令人窒息的沉寂。想象的世界在分体上并无深意，但在总体上却都强化了"死水"这一象征性意象的否定性质。浪漫主义诗人笔下这些现代性的隐喻和象征，给这首《死水》的艺术带来了更大的蕴蓄量和隐藏度。

闻一多懂得西方现代诗的反讽方法和"以丑为美"的原则，他在《死水》中充分运用这些技巧和原则，并在他想象的世界中得到了统一。一沟丑恶的"死水"，被别出心裁地写得如此之美：

> 也许铜的要绿成翡翠，
> 铁罐上锈出几瓣桃花；
> 再让油腻织一层罗绮，
> 霉菌给他蒸出些云霞。
>
> 让死水酵成一沟绿酒，
> 飘满了珍珠似的白沫，
> 小珠笑一声变成大珠，
> 又被偷酒的花蚊咬破。

最丰富的想象在这里开花。波德莱尔、罗丹"以丑为美"的原则被进一步发挥应用了。诗人不仅以丑来传达否定性情感，而且把丑写得很美，美与丑的交织反差，造成了很新颖的艺术效果：越美，人们越憎恶得强烈。诗人巧妙的创造形成了读者感情的逆反性，人们欣赏艺术世界的美，却更强化了憎恶现实世界的丑。

全诗追求音乐美、绘画美与建筑美的和谐统一，运用音尺、押韵、色彩感的意象和匀称的诗行，达到构建现代格律诗的理想。诗人对这首诗的"三美"实践也甚为满意。全诗共五节，每节四行，每行为九言，各节大体均押 abcb 型的二四脚韵，各节的每行诗又以四音尺为主。如：

这是｜一沟｜绝望的｜死水，
清风｜吹不起｜半点｜漪沦，
不如｜多扔些｜破铜｜烂铁，
爽性｜泼你的｜剩菜｜残羹。

读起来颇富节奏的音乐感，在现代格律诗的探索中，《死水》可以视为新诗发展中的一块纪念碑。

这里断不是美的所在

再读闻一多的《死水》

闻一多 1920 年在清华学校学习期间开始写新诗，后来到美国留学时进入了创作的爆发期。1923 年 9 月，由泰东书局出版了他的第一本诗集《红烛》。在这本诗集里，除了像《红烛》这样表现他为民族的觉醒和国家的新生而有一分热发一分光的炽热心情，像《李白之死》《剑匣》等表现他对于创造美的精神境界的追求之外，还写出了《太阳吟》《忆菊》《孤雁》这样一些表现诗人强烈的爱国与思乡情感的著名诗篇。同时期他写作的《洗衣歌》《七子之歌》等，更是面对身在外乡的祖国人民被外国人轻侮、祖国土地被侵略者割去的苦难现实，唱出自己痛苦的眷恋与期待。以热诚与至爱铸成的"红烛"诗人闻一多，在留学美国的时候，给友人的信里就这样说过："诗人主要的天赋是'爱'，爱他的祖国，爱他的人民。"（熊佛西《悼念闻一多先生》）对祖国悠久文化的爱，对祖国美丽山川的爱，对祖国广大人民的爱，构成了闻一多爱国诗的三重变奏。他怀着这种爱的执着感情，这样动人地唱道：

> 太阳啊，这不象我的山川，太阳！
> 这里的风云另带一般颜色，

这里鸟儿唱的调子格外凄凉。

太阳啊，慈光普照的太阳！
往后我看见你时，就当回家一次；
我的家乡不在地下乃在天上！

　　那时候，他对于祖国的美丽，对于祖国这个概念，认识得还比较抽象，还带有一个青年人的过分单纯与理想色彩。他在中国重阳节的前一天，想起了晋代大诗人陶渊明咏菊的事来，洋洋洒洒地写了一首有名的《忆菊》诗，里面用各种缤纷的色彩，各样奇异的姿态，来描绘象征祖国之美的菊花的美丽与风采，诗里最后唱道：

习习的秋风啊！吹着，吹着！
我要赞美我祖国底花！
我要赞美我如花的祖国！
请将我的字吹成一簇鲜花，
金底黄，玉底白，春酿底绿，秋山底紫，……
然后又统统吹散，吹得落英缤纷，
弥漫了高天，铺遍了大地！

秋风！啊习习的秋风啊！
我要赞美我祖国底花！
我要赞美我如花的祖国！

可是，当闻一多1925年满怀爱国情感回到祖国的怀抱之后，他看到的祖国蛮不是那么一回事儿。他看见了暗夜弥天、满目疮痍的大地，看到了军阀混战、腐败横行的政权，看到了在贫困与死亡线上挣扎、啼饥号寒的人民大众……他发现，这里原来并不是他所想象的那样美丽的"如花的祖国"。他感到深深的失望和痛苦，于是他的笔下开始流出许多愤激呼叫的歌声。面对现实、嚼味理想，他有一种受骗的感觉。在《发现》这首著名的诗里，他这样痛苦地写道：

> 我来了，我喊一声，迸着血泪，
> "这不是我的中华，不对，不对！"
> 我来了，因为我听见你叫我；
> 鞭着时间的罡风，擎一把火，
> 我来了，不知道是一场空喜。
> 我会见的是噩梦，那（哪）里是你？
> 那是恐怖，是噩梦挂着悬崖，
> 那不是你，那不是我的心爱！
> 我追问青天，逼迫八面的风，
> 我问，拳头擂着大地的赤胸，
> 总问不出消息；我哭着叫你，
> 呕出一颗心来，——在我心里！

最高的希望，落入了最大的绝望：最热烈的爱，凝成了最深的痛苦。爱国的热烈追求变成一场"空喜"和"噩梦"，现实中追问不出半点儿消息，自己的"心爱"仅仅存留在自己的心里。从

《忆菊》到这首《发现》，体现了闻一多诗歌中爱国感情由深情赞美到愤激诅咒的发展轨迹。这是闻一多精神世界升华到一个新的阶段的标志，反映这种精神升华的著名诗篇《死水》，就是这种爱国情感发展到愤激诅咒时的最有代表性的作品。它以对于一沟"死水"的诅咒，抒发了诗人对现实社会极端的绝望的情绪，在否定意象中深深隐藏着自己对祖国刻骨铭心的爱。

《死水》发表于1926年4月15日《晨报副刊·诗镌》第3号。因为它典型地体现了闻一多这一时期的复杂心境与艺术探索，他自己也非常喜欢这首诗，后来收入1928年由新月书店出版的诗集，题名为"死水"。

《死水》写作章法很严密。全诗共有五节。第一节诗，写诗人对于"死水"的绝望感情：

> 这是一沟绝望的死水，
> 清风吹不起半点漪沦。
> 不如多扔些破铜烂铁，
> 爽性泼你的剩菜残羹。

因为这一沟"死水"已经腐烂发臭到了无可挽救的地步，任何新生的力量（如清风）都无法带来半点儿的改变，在绝望之中，只能采取绝望的办法。后两句诗，"爽性"多扔些"破铜烂铁"，泼上些"剩菜残羹"，正是这种绝望到极点的愤激感情的表现。后面三节诗，诗人分别侧重从三个角度对"死水"进行描写，抒发了诗人对黑暗现实的神圣的绝望和憎恶。第二节诗，接着前面的"破铜烂铁"一句，着重从视觉上写"死水"的色彩：

也许铜的要绿成翡翠，

铁罐上锈出几瓣桃花，

再让油腻织一层罗绮，

霉菌给他蒸出些云霞。

"死水"臭得这样变色、发酵，显示出诗人感情中那种神圣的绝望与憎恶。"绿"和"锈"，都说"死水"的时间之久；"油腻"和"霉菌"，都写"死水"之脏，将"死水"的状态用几件事物写出，非常典型。但光有这些不行，作者用几个色彩鲜艳的词来装点，就更突出了"死水"令人憎恶的特点。第三节诗，着重从嗅觉上写"死水"的发酵：

死水酵成了一沟绿酒，

飘满了珍珠似的白沫；

小珠笑一声变成大珠，

又被偷酒的花蚊咬破。

这里也用色彩，但主要是强调"死水"发酵的情形："死水"如酒，臭气熏天、泡沫如珠、乱蚊成群，这些描写将诗人神圣的憎恶与绝望的感情再推进一步。第四节诗，则着重从听觉上写"死水"的一片沉寂：

那么一沟绝望的死水，

也就夸得上几分鲜明。

如果青蛙耐不住寂寞，

又算死水叫出了歌声。

这沟"死水"没有一点儿生机，没有一点儿活气，在一片无声的死寂中，只有青蛙的鸣叫，才可算是它的一点儿可怜的"歌声"。在反讽意味很强的语句中，诗人将神圣的憎恶与绝望推进到了更高的境界。第五节是诗的结尾，诗人对"死水"的愤激感情，由嘲讽的描写转为正面的诅咒：

> 这是一沟绝望的死水，
> 这里断不是美的所在，
> 不如让给丑恶来开垦，
> 看他造出个什么世界。

作者在现实社会中追求美，憎恨丑，而现实里没有美，只有肮脏与丑陋，像一沟"绝望的死水"。不如让给丑恶来"开垦"，看他造出个什么样的世界来，表现了诗人彻底绝望之后产生的深恶痛绝的愤激之情，也有个人无法改变现实的一种无奈感，这里面深藏着诗人渴望美而不得的极大痛苦。

闻一多曾经接受英美浪漫派诗歌的影响，《发现》那样直呼似的抒情是他的轻车熟路。在《死水》里，面对"噩梦挂着悬崖"一般黑暗丑恶的现实，闻一多没有完全再用《发现》那样"拳头播着大地的赤胸"的哭着呼喊的方法，而是为自己情感诅咒的对象——社会现实——找到了一个具体而贴切的象征物，或者称为诗人情感的"客观对应物"，就是那一沟发臭的"死水"。在这里，"死水"既可能是生活中常见的真实的存在，又可能是当时社会现实的一种艺术的象征，这样，诗里就带着浪漫与象征融合的审美特征。用明喻方法，将丑恶霸占的世界比喻为一沟"绝望的死水"，围绕这"死水"的肮脏、霉烂、寂寞展开抒情，仍没有摆脱浪漫主义的抒情范式。但是，全诗整体上又注重"死水"意象呈现的作用，诗人不对批判的主体社会现实发言，而让诅咒的情感通过"死水"意象本身来承载与暗示，使"清风吹不起半点漪沦"的"死水"，不单单是一个比喻，而成为一个独立的象征载体。诗里通过对于"死水"这样一个象征物的抒情，能够在更简练的形象世界里，产生比直接的呼喊抗争更深广的批判性效果。象征的暗示带来的艺术美，比直白更有效地传达了诗的意旨：诗人在对"死水"的肮脏描写和对"死水"的情感否定交织的抒情里，完成了在"强烈的恨"的外表掩映下传达的"绝望的爱"的主题，艺术上也显现了隐藏与透明的结合，给读者的接受以更大的可能性。这首《死水》可以说是一首浪漫主义的象征诗，20 世纪 30 年代的评论中，说闻一多的一些诗"倾向于象征主义"（苏雪林《论闻一多的诗》），就包括这篇《死水》在内。《死水》超越一般的社会批判，进入爱国的精神境界；《死水》是在否定形式中完成的对闻一多热烈的爱国感情的另一个侧面的象征。"死水"也因此成为 20 世纪诗歌中一个具有丰富内涵的经典性象征意象。

闻一多留学美国是专攻美术的，回国初期也从事美术教育工作。他很熟悉西方现代美学思想的一个原则：以丑为美。他在 1922 年发表的诗歌评论文章中说过，"丑"在艺术中"固有相当的地位"，但艺术的神技应能使"恐怖"和"丑""穿上'美'的一切精致，同时又不失其要旨"（《〈冬夜〉评论》）。这并不是说丑的可以成为美，而是说，本来是丑的事物，经过艺术的创造之后，在文学作品中出现，会引起人们对于丑的憎恶，在人的感情上激起对美的渴求与热爱，就可能产生出与直接描写美的事物同样的美的效果。在生活里是丑的，在艺术里穿上"'美'的精致"，可以给人以美感，《死水》一诗就体现了这种艺术美学的辩证法。诗的中间三节，写的是"死水"丑恶与腐臭的存在状态，但偏偏用一些美的事物和字眼，构成反讽的调子：脏水里的破铜要绿成"翡翠"，废弃的铁罐上锈出"桃花"，一沟臭水的油腻织出"一层罗绮"，腐烂的霉菌"蒸出云霞"，死水发酵成"绿酒"，浮满的白沫如"飘满了珍珠"，就连青蛙鸣叫的噪声也成了死水唱出的"歌声"……法国象征派诗人波德莱尔、大雕刻家罗丹"以丑为美"的现代美学原则，在这里被出神地运用。闻一多将被否定事物的"丑"与一些不相关的"美"的事物，强硬而又似乎合乎情理地连接在一起，给"丑"穿上"美"的"精致"，在阅读心理上产生一种效果：将丑写得越美，也就越引起读者的厌恶和憎恨，越会刺激人们情感与理智上的"逆向接受"，最终达到比以丑直接描写丑的方法更强的效果：人们在欣赏文学作品艺术世界的美，同时却大大强化了对现实世界的丑的憎恶感情和批判性思考。"以丑为美"的探索可以说是闻一多《死水》一诗艺术创造的精魂。

"五四"以后产生的不少新诗，写得过分自由，松散，缺少想象力，以至于丧失了诗的品格，造成诗与散文界限的混淆。闻一多、徐志摩等一群新月派诗人，为了纠正这种偏向，倡导并试验创作现代格律诗，努力建立新诗自身的规范。闻一多1926年在《晨报·诗镌》上发表的《诗的格律》这篇论文中，系统地探讨了这个问题。他主张新诗要建立自己的格律规范，引述 Bliss Perry 教授的话："差不多没有诗人承认他们真正给格律束缚住了，他们乐意戴着脚镣跳舞，并且要戴别个诗人的脚镣。"他提出了著名的新诗"三美"理论：音乐的美（音节）、绘画的美（辞藻）、建筑的美（节的匀称和句的均齐）。《死水》一诗是闻一多格律诗最具代表性的作品。不独如前面所说，它的辞藻充满了色彩感，使全诗具有一种绘画的美，而且在诗音节与诗行的整齐方面，更是颇为讲究的。

每个诗节里，有四行诗；每行诗里，有四个音节（或者叫作"音尺"）。从这节诗起，以后每行诗都由三个"二音尺"和一个"三音尺"构成，所以每行的字数，也都一样多。四行诗中，第一、三、四行句尾押韵，整首诗看上去很整齐，有视觉的美，读起来节奏分明，有一种音乐的美感。闻一多说："我觉得这首诗是我第一次在音节上做的最满意的试验。"《死水》的试验使他乐观地相信，新诗不久就要进入一个"新的建设的时期"。虽然，后来新诗发展的事实并没有出现预期的结果，但闻一多《死水》等代表的现代格律诗的方向，后来一直成为一部分诗人努力实践和探索创新的启示。

1928 年 1 月由上海新月书店出版的诗集《死水》，封面与封底全用黑色，上方有一条小小的金色签条，写着书名和作者名。闻一多在北京的西京畿道 34 号的房子里面，也全是涂着黑色，四周墙上面有一条金边，被当时的朋友们称为闻一多先生的"黑屋"。这些与《死水》这首诗的情调是相一致的。在闻一多的"黑屋"附近，有一个名叫"二龙坑"的地方（即今天的西单二龙路一带），那里有一条水沟，长年积满了死水。闻一多常常从那里走过，看着满沟生锈发霉的破铜烂铁、剩菜残羹，腐烂的意象触动了他的诗情，与他对现实绝望和压抑的心境产生了一种共鸣。他回国不久，就听说了几天之前在上海发生的"五卅惨案"，听说了在武汉发生的"汉口惨案"，愤慨于帝国主义对中国民众的血腥屠杀。1926年1月，在给梁实秋的信里他说："国内漆黑一团。"而距写作这首诗不到一个月，北京又发生了段祺瑞执政政府凶残地屠杀爱国青年学生的"三·一八惨案"，被鲁迅称为"民国以来最黑暗的一天"。为抗议军阀的罪行，闻一多愤怒地写下了《唁词》《天安门》等诗，并发表了《文艺与爱国——纪念三月十八日》，说烈士的殉难不仅仅是爱国，而且是"伟大的诗"，"我希望爱自由、爱正义、爱理想的热血要流在天安门，流在铁狮子胡同，但也要流在笔尖上，也流在纸上"。这篇《死水》，就是闻一多的爱国与爱自由、正义和理想的感情，与一沟"死水"这个外在事物的契合，是流在笔尖和纸上的诗篇。这种情感深层的意蕴，在稍后他写的《一句话》里体现得更为清楚。在这首诗里，他唱出了对于一个新的祖国诞生的热切渴望：

　　　　有一句话说出就是祸，

　　　　有一句话能点得着火。

　　　　别看五千年没有说破，

　　　　你猜得透火山的缄默？

　　　　说不定是突然着了魔，

　　　　突然青天里一个霹雳

　　　　爆一声：

　　　　"咱们的中国！"

　　　　这话教我今天怎么说？

你不信铁树开花也可，

那么有一句话你听着：

等火山忍不住了缄默，

不要发抖，伸舌头，顿脚，

等到青天里一个霹雳

爆一声：

"咱们的中国！"

《一句话》是对光明的中国未来的呼喊，《死水》是对黑暗的中国现实的诅咒，渴望"咱们的中国"与憎恨"绝望的死水"，两者的感情是相通的。因此，《死水》和其他爱国诗篇一样蕴藏着一股爱与憎交织的火焰。1943年11月闻一多在给臧克家的信里说："我只觉得自己是座没有爆发的火山，火烧得我痛，却始终没有能力（就是技巧）炸开那禁锢我的地壳，放射出光和热来。只有少数跟我很久的朋友（如梦家）才知道我有火，并且就在《死水》里感觉出我的火来。"闻一多讲的是诗集《死水》，当然也包括了《死水》这首诗。《死水》里有诗人爱国热情的火，《死水》是一首由热爱祖国与憎恨现实的热烈的感情交织而成的诗篇，是充满着诗人内心的大爱与愤火的不朽诗篇。

悄悄
是别离的
笙箫

—读徐志摩的诗—

沉默是今晚的康桥！

夏虫也为我沉默，

悄悄是别离的笙箫；

但我不能放歌，

雪花的快乐

徐志摩

假如我是一朵雪花，
翩翩的在半空里潇洒，
我一定认清我的方向——
飞扬，飞扬，飞扬，——
这地面上有我的方向。

不去那冷寞的幽谷，
不去那凄清的山麓，
也不上荒街去惆怅——
飞扬，飞扬，飞扬，——
你看！我有我的方向！

在半空里娟娟的飞舞，
认明了那清幽的住处，
等著她来花园里探望——
飞扬，飞扬，飞扬，——
啊，她身上有朱砂梅的清香！

那时我凭藉我的身轻，
盈盈的，沾住了她的衣襟，

贴近她柔波似的心胸——

消溶，消溶，消溶——

溶入了她柔波似的心胸！

一九二四年十二月三十日作

（原载 1925 年 1 月 17 日《现代评论》第 1 卷第 6 期，选自 1928 年 8 月上海新月书店版《志摩的诗》）

诗人性格与精神的外化

读徐志摩《雪花的快乐》

　　《雪花的快乐》是徐志摩的代表作之一。这首诗写于1924年12月30日，最初发表于1925年1月17日出版的《现代评论》杂志第1卷第6期，收在他的第一本诗集《志摩的诗》里。这本诗集最初于1925年8月自费在中华书局出了线装本。新文学的书用线装本出版，在当时很新颖别致，里面收的诗又非常好，这本诗集因此产生了很大的影响，后来在1928年8月由上海新月书店出版了改订本。在初版的《志摩的诗》里，共收55首诗，《雪花的快乐》是倒数第二首诗，到了改订版的时候，《雪花的快乐》一诗竟被名列第一位。可见这首诗问世后，曾经怎样为读者所喜欢，也为徐志摩自己所珍爱了。

　　《雪花的快乐》属于触景生情的作品。1924年12月30日这一天，北京纷纷扬扬地落了一场大雪，我们在鲁迅这一天的日记里，可以看到这样的记载："雨雪。……下午霁，夜复雪。"第二天的日记又有："晴。大风吹雪盈空际。"可见当时这场大雪，给北京人的精神带来了怎样的兴奋与刺激。大雪当夜，徐志摩就奋笔疾书，写了这首《雪花的快乐》。过了18天之后，鲁迅写了他《野草》中有名的散文诗《雪》。两位作家都写雪，都是触景生情，却有各自不同的寄托。鲁迅在他的作品里，是一个思想家的特征，他用南方的雪的温暖与北方的雪的奋飞，表现他自己孤独战斗、搏击人生的哲学。徐志摩在他的诗里，是一个诗人的特征，他通过自己感受的雪花的轻盈与快乐，唱出了他心里追求自由主义的理想。《雪花的快乐》是一个典型的浪漫诗人追求自由精神的象征性体现。

这理想，我们可以理解为他对于充满民主自由的人生的追求。诗里好像写了爱情，但爱情在这里，一般可以看作一种外衣。在诗里，飞扬的雪花成了诗人情绪的核心象征物。

第一节诗，诗人没有直接细腻地去描写自然的雪花，而是异想天开，用拟设的方法，把自己想象为天空中一朵飞扬的雪花。

> 假如我是一朵雪花，
> 翩翩的在半空里潇洒，
> 我一定认清我的方向——
> 飞扬，飞扬，飞扬，——
> 这地面上有我的方向。

同样的自然风物、自然景色，因为不同的人、不同的时间，会被赋予不同的人格精神。这里的雪花在被人格化的时候，一开始就被赋予了与诗人精神性格一致的特征。雪花是快乐的，它有一种纯洁和晶莹，也有一种潇洒和欢悦。它为了自己的理想，有一种飞扬追求的精神，诗人把握了这种品格与精神，用它来自喻，就可以充分地表现自己的精神世界。诗里说，"我一定认清我的方向""这地面上有我的方向"，这是诗人反复地歌唱自己的"方向"，暗示自己精神追求的目标。

第二、三两节诗，抒发了追求这个"方向"的执着精神和目标。作者是采取一抑一扬、抑扬结合的方式展开他的构思的。先是"抑"，也就是用否定的句式，展开自己"飞扬"着对方向的寻找。"我"不去远处的幽谷，那里太"冷漠"了；不去高耸的山麓，那里太"凄清"了；也不去北方的荒街，那里给予自己的，只能是无所获得的寂寞的"惆怅"。"我"不去这些地方，而是执意地飞扬，飞扬，飞扬，是因为"我有我的方向！"

这飞扬所要去的地方，在哪里呢？到了第三节诗里，用扬的方法，就是用肯定的句式，给我们做了非常形象的表达。这节诗在全诗里是最美的：

> 在半空里娟娟的飞舞，
> 认明了那清幽的住处，
> 等着她来花园里探望——
> 飞扬，飞扬，飞扬，——
> 啊，她身上有朱砂梅的清香！

到这里，作为"快乐的雪花"的"我"，说出了自己娟娟飞舞所追求的"方向"：那是一个清幽的去处，是一个美丽的花园。在那里，将会有一位年轻的姑娘出来"探望"。"她"是那样的美丽、高洁，在"她"的身上，"有朱砂梅的清香"。这时候，自己是怀着怎样热切的等待，向着这个方向，"飞扬""飞扬"。朱砂梅是一种深红色的梅花，在雪天开放，散着淡淡的清香。诗里的"她"，是美丽的幻象的产物，是爱的所在，也是美的象征，理想和自由的象征。说有"朱砂梅的清香",也就暗含有这个意思。

最后结尾的第四节诗,是以雪花的"消溶",象征自己找到了
"方向"的快乐:

> 那时我凭藉我的身轻,
>
> 盈盈的,沾住了她的衣襟,
>
> 贴近她柔波似的心胸——
>
> 消溶,消溶,消溶——
>
> 溶入了她柔波似的心胸!

这样的由"贴近"变成"溶入"的热烈的抒情,既符合雪花
自身逐渐融化的特性,又暗示了自己追求的理想实现时候的欢快
和喜悦,这是自己对于理想的皈依。

这首诗的抒情基点是以快乐的雪花自喻,用作为具体形象物
体的雪花,来比喻抽象的精神。通篇用的是比喻,雪花比喻自己,
是直喻,或叫明喻。"她"比喻所要追求的理想境界,是暗喻,或
叫隐喻。诗里所写的想象中的所有活动,都是在这些比喻的基础
上展开的。比喻是在两个不同的事物中找出相似的地方,但在这
里更多的还是通过比喻,使自己的情绪宣泄获得更大的自由度,
比直接的抒情能够给人更加丰富的联想,构成一个被渲染而成的
美丽的艺术世界。快乐飞扬的雪花,清幽的花园住处,满身朱砂
梅清香的姑娘,都在比喻的领域里联结在一起,使诗人的情绪与
思想获得了更大的自由展现的天地。它们经过想象的编织,构成
一个以自由的个性寻找美的艺术世界。这个世界是与冷漠、凄清
和寂寞不相容的。可以看到,二三十年代知识分子"寻梦"的主

题，在这首诗里换了一个视角：《再别康桥》中"寻梦"的主体是诗人，《雪花的快乐》里"寻梦"的主体变成了"雪花"。雪花是诗人的化身，雪花也是诗人性格与精神的外化。

经过五四运动启蒙，又经过剑桥自由生活的熏陶，徐志摩自由主义的思想与个性，是根深蒂固的。他开始在美国留学，为了师从他所崇拜的英国大哲学家罗素，他放弃了诱人的博士头衔，到英国剑桥大学就读。虽然这时的罗素已经因为反对第一次世界大战，主张人道和自由，而被迫离开了那里，但是两年的剑桥生活仍然开启了他酷爱自由的灵魂。他说"我的自由意志，是剑桥给我胚胎的"，也就是说，剑桥文化为他孕育了英国式的民主政治理想。他后来在《猛虎集》序言里说，这是一种"单纯的信仰"。回国后的 1923 年到 1924 年，他热烈地追求这种理想。1923 年 1月，蔡元培为罗文干遭非法逮捕案向北洋军阀政府辞职，并发表宣言宣称与北洋军阀政府不合作，引起学潮。徐志摩发表了《就是打破了头也还要保持我灵魂的自由》一文，支持蔡元培先生的主张，坚持"理想主义的行为和人格"，文章里说："我们应该积极同情这番拿人格头颅去撞开地狱门的精神。"在 1924 年 9 月写成的《婴儿》这篇散文诗里说："我们不能不想望这痛苦的现在，只能准备着一个更光荣的将来，我们要盼望一个洁白的肥胖的活泼的婴儿出世！"这里的"婴儿"，象征一种民主自由的理想。在《雪花的快乐》写作前的一个月，徐志摩发表了一首诗《为要寻一个明星》，集中表现了他对自己民主自由的理想的追求：

> 我骑着一匹拐腿的瞎马，
> 向着黑夜里加鞭；——

向着黑夜里加鞭，

我跨着一匹拐腿的瞎马！

我冲入这黑绵绵的昏夜，

为要寻一颗明星：——

为要寻一颗明星，

我冲入这黑茫茫的荒野。

最后，累倒了牲口，也累死了骑马的人，这时候天上才"透出水晶似的光明"。这些都可以说明，徐志摩追求民主自由的理想，怎样成为他精神生活的重要动力。《雪花的快乐》就是这种精神追求与飘洒飞扬的雪花融合在一起的一种艺术的升华。由于这首诗不是着重表现理想的内涵本身，而是着重表现追求的精神和个性，我们就在诗里更多地看到了徐志摩这个人的浪漫与天真、活泼与潇洒。雪花的形象和诗人自己的精神性格达到了完全的和谐统一。徐志摩的一生，就是一片快乐的雪花，很美的飞扬，也很快地消失了。

徐志摩在他短暂的一生中，对新诗艺术和形式的探求做出了重要的贡献。他既吸收19世纪英美诗歌音乐与格律的长处，又保持传统诗歌注重抒情和含蓄蕴藉的传统，兼收并蓄，创作现代民族风格的抒情诗。这首诗，与屈原《离骚》中以香草美人喻君子的比兴抒情方法，显然是相通的。宋代著名词人姜夔，有两首咏梅的作品《暗香》《疏影》，为后人所称道。第一首《暗香》是："旧时月色，算几番照我，梅边吹笛。不管清寒与攀摘。何逊而今渐老，都忘却、春风词笔。但怪得、竹外疏花，香冷入瑶席。江国，正寂寂，叹寄与路遥，夜雪初积。翠尊易泣，红萼无言耿相忆。长记曾携手处，千树压、西湖寒碧。又片片、吹尽也，几时见得。"以咏雪中梅花，怀友人或情人。这首《雪花的快乐》，以雪中花园里的"她"有朱砂梅的清香，象征理想或情人，是深得传统启示的。全诗注意用词精练，注重色彩和音乐的效果，注意每首诗的行与节的排列，显示出现代格律诗实验的丰富性。

　　　　假如我是一朵雪花，
　　　　翩翩的在半空里潇洒，
　　　　我一定认清我的方向——
　　　　飞扬，飞扬，飞扬，——
　　　　这地面上有我的方向。

　　　　不去那冷寞的幽谷，
　　　　不去那凄清的山麓，
　　　　也不上荒街去惆怅——
　　　　飞扬，飞扬，飞扬，——
　　　　你看！我有我的方向！

　　诗里注意每行的音尺数，使句子不要过长，一二押韵，三四五押韵，让旋律和节奏与雪花的飘舞相合拍，给人强烈的音乐感。朱自清先生在《中国新文学大系·诗集》导言里谈到徐志摩的诗时说："他是跳着溅着不舍昼夜的一道生命水。他尝试的体制最多，也译诗，也最讲究比喻——他让你觉着世界上一切都是活泼的、鲜明的。"《雪花的快乐》就是这种"活泼的、鲜明的"风格的最典型的诗篇之一。

海　韵

徐志摩

一

"女郎，单身的女郎，
你为什么留恋
这黄昏的海边？——
女郎，回家吧，女郎！"
"啊不；回家我不回，
我爱这晚风吹："——
在沙滩上，在暮霭里，
有一个散发的女郎——
　　　　徘徊，徘徊。

二

"女郎，散发的女郎，
你为什么彷徨
在这冷清的海上？
女郎，回家吧，女郎！"
"啊不；你听我唱歌，
大海，我唱，你来和："——

在星光下，在凉风里，
轻荡着少女的清音——
　　　　　高吟，低哦。

三

"女郎，胆大的女郎！
那天边扯起了黑幕，
这顷刻间有恶风波，——
女郎，回家吧，女郎！"
"啊不；你看我凌空舞，
学一个海鸥没海波："——
在夜色里，在沙滩上，
急旋着一个苗条的身影——
　　　　　婆娑，婆娑。

四

"听呀，那大海的震怒，
女郎回家吧，女郎！
看呀，那猛兽似的海波，
女郎，回家吧，女郎！"
"啊不；海波他不来吞我，
我爱这大海的颠簸！"
在潮声里，在波光里，

啊，一个慌张的少女在海沫里，

蹉跎，蹉跎。

五

"女郎，在哪里，女郎？
在哪里，你嘹亮的歌声？
在哪里，你窈窕的身影？
在哪里，啊，勇敢的女郎？"
黑夜吞没了星辉，
这海边再没有光芒；
海潮吞没了沙滩，
沙滩上再不见女郎，——

再不见女郎！

海魂之歌

读徐志摩的《海韵》

一首抒情诗，受到著名语言学家赵元任的青睐，他专门为之谱曲，传唱一时，至今余韵犹存，这份厚遇，在中国现代诗歌史上是不多见的，《海韵》因此也由它的优美抒情，为读者所倍加珍爱了。

《海韵》写于1925年，发表于是年8月17日《晨报·文学旬刊》上。

一位披散着头发的年轻女郎，徘徊于海边黄昏的沙滩上，同在海边的另一个人的声音，用劝慰的口吻同女郎对话。这个好心人反复劝说年轻的女郎："女郎，回家吧，女郎"，黄昏的海边一片"冷清"，风险浪恶，波涛如"猛兽"，完全是一个没有安全感的世界。然而这位因为某种理由离家出走并热爱自由和大海的年轻女郎，是那样的"勇敢"，"大胆"，无拘无束。她执着于自己的选择，绝无悔意，绝不回头，不返回她已经离开的那个"家"里去。她获得了一个与那个"家"全然不同的广阔的天地，成了一个自由人。她于"晚风"习习的沙滩上自由"徘徊"，她于应和着涛声的星光下低吟高唱，她学出没于海波上的海鸥婆婆起舞，她自信爱"大海的颠簸"者不会为大海"吞"去。但是这女郎毕竟是天真而幼稚的，她只知道大海的美丽自由，而不懂得大海的汹涌险恶。年轻的女郎以最美好善良的心灵去看海，她不知离开一个险恶的"家"之后来到的同样是存在着险恶狰狞的世界。最后，这自由和爱的生命的象征，不可避免地被"猛兽似的海波"所吞没了，连同那"嘹亮的歌声"和"窈窕的身影"。"黑夜吞没了星辉，/这海边再没有光芒；/海潮吞没了沙滩，/沙滩上再不见女郎，/再不见女郎！"

《海韵》在对话的形式和移动的情感中，似乎写了一个爱情的悲剧。如朱自清评论新月派诗人群时说的，他们写的往往不是真实的爱情，而是"理想的爱情"。此诗概属这一类。离家出走而决不返回的女郎，尽管没有更深幽的象征意义，但她的概括性远远超出个人爱情哀乐得失的范围。在这个年轻女郎的勇敢与悲哀的经历中，隐含了一种时代女子普遍的命运。如"五四"时候易卜生笔下的娜拉提出的问题一样，同一个牢笼决绝之后的女郎，勇敢追求着自由的爱的世界，命运却决定她逃离一种悲剧而投入了另外一种悲剧。因此这美丽而勇敢的年轻女郎的形象，就于浪漫的歌唱中具有了更大的意义和象征性。"五四"时代觉醒的女性追求爱情与个性解放的精神在这个女郎的身上得到体现。她渴望自由的心境，她美丽的歌声舞姿，她无畏勇敢的品格，以及她最后被吞没于汹涌波涛之中的悲剧，读了之后，都使人产生赞美与同情、敬佩与震惊的复杂情感。徐志摩精心构筑的全诗用意，即在这种悲剧的歌唱中得到了美的传达。

年轻的女郎徘徊和投身的大海，当然也超越了自然的大海本身的性质而有了更深广的含义。这是爱的海，是生活的海，是充满了矛盾的人生之海。海有宁静，海有柔和，海也有野兽一样的凶猛和震怒。海给人以美和自由的渴望，海也可以将美和自由的渴望吞没。女郎投身大海的波涛，是一种生命的被吞没，同时从另一个角度来看，又何尝不是一种爱和生命的最终获得？从这个意义上讲，"海韵"既可以看作大海边上带浪漫色彩的爱情悲歌，也可以看作在人生大海中美的追求失落后诗人内心律动的记录。

徐志摩最热心于输入和再造西方诗体，努力构建一种多样化的现代格律诗，《海韵》就是一个很好的实践例证。全诗分五节，每节九行，都是运用一组对话加上三行客观旁述构成。问话四行，排列句式两长两短，答话两行，除第五节外均以女郎回答"啊不"这一否定句式开头。诗人自己处身于两个声音之外的旁述者的地位，这样既可以增加诗的变通性与灵活性，充分展开女郎内心世界的矛盾历程，又便于渲染气氛，刻画女郎的精神品格和外在世界。这种诗体构建显出整体性的紧凑感与建筑美。各节大体押韵，又错落参差，如第一节是abbaccdac，而第二节则是aaaabbccb，第三节又是abbacbadc，既注意韵脚，又不苛求统一，显出一种流动多变的音乐美。诗行努力在整齐又参差中求一致，各节间互为呼应，也实践了闻一多先生倡导的建筑美的理想。它能够被配乐歌唱，也说明确有内在情感与外在音乐结合的韵美，与一些"豆腐干"式的形式主义作品是大不相同的。

《海韵》的艺术生命，不仅在于塑造了一个追求自由的勇敢的年轻女郎的形象，而且在于它有感情内在流动的韵味。如大海的涛声一样，每节诗都有内在情感推进的律动：时间的推移是由黄昏至夜幕降临，情境的转化是由"晚风"习习至"恶浪"涌起，主人公的经历是由海边徘徊、歌唱、起舞、蹉跎、到被恶浪吞没；问者声言的关切，女郎回答的决绝，形成鲜明的对比。在"潮声"

与"波光"中，女郎由"勇敢"变为"慌张"，以至于最后消失于大海之中的过程写得鲜明、清晰，引人思索，也令人回味。读罢全诗，掩卷沉思，女郎的歌声和身影，女郎的欢乐和悲哀，会深深留在人们心中。人们不能不在"海韵"的律动中回想起一曲爱韵律动的悲歌，这悲歌激起美的回响，这悲歌也净化人的灵魂！在悲剧性的冲突中，人的美和自然也可以达到一种和谐，一种物我不分的至高境界。

再别康桥

徐志摩

轻轻的我走了，
正如我轻轻的来；
我轻轻的招手，
作别西天的云彩。

那河畔的金柳，
是夕阳中的新娘；
波光里的艳影，
在我的心头荡漾。

软泥上的青荇，
油油的在水底招摇：
在康河的柔波里，
我甘心做一条水草！

那榆荫下的一潭，
不是清泉，是天上虹
揉碎在浮藻间，
沉淀着彩虹似的梦。

寻梦？撑一支长篙，
向青草更青处漫溯，
满载一船星辉，
在星辉斑斓里放歌。

但我不能放歌，
悄悄是别离的笙箫；
夏虫也为我沉默，
沉默是今晚的康桥！

悄悄的我走了，
正如我悄悄的来；
我挥一挥衣袖，
不带走一片云彩。

十一月十六日中国海上
（选自 1928 年 12 月第 1 卷第 10 期《新月》）

悄悄是别离的笙箫

读徐志摩的《再别康桥》

"康桥"，现在通译为"剑桥"，这里是指英国著名的剑桥大学。1920 年秋天，徐志摩由美国到伦敦，在剑桥大学、伦敦大学学习，1922 年上半年由剑桥大学皇家学院特别生转为正式研究生，过了半年的正式学生生活，8 月中旬离开剑桥大学经伦敦回国。在这期间，他对剑桥大学的一切产生了很深的感情。1923 年 3 月，他在《时事新报》上发表了一首诗《康桥再会吧》，但艺术上比较松散、冗长，缺少诗味，没有产生什么影响。1925 年 7 月，他第二次访问伦敦，于 1926 年 1 月写了为人熟知的现代散文名篇《我所知道的康桥》。1928 年 8 月初，他第三次来到伦敦，重访剑桥大学。10 月份归途中访问印度后，经新加坡回国。或许是旧情意犹未尽，或许是嚼味最新的感受，他于 11 月 16 日在快要到达中国的船上，突然灵感发作，再度以诗的形式传达自己蕴藏胸中已久的题材，挥洒自如地创作了《再别康桥》这首不朽的杰作。

《再别康桥》最初发表在 1928 年 12 月 10 日出版的《新月》月刊第 1 卷第 10 号上，后收入 1931 年 8 月上海商务印书馆出版的《猛虎集》里。

剑桥大学不仅有自由的学术环境，而且有美丽的自然风景。

徐志摩在《我所知道的康桥》里，详细地描写过这里美丽的风景和他在这里自由自在的生活。他说："康桥的灵性全在一条河上；康河，我敢说是全世界最秀丽的一条水。"弯弯曲曲、清澈见底的河水，河水里飘着的长长的青草，两岸四季常青的绿茵茵的草坪，桥的两端斜倚的棵棵垂柳，矗立于岸边的宏伟教堂，庄严秀丽的各学院的建筑群……徐志摩非常喜欢这个地方，为这里大自然的优美、宁静、和谐所陶醉。在清晨，或在傍晚，他常常在织锦一般的草地上读书，有时俯身观看康河里的流水，有时仰头凝望天上的行云，有时撑一支长篙在康河里划船，有时则在夕阳西下的晚景里，骑上一辆自行车，独自去追赶天边阔大的太阳……在并不太长的时间里，诗人在这里陶冶了性情，丰富了知识，获得了自由与美的意识的熏染。他后来曾说："我的眼睛是康桥教我睁的，我的求知欲是康桥给我拨动的，我的自由意识，是康桥给我胚胎的。"《再别康桥》这首诗，就写出了诗人对康桥美丽景色的赞美和自己与之再次别离时的深情。

康桥与自己关系太密切了，自己太爱这个地方了，怎样才能更好地写出自己的感情呢？这就有很大的难度。他在《我所知道的康桥》里就说过："一个人要写他最心爱的对象，不论是人是地，是多么使他为难的一件工作。你怕，你怕描坏了它，你怕说过分了恼了它，你怕说太谨慎辜负了它。我现在想写康桥，也正是这样的心理。"对于这个"最心爱的对象"，自己感情的表现，既不能太过分，又不可太拘谨；不能恼了它，也不能辜负了它。为了把握好这样的感情传达的分寸，作者巧妙地给自己确定了一个最佳的视角，那就是选择最能代表剑桥大学之美的康河的黄昏到星夜，展开抒情。在康河黄昏的描写中，诗人又突出一个"静"字，以自己无声地、悄悄地告别、来展现康河给人印象最为突出的宁静与和谐的美。作者曾说，他是怎样尤其爱康河"那四五月间最渐缓、最艳丽的黄昏，那才真是寸寸黄金。在康河边上过一个黄昏是一服灵魂的补剂啊！"

诗的一开头，诗人就以"轻轻的"告别突出了"宁静"的基调，他这样写道：

> 轻轻的我走了，
>
> 正如我轻轻的来；
>
> 我轻轻的招手，
>
> 作别西天的云彩。

这是一个非常宁静的夕阳晚照的黄昏，也是一个非常宁静的作别的姿态。诗中有意连着用了三个"轻轻的"字样，一下子就突出地表现了自己对康河深情的爱和依依惜别的情感。康河给诗人最美的印象，是它的宁静与和谐。诗人不忍让自己的离别破坏这种境界，即使是挥挥手打一下招呼，也不能有一点点儿的喧哗，去惊动它的宁静，打破它的这种美。轻轻地来，轻轻地走，又轻轻地告别，作者这样的描写，将诗的感情引入了与所描写对象完全和谐一致的境界，外在姿态的选择，准确地暗示了内心的波澜，使自己对于剑桥大学眷恋的、深情的表现，达到了最佳的效果。

徐志摩说："康桥的灵性全在一条河上。"诗人的抒情完全聚光在一条河上。接着开头这轻轻的别情，诗人共用五节诗，通过想象自己在康河上沿流"漫溯"，集中描写了康河的美丽与宁静，自己对康河的依恋和柔情。

那河畔的金柳，

是夕阳中的新娘；

波光里的艳影，

在我的心头荡漾。

　　一句用比喻，一句用描述，一句似客观的静观，一句有主观的介入。河畔的金柳，水里的波光，夕阳照耀之下康河的美丽，已经与诗人的情感完全融合在一起了。在这样的情景中，以至于诗人个人也要完全融于自然的美中去，响应着那水底"软泥上的青荇"的"招摇"："在康河的柔波里，/我甘心做一条水草！"这种人与自然的融合，这种自然美的感悟，是物我两忘的情景，是"天人合一"的境界，是无拘无束的生命追求自由与美的精神的吐露与象征。

　　弯弯曲曲的康河上游，是有名的拜伦潭（Byron's Pool）。据说这是诗人拜伦当年常常游玩的地方。"那榆荫下的一潭"，当指此地。沿着前面物我相忘的描写之后，诗的第四节，就来写这潭水的幽深之美了。在黄昏里，潭里的清泉，倒映着天上的彩虹，给人以如梦如幻的诗意。潭水里流的明明是澄澈的清泉，但诗人在这里偏偏说这不是清泉，而说成天上的彩虹被揉碎了飘落在浮藻间，沉淀在水深处。一潭清水，"沉淀着彩虹似的梦"。这里虽然是漂亮的直喻，但用了"揉碎"彩虹这一想象，不但非常新奇，而且将诗的抒情引向了更为幽深的境界。这是自然的"彩虹似的梦"，也是人生美丽理想的"梦"。对于康桥的自然美的歌颂里，寄托的是诗人追求的美丽理想和人生之梦。

　　诗的第五、六两节，接着这梦的出现，抒写了梦的追寻与离别的静默。

> 寻梦？撑一支长篙，
> 向青草更青处漫溯，
> 满载一船星辉，
> 在星辉斑斓里放歌。

当年，徐志摩曾经撑着长形的撑篙船，或乘小船，在康河上漫游，如梦如痴地享受着快乐自由的青春时光。他说过："在初夏阳光渐暖时你去买一支小船，划去桥边荫下躺着念你的书或是做你的梦，槐花香在水面上漂浮，鱼群的唼喋声在你的耳边挑逗，或是在初秋的黄昏，迎着新月的寒光，望上流僻静处远去。爱热闹的少年们携着他们的女友，在船沿上支着双双的东洋彩纸灯，带着话匣子，船心里用软垫铺着，也开向无人迹处去享他们的野福——谁不爱听那水底的音乐在静定的河上描写梦意与春光！"（《我所知道的康桥》）像"五四"以后许多有志青年一样，诗人也是一个人生的"寻梦者"。在康桥这样天之骄子生活的地方，更是如此。此时，他欲撑着长篙，沿流漫溯，载着满船星光，一腔别情，对于这个自己曾经获取青春生命乳汁的地方，给予自己智慧与自由情怀的美丽母校，不由得不产生"在星辉斑斓里放歌"的强烈冲动。可是这里太美丽了，太宁静了，夜色，星光，水草，金柳，深潭的清泉，彩虹揉成的梦……构成了一曲大的"调谐"，甚至使自己不忍用压抑不住的豪情的放歌来打破这种美丽。

> 但我不能放歌，

悄悄是别离的笙箫；

　　夏虫也为我沉默，

　　沉默是今晚的康桥。

　　此时此刻，无声的"悄悄"是一曲深情的、别离的歌。无言的沉默是对康桥最美的告别。这种欲放即敛的方法，突现了全诗赞颂的"宁静美"，由景的宁静转为情的宁静，使得诗人至深至爱的别离情怀，在跌宕起伏的旋律中得到了更为充分的表现。"悄悄是别离的笙箫""沉默是今晚的康桥"，这些警句，或新颖漂亮的比喻，或朴实无华的直抒，因为浓缩了诗人在当时情境中的独特感受，就能传达出古诗中"此时无声胜有声"的情韵，而且更加具象化了，给人以一种潇洒与深沉相结合的美。

　　为了强化"再别"的感情色彩，最后一节诗又回到诗的开头的告别：

　　悄悄的我走了，

　　正如我悄悄的来；

　　我挥一挥衣袖，

　　不带走一片云彩。

　　这里，与第一节诗相比，其他的诗句没有任何改动，只是更换了最后一句，效果显然并不是民歌体简单的复沓，而是传达的情感意义不同了。"作别西天的云彩"，是告别之初的一般性动作，没有浓厚的感情色彩；"不带走一片云彩"，是经历康河上漫溯后产生的灵性，已经饱含了诗人的一番新的感情，将自己对康桥的爱与眷恋化成了一个洒脱的意象，一个极富于动态感的姿态。这里不仅写出了诗人的深情，给全诗平添了几分诗意、飘逸和潇洒，而且在出人意料的奇想中，透出了这一个诗人独自拥有的个性美。不惊扰这里的美和宁静，不带走这里的一片云彩，在与整首诗基调完全一致的复沓性抒写中，诗人的感情境界确然已经得到了更高的升华。全诗也由此完成了一个美丽的圆形抒情结构的建设。

　　《再别康桥》是现代别离诗的一颗明珠。中国古典诗歌中关于别离主题的创作发展得非常成熟，留下了很多美丽的佳篇。这首诗显然借鉴了唐代诗人李白《送友人》的诗意。原诗是："青山横北郭，白水绕东城。此地一为别，孤蓬万里征。浮云游子意，落日故人情。挥手自兹去，萧萧班马鸣。"同样是写别离，写水，写落日，写挥手，但却没有"此地一为别，孤蓬万里征"的内在辛酸与放作豪放，也没有"挥手自兹去，萧萧班马鸣"的静中有动的渲染，而是以"我挥一挥衣袖，不带走一片云彩"的以静写静的处理，由"挥手"变为"挥一挥衣袖"，由"马鸣"变为"不带走一片云彩"，因而由增加一点儿"生气"，转而为多了一分"灵气"，使《再别康桥》既继承了古典诗歌的传统，能够在别离的主题中，注入现代人对于自己母校深情厚爱的情怀（再次告别异国的母校，这本身就很有现代意味），超于一般离别眷恋的人情感叹，更具有了现代知识分子崇尚自我的个性色彩和追求自由的淡淡的象征意蕴。这首诗中所蕴含的现代觉醒者的寻梦意识和一个富有个性的诗人对于自由与美的强烈追求，使得"别离"这个古老的主题获得了新的时代品格。《再别康桥》因此成为中国20世纪里一首最出色的现代别离诗。它潇洒飘逸的风格，也就带有了一个现代浪漫诗人特有的抒情姿态与色彩。

全诗特别注意情与景关系的处理，没有刻意抒写别离时的情感波动。这是与古典诗歌追求蕴蓄的审美传统有关系的。全诗淡化了这一类主题诗的离别之情的宣泄，着重于康桥美丽自然景色的描写，将自己的爱和眷恋的感情对自然景色的美的歌咏熔于一炉，景中含情，融情于景，在亦情亦景、情景交融的意境中，使一个现代海外学子的离别之情，表现得更深，更美，更为浑厚和潇洒、朴实和自然，如一颗圆润发亮的珍珠，给你的不是零星的闪光和美丽，而是一种人与自然、情与美和谐统一的完整。

徐志摩是现代格律诗的倡导者之一。《再别康桥》就是格律诗实践的一个典型。全诗共七节，每节四行，每行有三到四个音节，如：

那／河畔的／金柳，

是／夕阳／中的／新娘；

波光／里的／艳影，

在／我的／心头／荡漾。

每节诗的二、四行，在排列上均低一格处理，使得诗外形的"建筑美"，似乎要与诗里所歌咏的康河流水的波纹取得内在的一致。每节诗均二、四句押韵，个别的诗节一、三句也押韵，如第四、六节的"潭"与"间"，"歌"与"默"，但不完全如此，而二、四行押韵则是严格的。这样，就给这首抒情诗带来了音乐美与造型美统一的品格。这首诗至今仍为广大青年学生和许多读者所深深喜爱，以至于经常成为许多青年学生在毕业的时候给自己母校留下的"赠言"，而之所以能够如此，除了它所表现的带有普遍性的情感美引起的内心共鸣之外，也和诗的情感传达所具有的音乐与形式美是分不开的。

怪丽而深沉的歌

—读李金发的诗—

衰老的裙裾发出哀吟，
徜徉在丘墓之侧，
永无热泪，
点滴在草地
为世界之装饰。

李金发：中国象征诗的启明星

李金发于 1920 年开始写诗，这时他还不满 20 岁。在 1925 年后，他相继出版了《微雨》《食客与凶年》《为幸福而歌》三本诗集。1925 年回国后，他主要从事雕塑艺术教育，还陆续写了一些诗，先后发表于《美育》杂志、《世界日报》副刊、《人间世》《现代》等杂志。抗战期间，他的诗文合集《异国情调》出版。前后 20 年李金发共写诗四百五十多首，可以说是一位多产的青年诗人。

李金发自己说，他最初是"受鲍特莱尔（波德莱尔）与魏尔伦的影响而作诗"的，作品中很有波德莱尔的"趋向"。他为自己诗的过分难懂而辩解时也说："我的名誉老师是魏尔伦。"❶ 因此，他的诗模仿法国象征派诗人作品的痕迹很重，缺乏消化创造，许多诗过分晦涩而使人不解，被时人称为"诗怪"，是不无道理的。

李金发同其他象征派诗人一样，奉行一套唯美主义的艺术原则。他有改变中国"丑恶之环境"以使中华民族跻入"文明民族之列"，过上"人的生活"这一良好的愿望，但提出了一个幻想世界中的药方。他宣称："艺术是不顾道德，也与社会不是共同的世

---

❶ 《巴黎之夜景·译者附识》，载 1926 年 6 月《小说月报》第 17 卷第 2 号。

界。艺术上唯一的目的，就是创造美，艺术家唯一的工作，就是忠实表现自己的世界。所以他的美的世界，是创造在艺术上，不是建设在社会上。"❷ 脱离社会制度与社会生活的变革，去侈谈建设美的生活和美的世界，这不过是王尔德的唯美主义幻想。李金发的这种唯美主义的艺术追求，决定了他的诗歌创作同西方象征派诗人精神上的联系，也致使他的作品同现实生活之间存在遥远的距离。他用他全部的心血去创造他的"美的世界"。有一首题为"自挽"的诗，其中一节表白道：

> 人若谈及我的名字，
> 只说这是一秘密，——
> 爱秋梦与美女之诗人
> 倨傲里带点 méchant❸

这段自白多少概括了李金发诗歌内容追求的主要倾向和特征。他歌唱人生和命运的悲哀，歌唱死亡和梦幻的境界，歌唱爱情的欢乐和失恋的痛苦，歌唱自然景色和自己的感受。人民的呼吸，时代的脉搏，在他的诗里几乎是听不见的。他的诗是纯属于他自己的。他用象征主义的怪丽歌声建造幻梦中"美的世界"的艺术殿堂。如他的《弃妇》，表面看是写一个被遗弃的妇女的痛苦与悲哀，实际上是在悲剧性的象征形象里，抒写、发泄自己对人生命运的感愤和不平。他渴望着"人生的美满"，心里却充满着"一

---

❷ 李金发：《少生活美性之中国人》，载 1926 年 7 月 26 日《世界日报》副刊第 6 号。

❸ 法文：狡黠。

切的忧愁"和"无端的恐怖"（《琴的哀》）。他是那么希望"饥渴地剪碎一切忧戚"，但又自叹"长林中满贮着我心灵失路之叫喊"（《死者》《给 X》）。他感叹人生道路的悲苦，却又抚摸舐吮着伤口渴望挣扎奋斗：

> 中伤的野鹤，
>
> 从未计算自己的命运，
>
> 折翼死于道途，
>
> 还念着：多么可惜的翱翔。
>
> ——《诗人凝视》

　　这个中伤野鹤的形象和心境，实际上可以看作在美的追求中不倦挣扎与眷念的诗人自己的象征。由于追求美，诗人便憎恶丑。加上受到波德莱尔的影响，丑恶、死亡、梦幻，甚至腐烂和恐怖的主题，都进入了他诗歌的艺术表现领域。他吸取了西方象征派诗题材的新奇性和情感的颓废性，却淡化了他们思想的深刻性和否定批判的尖锐性。如《夜之歌》《死者》《生活》《英雄之死》《有感》等，既不能激起人们深切的憎恨，也不能给人太多愉悦的美感，最多是在新奇的意象里感到作者那颗颓唐的心。那首有名的《有感》就是这样：

> 如残叶溅
>
> 　血在我们
>
> 　　脚上，

生命便是

死神唇边

的笑。

诗人抒发的是封建和资产阶级诗人早已唱烂了的悲观绝望的
"真理"：人的生和死近在咫尺，只有沉湎于酒和爱，才能得到暂
时的享乐和慰安。这不过是将颓废的人生哲学和新奇的形象比喻
凝聚在短促的抒情旋律中，显示了李金发诗歌象征主义的思想与
艺术特征。

在李金发笔下，生与死的主题又常常和对梦境与幻觉的描写交
织在一起，梦境与幻觉成了诗人内心世界的一种象征。有的诗还比
较乐观，如《幻想》写了幻想中春天的自然与人和谐的图画，读了
令人向往，与诗人一起感到"欢乐如同空气般普遍在人间"。有的
诗就写得过分奇异而荒诞，很少给人以艺术美感的愉快，那首渲染
自己孤独寒冷的《寒夜之幻觉》就是如此。在梦境与幻觉中没有熔
铸进诗人自己特有的发人思索的灵魂，倒是那些关于爱情欢乐痛苦
的歌唱，关于家乡和母爱的怀想，关于大自然景物的吟咏，给新诗
带来了别开生面的声音。歌唱女性、歌唱爱情，几乎成为他创作中
压倒一切的主题。他认为"能够崇拜女性美的人，是有生命统一之
快感的人；能够崇拜女性美的社会，就是较进化的社会"。他"愿
永久作爱情诗，因为女性美，是可永久歌咏而不倦的"。爱情诗差
不多占了《微雨》诗集的一半，到了《为幸福而歌》里就更多了。
他在这本诗集的《弁言》中告白："这集多半是情诗，及个人牢骚之
言情诗的'卿卿我我'，或有许多阅者看得不耐烦，但这种公开的
谈心，或能补救中国人两性间的冷漠。"这说明他的爱情诗除了有一

部分是"卿卿我我"的浅薄庸俗之作以外，另有不少作品具有向封建传统舆论挑战的意义。这种大胆的"公开的谈心"给他一些健康的爱情诗带来了明快泼辣的色彩。无论是写对过去爱情的怀念，如《温柔》《在淡死的灰里》《春思》《晨》，还是写情人幽会的情景，如《心愿》《记取我们简单的故事》等，情调、意象和语言都比较明快活泼，没有晦涩和轻佻的毛病。而有些爱情诗，由于作者的生活和艺术采撷，还染上了一种独特的异国情调，如《Evika》《钟情你了》等。这为新诗的爱情题材领域增添了新的色彩。那首《少年的情爱》写自己梦境中一段少年时代爱情的回味，新颖的艺术想象、具体的生活场景、传统象征事物的汇进，给这首诗带来了浓郁的生活气息和亲切的诗情画意。李金发的这些诗作，在20世纪20年代中期反对封建礼教束缚、追求个性解放和自由的进步文艺潮流中，也可以称得上有特色的佳作。

李金发有不少诗篇描写自然景物，怀念故乡生活，怀恋亲人的至情，因为记录了对自然美的独特感受，再现了人们心中普遍存在的思乡怀人的美好情思，又以新颖的比喻和象征的手法出之，不仅在当时，就是在今天也能唤起人们的愉悦和共鸣。诗人有时还将个人思亲的生活哲理融入自然描写之中，也给人以联想和启迪。小诗《律》以景物变化隐示自然发展的规律，写得饶有兴味。另一首《园中》写自然中的一切都那么无拘无束、平等自由的生存和往来，自然的"乐园"象征了诗人向往的人间"天国"，外在世界的和谐与内在世界的诗情，在诗里得到了统一。此外如《春城》《威廉故园之雨后》《盛夏》《风》《雨》《秋》《春思》《无名的山谷》等，都是这方面有特色的佳作。

读了有些作品，我们也会感到，诗人那颗追求真善美的心，有时又从那美的艺术之宫中走进纷扰动乱的艺术世界。在他第一首《故乡》中，我们于一个年轻漂泊者的心声中，体味到一种真挚而甜蜜的感伤，回想中淡白而熟悉的面影，引着自己沉湎于往昔青春的梦想中：

> 记取晨光未散时，
> ——日光含羞在山后，
> 我们拉手疾跳着，
> 践过浅草与溪流，
> 耳语我不可信之忠告。
> 和风的七月天
> 红叶含泪
> 新秋徐步在浅渚之荇藻，
> 沿岸的矮林——蛮野之女客
> 长留我们之足音。

另一首《故乡》，美丽的海南风光和野蛮的格斗风俗纠合在一幅图画里，悲愤中透露出诗人对僻远山村封建野蛮旧俗的批判。诗人还是一个不能全然忘记人间烟火的青年。1928 年，诗人重回故乡时写的一首《怀旧之思》，抒写看到的残败颓凉的自然和旧物，向苍天下跪以至于伸手行乞的乳母的哭声，诗人的心是沉重的。到了 20 世纪 30 年代，虽然他仍不免感伤颓废地歌唱，但时有凝视心外世界的心声。那首《忆上海》就以深沉的调子诅咒了那个"容纳着鬼魅与天使的都市"。到了抗战期间在广东韶关写的十几首诗，如《无依的灵魂》《轻骑队的死》《人道的毁灭》《悼》等，或谴责敌人的暴行，或歌颂人民悲壮的抗搏，都浸染着一种爱国的气息和愤怒的火焰。这些微弱的声音毕竟是可贵的。

李金发说："我相信任何派别，都不能离开真善美。"但是他又有自己偏执的理解："世界任何美丑善恶皆是诗的对象。诗人能歌咏人，但所言不一定是真理，也许是偏执与歪曲。我平日作诗，不曾存寻求和表现真理的观念，只当它是一种抒情的推敲，字句的玩意儿。"诗人的艺术主张制约着他的创作实践，又不完全能框束他的全部艺术果实的生产。我们在李金发的几百首诗作中，确实看到了许许多多只是一种"抒情的推敲，字句的玩意儿"的泥沙与腐草。像没有生命的纸花一样，它们在诞生的同时也就伴随着带来了它们的枯萎。但是我们得承认一个事实：艺术产品对于艺术家的独立性，艺术产品与艺术家内心世界关系的复杂性也很重要，通向审美世界的大门不是只为一条道路而开放的。在富于创造性的艺术国土中，人们某些追求真善美的感情是相通的。李金发的一部分作品，不仅通向了这人类普遍感情的世界，也通向了人们艺术审美世界的大门。我们听不到时代号角的呼啸，却听到了存在于人们感情深处的心声。新诗获得了壮大进军声威的伙伴，读者获得了酸涩但又美丽的果实。一切虚假的东西都将消失，美的东西是长存的。

1942 年 11 月，李金发哀叹了："象征派诗出风头的时代已过去，自己也没有以前写诗的兴趣了。"❹这既是象征派诗衰落命运的挽歌，也是他创作生活终结的告白。

中伤的野鹤神秘新颖而又哀切感伤的鸣声，同它的那些微弱

---

❹　华林：《烈火》，载 1928 年《美育》杂志第 1 期。

的回音一起，消失在大时代风涛的怒吼中了。"泥上偶然留指爪，鸿飞那复计东西"！寻觅尘封的旧迹，我们仍可在那些怪丽的鸣叫中，听到某些不仅属于过去而且属于未来的声音回响。

夜之歌

我们散步在死草上，
悲愤纠缠在膝下。

粉红之记忆，
如道旁朽兽，发出奇臭，

遍布在小城里，
扰醒了无数甜睡。

我已破之心轮，
永转动在泥污下。

不可辨之辙迹，
惟温爱之影长印着。

噫吁！数千年如一日之月色，
终久明白我的想象，

任我在世界之一角，

你必把我的影儿倒映在无味之沙石上。

但这不变之反照，衬出屋后之深黑，
亦太机械而可笑了。

大神！起你的铁锚，
我烦厌诸生物之污气。
疾步之足音，
扰乱心琴之悠扬。

神奇之年岁，
我将食园中香草而了之；

彼人已失其心，
混杂在行商之背而远走。

大家辜负，
留下静寂之仇视。

任"海誓山盟"，
"桥溪人语"，

你总把灵魂儿，
遮住可怖之岩穴，

或一齐老死于沟壑，

如落魄之豪士。

但我们之躯体，

既遍染硝磺。

枯老之池沼里，

终能得一休息之藏所么？

1922. Dijon.

（选自《微雨》，北京北新书局，1925 年）

　　《夜之歌》引你走进一个神秘的世界。一股颓废的美的气息会扑面而来，你揣摩，你不解，你感到一种困惑的美，有些诗句或许百思不得其解。这就是一首象征诗的魅力和失落吗？

　　李金发这首《夜之歌》，是 1922 年在法国的小城第戎写成的。这里教堂林立，有"百钟之城"之称。他在这里就学于美术专科学校，一灯如豆，尽心攻读。他有没有尝试爱情的禁果并不重要，重要的是他沉醉于波德莱尔、魏尔伦的诗歌世界中。象征诗人的吟咏题材和美学观念自然浸染了他的创作。《夜之歌》即是一首神秘与颓废气息极重的象征诗篇。

　　爱情和死亡是法国象征派诗人竭力歌唱的主题。李金发受到他们的影响，自称愿意"永久作爱情诗，因为女性美，是可永久歌咏而不倦的"❺。这首《夜之歌》不仅被法国象征派诗艺术主题的氛围所感染，歌唱爱情的失落，歌唱死亡，而且承袭了他们的美学追求：以丑恶入诗，在否定丑恶事物的背后，表达诗人感情世界对美的渴求。表面看起来十分荒诞，实际上隐藏着真实美好的感情。

《夜之歌》有过重的神秘气息，诗的意象跳跃性很大，句法又有过多的省略，造成理解上的困难。同时造成这种情况还有一个原因，似乎诗人的表达还不够充分。

全诗共十八节，三十六行，诗中的情景有现实经历，有幻象境界，大部分的构思是在想象世界中展开的。生活的现实和死亡的幻象交织迭现，造成全诗一种阴郁沉重的朦胧气氛。诗人以"夜之歌"为题，追求的正是这种气氛对情感的呈现作用。

第一节到第五节的十行诗，可以看作一个情绪意义的单元。诗里展现的是失恋者的痛苦心态。"我"是这个爱情失落者的主体。因为失去了爱，客观世界与主观世界，在"我"的眼里都被赋予了一种痛苦、厌恶的色彩。万物因自身情感而变形，散步时的绿茵变成了枯萎的"死草"，没有爱情蜜意者的步履，也由于膝下"悲愤"的"纠缠"而加倍迟缓了。"粉红之记忆"，当然是暗示对往昔美好甜蜜爱情的回想，但是对美好时光的回忆如今已经不能唤起一点儿美好的感情，而只能荡起无比厌恶的心态。恰"如道旁之朽兽，发出奇臭"，这难忍的臭味竟遍布深夜中的小城，把无数的"甜睡"者扰醒了。"我"已经破碎的心和破碎的希望一起，辗转和栖息在路上的"泥污"之下，在那不可辨认的"辙迹"里，剩下的只是过去温馨爱情的影子。它长印在泥地上，也长印

---

❺ 《女性美》，载 1928 年 1 月《美育》创刊号。

在"我"的心中。"我已破之心轮，/永转动在泥污下"，这里的"泥污"，也可以是虚指的想象。作者写自己内心痛苦破碎的样子，不一定指具体的"泥污"，即如"心乱如麻"那样的比拟一样。

伴随着痛苦而来的是孤独。诗的第六节至第十三节大体抒写的是这种情感。诗仍然写的是夜色，但这曲"夜之歌"由痛苦的回想转向了内心的独白。他面对浩渺的长空，发出自嘲的叹息：噫吁，这时候无人了解我的心境，只有你，那高悬太空的"数千年如一日之月色"，才照着我孑然的身影，明白我内心无尽的烦忧与痛楚的"想象"，我独自徘徊在这"世界之一角"，只有你，明亮的月色，把我的影儿倒映在"无味之沙石上"。在作者的眼里，不仅月光下的沙石失去了美感，就连屋子的黑影也那么单调机械而令人发笑。诗人由月色下的孤独转向对现实的厌恶。"大神！起你的铁锚"，这里是在黑夜中企盼太阳的升起。因为"我"已厌烦黑夜中各种生物的污气，为此感到十分痛苦。那些尘世的人们为了世俗目的的"疾步之足音"，打破了"我"内心仅有的美好的宁静。在这充满乖戾"神奇"的岁月里，"我"真想尽快地结束自己痛苦的生命，"食园中香草而了之"。那个"我"所爱恋的人已经失去纯洁的心灵，她混杂在充满"污气"的商人的队伍里远去了。她辜负了"我"美好的感情，留在"我"心中的只是对于这种无情诀别的一种"静寂之仇视"。一个年轻人失恋之后内心的孤独、寂寞、对世俗的憎恶，在这里若隐若现，朦胧而又清晰。月色，大神，心琴的悠扬，园中的香草，行商之背影，这些意象的接连推出，创造了一种整体性的朦胧意境。诗人的心境与这朦胧的意境非常协调地统一在一起。

第十四节到第十八节是这首《夜之歌》的结束部。前面写生前爱的失望与痛苦，这里写死后对爱的怀疑。诗人的心已陷入深深的痛苦，感情由激动转入平静，心理也由痛苦转入反思。诗人开始对过去一切爱情信誓的甜蜜与永恒，表示了怀疑与决绝。任什么"海誓山盟"，任什么"桥溪人语"，都是一片空言。既不信生前可以白头偕老的誓语，也不相信死后可以灵魂相聚的许诺，诗人开始清醒了。他说：这永远是不可能的。人死之后，已经"遍染硝磺"的"躯体"，在"枯老之池沼里"，怎么能够得到一个"休息之藏所"呢？生前既不能共同相爱，死后也不能一起安息。诗人最后以反问的语气对于死后灵魂在一起这一信誓的否定，表现了内心的绝望之感。《夜之歌》至此也以绝望的音调结束了。

《夜之歌》是一曲爱情绝望之歌。作者避免了浪漫主义诗人用惯了的直抒胸臆的方法，把自己的感情历程通过一些充满怪诞、新奇、恐怖色彩的意象烘托出来。有些意象和诗句看上去是丑的，如"死草""朽兽""奇臭""诸生物之污气""可怖之岩穴""躯体，既遍染硝磺""枯老之池沼"等，但是正是这些丑的意象，更强烈地渲染了诗人痛苦绝望的感情，使人读了之后，能在怪诞中更深地体味到诗人的心，一颗跃动着生命、跃动着爱的渴望的年轻人的心。丑的意象经过体味又变成了美的理解与获得，《夜之歌》因此而成为一曲典型的象征派爱情之歌。

在表现手法上，象征派诗人追求官能修饰语的交错搭配，造成一种新奇的效果，美学上称之为"通感"。李金发接受了这一表现方法，在许多诗篇中做了实践。《夜之歌》是一个典型的例子：

我们散步在死草上，

悲愤纠缠在膝下。

粉红之记忆，

如道旁朽兽，发出奇臭。

　　"悲愤"是一种情感，用"纠缠"这一动词是不合理的。可是这一不合理的配置，增强了表达感情的色彩，从效果上看又是合理的了。记忆是没有颜色的，也是没有味道的，只是感觉世界的现象，诗人用"粉红色"形容记忆，而且写它发出"奇臭"之味，用描写视觉、嗅觉的词来修饰感觉的现象，看起来也极不合理，甚至有些荒诞，可是就在这种不合理或荒诞的配置中，一种意外的艺术效果产生了：那些无限美好的往昔爱情我再也不愿去回忆了！用概念表述如此一般化的感情，换了"粉红之记忆"发出"奇臭"，就在强烈的反差中给人更深的印象，也留给读者更大的想象天地。象征派诗中，这种观念新奇的搭配，以及"通感"方法的运用，从审美心理上造成了一种陌生化的效果，读者征服了陌生，走进诗人创造的世界，就会得到一种簇新的审美感受。

　　《夜之歌》的表现方法过于晦涩，有些字句的省略缺乏内在逻辑的联系，如"大家辜负，/留下静寂之仇视"，整首诗颓废气息也过分浓重。我们今天重读它，是为了认识象征派诗在诞生初期给中国新诗带来的另一种面貌。

　　温柔（四）

我以冒昧的指尖，

感到你肌肤的暖气，
小鹿在林里失路，
仅有死叶之声息。

你低微的声息，
叫喊在我荒凉的心里，
我，一切之征服者，
折毁了盾与矛。

你"眼角留情"，
像屠夫的宰杀之预示，
唇儿么？何消说！
我宁相信你的臂儿。

我相信神话的荒谬，
不信妇女多情。
（我本不惯比较）
但你确像小说里的牧人。

我奏尽音乐之声，
无以悦你耳；
染了一切颜色，
无以描你的美丽。

1922 年　柏林
（选自《微雨》，北京北新书局，1925 年）

《温柔》是李金发的一组爱情诗，共四首，1922 年写于柏林，这里讲的《温柔（四）》就是其中写得最好的一首。

　　爱情是人类生活中最丰富最美好的感情。古今多少诗人吟咏这一题材，写出了许多美丽的诗篇。"五四"以后也产生了许多爱情诗，冲破封建礼教与世俗观念的束缚，表现了大胆的反叛精神。李金发收在《微雨》中这一组爱情诗，以直率大胆的感情和朦胧的表现方法，加入了当时这一进步的艺术潮流，显出了自己独特的姿色。

　　《温柔（四）》是一首普通的爱情诗，并没有更深的象征意义，但是与普通的爱情诗又有不同。作者选取了男女青年亲切拥抱这一角度来表现爱情的力量和甜美，又避免了直露粗俗的写法，创造了一个崭新的爱的世界。诗人用感觉世界与想象世界交织、真实的描述与新奇的比喻结合的抒情方法，使这个小小的艺术世界披上了一层亲切而又陌生的朦胧色彩。热烈与恬静两种感情色调糅合在诗中，诗里虽然打着象征派的某些烙印，却不时流溢出一种东方的情调。

　　全诗共五节，每节四行，大体上取整饬的形式。

　　诗的前三节主要是在现实的感觉世界中进行的。诗中呈现的是一对青年人热恋的情景，含蓄中透露着真切，温柔中隐含着热烈。诗题叫"温柔"，构成了这首情诗的基本色调。诗人几乎不愿以任何感情色彩过分强烈的意象来打破这宁静的爱的气氛。他选择了一些带有温柔色彩的字眼，带着你一步一步走进他甜美的感情领域。诗中的呼吸都是轻微的，你想象的脚步也只能放得极慢、极慢……

　　《温柔（四）》的语气是自述，诗人自己就是爱情的主述者。

全诗一开头，就进入了爱的一种独特境界：

> 我以冒昧的指尖，
> 感到你肌肤的暖气，
> 小鹿在林里失路，
> 仅有死叶之声息。

　　你在这里找不到一点儿粗野感情的影子，感觉不到一点儿欲火的痕迹。你感到的只是一种纯洁的心灵和肉体接触拥抱时那种温柔的气息。这气息是那样单纯，那样宁静，真挚中略带一点儿羞怯之意，就如同人们最怜爱的胆怯的小鹿在林中的道路中迷失，轻轻地踏在满地落叶上发出的声音一样。这声音是那样轻，只有用心灵才可以听到。为此，细心的诗人在这里用"指尖"而不用"手指"，用"死叶"而不用"树叶"，用"声息"而不用"声音"，用意都是很明显的。迷失的小鹿和落叶的意象本身又极富感情色彩，它强化了一对恋人的感情在读者心中的魅力，强化了进入热恋时那种宁静的气氛。最宁静的热恋都带有一点儿迷路的神秘感。
　　接着，诗人写热恋对象"低微的声息"带给自己的温暖与快乐，由于"我"轻轻地抚触，少女的心产生了热恋的回响。宁静的氛围被爱的低微声息打破了，诗人知道，没有爱情的心是冰冷而荒凉的。诗人以不经心的笔调写出，只有恋人这轻轻无语的呼唤，才能给自己"荒凉的心"带来无限的温馨，带来无法抗拒的力，以至于使自己完全消融、倾倒、沉醉了：一个"一切之征服者"被征服了，一切的武器——"盾与矛"，都一下子被"折服"而无用了，追求爱恋者变成了爱温驯的俘虏，处在热恋中的诗人自己变成了"迷失的小鹿"。热恋者谁不甘愿承受这种剧变？

诗人继续在感觉世界中徜徉，抒情的视线向纵深推移。第三节诗由情人"低微的声息"转向情人的眼波。这段意思很清楚："你"的眼里流溢着对"我"爱恋的柔波，它含着热烈的渴求，含着熔化的光热，就像一个屠夫要宰杀对象时眼光中"预示"的信息。热恋的柔情进入炽热的高峰。爱的目光，在诗人的感觉中是一种消融，一种吞没，一种合而为一的"预示"，这预示呼唤着更大的渴求。于是诗人说：唇儿的吻么？不消说了，我更渴望的是你那美丽的"臂儿"热烈地拥抱。热烈的目光唤起更热烈的渴求。要不怎么说眼睛是爱情的窗口！到这里，温柔的爱情达到了高潮，诗也进入了抒情的转折点。

一首短的抒情诗，不但意象要蕴蓄，思路也要多变。到了第四节，抒情的视角发生了转换，诗人结束感觉世界而进入想象世界。诗人多么坚信，这爱的获得是真实而热烈的，这是自亚当夏娃的神话传说以来人间的大真实，因此诗人说，他宁愿相信这爱是"神话的荒谬"，而不愿相信这已获得的爱是女子的故作"多情"。神话传说中的故事是"荒谬"的，但那"荒谬"中包含了爱的自然、无私和纯洁，与世俗的情态是不能比较的。但诗人又相信，人真诚的爱是对这种神的爱的超越。它的真实与热烈、甜美与豪放，毕竟比神话更令人神往和沉醉。一种混合烈酒的醇香沁人心中。诗人说的"但你却像小说里的牧人"，就是这个意思。

第五节是短诗的尾声，是以抽象的礼赞形式进行的。赞美的音符升高了八度。奏尽最美的音乐，无法愉悦恋人之耳；涂尽最丰富的色彩，无法描绘爱人的美丽。想象世界的赞颂之词，由于过分抽象和落入俗套，多少损害了这首爱情诗含蓄的完整性。就感情上说是顺理成章，就艺术上讲是画蛇添足。删去末一节，这首诗会显得更完整些，也更蕴蓄些。这是诗人22岁时的"少作"，新诗的风气又是那么的直露，某些新的创造和幼稚的败笔同时出现于诗中也就不奇怪了。

象征派诗"远取譬"的方法会造成陌生化的艺术效果，《温柔（四）》也偶尔用了这种手法。如"小鹿在林里失路，仅有死叶之声息"，可以看出与前边两行诗没有什么必然的联系，但仔细品味，又似乎可以找到很多的联系，譬喻爱情气氛的宁静，譬喻自己的心在爱的沉醉中迷失，譬喻少女被爱抚时心灵的悸动……总之，因为这取譬之远，也便造成读者想象的天地之宽。

有些比喻的新奇、怪异，也是象征派诗人的追求。"我，一切之征服者，／折毁了盾与矛"，"你'眼角留情'，／像屠夫的宰杀之预示"，这里的"盾与矛""屠夫的宰杀"，本身并无唤起美感的作用，但用它来描写爱情的力量和恋人的目光之热烈，有极大的强化作用，感情的效果也在这些新奇的比喻中，给人以新颖的印象，美的嚼味就在这新颖的探求中产生了。

　　在淡死的灰里……

　　在淡死的灰里，
　　可寻出当年的火焰，
　　惟过去之萧条，
　　不能给人温暖之摸索。

　　如海浪把我躯体载去，

仅存留我的名字在你心里，

切勿懊悔这丧失，

我终将搁止于你住的海岸上。

若忘却我的呼唤，

你将无痛哭的种子，

若忧闷堆满了四壁，

可到我心里的隙地来。

我欲稳睡在裸体的新月之旁，

偏怕星儿如晨鸡般呼唤；

我欲细语对你说爱，

奈那 R 的喉音又使我舌儿生强。

（选自《食客与凶年》，北京北新书局，1927 年）

　　爱情生活中，痛苦的吟咏比欢乐的歌唱更容易激起人们的共鸣。这是因为，失恋的痛苦往往带有一种悲凉的气息，它会唤起人们心底感情更深的激荡。如果这种现象被承认的话，那么，李金发的《在淡死的灰里……》比他的《温柔（四）》写得更深沉，艺术创造显得更完整，诗人才华得到了更充分的发挥，这恐怕是读了这两首诗之后人们都会有的感受吧。

　　在《在淡死的灰里……》中，诗人更注意诗歌意象和表现方法的象征派特征，因此给诗的整体美带来了更大的朦胧性。

　　诗人写的是对已经失去的爱情的呼唤与怀想。传说的"死灰复燃"的意象经过诗人的改造，成为负载诗人痛苦感情的象征。诗人由此起兴，在跳跃性很大的超现实想象中层露着心扉。我们清晰地听到诗人心灵中充满柔情与痛楚的诉说。

那些美好的爱情时光已经过去了，但是在那淡淡的余灰里，依然可以寻见我们"当年"爱情的"火焰"，只是过去那萧瑟与冷漠的别离，却不能不使人心寒而惋惜，而不能得到一点儿爱的温暖了。

第二、三节中，诗人的想象进入了超现实的时空中。诗人在倾诉自己对恋人执着永恒的思念："我"是一个痴情者，"我"至今仍如往昔那样热烈地爱着"你"，即使"我"被海浪载去，即使"我"离开了人间。那时候，请"你"不要痛苦，不要懊丧，因为"我"的心，"我"的灵魂最终还会被"搁止于你住的海岸上"。躯壳漂走了，心仍将留在"你"身旁。死亡与大海一样隔不断"我"对"你"的思念。接着诗笔由主体的倾诉转向了对于恋人的拟想。请不要忘记"我"对"你"的呼唤，"我"这思念的呼唤，会引起"你"的哭泣，而这痛哭的种子也是一种爱的种子，这是十分珍贵的。如果"你"实在感到孤独和忧闷了，就请以思念来慰藉自己，"我""心里的隙地"永远为"你"留着，它会给"你"以快乐和慰安。这两节诗，都以"如""若"的句式展开一个非现实的世界，这样一反一正的陈述具有很大的弹性，强化了思念这一感情的传达效果。并非合乎生活常理的抒情比起生活真实的摹写，给人以更深远的遐想天地。

执着思念的感情经过想象的升华，最后进入了如真似梦的境界。我们看到了诗人超越一切世俗和肉欲之上的纯洁的爱，看到对这爱的真切而美丽的幻想：

我欲稳睡在裸体的新月之旁，

偏怕星儿如晨鸡般呼唤；

我欲细语对你说爱，

奈那 R 的喉音又使我舌儿生强。

    诗人设想自己离开人间之后对恋人的缱绻之情仍然如昔日那样热烈，"我欲稳睡在裸体的新月之旁"，多么纯洁的痴情！"裸体的新月"，是梦幻的真实，也是现实的象征，但是这种愿望是不可能实现的，漫天星斗会如晨鸡报晓，自己的灵魂也必将隐去，想轻轻诉说爱的话语，但已经生硬的舌根再也发不出那温馨之词的第一个字母了。欲罢不能、可望不可即的惋惜更深层地传达了自己的思恋之情。

    整首诗运用超现实的方法抒情。"淡死的灰"这个意象，既有传统的影子，又富于现代象征的色彩。一些诗句的构造也富有新颖感，如"无痛哭的种子""忧闷堆满了四壁""稳睡在裸体的新月之旁"等等，极富暗示性。从淡死的灰到稳睡在新月之旁，前后抒情、相互呼应，表现了构思的完整性。整首诗写对失去的爱情的思念与痛苦，却避免了感情色彩强烈的词句，具有一种宁静平和的色调，而无剑拔弩张之感。全诗感情的隐藏度恰如其分，没有诗人其他一些作品那种晦涩艰深的毛病。一首美丽的象征诗可以唤起人们一座灵魂的海市蜃楼，这首爱情短诗将在我们的心头永生。

弃　妇

李金发

长发披遍我两眼之前，
遂隔断了一切羞恶之疾视，
与鲜血之急流，枯骨之沉睡。
黑夜与蚊虫联步徐来，
越此短墙之角，
狂呼在我清白之耳后，
如荒野狂风怒号：
战栗了无数游牧。

靠一根草儿，与上帝之灵往返在空谷里。
我的哀戚唯游蜂之脑能深印着；
或与山泉长泻在悬崖，
然后随红叶而俱去。

弃妇之隐忧堆积在动作上，
夕阳之火不能把时间之烦闷
化成灰烬，从烟突里飞去，
长染在游鸦之羽，
将同栖止于海啸之石上，
静听舟子之歌。

衰老的裙裾发出哀吟，
徜徉在丘墓之侧，
永无热泪，
点滴在草地
为世界之装饰。

（选自《微雨》，北京北新书局，1925 年）

怪丽而深沉的歌

读李金发的《弃妇》

一首怪丽而深沉的歌又从灰尘中升起，这就是《弃妇》。

《弃妇》为李金发第一本诗集的首篇，大约写于1922年，这时作者还不满22岁。在《微雨》出版前，这首诗经周作人推荐，于1925年2月16日出版的《语丝》杂志第14期上发表，笔名用的是李淑良。这是李金发与中国读者见面的处女作。

李金发在法国留学期间专攻雕塑，诗神的脚步却叩醒了他沉睡的灵感。当时风靡法国诗坛的象征派诗歌吸引了他的目光。引起多少法国年轻人"新的战栗"的波德莱尔的《恶之花》，几乎成为他日夜嗜读的枕边诗集。象征派诗人马拉美、魏尔伦是他诗歌创作的"老师"。这样，他灵感的爆发期所写下的许多诗篇，都是在象征派诗潮大盛的时代氛围中的产品，因而染上了象征派的色彩。李金发的名字便与象征派连在一起，他成了把法国象征派诗的手法介绍到中国来的第一个人。他的《微雨》于1925年11月出版，也就成了中国象征派诗歌诞生的标志。而《弃妇》，就是先于《微雨》与读者见面的第一个象征派诗的婴儿。

李金发遵从象征派的美学原则，特别注意诗歌意象的象征性，认为"诗之需要 image（形象，象征）犹人身之需要血液"。诗歌意象的象征性，也就成了他大部分诗作的特征。《弃妇》作为一首象征主义诗篇是非常典型的。

《弃妇》在表面的意义上是写一个被遗弃女子的悲哀。全诗分四节，前两节的主述者是弃妇自身，后两节抒情主体发生转换，由弃妇变成了诗人自己。作者用一连串富于个性特征和暗示性的意象，渲染和烘托了弃妇悲苦的情绪。

第一节写弃妇心境的痛苦：因为孤寂苦痛，无心洗沐，长长的头发披散在眼前，这样就隔断了周围人们投来的一切羞辱与厌恶的目光，同时也隔断了自己生的欢乐和死的痛苦。"鲜血之急流，枯骨之沉睡"，即这个意思。这两句是强化自己的感情，是由众人的"疾视"而转向内心的绝望，看去似朦胧一些，细琢磨一下实际还是可以理解的。接下去写夜色降临了，随之而来的成群的蚊虫跨过倒塌的墙角，在自己"清白之耳后"嘤嘤狂叫着，如"荒野狂风怒号"一般，使无数的放牧者都为之战栗。在这里，蚊虫与黑夜，都是暗示性的意象。社会的氛围与众人的舆论，对弃妇是多么沉重的心理压力。蚊虫与黑夜为伍的狂呼，与自身清白的弃妇相对照，写的是自然景色，暗示的却是另一层内涵：周围那些为礼教信条而束缚的世俗人们的议论。"人言可畏"这一常用的概念化语言在这里化成了象征性的形象。

诗的第二节写弃妇不被理解的孤独感。大意是：我的痛苦是无人理解的，连上帝都不能了解我心灵的痛苦，我的祈愿连上帝都不能听见，只能靠一根草儿与上帝的神灵在空谷里往返，而"一根草儿"又是多么的脆弱！靠它是根本无法实现情感交流的。我的悲哀与痛苦，世人与上帝均不理解，那么可能只有那游蜂小小的脑袋可以留下一点儿印象，或者消失在奔湍的山泉之中，泻下悬崖，然后随流水中的一片片红叶而寂寞地消逝了，消失得无影无踪。

诗的第三节叙述的主体转变了。弃妇独自隐去，诗人直接出场。这是象征诗人常用的方法。没有变的是，诗人仍以意象烘托弃妇的隐忧与烦闷。他告诉人们：弃妇内心的隐忧与烦闷是无法排遣的。但情感的表述不是静态的形式，而是转换为动态的显现了。由于这种深隐的忧愁使得她的行动艰难而迟缓，无法驱遣的烦闷连时间的流逝也不能得到解除，"烦闷"化成灰烬，染于游鸦之羽毛，栖息在礁石上，静听舟子之歌，是弃妇美好而可怜的愿望，也是无法实现的愿望。

最后一节，写弃妇在极度的孤独与哀戚中，只身到墓地徘徊，想向那永诀的人一诉自己的痛苦心境。这种悲苦是那么久了，人苍老了，泪哭干了。诗的尾声是十分沉重而绝望的："永无热泪，／点滴在草地／为世界之装饰。"比起前面的诗行来，这短促的句式更增强了痛苦感情的表达。

整首诗看来，诗人对弃妇内心的悲哀、孤独和绝望，写得相当深刻入微，形象蕴藉，充满了心境逐渐推移和深化的流动感。诗人的同情与弃妇的命运融而为一，没有概念的铺叙或情感直白的弊病。

象征派诗的一个重要特征是它的意象内涵的多义性，即马拉美讲的："诗在于创造，必须从人类心灵中撷取种种状态、种种具有纯洁性的心灵闪光，很好地加以歌唱，使之放出光辉来。"❶ 理解了这种美学特征，也就可以更进一步理解《弃妇》的价值和意义。

---

❶ 里格尔：《美学》（朱光潜译），北京：商务印书馆，1981年，第2卷，第12页。

在李金发的这些出自20岁年轻人手笔的诗作中，几乎找不到以人道主义思想来抒写现实中劳动人民悲苦的诗篇。他的诗大多是写自己内心的情绪。人生命运的感慨，死亡与梦幻的构想，爱情欢乐与痛苦的吟咏，赞颂自然美的感情倾诉，成为他诗作的主要内容。这首《弃妇》，也同样包含着深层的象征意义。诗人是借"弃妇"这个总体意象隐喻自身漂泊无定、孤独寂寞的命运。西方现代主义人生痛苦感的主题较早地在这里得到回应。这首诗因此也就成了李金发感慨自身命运的象征。在中外传统诗歌中，用"弃妇"的形象暗寓个人命运的不乏其例。李金发的不同之处在于，弃妇这一形象已经不是客观实体的描写，而是为了展示"心灵状态"选定的一种"对象"，即T.S.艾略特讲的"客观对应物"。可以说，弃妇的形象在这首诗里已经成了一个象征的符号，它的背后有幽深的象征内涵。《文心雕龙》讲诗的含蓄，说"隐以复义为工"，又讲"诗有恒裁，思无定位"。明代《四溟诗话》的作者谢榛也讲："作诗不必执于一个意思，或此或彼，无适不可。"黑格尔也说象征的形象具有"本意"和"暗寓意""象征在本质上是双关的或模棱两可的"，因此就给这一类诗的意象带来了"模糊性"和"暧昧性"。象征派诗形象的这种朦胧性，内涵的多义性和不确定性，给诗的传达带来了理解上的困难，同时也带来了更柔韧的审美弹性。李金发的《弃妇》和《微雨》，大都具有这种美而晦涩的品格。《微雨》之所以被周作人称为新诗发展中的"别开生面之作"，原因首先就在这里。

意象的新颖与繁复之缺乏是新诗诞生初期最薄弱的环节。闻一多就把弱于或完全缺乏想象力因而很少"浓丽繁密而且具体的意象"视为初期新诗"一种极沉痼的通病"。李金发得益于法国象征诗的启示而写的《弃妇》，多少弥补了新诗的这种缺陷。年轻的诗人有丰富的想象力，他力避抽象的表述而捕捉具体的意象。其诗中意象创造的新颖和想象力的奇特，在初期的新诗作品中可以说是罕见的。我们在 20 世纪 20 年代初期的作品中几乎很难找到这样美丽的奇想：

> 靠一根草儿，与上帝之灵往返在空谷里。
> 我的哀戚唯游蜂之脑能深印着；
> 或与山泉长泻在悬崖，
> 然后随红叶而俱去。
>
> 弃妇之隐忧堆积在动作上，
> 夕阳之火不能把时间之烦闷
> 化成灰烬，从烟突里飞去，
> 长染在游鸦之羽，
> 将同栖止于海啸之石上，
> 静听舟子之歌。

诗人为渲染弃妇的哀戚无人理解，隐忧不可排遣，选择了一系列人们意料之外的形象。一株弱不禁风的小草在空谷中与上帝之灵无法实现的交谈，极微小的游蜂的脑袋与弃妇无人理解的哀戚，痛苦之情可以融入悬崖的泉水，一泻而下，随那漂浮的红叶而消逝得无影无踪。人悠长的烦闷无法排遣而又极想解脱的心境，诗人用了"夕阳之火"也不能把它"化成灰烬"这样感情色彩极强烈的比喻和一连串的动态意象：游鸦之羽，海啸的礁石，舟子之歌，以舒缓的长句创造出带有情节性的意象组合，把情绪渲染得非常充分。李金发以自己丰富想象创造的纷繁意象，丰富了中国新诗的表现方法。李健吾先生说，李金发对新诗最大的贡献是意象的创造，这是非常恰如其分的评价。

李金发追求象征诗的神秘性，神秘也是美的一种范畴。为了达到这种效果，他特别注意意象与意象、词语与词语之间的跳跃性。一些意象或诗句表面看没有什么连贯性，甚至打破了语法逻辑的规范。"与鲜血之急流，枯骨之沉睡"，字面的意义与它的内涵有很大的距离，让读者去猜想。"如荒野狂风怒号：/战栗了无数游牧"，倒装的句式增加了读者理解的障碍，但也由于新奇使得征服障碍本身就有一种美的获取之快乐。有些词的搭配看上去是不合理的，"弃妇之隐忧堆积在动作上"，忧愁不能"堆积"，但诗人写了之后，你去咀嚼品味，就会更强烈地感受到弃妇忧愁重压下动作迟缓、心神恍惚的状态。"衰老的裙裾发出哀吟"，裙子怎么会衰老？又怎么会发出哀吟呢？可是读后稍加思索，你就会在这不合情理的搭配中体味到一种更深的情理：弃妇心如苦井一般悲哀绝望的心境。朱自清先生讲到李金发诗歌意象和语言跳跃性造成的神秘美的艺术效果：他的一些诗"仿佛大大小小红红绿绿一串珠子，他却藏起那串儿，你得自己穿着瞧"。法国象征派诗人马拉美甚至认为，诗本身就是依靠暗示而造的谜，要极力隐去对象，靠独特的"处理题材"的方法暗示情绪。如果指出对象，无异于"把诗的乐趣四去其三"。从接受美学的角度，也可以说《弃妇》给读者的创造留下了巨大的想象空白。读者参与创造，得到的鉴赏乐趣会比那些直接陈述或宣泄胸臆的诗更多。

琴的哀

李金发

微雨溅湿帘幕，
正是溅湿我的心。
不相干的风，
踱过窗儿作响，
把我的琴声，
也震得不成音了！

奏到最高音的时候，
似乎预示人生的美满。
露不出日光的天空，
白云正摇荡着，
我的期望将太阳般露出来。

我有一切的忧愁，
无端的恐怖，
她们并不能了解呵。
我若走到原野上时，
琴声定是中止，或柔弱地继续着。

（选自《微雨》，北京北新书局，1925 年）

欢乐与惆怅的小夜曲

读李金发的《琴的哀》

　　一个二十一二岁的青年，身居法国的塞纳河畔，一边醉心于雕塑的泥块和小刀，一边沉浸在法国象征派诗的氛围中。他用美丽而晦涩的音调，唱出了中国新诗最初的象征主义歌声。《琴的哀》就是其中的一曲。

　　这是语言造就的声音雕塑：琴声的悲哀。但这琴只是一个象征的符号或载体，它还有一层更深的内涵，就是对人生美满的期待与现实不尽的忧愁的矛盾，个人的价值和追求不被理解的痛苦。这矛盾，这不被理解的心境，形成了一张痛苦与忧愁的网。《琴的哀》就来自这痛苦与忧愁的网织成的歌，一曲忧郁而美丽的歌。

　　李金发很注意诗歌意象暗示感情的作用，不大直露地宣泄感情。琴的意象是他找到的一个象征载体。一个无生命的物体沟通了抒情主人公"我"和抒情的内涵即内心的痛苦与忧愁。琴的哀音，琴的欢乐，也就成了诗人内心失望与期望、痛苦与欢悦的象征了。

　　诗人把自己第一本诗集题名"微雨"。这首诗开头两行就是"微雨溅湿帘幕，／正是溅湿我的心"。诗集题名由此而来，可见诗人心中这些诗的位置。这里诗人在渲染，渲染环境气氛，渲染琴声，也渲染"我的心"。"微雨"并非自然的现象，而升华为诗人经验世界的象征意象了。阳光照耀的心是明亮的，可是诗人的心却是湿的，这是被淅淅沥沥的雨打湿的。谁说这打湿心的"微雨"又仅仅是自然而没有现实的影子呢？雨如此，风也如此，心被雨打湿了，琴声也被风的摇撼"震得不成音了"！这节诗起得很自然，却又意蕴颇深，"溅湿的心"也是极富感情色彩的意象。

第二节诗情的逆转增强了诗的张力，即表达感情的弹性。诗人没有屈服于命运的风雨，依然怀有对美满人生热烈的期待。即使风在摇撼，这琴仍然奏出它美丽的声音。当它奏出那最高最美的声音时，它似乎与自己的心相一致，在声声倾诉，"预示人生的美满"，虽然天空被白云遮盖，但"我"对人生美满的期望却是顽强的，它将冲破层层云彩，像太阳一样露出来，给"我""湿了的心"以光亮和温暖。在奏过一段低沉的前奏曲之后，诗人的琴声带上亮色的调子，奏出一曲期待美满光明的歌声。"露不出日光的天空，／白云正摇荡着，／我的期望将太阳般露出来。"在"五四"初期的新诗中，这样的自由句式与新颖想象相融合，给人一种亲切的暗示，也是对诗歌艺术美不可多见的开拓。

这支忧郁的小夜曲以痛苦幽怨的色调进入了一个没有终止音符的尾声。隐曲的琴声被诗人心灵的直抒代替，似乎应该很好懂了，但由于诗人用了一个跨度太大而又意义难以捉摸的代词，就大大加剧了这节诗的晦涩性。"我有一切的忧愁，／无端的恐怖，／她们并不能了解呵。"这里的"她们"是指什么？是微雨？是"不相干的风"？是"震得不成音"的琴声？还是露不出日光的天空中"摇荡着"的白云？或者是那些无法认识和理解自己的现实社会里的人们？按照诗人的思维发展和诗歌语法的逻辑，似应指琴声，而又暗示社会带给自己的不公平命运。琴声可以倾诉自己惆怅的心境，可以表达自己欢乐的期待，但是她们并不理解自己内心的悲哀和无端的恐怖。这模糊的代称，是诗人的一点儿艺术权利，也增加了读者审美创造想象的天地。作者把更大的回旋天地给了读者：我的忧愁与恐怖是无法被理解的，那么我湿了的心将怎样呢？诗人给了读者一个不确定的答案："我若走到原野上时，/琴声定是中止，或柔弱地继续着。"琴声无论中止，无论继续，我内心的忧愁都是无有终了地延伸着，扩展着，在孤独而荒凉的空旷的原野上……

"琴的哀"实际上是无法实现"人生的美满"的悲哀。琴声、心声和自然的雨声、风声交汇成一支人生缺陷美的小夜曲。作者懂得象征诗注重渲染氛围与意象暗示的功能，也懂得传统诗中注重余音与回味的言外之美的特征，使得这支小夜曲组建得完整而又有起伏跌宕，亲切而又有陌生的新颖感，又在象征和倾诉的结合中有不尽的余音。

里昂车中

李金发

细弱的灯光凄清地照遍一切，
使其粉红的小臂，变成灰白。
软帽的影儿，遮住她们的脸孔，
如同月在云里消失！

朦胧的世界之影，
在不可勾留的片刻中，
远离了我们，
毫不思索。

山谷的疲乏惟有月的余光，
和长条之摇曳，
使其深睡。
草地的浅绿，照耀在杜鹃的羽上；
车轮的闹声，撕碎一切沉寂；
远市的灯光闪耀在小窗之口，
惟无力显露倦睡人的小颊，
和深沉在心之底的烦闷。

呵，无情之夜气，

蜷伏了我的羽翼。
细流之鸣声，
与行云之飘泊，
长使我的金发退色么？

在不认识的远处，
月儿似钩心斗角的遍照，
万人欢笑，
万人悲哭，
同躲在一具儿，——模糊的黑影
辨不出是鲜血，
是流萤！

（选自《微雨》，北京北新书局，1925 年）

一缕淡淡的情丝

读李金发的《里昂车中》

人们都有过乘车旅行的经历，都会有在车中获取的人生景观和自然景观。它们在人们的记忆中或者飘忽而逝，或者长留不衰，不时唤起美好的回想，给人们的生活添一点儿快乐的色痕。李金发的《里昂车中》能够唤起人们美的共鸣，正是因为它唱出了人们都曾经历过的内心情绪。

《里昂车中》仍是李金发年轻时的诗作。他在留学期间曾过着一种自由漂泊的生活，在漂泊中有一种岁月匆匆、青春不再的感伤之情产生。这种情调浸透在《里昂车中》一诗里。他那时只有二十余岁，感伤的情调真有点儿迹近无病呻吟。与其说这种情调来自他的经历，不如说更主要来自象征派诗的艺术熏染。但是这伤感在诗中只是淡淡的一缕情丝，整首诗内容的健康与表现的新颖，仍然显示了青年诗人的才华。

全诗共分五节。动与静的结合，细腻的观察与内心的静思交织，远景与近物的变幻，使得这首抒写车中见闻的诗篇避免了呆板，增添了活气。

第一节写诗人对车中近景的观察：在车厢中微弱的灯光照耀下，坐在对面的法国女郎"粉红的小臂"变成灰白的颜色了，她们美丽的面孔由于软帽影儿的遮盖，也失去了本来的美而增添了一层朦胧，如同一轮明月消失在淡淡的云层中一样。

第二节写诗人对窗外夜色的凝视：火车在飞速向前，窗外夜幕中各种事物的影像一闪即逝地飘过。它们在"不可勾留的片刻中"毫不思索地"远离了我们"。世界之影是朦胧的，而在诗人的眼里它们又是有生命的。一句"毫不思索"把那飞逝的世界之影点活了。接着诗人把视线由近景移向远景，由动感转向凝视。疲乏的山谷，在月色和树影下悄然沉睡了，月光下的草地呈现如杜鹃羽毛一样的浅绿，车轮鸣响的声音打破了夜色的沉寂：远处望去，城镇的灯光在每一个窗口明灭闪烁，但是这遥远的灯光却照不到车厢内倦睡的人们，也照不亮包括诗人自己在内的倦行者心底深沉的烦闷。在这两节诗里，诗人逐渐把凝视的目光由近移远，又由远移近，一直由外在的景物移至人的内心世界。旅途漂泊的疲倦与烦闷的心绪逐渐占据了诗人的心。

最后两节诗进入对诗人内心世界的透视。自然景物与内心的感慨融为一体，无情的夜色中，诗人垂下了自己想象的翅膀。时光的匆匆而过，列车的急驰飞奔，激起了诗人内心淡淡感伤的浪花。涌进心头的是汩汩的流水，飘忽的行云，青春的逝去，人生的漂泊：

　　　　细流之鸣声，

　　　　与行云之飘泊，

　　　　长使我的金发退色么？

自然景物构成了易于唤起人们情感波动的意象，流水、行云在传统的诗词里往往有特定的内指，早在人们的审美心理中形成了具有一定共鸣意向的积淀，所以一出现这样的意象，人们心中就有一种熟悉的情调被唤起。诗人捕捉了这两个意象，似乎让人们也听其声，视其影，动与静得到自然的结合。然后他又巧妙地把自己的名字编织进诗句中，两句自然景物意象的铺垫之后，突然来了一句"长使我的金发退色么？"又是头发的变白，又是名字的隐用，淡淡的伤感表现得自然而又不流于过分的颓唐。

最末一节，诗人由个人生命的感慨转向对社会不平的思索。在诗人眼里，由于对人间"万人欢笑，万人悲哭"的不公平现象的体味，自然景物也染上了强烈的主观色彩：本来是自然呈现的一弯新月，也似"钩心斗角"一般照着，地上是一片浓密的夜色，远处的黑影聚在一起，连模糊中闪烁的一点儿光亮，也"辨不出是鲜血，是流萤！"

这首《里昂车中》，写的是诗人旅途车中的见闻和感喟，就这一个层面来看，诗人是很好地完成了他的意图。诗人注意追求诗歌的"音画"功能，以敏锐的观察捕捉在特定环境之下事物的光度、声音、色彩的变化，然后以鲜明的意象和新鲜的比喻表现出来。他在诗里表现了一个画家的才思：

> 细弱的灯光凄清地照遍一切，
> 使其粉红的小臂，变成灰白。
> 软帽的影儿，遮住她们的脸孔，
> 如同月在云里消失！
> ……
> 山谷的疲乏惟有月的余光，

和长条之摇曳，

使其深睡。

草地的浅绿，照耀在杜鹃的羽上。

前一段诗表现诗人对光与颜色变化的观察之细腻，如一个印象派画家，而"如同月在云里消失"更是极新颖的比喻。古人用月貌花容来形容女人美丽的面孔。这里不是旧套滥调的重弹，诗人写的是人的面孔于动的光影之下的变化在自己内心引起的感觉，赋予这个比喻一种现代的色彩。后面四行诗以山谷的月光与草地的浅绿对照，在疲乏中又有一种生机。草地的浅绿如杜鹃的羽毛颜色一样，诗人不这样说，偏偏说"草地的浅绿，照耀在杜鹃的羽上"，这无疑给人一种陌生或困惑。人们如果以常规的思维来苛求，可以责备作者不合语法规则，可是如果我们读得多了，熟悉了象征派诗人独创的思路、造句的新奇，我们就会由对其陌生变为新的审美的愉悦。

如果我们反复诵读后两段关于人生易逝、社会不平的感慨，就会对这首诗的内涵产生更深的联想。表面层次背后的意义自然会浮上我们心头：这里昂车中的见闻与感慨，何尝不是漫长的人生旅途的所见与所思呢？在人生的旅途中，有美的相遇和消失，有倦怠和深沉的心底之烦闷，有匆匆逝去的青春时光，更有尔虞我诈的钩心斗角。人生短暂，时间永恒。从这个意义上来看，"里昂车中"又是诗人内在情绪的一种象征，一种人生漂泊、世事纷杂的感慨情绪的象征。

李金发的诗的欧化特征是非常浓重的，但是他又决心做一点儿中西诗歌艺术"沟通"工作。《里昂车中》多少透露了他这种艺术追求的讯息。一个是有些古典诗歌的意象在他的笔下回响，如"如同月在云里消失"，就唤起我们对于"云破月来花弄影""仿佛兮若轻云之蔽月"的联想；又如"月儿似钩心斗角的遍照，/万人欢笑，/万人悲哭"三行诗，明显地有"月儿弯弯照九州，几家欢乐几家愁"这首脍炙人口的民歌的启示。或者说，是诗人对民歌的化用，赋予了其现代的内容。另一个是诗中一些意象与中国传统诗歌的意象有很重的姻缘关系。如云与月，杜鹃，流水，行云，鲜血与流萤等，虽然这些意象被嵌镶在偏于欧化的句式里，但是由于人们心理上对这些意象有着特殊的恒久性联系，所以容易对诗句的呼唤产生共鸣。整首诗由车内灯光，车外景物，内心思索，引向"模糊的黑影、辨不出是鲜血，是流萤！"，创造了一种朦胧神秘的意境。这意境有深味，耐寻思，象征派诗歌的幽深曲折与中国传统诗的"文外之旨"在诗中得到了契合。《里昂车中》在新诗发展中自有它不能令人遗忘的价值。

故　乡

李金发

得家人影片，长林浅水，一如往昔。余生长其间随二十年，但"牛羊下来"之生涯，既非所好。

你淡白之面，
增长我青春之沉湎之梦。
我不再愿了，
为什么总伴着，
莓苔之绿色与落叶之声息来！

记取晨光未散时，
——日光含羞在山后，
我们拉手疾跳着，
践过浅草与溪流，
耳语我不可信之忠告。

和风的七月天
红叶含泪，
新秋徐步在浅渚之荇藻，
沿岸的矮林——蛮野之女客
长留我们之足音。

呵，飘泊之年岁，
带去我们之嬉笑，痛哭，
独余剩这伤痕。

（选自《微雨》，北京北新书局，1925 年）

一段遐想　无限情思

读李金发的《故乡》

　　诗前小序中说，这首《故乡》是作者身居异国收到亲人寄来的照片引起的一段情思。诗人为广东梅县人，在 20 岁的时候，即 1919 年赴法国留学，故说"生长其间"20 年。"牛羊下来"是用《诗经·君子于役》中的典故："君子于役，不知其期，曷至哉？鸡栖于埘，日之夕矣，牛羊下来，君子于役，如之何勿思。"是写在家的妻子思念久役于外的丈夫。"牛羊下来"之生涯，即指忘记故乡、漂泊在外不归的生涯。李金发在这里是说，20 年家乡生活是漫长而难忘的。眼下这种远离故乡，只身漂泊的日子也不是自己心安理得的。诗人由一张"影片"勾起情思，写出了这首与晦涩的象征诗风格迥异的清新而亲切的思乡曲。

　　思乡是一种多么宽宏而熟悉的情感。诗人没有泛泛写故乡的景物，而是选择了一个新的角度切入主题：对两小无猜的童年女友与自己一段快乐生活的梦境和回忆。以人情写乡情，以往日的欢乐衬现实的酸楚，为这首思乡之诗增添了色彩。

　　第一节写梦境。"你"自然是梦中的童年之友。在遥远的异国他乡，"你"那令"我"难忘的美丽"淡白"的面孔，常常走进"我"的"青春之沉湎之梦"，虽然"我"已不愿再咀嚼那早已逝去的时光了，可是情感这玩意儿真是一个难琢磨的东西，"你"那纯洁美丽的"面孔"，为什么总是伴随着故乡的"莓苔之绿色与落叶之声息"而进入"我"的梦中呢？一种不可排遣的深情，在一个"为什么总是"的问句中传达出来，给人一种欲舍难忘、萧瑟而缱绻的感觉。忆念逝去的时光，诗人有一种回味的甜蜜之感。"莓苔之绿色"与"落叶之声息"，均为消逝、久远、冷落之意象，用在这里，同"淡白之面"组合在一起，烘托出诗人的"青春之梦"是带着怎样一种甜蜜的忧郁啊！

第二节诗从梦境拉回回忆。诗人用舒缓的调子写了两小无猜的少男少女在故乡山野中欢乐的情景，那时光是永远难忘的。多么美丽的早晨，散余的霞光飞洒在淡蓝的天空，日光似也猜透我们的心思，"含羞"地躲在"山后"，不愿过早地跑出来。我们手拉着手，疾跳与漫步在溪流和浅草之上，"我"的耳边还留着"你"顽皮的悄悄话儿。七月的和风吹拂着我们，几片含着露珠的红叶告诉我们：秋天，又一个美丽的岭南的秋天，已经踏着水边的荇藻轻轻走来了。我们是那样天真无邪地走着，忘记哪里才是道路，沿岸那些矮矮的灌木林像"蛮野之女客"一样纠缠着我们，并且使我们的足音永远留在那里了。欢乐的漫步已并非一次，才有"长留"两者"足音"的想象产生。这段具象的描述，给人亲切之感，人们读了之后，似乎回到了那难忘的境界。自然美中映衬着人的情感美，那些"耳语"的"忠告"，那些欢乐的"足音"，回响在诗人的梦和回忆里，也回响在读者的心中。

有了上面两节如梦似真的欢乐铺垫之后，最后三行诗中诗人的感喟就显得真切，没有无病呻吟之感。漂泊异国他乡的岁月，永远带去了童年那种嬉笑、痛哭相伴的天真之情了，留给"我"

的，只有刻在内心深深的"伤痕"。

李金发被称为"诗怪""假洋鬼子"，他的诗叫人"一首也看不懂"。偏见往往成为认识真实物的障碍。且不说他的那些看得懂的象征诗，就这一首《故乡》，放在 20 世纪 20 年代那些思乡的诗篇中，也可以称得上是优秀的佳作。

诗人摆脱了一般思乡漂泊抒情的俗套，选择了一个独特的视角，截取童年或少年生活中的一个片段，以梦境和回忆织成的图画，唱出了自己心中甜蜜而又悲怆的歌。甜蜜属于过去，悲怆浸润着现在。那童年或少年欢快嬉戏的女友，是实有其人吗？是故乡的情思在心灵中的象征吗？无法判断，也无须判断，你去想象好啦，用你生活和想象的经验，这里有多少复杂的滋味涌上心头！

全诗以梦幻与回忆的写实为主。这里没有象征诗的晦涩，也没有写实诗一泻无余的袒露。他用梦境与回忆创造了一种诗的意境，在这个意境中，黎明、日光、浅草、溪流、含泪的红叶、蛮野的矮林，由于注入诗人的情感而与诗人的心境达到了美的默契，自然世界和情感世界融而为一了。传统的移情于物、寓情于景、情景交融的方法，在诗人的笔下得到了新的处理：诗人以梦与回忆这个中介，拉近了时间与空间的距离，把远景推成近景，在景与人的动态中，把人的感情美推到了镜头的中心，而在这近景的人情美背后，一种思乡漂泊的痛苦之情得到充分的表现。周作人当年期待的新诗的"余香与回味"在这里庶几可见。

写思乡，既不直写思念故乡的感情，也不单纯描绘故乡的自然景物，诗人找到了梦境中萦绕的童年女友（她有唤起自己青春之梦的"淡白之面"）与自己在故乡一段欢乐无邪的生活，虽然只是一个片段，却寓有无限的深情。家乡远在，只身漂泊，美好的记忆和故乡美好的感情只能留在梦中。我们没有读到诗人对故乡的倾诉，却感到了他隐于内心且对故乡的无限深情，一张照片、一段梦境，情思无限，痛苦无限。这首思乡诗有一种"此时无声胜有声"的无言之美的效果。不写思乡，胜似思乡，正是这首诗的妙处。

她

李金发

情爱伸其指头，如既开之睡莲，
满怀是鸟窠里的慈母之热烈，
两臂尽其本能，深藏于裙裾之底，
腰带上存留着夜间之湿露。

怜悯，温柔与平和是她的女仆，
呵，世纪上余最爱的，——如死了再生之妹妹。
她是一切烦闷以外之钟声，
每在记忆之深谷里唤我迷梦。

在蓝色之广大空间里：
月儿半升了，银色之面孔，
超绝之"美满"在空中摆动，
星光在毛发上灼闪，——如神话里之表现。

我与她觉得无尽止亦无希期，
在寂静里，她唇里略说一句话，
淡白的手细微地动作，
呵，伊（她）音乐化之声音，痛苦的女儿。

伊（她）说在世界之尽头处，
你的欲望将获得美丽之果实，
一切"理想"将为自己之花冠，
在虫鸣之小道上将行着步。

"你华彩之意识，生活在热烈里，
沉醉在一种长生之空气内，
完成你原始之梦想，
离开这万恶，羞愧与奴隶。"

"我将戾笑在荷花生处之河岸，
在炎夏之海潮上，如新月之美丽，
你靠近我以满着黑夜之眼睛，
我所吻的是你之灵。"

（选自《微雨》，北京北新书局，1925 年）

你的欲望将获得美丽之果实

读李金发的《她》

李金发的爱情诗丰富多彩。不断变换抒情的视角，辅之以新颖的意象与美丽的譬喻，使这些题材相近的作品常常拓展出新的意境来。收在《微雨》中的《她》，就是表现爱情颇富新意的诗作。按诗的前后排列来看，《她》应写于1922年，作者刚刚22岁。

《她》呈现的是一幅错综的爱情画面。爱情的主述者仍然是诗人自己："我"，被恋爱的女子不再是"你"，而改成"她"，这样更有利于主述者对于对象的描述，也更有利于让读者与"她"有一个距离，倾听"她"内心爱的倾诉。人称的转换为诗的抒情带来了更大的容量。

诗人爱情的展开是由远移近，由外在美到内心美，如电影摄像机的推移一般。诗人以步步移近的办法，给人一种十分热烈而优美的热恋场景。你看，"她"简直像佛教中圣洁的观音女神，伸开了如初开的睡莲一般情感的手指，如鸟窠一般慈母的热烈之爱充满"她"的心怀，我们的两臂紧紧地拥抱着，"我"分明感觉到"她"的腰带上还存留着夜晚的湿露，可见这静默的拥抱已经很久很久了。"她"是那么的怜悯、温柔与平和，这些爱的特性就如"她"永不离身的女仆一样。而有这些美德的"她",正是这个世界上"我"所最爱的,如同"死了再生之妹妹"一样,我们的命运如此紧密地连在一起了。"她"给我无限的慰藉、无上的幸福,"她"是超于"我""一切烦闷"之上的灵魂的"钟声",每当"我"走入孤独寂寞的"记忆"的"深谷"里,"她"就会唤醒"我"痛苦的"迷梦"。到这里为止,两节诗尽情地描绘了这爱情的女神——"她"与"我"热烈而温柔的情爱以及这爱带给自己心灵的温暖。

第三节到第四节,透过"我"的视角来写出"她"外貌和灵魂的美的统一。诗人选择了一个特定的背景来为自己的恋人造型:在蓝色的漫天星斗的广大空间下,"她"矗立着,半升在空中的月儿照在"她"洁白的面孔上,闪着一片银色的光芒,这美丽超绝的"美满之月"在空中浮动,万点星光在"她"头发上闪烁。这一切真如神话中的图景,读起来确有"此景只应天上有,人间哪得几回寻"的感觉。接着,诗笔转向了一对恋人内心世界的交流:在这美好的爱的时光面前,时间静止了,灵魂栖息了,美好的感觉无尽止地延伸,也再没有更大的"希期"了。在这寂静的时刻里,两个恋人要分离了。"她"的每一句话,每一个动作,都像一曲美的音乐一样,声音对宁静的破坏,使"我"产生一种无言的宁静的痛苦。"呵,伊音乐化之声音,痛苦的女儿"一句诗,就是这个意思。这一节诗的最后四行,是恋人"她"对"我"在爱恋中的细语。"她"说,你去吧,在那遥远的世界尽头处,你爱的欲望将结出"美丽之果实",你将戴着"理想"的"花冠",在充满虫鸣与鲜花的小道上漫步。这是充满爱的柔情的声音,它像伊甸园中的夏娃对亚当的悄声细语。他们会编织自己理想的花冠,获得爱的"美丽之果实"。

诗人在这首诗里一反过去的方法，不是着力渲染"我"对被恋爱的女性的情感，而是写女性对"我"的爱的炽热。这样，"她"的美就显得更为动人，更具有倾注生命之价值。感情重心的转移使"她"的形象更丰满与立体化了。

诗最后的第五、六两节，进一步通过"她"对"我"的倾诉，强化了作者的抒情意图。两段话的意思是：你美丽多彩的思想，将生活在热烈的爱情中，在一种永生的空气里得到沉醉。在这种气氛中，你才能离开这布满万恶、羞愧与奴隶的现实，而完成你梦寐以求的"原始之梦想"，即自由的爱情或灵魂的升华。而我永远不会忘记你的爱。我将笑立在荷花生处之河畔，在炎夏的海潮上，我将如新月之美丽，当你以布满夜色的眼睛再度靠近我的时候，我所吻的将是你的灵魂。这是爱的誓语。即使我们分离了，即使我们的肉体死去了，我们的灵魂也将永远相爱。

诗中的"她"显然被诗人有意地神化了，似乎写的是爱之神而不是爱之人。这是为了表现灵肉冲突的思想。诗人以"睡莲""荷花""银色之面孔""如新月之美丽""长生之空气"等等，在人的神化与神的人化的朦胧色彩中，表达了一种诗人的理想：真正美丽的永生的爱情，应该是超越一切肉欲之上的人的灵魂的结合，是一种精神上平等的结合。这样，《她》就不单是真实的爱的袒露，而是一种理想之爱的象征，诗中的"她"就是一种理想之爱的象征载体，具有了超越现实生活层面的哲理内涵。《她》不是一首纪实的浪漫主义诗篇，而是一首象征主义作品，它的哲理意义远超于现实意义，这样就不难理解了。初读的时候，只感受它表面层次的意义，反复读了几遍之后，就觉得它包含了作者要表现的更隐蔽的内涵，这往往是读这类爱情诗必经的过程。李金发说："能够崇拜女性美的人，是有生命统一之快感的人。能够崇拜女性美的社会，就是较进化的社会""欧洲文学几于女性美的中坚……没有女性崇拜的人，其诗必作不好。"❶一种美的理想往往在创作实践中透露信息，或竭力体现。我觉得，说李金发的这首《她》体现了自己崇拜女性美的审美观，或者说"她"的形象是诗人这种审美观的形象的外化，恐怕不是没有根据的猜测。诗中理想的成分大大地超过了现实生活的成分。

诗人采用象征派诗的方法，模糊了语言的意义，使一些抒情意象具有朦胧的神秘色彩。"她"的呼唤永在"我"记忆中回响，诗人说："她是一切烦闷以外之钟声，/每在记忆之深谷里唤我迷梦"；"她"的美丽的声音带给"我"分离的痛苦，诗人说："呵，伊音乐化之声音，痛苦的女儿"；夜色中"你"再走近"我"身边，诗人说："你靠近我以满着黑夜之眼睛"；离开这可憎的现实完成"你"爱的梦想，诗人说："完成你原始之梦想，/离开这万恶，羞愧与奴隶。"诗人力避明白直接的表述，追求隐蔽曲折的朦胧化效果，给人直觉的陌生感、新奇感，最后得到的是几倍于前者的审美享受。象征诗的神秘和朦胧不超过审美心理的负载量，就会在一定的限度内显示它独特的审美效果。爱如炎夏的海潮，这首《她》就如诗中所说的："在炎夏之海潮上，如新月之美丽。"不过这新月有淡云的飘浮，呈现一种朦胧的美。

---

❶ 闻一多：《冬夜评论》，《闻一多全集》，北京：生活·读书·新知三联书店，1985 年，第 3 卷，第 315 页。

律

李金发

月儿装上面幕，
桐叶带了愁容，
我张耳细听，
知道来的是秋天。
树儿这样消瘦，
你以为是我攀折了
他的叶子么？

（选自《微雨》，北京北新书局，1925 年）

小景启悟

读李金发的《律》

《律》是一首自由体小诗，约写于 1922 年的秋天，收在诗人的第一本诗集《微雨》中。

给自然以人的情感，又给人与大自然之间以心灵的契合，在自然界的季候变换中，咀嚼着人生与万物发展的客观规律，并以这种认识的获得为人生之悟的快乐，是这首小诗的鲜明特色。

写这首小诗的时候，李金发在传达自己的感悟时，没有采用象征主义诗歌那种过分陌生化的晦涩意象和手法。他摄进感觉世界的是人人可见的眼前景物。求新的观念使他避免了平易，找到了自己独特的抒情视角。秋天来了，秋风瑟瑟，树木凋零，浮云遮月，听惯了秋声，看惯了秋色，多少《秋声赋》那样的名篇佳作，已经使人们形成了强大的习惯思维。李金发避开了习惯的思维之路，他只选取云与树这两个自然景物，赋予这些无生命的自然景物以有生命的性格，而对于人们常常描写的秋风，又采用隐去的方法。对自然的描写不单单是移情于物的拟人化，而是富有生命的独立存在，它们构成了多层内涵的象征载体。因此，在"月儿装上面幕，/桐叶带了愁容"这两句诗里，所蕴含的感情就不仅仅是自然时序的变化带来的结果了。这里包含了作者对人生世事沧海桑田之感的思考与观察。忧郁是诗的抒情主调。如果前两行诗是诉诸视觉的意象，那么后两句诗就是诉诸听觉的直白。"我张耳细听，／知道来的是秋天。"本是写秋风，却不见秋风字样，而以对诗人听觉的描写代替了，比直写秋风更显出一种蕴蓄的味道和天真的情趣。诗人摆脱了旁述者的角度，将自己的主体置于这"秋声图"的中心位置，既增强了抒情的亲切感，又把自然的拟人化同人与自然的契合统一起来，读起来极平易，品味起来却包含着令人震撼的感情：秋天的脚步纷沓而来，是不可抗拒的。

这样，第二节的三行诗以反问的句式出现就是自然的了。从心理学的角度讲，前四行诗已经给人以不可抗拒的压力，诗人反问的句式：

> 树儿这样消瘦，
> 你以为是我攀折了
> 他的叶子么？

这三句诗在原来的心理承受力之上，又增添了沉重的砝码，人们的思索因此被引向更深远、更复杂的层次。问的句式比肯定的句式更容易引起人的思考，诗人懂得这点艺术心理，为这首小诗创造了特殊的艺术效果。秋天的到来是必然的规律，树木的凋零是自然的现象，是不可抗拒的。树木消瘦了，"你以为是我攀折了／他的叶子么？"这一无须发问的发问，给小诗增添了无限的活力。小诗之巧就在这点睛的一笔。问得乖，问得傻气，又问得多么聪慧，多么倔强。答案无须说出，作者也没有说出来，却有无数个答案立即在人们的心头回响：事物由繁盛到衰落，是自然之律，是生命之律，是人间万物之律，是一切万物（包括人的生命在内）不可逃脱之律。

《律》这首小诗，之所以显得有生气，有韵味，是诗人注意了诗的特征不是以观念抒情，而是为自己的情绪或经验找到一个负载的对象。哲理的思考已经升华为隐藏性的意象，这里树的意象是具体而微小的，恰恰这具体的微小负荷了"律"这样大的命题。同样思考这一哲学命题的，是李白的《日出入行》，诗里也讲万物的兴衰是自然的规律。诗以屈原《天问》的语调，对太阳的升起，降落与奔波不息提出了疑问，表达了李白否定天神、认同自然规律的宇宙观："草不谢荣于春风，木不怨落于秋天。谁挥鞭策驱四运？万物兴衰皆自然。"李白的唯物主义思想通过对神话的描写达到了辉煌的高度，一个诗人思想的高度。气势磅礴的表述显示了浪漫主义的特征。与这思想相同，但象征派诗人李金发却撷取了最小的、最普通的一件事物：树叶凋零。以一个反问的句子，轻描淡写，不意出之，获得了意外的艺术效果。一个诗人是竭力表述自己的思索，还是竭力隐藏自己的思索，达到的目的是一致的，但人们的接受方式和接受后的审美效果却不完全相同。《律》不一定有《日出入行》那样永久的价值，但诗人表达哲理思索的方式和给人的审美感受却会镌入读者的记忆。

春　城

李金发

可以说灰白的天色，
无意地挟来的思慕：

心房如行桨般跳荡，
笔儿流尽一部分的泪。

当我死了，你虽能读他，
但终不能明白那意义。

温柔和天真如你的，
必不会读而了解他。

在产椰子与芒果之乡，
我认识多少青年女人，

不但没有你清晨唤犊的歌喉，
就一样的名儿也少见。

我不懊恨一切寻求的失败，
但保存这诗人的傲气。

往昔在稀罕之荒岛里，

有笨重之木筏浮泛着：

他们行不上几里，

遂停止着歌唱——

一般女儿的歌唱。

末次还衬点舞蹈！

时代既迁移了，

惟剩下这"可以说灰白的天色"。

（选自《微雨》，北京北新书局，1925 年）

真情与固执的乡恋

读李金发的《春城》

乡情的花朵有永远的美丽，人类最普遍的情感在这里绽开，怀念故乡之情遂成为一切诗人吟唱的永恒母题了。李金发的《春城》就是一首抒写思乡之情的诗篇。

南海之国的广东梅县是李金发的故乡，诗人在这里度过了他美好的童年。1919 年他漂洋万里，去国留学。灯红酒绿的花花世界并没有泯灭一个青年的思乡之情。1922 年至 1923 年，缕缕乡思之情常涌上这个年轻诗人的心头。他在两年时间里曾写下了两首题目均为"故乡"的诗。几乎同时，他动于乡思，赋之笔墨，诗情的灵感为异国"灰白的天色"所引动，又思念起自己四季常绿的南国之乡，于是便写了一阕思乡曲《春城》。

诗以"春城"为题，"春城"的意象也变成了诗人心中故乡的象征。

为了展开这一陈旧而古老的主题，诗人避去了晦涩的象征调子。在表达情感的方式上，诗人很坦率，但又保留了一点儿朦胧。他在诗里告诉人们：在异邦一个没有阳光的灰白天色里，无意中卷起了对遥远家乡的思慕之情。那颗不平静的心，如打水的船桨般跳荡不已，他的诗笔也不由自主地流泻出思乡之泪。"日暮乡关何处是，烟波江上使人愁。"诗人思乡的情绪已经引起内心的不宁与痛苦，而且这痛苦之深、思念之切，是无法被别人理解的。即使自己死去了，那满带"温柔和天真"的异国少女（就是诗中的"你"），也无法读懂自己用泪写下的诗篇，永远不能明白那里深藏的情意。这八行诗里，诗人没有说出思乡的字样，写心的跳荡，写笔的挥泪，写别人的不解，却把自己深藏的思乡之情渲染得非常深切，有一种深不可测的感觉。这里饱含了一个远离故国的青年游子的思乡之情与人生经历结合的忧郁和痛苦感。

接着，诗人由对思念之情的抒发转入对故乡人情风物的描写，记忆把遥远的时空拉到了眼前。在那盛产椰子和芒果的南国之乡，有"我"怀念的迷人景物，更有"我"怀念的勤劳而质朴的人。"我认识多少青年女人"，她们没有动听的歌喉，也没有悦耳的名字，她们那种南国乡下女子的勤劳、强悍、热情、单纯，却是无法比拟的。她们的声音和家乡的土地一样朴素，她们的名字同她们的心灵一样单纯。她们是故乡的象征，也是故乡的骄傲。对于此生奔波漂流中一切"寻求的失败"，"我"是一点儿也不觉"懊恨"的，但是"我"却将永远保存"我"这点儿"诗人的傲气"，即对家乡和家乡人眷恋的深情。"我"永以有这些家乡人为骄傲！朴拙的诗句中浸透着诗人的真情与固执的乡恋！

跟着一句抽象的抒情而来的，是对记忆中故乡女儿们欢乐的劳动生活与性格更具象的描绘。记得从前在那些人迹罕至的荒岛上，漂泛着多少笨重的木筏，撑着这些木筏的正是那些黝黑健壮的南国女儿。她们以自己不高的身躯，承受着家乡最沉重的劳动。笨重的木筏走不上几里，她们边劳动边歌唱的声音停止了，歌声止处，她们又跳起了欢快的舞蹈。李金发后来曾搜集出版过一本

《岭东恋歌》，他对家乡的风情一直怀着深恋。从这一幅充满生机的劳动女儿的图画里，可以看出作者在这些劳动女子的身上倾注了多少热爱的感情。《春城》远远超出一般吟咏风景的思乡诗的范围。年轻诗人一颗人道主义的赤子之心，对劳动人民的爱心，在诗里灼灼可见。一个身居异国的年轻人保持的这点儿"诗人的傲气"是十分珍贵的！

最后两行诗由想象拉回到现实，由实写转变到虚写。时光流逝，洗去了诗人童年或少年时的记忆。时代变迁了，往昔家乡的美好风貌也已经淡远了。故乡的风物和故乡的人怎样了呢？灰白的天色留给自己的只是一片灰白的思绪。圆圈式的抒情结构使诗人又回到了灰白的天色之中，但这时的心境已与开头不同，给人一种沉重的失落感。

在李金发的诗作中，这并非是最有特色的作品。在这里，他最拿手的意象创造退居次位，情感的抒写与生活的描绘占据了主导。但它仍与一般直露的诗篇不同，透露出象征派诗人的追求。首先，还是在实写中注意象征，他选择了"春城"这个意象就带有很浓厚的象征色彩。虽然诗中没有写春城，但这个意象唤起的四季常青的绿意与异国天空灰白的色调成了强烈的对照，自己"思慕"之情的深度也就在这一对象征的意象中得到了暗示与呈现。诗中着重描绘的不是风景，而是故乡劳动的女儿。这一大段实写，因为与自己所生活的异邦繁华而又颓废的现代生活相比较，也就有了象征的意义，故乡女儿的勤劳朴实与能歌善舞，给自己的思念之情带来了无限的亮色。其次，诗人注意抒情的具体与抽象、虚与实的结合，思乡的感情起于暗示，中经对比，终于想象，虚实交错，使整首诗富于变幻，摇曳多姿。如自己的"思慕"之情，不能为人了解，是虚写，心的跳荡与手的疾笔，又是实写；不懊恨一切失败而保持诗人的傲气，是抽象，南国荒岛撑木筏女人的歌声舞蹈，就非常具象。最后，《春城》也注意了语言选择和感情传达的暗示功能。"灰白的天色，无意地挟来的思慕"，一开头就以一个感情色彩浓厚的意象，暗示了全诗的情绪；故乡的女人"没有你清晨唤犊的歌喉"，这个比喻性的修饰语，留给读者比较大的想象空间，它使人们想起故乡女子的粗犷、朴实，想起她们没日没夜的辛劳，想起她们的泼辣与豪爽……这一句"清晨唤犊"，可以暗示很多意思。模糊性传达了更富于弹性的感情内涵，这句诗与"灰白的天色"一样富于暗喻的功能。

这首诗以"春城"为题写故乡之思，但"春城"除了它自身的象征意义之外，作品中几乎看不到对它具体的描写。"春城"似乎更深地隐埋在诗人的心中。诗的题目与诗的内容之间保持了一种遥远的、脆薄的联系，人们对看不到的东西更想去把捉它，"春城"就与"无题"一样产生了悠远的暗示效果，是读者想象的揣摩。如果说这种诗题与诗体之间的距离也有独特的心理效果，那么换一个角度看，诗的本身太缺乏必要的点染，也未尝不是诗人写作上的一个毛病。

有　感

李金发

如残叶溅
　血在我们
　　脚上，

生命便是
　死神唇边
　　的笑。

半死的月下，
　载饮载歌，
　　裂喉的音
随北风飘散。
　　　　吁！
抚慰你所爱的去。

开你户牖
使其羞怯，
　征尘蒙其
　　可爱之眼了。
此是生命

之羞怯
　与愤怒么?

如残叶溅
　血在我们
　脚上。

生命便是
　死神唇边
　的笑。

（选自《为幸福而歌》,上海商务印书馆,1926 年）

生命价值的痛苦思考

读李金发的《有感》

以颓废的观念审视人类的生命与死亡，是象征派诗歌一个强大的主题。法国象征派诗人为此唱出了无数凄婉愤激的歌。于颓唐的气息中透出一种对社会否定的冷漠情感，是这一类诗常有的特色。歌咏死亡并非冷落人生，诗中自有一种愤世的热情在。从这个意义上，我们来读《有感》一诗，就不难理解李金发的心境了。

"有感"相当于传统的"无题"。李金发的这首诗就是一篇无题诗。他"有感"的是一个古老而颓废的主题：人生短促，时光不再，只能在酒与爱的享乐里消除痛苦。就主题来说，此诗的确没有什么积极的意义可言。作者没有西方象征派大师们那样深刻的社会批判精神，对生与死的思考也就缺乏社会意义与哲学层次的开掘。就艺术表现而言，这首诗与传统方法不同，也与当时一些新诗表现方法相异，有它独创的地方。

全诗用意象呈现或暗示情调，特别注意意象的色彩感与鲜明感。开头和结尾两节复沓出现，一开一阖，是全诗主题的呈现部。意思很简单：人的生与死近在咫尺。可是作者没有走捷径，像古代诗人那样直接地抒唱："对酒当歌，人生几何？"诗人很有现代感，他以一个新奇的富于色彩感的比喻暗示了这一思想情调：

> 如残叶溅
> 血在我们
> 脚上，
> 生命便是
> 死神唇边
> 的笑。

秋天肃杀，红叶如血，飘落地上，这一自然现象被诗人用作明喻，想象它如生命的凋零，溅于脚上的是殷红的鲜血。这个意象十分鲜明，它映衬和强化了后面一句主题："生命便是 / 死神唇边 / 的笑。"诗人用直喻呈现了自己对生命的思考。"死神唇边的笑"这个非常美丽的想象，暗示了诗人一个颓废的彻悟：人的生命和死神中间的距离是这么近在咫尺，生命是多么短暂啊！这个暗喻和前一个"残叶溅血"的明喻，如电影中两个叠加性的镜头，接连推到人们眼前，诗人的情调就在这意象的叠加中，呈现一种可触可视的强烈印象。

中间两段诗，是这首生命感叹曲的展示部。心境凄凉，月色也为之变化。一种苍凉之情浸透诗中，所以诗人用了"半死的月下"来状写当时的景物，这里已经渗入诗人强烈的感情色彩。既然人生如此短暂，怎么办呢？那就在酒与爱中尽情享乐吧。在苍白的月光下，一边饮酒，一边唱歌，破裂而嘶哑的声音，随着秋夜的北风飘散而去了。下边是写在爱情中寻求慰藉："吁，/ 抚慰你所爱的去"，即投入爱情的怀抱。打开窗户，让你恋爱的对象进来，投入到你的怀抱中来，也许她会因此而"羞怯"的，那又有什么关系，你就以自己的勇敢"使其羞怯"吧。她是远道而来，奔波的"征尘"已经蒙上她可爱的眼睛了。这"征尘"也许是实写，也许是一种情态的暗示和象征。

诗人思考生命的价值，内心又对自己对生命的态度感到深深的矛盾。以酒与爱来消磨时光，但这就是人生的真正追求吗？不甘沉沦，也不甘自弃的心理，终于使他发出了这样痛苦的疑问："此是生命／之羞怯／与愤怒么？""羞怯"与"愤怒"，指爱情的沉醉与发泄的痛苦，诗人似乎在问自己：生命就应该在这种"羞怯"与"愤怒"中度过吗？

一个年轻人没有找到生命的意义，对生命的价值进行了充满矛盾与痛苦的思考。诗人没有为自己找到答案，也并未想找到答案。于是全诗结尾又回到生命与死亡的主题上来：生命是死神唇边的笑。

这首《有感》，显示了一个年轻的象征派诗人以意象暗示情调的努力与才华。读了这首诗之后，那种颓废的情调已经十分淡漠了，而那"残叶溅血""死神唇边的笑""半死的月""征尘蒙其可爱之眼"这些意象，却令我们感到新颖，久久不忘。甚至你闭目凝思，诗人于消沉中那痛苦愤激的形象，都会矗立在你的面前……象征派诗人追求的艺术魅力，不就在这种暗示的功能吗？

诗的形式服从于诗的情调。在一定的意义上，形式的创造已经是诗歌内容的一部分。这首《有感》，采用近于"楼梯式"的短句法，本身就和诗人的片段感受与痛苦的情绪密不可分。有些短句又用新颖的断句法，如"溅血"是一个词，诗里故意割断排列，把"血"字放到前边去了；"死神"也不紧接"便是"这一动词而另提一行；"唇边的笑"这一个偏正词组被硬性分开，把"的笑"放到后边另立一行……这种断句法，不是无意地破坏语法规则，而是有意地安排一些意象的位置，被放在前边的"血""死神"和"笑"，都是为了以形式的新奇感给读者造成一种强烈印象，增强这些意象在读者感受中的嵌入效果。这种断句法，是西方现代派诗常用的，李金发较早地进行尝试，也是对新诗传达情感手法的一种扩大。全诗首尾两节的重复出现，不仅加强了作品的音乐美，也使诗的主题得到更强的表现。李金发的《有感》是打破了传统表现方法的一首优秀诗篇。

明星出现之歌

李金发

　　什么一个香的曲径在你心头，什么一个雪的铺张在我笔下？

　　黎明带给我允许幸福之兆，黄昏战栗明星之出现。

　　我坚守着一切我失掉恩爱之全部，惟保存着心之谐音与呼唤你的伟大。

　　人说生活是随处暗礁？那么惟你的温爱与半红的唇是灯塔之光。

　　大神喊道：你如此年轻而疲乏之游行者，到何处去飘泊？没有一个山川的美丽，如兄妹般等候着你，没有一个生人，回复你亲密的点头。即流泉亦失望地向你逃遁。

（选自《为幸福而歌》，上海商务印书馆，1926 年）

你的温爱是灯塔之光

读李金发的《明星出现之歌》

　　《明星出现之歌》是李金发的一首抒情散文诗，收在诗集《为幸福而歌》里，大约写于 1924 年。作者谈到这本诗集的时候曾说："这集多半是情诗，及个人牢骚之言。情诗的'卿卿我我'或有许多读者看得不耐烦，但这种公开的谈心，或能补救中国人两性间的冷淡。"李金发的这些健康的爱情诗，在当时确有反封建的意义。即便今天读起来，人们也会为诗人在这一感情领域的美丽耕耘而获得一种艺术的享受。

　　李金发用象征的意象与倾诉的笔调相结合的方法来完成他的抒情。明星的出现象征幸福爱情的来临，明星就是爱情之光。年轻的象征派诗人，按照他的情趣，竭力把美好的感情朦胧化了。只要我们追得上作者的想象，就能走进诗人创造的这个复杂而又单纯的美丽世界。

　　散文小诗一开头，用两个排比式的问句，把读者引向诗人情感的中心：一种青年男女热恋的心态。这两句诗的意思是：是什么样一个幽香的曲径通往你的心头，是什么样一首纯洁的爱的诗篇流出"我"的笔端？"香的曲径"，指甜蜜的爱的小路，说白了就是"我"的爱通向"你"的心头。诗人用"香的曲径"和

"雪的铺张"这两个若明若暗的意象给自己的抒情蒙上一层美丽的面纱。不直说出自己的感情，正是他一种美的追求。失掉这朦胧的纱也就没有那读者接近的"香的曲径"了。

接着两句是写明星出现，也即恋人到来在心头引起的感觉。黎明时候它带给我幸福的预兆，黄昏时光它带给我一种快乐的战栗。这两行诗的后一句"黄昏战栗明星之出现"，实际是说"我"为黄昏之时明星的出现而感到幸福与快乐的战栗。省略了一个诗人主体，句子就不好懂。了解象征诗省略法的秘密，这样奇怪的构句法也就不会让人觉得奇怪了。

第三段写诗人对恋人的表白。"我"是一个孤独而冷漠的人，没有温暖，没有恩爱，剩下的即"我""坚守着"的"全部"只是一个空的躯壳，唯独保存着"我"的心对"你"美好的爱和崇拜的呼唤。"心之谐音与呼唤你的伟大"，就是这神圣感情。有了这种倾慕和无限崇拜的感情，"我"就有了生命的一切，就有了最高的幸福和最大的力量。这样下面一句的出现也就自然而美丽的了：

> 人说生活是随处暗礁？那么惟你的温爱与半红的唇是
> 灯塔之光。

生活之路充满艰难，生活这大海里处处有暗礁，而"你的温爱与半红的唇"则是"灯塔之光"，给"我"以生活的勇气，照亮"我"生活的航程。幸福的明星以"灯塔之光"来比喻，是一个新颖的想象，也由此完成了歌咏明星出现幸福之曲的最高音部。读到这两句诗，也就窥到了这首散文小诗灵魂的窗口，可以说这是短歌的"诗眼"吧。

最末一段文字最长，但意义比较明了。诗人在向恋人表示：我将永与你同在，绝不分离。"大神"是指天上的太阳。到处漂泊的"年轻而疲乏之游行者"指诗人自己。诗人让大神说：年轻而疲乏的漂泊者，结束你那无根的生活吧，现实世界中"没有一个山川的美丽，如兄妹般等候着你，没有一个生人，回复你亲密的点头。即流泉亦失望地向你逃遁"。你应该回到爱的怀抱中来，那里才有亲密，才有理解，才有温爱，才有灯塔之光。诗人的这段渲染，完全是为了强化前面"灯塔之光"的主题。只是前面是以肯定的形式，这里是以否定的形式。有了这一段想象中的补叙，才使整首诗显得开阔，显得深沉，像一块多棱镜，闪出更有立体感的光彩。末一句"即流泉亦失望地向你逃遁"，意思是即使流泉也会失望地逃你而去，不知是作者有意隐曲，还是匆匆中留下的语病，造成理解上的困难。这两种情况，在一个身居异国匆促写诗的年轻人身上，是都有可能存在的。我们不能以象征派诗的名目抹杀诗人的一切弊病，也不能以习惯的思路来苛责诗人的艺术探索。

这首《明星出现之歌》写得朴实、自然，虽然也有曲折，有省略和造句形成的"暗礁"，会引你的思路进入"误区"，但总的意象选择和诗歌构思的展开，还是有迹可循，在朦胧中表现了较高的透明度，或者说具有一种透明的朦胧美。

象征诗注意意象的创造，比喻就是一种手段。比喻有明喻，有暗喻。明喻显得自然亲切，如诗里的"惟你的温爱与半红的唇是灯塔之光""没有一个山川的美丽，如兄妹般等候着你"，这是一般诗人常用的。而一些"远取譬"的暗喻，则是象征派诗人常用的方法，如"香的曲径""雪的铺张""流泉"的"逃遁"，这些比喻或形象，意义的内涵不那么确定，需要读者更多想象的创造。不确定性意象的创造，增加了诗歌抒情的弹性，它们为这首散文诗带来了曲径通幽之美。当然一些过分直露的抒情，也使这首《明星出现之歌》显得浅而轻，缺乏象征派诗歌的隐藏度和厚重感，太多的弦外之音在这里几乎是找不到的。但总体上讲，《明星出现之歌》与当时一些散文抒情小诗相比较，仍不失为一篇较好的爱情诗。

晨

李金发

　　你一步一步走来，微笑在牙缝里，多疑的手按着铃儿，裙带儿拂去了绒菊之朝露，气息如何，我全不能分析。镀金的早晨，款步来了，看呀，或者听环佩琅琅作响了，来！数他神秘的步骤。

　　你的臂儿张着向我，呵，他们倦了如我未醒的深睡。

　　进来，向我旁边坐下，解去那透湿的鞋儿，你摘的是什么花朵。芳香全染在你胸膛里了，不看见么，他们正因离去同玩的小山羊哀戚了。

　　勿装出一半微笑，一半庄重的脸来，我画笔儿将停滞了，如你多看一眼。夜鸦染了我眼的深黑，所以飞去了；玫瑰染了你唇里的朱红，所以随风谢了。我们到小径隐藏了去，看衰草在松根下痛哭。

　　你呼吸在风里，我眺望在远处，他们都欲朝黑夜之面而狂奔了。

　　黑夜才从门限里出去，他多么叫喊，愤怒与呜咽，如你不来，我将梦见你在我怀里。

　　奈黑夜才从门限里出去。

（选自《食客与凶年》，北京北新书局，1927年）

金色早晨的恋歌

读李金发的《晨》

《晨》收在李金发的诗集《食客与凶年》中。按集子前后一些作品的写作时间来看，这首诗应写于 1923 年。当时作者是不满23 岁的青年。

"五四"文学革命以后，散文诗随着新诗一起诞生了，但是脍炙人口的佳篇不是很多。直到 1924 年鲁迅的《野草》陆续在《语丝》上刊登，散文诗的艺术才算达到了一个高峰。李金发的这首《晨》，写在鲁迅的《野草》之前，是对抒情性散文诗一次美丽的尝试。就想象的新颖与表现的熟稔来看，不仅超过了他前此写的《明星出现之歌》，就是与同时期产生的其他作品相比，这首散文诗也是毫不逊色的艺术佳品。只是当时人们不太看得懂李金发的象征诗，他的这颗闪光的珍珠也就淹没在冷淡与责难的灰尘中了。

《晨》是一篇写爱情的散文诗，它的背景是清晨的到来与黑夜离去的时刻。在这个背景中出现的是诗人自己——"我"和与"镀金的早晨"一样美丽的姑娘，即"我"的恋人。诗里写了金色的早晨姑娘到来时的欢愉与庆幸黑夜消逝的情景，黎明和夜色、现实与回忆有意地编织在一起，呈现一种时间的流动感。

诗的第一个自然段，以最美的想象写姑娘与早晨一起到来的欢快与神秘之感。在诗人的笔下，人与自然都染上了很强的欢愉的感情色彩。也许这是全篇散文诗中最美的一段文字了：少女到来时的缓缓步履，快乐而又羞涩的情态，无法分辨的晨露花香的气息，写得非常具体而形象，着墨鲜明而又略带含蓄。人物的心灵与情态如一幅霞光中爱的天使之画呈现于诗里。早晨来的琅琅有声和"数他神秘的步骤"，写的是"镀金的早晨"，更主要的是衬托"我"的心境。因为自己怀念少女的到来，自然的景物也变得更加美好而富有感情了。中国古代诗歌中以自然之美来形容人物之美的作品是很多的，即以著名的曹植《洛神赋》为例："其形也，翩若惊鸿，婉若游龙，荣曜秋菊，华茂春松。仿佛兮若轻云之蔽月，飘飘兮若流风之回雪。远而望之，皎若太阳升朝露，迫而察之，灼若芙蓉出绿波。"李金发懂得古典诗歌的传统，也熟悉那些意象，他把早晨拟人化，写得很美，也就强化了在"镀金的早晨"中走来的少女之美，同时自己内心的欢悦之景也得到有力的渲染。

第二自然段："你的臂儿张着向我，呵，他们倦了如我未醒的深睡。"写早晨会面时的拥抱。这里的"倦"指的恐不是疲倦，而是一种缠绵缱绻之情，"未醒的深睡"便可以合理地理解为沉醉之意了。

第三自然段，劝少女在自己身旁坐下，脱去那被朝露打湿的鞋儿，问她手里摘的是什么花朵。这花的香气已染满少女身上，而这花朵因为离开了一起玩耍的小山羊而哀戚，变得渐渐枯萎了。少女的胸膛如花一般芬芳，而这花又如小山羊一样的温驯可爱。写花，写小山羊，都是为了写少女，写自己热恋的感情。

第四自然段，写两人由相对而坐到漫步户外的情景。诗人在为少女作画。少女一会儿露出微笑，一会儿显出庄重的神气，有时又调皮地向"我""多看一眼"，诗人故作嗔怪地说：如你再这样顽皮，我就搁下自己的画笔了。下面几句写得含蓄、朦胧，又十分美丽：

> 夜鸦染了我眼的深黑，所以飞去了；玫瑰染了你唇里的朱红，所以随风谢了。我们到小径隐藏了去，看衰草在松根下痛哭。

黑夜逝去，黎明到来，我的眼睛更加明亮，你的唇如玫瑰般鲜红。我们趁着这早晨美好的时光，到户外小径去漫步，看松根下被踏倒的小草在"痛哭"。接着三段，都写黑夜的逝去，自己盼着少女早晨的到来，"如你不来，我将梦见你在我怀里"。"叫喊，愤怒与呜咽"的黑夜总算离我们而去了，虽然它去得是那样的无奈和痛苦。

这首散文诗显得活泼，富有人情味，主要是诗人丰富的想象，大量地赋予生命的自然以人的性格。一些自然物通过拟人化的手法，都具有了人的感情色彩。镀金的早晨可以迈着神秘的脚步，披戴着琅琅的环佩向人们走来，芬芳的花朵可以离开同玩的小山羊而无限悲哀，松树下面的小草可以因为被踏倒或风吹倒而发出伤心痛哭的声音，无可奈何离去的黑夜从门限出去时竟会发出那么令人讨厌的"叫喊，愤怒与呜咽"。传统诗歌中"移情于物"的美学原则，在象征派诗人的笔下有了更为开阔的拓展。这些自然景物不仅起到强化抒情的作用，它们本身都成了一种感情的象征，而具有了独立的深层内涵。它们或象征美的情感，或象征了美的获得而付出的感情代价，或象征对美的情感压抑扼杀的黑暗丑恶的势力，拟人化从一般的强化抒情而进入了象征的意象层次。这正是《晨》中的艺术手法与一般的拟人化方法不同的地方。

一首抒情散文诗比一首抒情诗艺术容量更大一些，但这艺术容量可能被诗人挥霍掉。李金发懂得发挥散文诗的特性，注意捕捉一些具有鲜明形象性的细节描写，如"你一步一步走来，微笑在牙缝里"，如果把这个细节描写换成"嘴上露出微笑"，就会失去新颖而降为平庸了。"夜鸦染了我眼的深黑，所以飞去了；玫瑰染了你唇里的朱红，所以随风谢了。"如果写成"我的眼睛消散了夜色，变得更加明亮；你的唇里染上了朱红，玫瑰便凋谢了"，就失去了诗意而成为索然无味的散文了。作者懂得诗与散文的差异，他注重的是诗表述意象的鲜明性与蕴蓄性。这些创造，极大地增添了这首散文诗的美感效果。

有些措词造语故意避易而就涩，读起来不那么顺乎自然，却在新奇中达到了陌生化的效果。"裙带儿拂去了绒菊之朝露，气息如何，我全不能分析"，"我全不能分析"这一个冷漠而概念化的句子，比"我无法嗅出"这样习惯性的句子好得多，起码使人读了产生一种新奇感；"来！数他神秘的步骤"，"步骤"是一个逻辑思维色彩很强的词，而"脚步"却是一呼即出的习惯用语，去习惯而就生僻，产生了更高的艺术效果。类似这样的用法，非象征派诗人是很少用的。李金发不避生僻怪异，把人们熟悉的与不熟悉的搭配在一起，得到了意料之外的新奇的审美效果。有些诗里用得多而滥了，就会破坏人们接受的美感限度，这首散文诗《晨》却很少这样的弊病。

就风格来看，这篇散文诗具有一种宁静、透明、清新而热情的特征。"你"是一种美的爱情的象征，黑夜与清晨的对立，象征了两种生活的氛围。诗人以金色的早晨为抒情的主要背景与色调，对爱的描写中，充满了微笑、露珠、朝气、花香、小径的漫步、迎风的呼吸和愉快的眺望，黑夜的呜咽只是这种美的爱情获得后的失败者、逃遁者，不占诗篇的主要地位。象征的描写与直接的抒情结合得很恰切，前后有机地呼应，开篇是盼望少女来临的实现，是早晨神秘脚步的伴随，结尾是表白自己的心境："如你不来，我将梦见你在我怀里"，是黑夜无奈地退去，笔调含蓄中透着明快，热烈中藏着柔情，艺术表现相当完整。一首恋爱曲也是一幅美丽的晨光篇，你读了会被它的美所感染，会为诗人这一艺术世界的创造而惊叹！

将有情的

眼

埋藏在

记忆中

撑着油纸伞，独自
彷徨在悠长，悠长
又寂寥的雨巷，
我希望飘过
一个丁香一样地
结着愁怨的姑娘。

雨巷诗人的抒情诗

读戴望舒诗三首

雨巷

撑着油纸伞，独自
彷徨在悠长，悠长
又寂寥的雨巷，
我希望逢着
一个丁香一样地
结着愁怨的姑娘。

她是有
丁香一样的颜色，
丁香一样的芬芳，
丁香一样的忧愁，
在雨中哀怨，
哀怨又彷徨；

她彷徨在这寂寥的雨巷，

撑着油纸伞
像我一样，
像我一样地
默默彳亍着，
冷漠，凄清，又惆怅。

她静默地走近
走近，又投出
太息一般的眼光，
她飘过
像梦一般地，
像梦一般地凄婉迷茫。

像梦中飘过
一枝丁香地，
我身旁飘过这女郎；
她静默地远了，远了，
到了颓圮的篱墙，
走尽这雨巷。

在雨的哀曲里，
消了她的颜色，
散了她的芬芳，
消散了，甚至她的
太息般的眼光，

丁香般的惆怅。

撑着油纸伞，独自

彷徨在悠长，悠长

又寂寥的雨巷，

我希望飘过

一个丁香一样地

结着愁怨的姑娘。

（选自《我底记忆》，上海水沫书店，1929年）

一首好的抒情诗，应该是艺术美的结晶，它会超越时间和空间的限制而唤起人们审美的感情。戴望舒的《雨巷》就是这样一首优美的抒情诗。

然而多年以来，《雨巷》和戴望舒的其他一些诗作，却被视为象征派和现代派的无病呻吟而被排斥在文学史的视野之外；直到最近，人们才像观赏出土文物一样，把这些作品从遗忘的尘土中挖掘出来，又重新看到了它们身上具有的艺术光辉。

戴望舒在坎坷曲折的二十多年的创作道路上，只给我们留下了九十多首抒情短诗，《雨巷》就是他早期的一首成名作。

《雨巷》大约写于1927年夏天，最初发表在1928年8月出版的《小说月报》第19卷第8号上。戴望舒的挚友杜衡在1933年写道：

说起《雨巷》，我们是很不容易把叶圣陶先生底奖掖

忘记的。《雨巷》写成后差不多有一年，在圣陶先生代理
编辑《小说月报》的时候，望舒才忽然想把它投寄出去。
圣陶先生一看到这首诗就有信来，称许他替新诗底音节开
了一个新的纪元。……圣陶先生底有力的推荐使望舒得到
了"雨巷诗人"这称号，一直到现在。❶

　　人们熟知的文学史上的这段佳话，反映了《雨巷》一诗在当
时的价值和影响。

　　就抒情内容来看，《雨巷》的境界和格调都是不高的。《雨巷》
在低沉而优美的调子里，抒发了作者浓重的失望和彷徨情绪。打
开诗篇，我们首先看到诗人描绘了一幅梅雨季节江南小巷的阴沉
图景。诗人自己就是在这雨巷中彳亍彷徨的抒情主人公。他很孤
独，也很寂寞，在绵绵的细雨中，"撑着油纸伞，独自／彷徨在悠
长，悠长／又寂寥的雨巷"。在这样阴郁而孤寂的环境里，他心里
怀着一点儿朦胧而痛苦的希望："希望逢着／一个丁香一样地／结
着愁怨的姑娘。"这个姑娘被诗人赋予了美丽而又愁苦的色彩。她
虽然有着"丁香一样的颜色，／丁香一样的芬芳"，但是也有"丁
香一样的忧愁"。她的内心充满了"冷漠""凄清"和"惆怅"。
她和诗人一样，在寂寥的雨巷中，"哀怨又彷徨"。而且，她竟是
默默无言，"像梦一般地"从自己身边飘过去了，走尽了这寂寥的
雨巷。

　　　在雨的哀曲里，

---

❶ 杜衡：《望舒草》序，《望舒草》，上海现代书局1933年版。

消了她的颜色，

散了她的芬芳，

消散了，甚至她的

太息般的眼光，

丁香般的惆怅。

　　这是一个富于浓重象征色彩的抒情意境。在这里，诗人把当时的黑暗而沉闷的社会现实暗喻为悠长、狭窄而寂寥的"雨巷"。这里没有声音，没有欢乐，没有阳光。而诗人自己，就是在这样的雨巷中彳亍着彷徨的孤独者。他在孤寂中怀着一个美好的希望，希望有一种美好的理想出现在自己面前。诗人笔下的"丁香一样"的姑娘，就是这种美好理想的象征。然而诗人知道，这美好的理想是很难出现的。她和自己一样充满了愁苦和惆怅，而且又是倏忽即逝，像梦一样从身边飘过去了。留下来的，只有诗人自己依然在黑暗的现实中彷徨，和那如无法实现的梦一般飘然而逝的希望！

　　有论者说，《雨巷》是诗人用美好的想象来掩盖丑恶的真实的"自我解脱"，是"用一些皂泡般的华美的幻象来欺骗自己和读者"，除了艺术上的和谐音律美外，"在内容上并无可取之处"。❷这些诘难和论断，对于《雨巷》来说，未免过于简单和苛刻了。

　　《雨巷》产生的 1927 年夏天，是中国历史上一个黑暗的时期。反动派对革命者的血腥屠杀，造成了笼罩全国的白色恐怖。原来热烈响应革命的青年，一下子从火的高潮堕入了夜的深渊。他们

---

❷　凡尼：《戴望舒诗作试论》，《文学评论》，1980 年第 4 期。

中的一部分人，找不到革命的前途。他们在痛苦中陷于彷徨迷惘，他们在失望中渴求着新的希望出现，在阴霾中盼望飘起绚丽的彩虹。《雨巷》就是一部分进步青年这种心境的反映。戴望舒写这首诗的时候只有二十一二岁。一年多以前，他与同学杜衡、施蛰存、刘呐鸥一起从事革命的文艺活动，并加入了共产主义青年团，用他热情的笔投入了党的宣传工作。1927年3月，他还因宣传革命而被反动当局逮捕拘留过。"四一二"政变后，他隐居江苏松江，在孤寂中嚼味着"在这个时代做中国人的苦恼"（《望舒草·序》）。他这时候所写的《雨巷》等诗中便自然贮满了彷徨失望和感伤痛苦的情绪。这种彷徨感伤的情绪，不能笼统地说是纯属个人的哀叹，而是现实的黑暗和理想的幻灭在诗人心中的投影。《雨巷》则用短小的、抒情的吟诵再现了这部分青年心灵深处典型的声音。在这里我们确实听不到现实苦难的描述和反叛黑暗的呼号，这是低沉的倾诉、失望的自白。然而从这倾诉和自白里，我们不是分明可以看到一部分青年人在理想幻灭后的痛苦和追求的心境吗？失去美好希望的苦痛在诗句里流动。即使是当时的青年也并非那么容易受着"欺骗"。人们读了《雨巷》，并不是要永远彷徨在雨巷。人们会憎恶这雨巷，渴望出离这雨巷，走到一个没有阴雨、没有愁怨的宽阔光明的地方。

　　《雨巷》在艺术上的一个重要特色是运用了象征主义的抒情方法。象征主义是19世纪末法国诗歌中崛起的一个艺术流派，他们以世纪末的颓废反抗资本主义的秩序。在表现方法上，强调用暗示隐喻等手段表现内心瞬间的感情。这种艺术流派于五四运动退潮时期传入中国，第一个大量利用象征主义方法写诗的是李金发，戴望舒早期的创作也明显地接受了法国象征派的影响。他的创作的一个重要特点，就是注意挖掘诗歌暗示隐喻的能力，在象征性的形象和意境中抒情。《雨巷》就体现了这种艺术上的特点。诗里那撑着油纸伞的诗人，那寂寥悠长的雨巷，那像梦一般地飘过有着丁香一般忧愁的姑娘，并非真实生活本身的具体写照，而是充满象征意味的抒情形象。我们不一定能够具体说出这些形象所指的全部内容，但我们可以体味这些形象所抒发的朦胧的诗意。那个社会现实的气氛，那片寂寞徘徊的心境，那种追求而不可得的希望，在《雨巷》描写的形象里，既明白又朦胧、既确定又飘忽地展示在读者眼前。想象创造了象征，象征扩大了想象。这样以象征手法抒情的结果，使诗人的感情心境表现得更加含蓄蕴藉，也给读者留下了驰骋想象的广阔天地，感到诗的余香和回味。朱自清先生说："戴望舒氏也取法象征派。他译过这一派的诗。他也注重整齐的音节，但不是铿锵而是轻清的；也找一点儿朦胧的气氛，但让人可以看得懂。""他是要把捉那幽微的精妙的去处。"《雨巷》朦胧而不晦涩，低沉而不颓唐，情深而不轻佻，确实把握了象征派诗歌艺术的幽微精妙的去处。

戴望舒的诗歌创作，也接受了古典诗词艺术营养的深深陶冶。在《雨巷》中，诗人创造了一个"丁香一样地结着愁怨的姑娘"的象征性抒情形象。这显然是受古代诗词中一些作品的启发。用丁香结，即丁香的花蕾，来象征人们的愁心，是中国古代诗词中一个传统的表现方法。如李商隐的《代赠》诗中就有过"芭蕉不展丁香结，同向春风各自愁"的诗句。南唐李璟更把丁香结和雨中惆怅联在一起了。他有一首《浣溪沙》：

　　手卷珠帘上玉钩，依前春恨锁重楼。风里落花谁是

主？思悠悠。　　青鸟不传云外信，丁香空结雨中愁。回
首绿波春色暮，接天流。

　　这首诗里就是用雨中丁香结作为人的愁心的象征。很显然，
戴望舒从这些诗词中吸取了描写愁情的意境和方法，用来构成
《雨巷》的意境和形象。这种吸收和借鉴是很明显的。但是，能
不能说《雨巷》的意境和形象就是旧诗名句"丁香空结雨中愁"
的现代白话版的扩充和"稀释"呢？我以为不能这么看。在构成
《雨巷》的意境和形象时，诗人既吸吮了前人的果实，又有了自己
的创造。

　　第一，古人在诗里以丁香结本身象征愁心，《雨巷》则想象了
一个如丁香一样结着愁怨的姑娘。她有丁香般的忧愁，也有丁香
一样的美丽和芬芳。这样就由单纯的愁心的借喻，变成了含着忧
愁的美好理想的化身。这个新的形象包含了作者美的追求，也包
含了作者美好理想幻灭的痛苦。

　　第二，诗人在《雨巷》中运用了新鲜的现代语言，来描绘这
一雨中丁香一样的姑娘倏忽即逝的形象，与古典诗词中套用陈词
旧典不同，也与诗人早期写的其他充满旧诗词调子的作品迥异，
表现了更多的新时代的气息。"丁香空结雨中愁"，没有"丁香一
样地结着愁怨的姑娘"更能唤起人们希望和幻灭的情绪。在表现
时代的忧愁领域里，这个形象是一个难得的创造。

　　第三，在古代诗词里，雨中丁香结是以真实的生活景物来寄
托诗人的感情。《雨巷》中那个在雨中飘过的丁香一样的姑娘的形
象，就带上了更多的诗人想象成分。它既是生活中可能出现的情
景，又是作家驰骋艺术想象的结晶，是真实与想象相结合所产生

的艺术真实的形象。戴望舒说："诗是由真实经过想象而出来的，不单是真实，也不单是想象。"我们说《雨巷》的意境形象借鉴于古典诗词，又超越古典诗词，最主要的即因为它是诗人依据生活的经验而又加上了自己想象的创造。它是比生活更美的艺术想象的产物。

《雨巷》最初为人称道，一个重要方面是它的音节优美。叶圣陶盛赞这首诗"替新诗底音节开了一个新的纪元"，虽然未免有些过誉，但首先看到了它的音节的优美这一特点，不能不说是有见地的。《雨巷》全诗共七节，第一节和最后一节除"逢着"改为"飘过"之外，其他语句完全一样。这样起结复见，首尾呼应，同一主调在诗中重复出现，加强了全诗的音乐感，也加重了诗人彷徨和幻灭心境的表现力。整个诗每节六行，每行字数长短不一，参差不齐，而又大体在相隔不远的行里重复一次脚韵。每节押韵两次到三次，从头至尾没有换韵。全诗句子都很短，有些短的句子还切断了词句的关联，有些同样的字在韵脚中多次出现，如"雨巷""姑娘""芬芳""惆怅""眼光"，有意地使一个音响在人们的听觉中反复，这样就造成了一种回荡的旋律和流畅的节奏。读起来，像一首轻柔而沉思的小夜曲。一个寂寞而痛苦的旋律在全曲中反复回响，萦绕在人的心头。

为了强化全诗的音乐性，诗人还吸取了外国诗歌中的一些技法，在同一节诗中让同样的字句更迭相见。如：

她是有

丁香一样的颜色，

丁香一样的芬芳，

丁香一样的忧愁，

在雨中哀怨，

哀怨又彷徨；

她彷徨在这寂寥的雨巷，

撑着油纸伞，

像我一样，

像我一样地，

默默彳亍着，

冷漠，凄清，又惆怅。

她静默地走近

走近，又投出

太息一般的眼光，

她飘过

像梦一般地，

像梦一般地凄婉迷茫。

　　这种语言上的重见、复沓，像交织在一起的抒情乐句反复一样，听起来悦耳、和谐，又加重了诗的抒情色彩。在涣漫的自由诗和"新月派"的豆腐干诗体盛行的时候，戴望舒送来了优美动听的《雨巷》，虽然不能说是"替新诗底音节开了一个新的纪元"，至少也是开拓了音乐在新诗中表现的新天地。

　　戴望舒这种对新诗音乐性的追求，到《雨巷》是高峰，也是结束。此后，他开始了"对诗歌底他所谓'音乐的成分，勇敢的反叛'"（杜衡语），走向对诗的内在情绪韵律的追求。他的另一首著名诗篇《我的回忆》，就是这种追求的一个新的里程碑。戴望舒的这种变化，反映了他新的美学见解和艺术追求，但这绝不能使《雨巷》对新诗音乐美尝试的意义被否认。偏爱是艺术欣赏的伴侣，比起戴望舒的其他作品来，使我读而不厌的，还是这首《雨巷》。它是新诗中一颗发光的明珠，值得我们珍读！

寻梦者

梦会开出花来的，
梦会开出娇妍的花来的：
去求无价的珍宝吧。

在青色的大海里，
在青色的大海的底里，
深藏着金色的贝一枚。

你去攀九年的冰山吧，
你去航九年的旱海吧，
然后你逢到那金色的贝。

它有天上的云雨声，
它有海上的风涛声，
它会使你的心沉醉。

把它在海水里养九年，

把它在天水里养九年，

然后，它在一个暗夜里开绽了。

当你鬓发斑斑了的时候，

当你眼睛朦胧了的时候，

金色的贝吐出桃色的珠。

把桃色的珠放在你怀里，

把桃色的珠放在你枕边，

于是一个梦静静地升上来了。

你的梦开出花来了，

你的梦开出娇妍的花来了，

在你已衰老了的时候。

（选自《望舒草》，上海现代书局，1933 年）

"五四"前后，科学与民主的洪流惊醒了一代又一代知识分子。美好理想与黑暗现实的激烈矛盾，笼罩了他们敏感的心灵。比"知其不可为而为之"的精神更强烈的社会使命感造就了一个庞大的寻梦者群。从鲁迅无数痛苦的梦结出的果实《呐喊》，到何其芳在精美中浸满了热情的《画梦录》，虽然个人的心同现实的距离有远有近，但是，寻求美好的梦境变为现实的愿望与他们执着艰辛的寻求精神，却大体是一致的。戴望舒就是这样一位由现实世界转到诗的世界中最忠实的寻梦者之一。他写了许多寻梦者的诗篇，为这一群体的心态与精神做了集中的观照与画像的，是他这一杰出的诗篇《寻梦者》。

《寻梦者》是诗人内心的形象写照，也是一个群体精神与灵魂的深刻自白。它用美丽的象征意象唱出了美丽的寻梦者灵魂的歌。这支美丽的歌告诉了我们一个人生的真谛：任何美好理想的实现，任何事业成功的获取，必须付出人一生追求的艰苦代价；你的梦"开出娇妍的花"来的时候，正是"在你已衰老了的时候"。

诗人戴望舒采用象征的方法来传达他这一人生真谛的觉识。诗中的象征本体是诗人自己，或包括一切觉醒的知识分子在内的寻梦者群。被寻求的能开出"娇妍的花"的美丽的梦只是象征的中介物，而全诗真正的象征喻体，则是那"金色的贝"吐出的"桃色的珠"。诗人找到了这个理想的象征物，在它身上寄寓了人生追求的一切美好的东西。

诗的开始，"梦会开出娇妍的花"只是一种铺垫，这梦有它美丽而具体的内涵。它是"无价的珍宝"，这"珍宝"是什么呢？诗人既说明了这"无价的珍宝"是一枚"金色的贝"，又展示了得到这"无价的珍宝"历程的艰辛与漫长。诗人在无限的时间与空间的交错中，写了这寻求的艰苦与漫长。这金色的贝不是轻而易举就可以得到与看到的，它隐藏"在青色的大海的底里"。要得到它，你须"攀九年的冰山""航九年的旱海"，即付出极大的也是极长的劳动的代价。这艰苦的寻求确实是值得的，因为"它有天上的云雨声，/它有海上的风涛声，/它会使你的心沉醉"。这里有一个美好得令人心醉的世界，但是这艰苦寻求的获得并非就是寻梦的终点，在寻梦者的旅程中这只是漫长历程中的一站。使你沉醉的美却不能任自己的心沉醉，你还须继续艰苦地寻求。"把它在海水里养九年，／把它在天水里养九年"，自然的象征隐喻着人生的意义，"冰山""旱海""海水""天水"，都是一种象征，它隐喻了人生历程中的种种艰苦与磨难。诗人喻示人们，也告诫自己：只有经过这样漫长而艰辛的历程，这"金色的贝"才会在"一个暗夜里开绽了"，即"金色的贝吐出桃色的珠"。可是这时候，寻梦者已是"鬓发斑斑"、"眼睛朦胧"了。诗的最后两节，写到了寻梦者实现自己最美好的夙愿的时候，幸福的快慰是与人生的衰老相与俱来的。梦开出娇妍的花之日，正是寻梦者人生衰老之时。

戴望舒这首《寻梦者》有一种抒情内蕴的气势。诗的开头与结尾，既是一个圆圈式的结构，又是情感向更高层次的展开。诗的重点放在寻求"无价的珍宝"的精神历程，由金色的贝之所在，到逢到金色的贝的艰苦，由对金色的贝丰美与价值的赞颂，再引向桃色的珠的艰苦生成，最后写人生获得无价的珍宝之后的快乐与幸福，象征的喻体与被象征的本体交织融汇，水乳难分，诗人的感情也波澜起伏，而又浪花汹涌，迅速推进，形成了一气呵成而又波涛迭起的抒情气势。这种感情气势是服从于寻梦者坚韧而又艰辛的道路这一独特抒情主题需要的。诗人没有让想象直线到达自己哲理的沉思，而是在诗中呈现了一个曲折艰苦的寻找过程，寻梦者的心灵之路，寻梦者的欢悦辛酸，在这一过程中得到了具体而又富于象征性的呈现。当诗人把抒情之笔推到最后两节诗的时候，即读到"把桃色的珠放在你怀里，／把桃色的珠放在你枕边，／于是一个梦静静地升上来了"这些句子的时候，谁不会为这种幸福与快乐而无限地激动呢？这样，虽然是"衰老"这一富于感伤的旋律作为整首诗的结尾，谁又会觉得对这"无价之宝"

的寻求不是人生最高价值的实现呢？诗的抒情气势强化地渲染了诗人要传达的人生哲理，而这气势也造就了一个富于创造意境的世界。

《寻梦者》非常富于民族色彩。全诗接受西方象征诗的影响，但在许多方面表现了诗人接受传统诗歌的意蕴，寻找和构建中西诗歌艺术契合点的努力。诗人选择了"金色的贝"与"桃色的珠"作为人生理想象征的载体，就深得传统诗歌意象的启迪。大海、金色的贝、珍珠、冰山、旱海、海水、天水，乃至"九年"这个数字本身等一连串的意象，都习见于古典诗歌之中，也与民族审美的心理积淀相契合。诗人用了"青色""金色""桃色"这些色彩，来写人生（大海）的深沉、获得理想与价值的美丽，也容易引起民族心理的呼应。诗每节三行，节奏大体整饬，每节一二句或重复，或排比，三行中大体取 aab 的韵脚，甚至各句大部分重复而不觉单调。读起来，不仅有意象纷沓而至的美感效果，也有和谐而富于音乐美的听觉境界的满足。我们从戴望舒的情与境、神与形的创造中，完全有理由说，这首《寻梦者》是摆脱了对西方象征诗影响的阴影的典型现代东方象征诗。

致萤火

萤火，萤火，
你来照我。

照我，照这沾露的草，
照这泥土，照到你老。

我躺在这里，让一颗芽
穿过我的躯体，我的心，
长成树，开花；

让一片青色的藓苔，
那么轻，那么轻
把我全身遮盖，

像一双小手纤纤，
当往日我在昼眠，
把一条薄被
在我身上轻披。

我躺在这里
咀嚼着太阳的香味；
在什么别的天地，
云雀在青空中高飞。

萤火，萤火
给一缕细细的光线——
够担得起记忆，
够把沉哀来吞咽！

1941 年 6 月 26 日

（选自《灾难的岁月》，上海星群出版社，1948 年）

现代诗人的心灵是敏感的。天上的一片云，耳边的一丝风，一只飞过的蝴蝶，一刹那闪烁的梦影，都会被诗人的灵感捕捉，心灵创造的海市蜃楼遂出现在读者面前。微小细琐的事物中也便有深沉的哲理产生，给读者以崭新而又永恒的启示。

迷人的夏夜里，哪一个童稚时代的人，没有被那一点点儿闪烁飞翔的萤火所吸引过？人们在迷恋中留下了追逐的乐趣，听过无数美丽的童话，古今多少诗人为这小小的发光的生物赋诗抒怀。但那些都成为过去，戴望舒借这小小的萤火虫为我们唱了一支全新的歌。这是一支属于现代人想象世界的歌。这歌里，让你咀嚼着太阳的香味，读了它你会觉得情意幽远、余香无穷……

诗一开始就把读者引进了一个超现实的想象世界。诗人与小小的萤火虫亲切对话。"萤火，萤火，/你来照我。"人与自然物的距离被拉近了。他们之间似乎由对话而达到了默契于心的境界，但这个境界是奇特的。心中充满寂寞的"沉哀"的诗人，设想自己躺在泥土上死去了，进入此境的诗人在思考着自己生命的价值，回味生命历程的欢乐与悲哀，诗里倾吐的是灵魂的声音。沿着这一思路，我们跟着诗人的想象移步向前。

诗人的心似乎很宁静。他在对小小的自然生命发出呼唤：萤火，萤火，你不仅用微弱的光亮来照着我黑夜中的躯体，同时，也照着我身边"沾露的草"和身下的"泥土"吧，让它们同我一起享受你的光亮，只要你还有那微弱的闪亮，我就愿得到你的照耀，直至你死去。"照到你老"，是讲萤火虫的生命短暂与"我"祈愿这种光照的永恒。读了这两节诗，我们感到诗人平静的内心有一种悲怆的情调。他想到自己的死，想到死后对自身生命价值的体认。

接着，诗人写道："我躺在这里，让一颗芽／穿过我的躯体，我的心，／长成树，开花"，这是讲诗人对生命价值相对性的思考。人的生命是短暂的，就像一只发光的萤火虫一样，但是一个有追求的人的生命价值却可以是永恒的。即使肉体的生命死去了，它的精神还会发芽，长成一株树，最终开出美丽的花来。这一奇特的想象，包含了诗人充满智性的哲理思考。从哲学的层面上思考人生命的意义和价值，诗人在对自己的理想追求的结果做出形象性的价值判断。一个有理想追求的生命可以得到无限美丽的延续。这一节诗暗示了死后精神永生的渴求。

第四、五两节，沿着前一节的思路，进一步写死后宁静的祈愿，前一节是祈愿本身，后一节是一个明喻。意思是很明白的。"我"死去了，"让一片青色的藓苔"那么轻轻地把"我"的"全身遮盖"，以便让"我"得到灵魂真正的安宁。就像自己昔日昼眠之时，亲爱的人用那双"纤纤"的"小手"把一条薄薄的被子，"轻披"在"我"身上一样。一个渴求与自然合一的灵魂也是渴求宁静的灵魂，厌倦了人生的喧嚣，愿意得到皈返大自然的宁静的安息。一个寻梦者在人生旅途中的疲倦感在诗中以深层的形式透出。你懂得这不是一颗求得人生圆寂的虚无的心，因为你听到，安息了的心的歌唱这样告诉你。

这声音在下一节诗中以非常明亮的音部呈现出来。诗人写生命皈依自然之后那种心灵的欢愉感，这依然是在幻象的世界中想象。它是用了一个通感手法的句子："我躺在这里／咀嚼着太阳的香味"，接着是用了幻想世界的实写句子："在什么别的天地，／云雀在青空中高飞"，"太阳""云雀""青空"这些意象，唤起一种光明、美好、辽阔、自由的感情。诗人安息的生命中有一颗永不止息追求的灵魂。他的心以太阳为家乡，他的魂永系着那如此青的天，即使在已经安息之时也仍咀嚼着、幻想着那生命中追求的美好的一切。虽然这些美丽的理想无法变为现实，但人生的价值也许就在这追求本身当中。所以这咀嚼、这幻想也就是诗人最甜蜜的反思了。

诗的最后一节表现了诗人的清醒。他没有沉醉在幻想世界的欢乐里，那些毕竟离自己很遥远，现实中能够获得的还是十分可怜和微弱。诗人又与萤火虫对话，他无可奈何地祈愿，在周围一片黑暗的世界中，萤火能够给自己"一缕细细的光线"，这光线虽然是脆弱而无力的，但对自己来说，已经十分满足。只要这"细细的光线"能够"担得起"自己对往事的"记忆"，能够"吞咽"下自己生命的"沉哀"。过分沉重的情感是小小的萤火无法负荷的。这里是诗人借之表达自己对往昔生活的沉痛与悲哀的记忆。超负荷的描写本身造成一种矛盾，它更加重了诗人传达所祈愿的感情内涵的分量。读到最后一节诗，人们会由暂时的欢乐转入一种深沉的悲凉之感，同诗人这种传达技巧是密不可分的。

《致萤火》是戴望舒在动乱的岁月里写下的一篇杰作。日寇侵略的战火很快就要波及香港，难忍的铁窗生活不久便到来了。时代使每个有良知的诗人都面临着生与死的严峻课题。诗人敏锐的心不仅对过去的生命开始反思，且似乎有了某种预感，他开始重新思索自己生命的价值和意义。欢乐的记忆与深沉的悲哀组成了这首"安魂曲"的主调。寻求生命的解脱，在与自然合一的大欢喜中，眷恋生命的自由与理想的美丽，又使诗人的心陷于一种惆怅与悲哀之中。

《致萤火》是诗人自挽性质的一首安魂曲。诗中的意象构成，烙着浓厚的民族传统诗歌的印痕。夜色中的点点萤火，沾满夜露的小草，泥土上一片青色的薜苔，青空中高飞的云雀，一缕光线中吞咽的悲哀，这一切在中国古典诗歌里都能找到的意象，经诗人创造性地组织在一起，就构成了一种深沉安谧的意境，诗人渴求人的生命与自然合一之后的欢乐与悲哀就在这意境中透露出来。但是比起《我的记忆》时期的许多诗作来，《致萤火》又表现了一种感情得到理智更大淘洗之后的澄净、深沉与冷峻。西方现代主义诗的智化趋向显然对戴望舒的创作产生了深刻的影响。T. S. 艾略特的《荒原》、法国现代主义诗人许拜维艾尔崇拜理智的趋向可能影响了戴望舒的创作，意象中含有的情感色彩极大地淡化了，痛苦与寂寞、悲哀与欢乐，都不再赤裸在意象之中，而得到潜深的隐藏。就是有些悲剧色彩的抒情意象也显出客观的特征。如《致萤火》中写生命死亡与精神再生的信念：

> 我躺在这里，让一颗芽
> 穿过我的躯体，我的心，
> 长成树，开花；

这三行诗的意象使我们想起《荒原》中的四行诗：

> 去年你种在你花园里的尸首，
> 它发芽了吗？今年会开花吗？
> 还是忽来严霜捣坏了它的花床？
> 叫这狗熊星走远吧，它是人们的朋友。

T. S.艾略特原注说明，这四行诗见于英国剧作家魏布斯特（Webster）《白魔鬼》中的挽歌。这是一首充满土地气息的葬歌，其中还有这样的句子："让那些叶与花一同遮盖／那未曾下葬的孤独的尸身。"戴望舒诗中在自己躯体上生芽、长树、开花、让藓苔覆盖等的想象，与《荒原》和《白魔鬼》两诗中的意象很相似。艺术的启迪永远是艺术创造的源泉之一。但戴望舒没有以模仿代替创造，他的想象超越了原体。他把种在园中的尸首发芽开花的疑问句变成了肯定句，由客体描述变为主体的抒发，设想自己躺在泥土上，让一颗芽穿过自己的躯体和心，"长成树，开花"，这样，生命皈依泥土的气息更强了，整节诗又有了一个生命消失与另一生命生长相交织的过程，审美效果大大增强了。

　　《致萤火》虽然仍是用纯粹现代口语写成的诗，但又注意了诗的音乐美。诗句很短促，注意对话和抒情的亲切性，似受西班牙诗人洛尔迦谣曲的影响。每节诗有两行一节、三行一节及四行一节，由急促到舒缓，在宁静而沉重的安息声调中结束。每节诗注意押韵，韵脚又不断变换，全诗大体是 aa，bb，cdc，efe，gghh，ijij，klml。各节韵脚不重复，服从于感情抒发的推移而变幻。

　　《致萤火》超越自我的死亡及对生命价值的追寻与思考，会永远以亲切的朦胧走进你我的审美视野。

十四行

戴望舒

看微雨飘落在你披散的鬓边，
像小珠散落在青色海带草间，
或是死鱼浮在碧海的波浪上，
闪出万点神秘又凄切的幽光，

它诱着又带着我青色的魂灵，
到爱和死底梦的王国中逡巡，
那里有金色山川和紫色太阳，
而可怜的生物流喜泪到胸膛；[1]

就像一只黑色的衰老的瘦猫，
在幽光中我憔悴又伸着懒腰，
吐出我一切虚伪真诚的骄傲；[2]

然后又跟它踉跄在薄雾朦胧，[3]
像淡红的酒沫飘浮在琥珀钟，
我将有情的眼埋藏在记忆中。

---

[1] 原稿是：吐出我一切虚伪和真诚的骄傲；
[2] 原稿是：然后，又跟着它踉跄在轻雾朦胧，
[3] 原稿是：我将有情的眼藏在幽暗的记忆中。

（选自《望舒诗稿》，上海杂志公司，1937 年）

将有情的眼埋藏在记忆中

读戴望舒的《十四行》

戴望舒的《十四行》这首诗，收在他的第一部诗集《我的记忆》中题为"旧锦囊"的一辑里。虽属诗人早期的创作，但它所体现出来的对西洋诗纯熟自然的化用，以及情调和意象两个方面的追求，都可见出诗人艺术功底之深和对象征派诗风的热衷与沉醉。

爱情失落之后的痛苦心态被熔铸进朦胧色彩极浓的意象之中。意象的鲜明与意境的涵远在这篇诗中达到了和谐与匀称。诗人以丰满的想象力创造了一个充满感伤而优美的艺术世界。

失恋的诗却没有失恋的字样。抽象的概念化为形象的呈现，情感完全隐没在具象的描写背后去了。按着十四行诗的规则，诗人分成四段来展开自己的情绪流。

诗是由现实情景的展现开始的。第一行就是一个感情色彩极浓的倾诉："看微雨飘落在你披散的鬓边"，这一句写与恋人相伴的情景，主述者当然是诗人自己。他与自己的恋人，即诗中的"你"，在蒙蒙细雨中伫立无言，或漫步街头。这一句里有爱怜，有惆怅，也有无可奈何的叹息。蒙蒙的微雨飘落鬓边，是自然的雨滴还是心中的泪雨？象征诗只给了你一个朦胧的猜想空间，很难把捉，但诗人既爱怜又伤感的情调，我们还是明显可以感觉到的。为了说明诗人这种感情的深度，接着而来的三行诗，是对这句倾诉性的描写补加的比喻。诗人没有使用暗喻，但被比喻的本体和借喻的事物之间却有一种可以引起更辽远想象的距离。"看微雨飘落在你披散的鬓边"和"像小珠散落在青色海带草间"，没有很近的直接关系，它们却可以引起人们美的联想，又会造成人们想象的差异。"小珠"这个意象可以唤起人们对传统诗中"大珠小珠落玉盘"的联想，有一种可爱的亲密之感，而用"青色海带草间"来比喻恋人散乱的头发，却并不是热恋的色调，相反，倒是给人一种零乱的冷色感觉。诗人失望、惆怅、不可挽回的情感之哀音已经在这一比喻中透出信息。沿着这样的思想轨迹，诗人才接着推出了后两行象征派诗人充满死亡与神秘气息的诗句来："或是死鱼浮在碧海的波浪上，／闪出万点神秘又凄切的幽光"，给人情感的印象，强调的不是微雨在鬓边闪亮的、愉快的美感，而是激起内在情绪的独特感受：这"幽光"是"神秘"而又"凄切"的。一幅没有爱情幽会欢乐情感的图景中，渲染了诗人内心绝望的情绪。这意象的沉重与清冷，这色调的神秘与凄切，有力地衬托了诗人内心情绪的痛苦。

第二节诗是写自己心灵的自慰：失去了爱情的我，在现实中已经得不到欢乐，只能到"梦的王国"中去寻求一点儿慰藉了。"它诱着又带着我青色的魂灵"，这里"它"顺着上一节诗读下来，应是指"幽光"无疑。诗人"青色的魂灵"同"青色海带"水草一样，也染着一种痛苦之色调了，一如说"痛苦的灵魂""流血的灵魂"。这灵魂为"幽光"引导，到"爱和死"的"梦的王国"中去"逡巡"，是因为那里还有现实中已经不存在的美景："那里有金色山川和紫色太阳"，在那里"可怜的生物"（即诗人自己）面对美景，可以自由发泄自己的感情，以至会欢乐得"流喜泪到胸膛"。诗人是以非现实的梦中的欢乐来补偿现实中失恋带给自己的痛苦。

到了第三、四节，诗思似由梦的王国回到清冷的现实中来了。梦中的快乐毕竟是虚幻的。在神秘而凄切的幽光中，最真切感到的还是现实中失恋的痛苦。因此，面对冰冷的恋人，只能像一只衰弱而瘦削的老猫一样，"憔悴又伸着懒腰"地吐出自己"一切虚伪真诚的骄傲"，这是一种绝望而又真实的情感倾吐，是无望的热烈表白，是向即将分手的恋人袒露的心声。"虚伪"和"真诚"两个意义完全相反的词一齐用来修饰"骄傲"，文字意义形式的矛盾再现了情感内涵的矛盾。在这个时刻的心曲，是虚伪，也是真诚，可被视为虚伪，又自信出于真诚，在己在人，只能是虚伪与真诚的结合体。

经过三行的"转"，最后进入感情的结尾。倾吐绝望的心曲之后，自己又跟着那"幽光"跟跟跄跄，在"薄雾朦胧"中，诗人与"你"将痛苦地分别了，留下的只是将恋人那双使自己难忘的"有情的眼"永远地"埋藏在记忆中"，留下来作为自己痛苦而甜蜜的品味，就像那"淡红的酒沫飘浮在琥珀钟"。痛苦会成为过去，美好将永藏记忆。一曲失恋的沉痛之歌到这里结束了，结束得那么完整，那么伤感而悠远，那么令人回味。

"五四"以来产生了不少爱情诗，直抒胸臆者居多，有些诗即使有意象，情思也显得浅淡。李金发的爱情诗做了新的突破，但有时意象不完整，表述又过分晦涩。象征派诗不仅要注意诗的意象的暗示性，而且要追求一种意象朦胧美的透明性。戴望舒这首

《十四行》虽然在形式上还留有新月派注重外在音乐美的痕迹，但全诗以意象的朦胧传达一种神秘绝望的情调，做到了不直露又不晦涩，重朦胧而又显清晰，确实在象征诗的路上已与李金发分道扬镳，开始走上自己的路，在象征派的爱情诗中达到了一个新的境界。

戴望舒受法国象征派诗人影响，在诗里很注重色彩的调配，力求给人如音画般鲜明的印象。在他们看来，色彩本身已是诗歌生命的一部分，色调与情绪一致构成诗的美体。戴望舒在这首《十四行》中，用了"青色海带草间""碧海的波浪""青色的魂灵""金色山川""紫色太阳""黑色的衰老的瘦猫""淡红的酒沫""琥珀钟"等等，短短的十四行诗中就用了七种色调入诗，这绝不是故意炫耀词汇，而是为了强化感情色彩，渲染象征的氛围。这种色彩与氛围构成了一个有声有色的抒情诗意境。西方象征诗"音画"的效果追求，与中国传统诗"诗中有画"的意境美的理想，在这首诗中达到了初步的融汇。戴望舒的审美追求不同于李金发并超越了李金发的起点也就在这里。

《十四行》写作之时正是新月派倡导的以"三美"为核心的现代格律诗的鼎盛时期。青年诗人戴望舒自然也在自己的创作中留下印痕。这首诗不仅有色彩丰丽构成的绘画美，有整饬诗形构成的建筑美，也有大体匀称的音尺和韵脚构成的音乐美。全诗中押韵的形式大体是 aabb, ccdd, eee, fff，每节诗内部的音尺也大体一致。如：

> 或是 / 死鱼 / 浮在 / 碧海的 / 波浪上，
> 闪出 / 万点 / 神秘 / 又凄切的 / 幽光，

每行四或五个音尺，原来最初发表时还不那么整饬，收入《我的记忆》时经作者的修改，仍想达到具有音乐美的效果，改得就像现在读到的这个样子了。在诗人的审美原则中，音乐美与绘画美在这个时候仍是重要的组成内容。《十四行》就是力求体现这种审美原则的实践成果。

断　指

戴望舒

在一口老旧的、满积着灰尘的书橱中，
我保存着一个浸在酒精瓶中的断指；
每当无聊地去翻寻古籍的时候，
它就含愁地勾起一个使我悲哀的记忆。

这是我一个已牺牲了的朋友底断指，
它是惨白的，枯瘦的，和我的友人一样；
时常萦系着我的，而且是很分明的，
是他将这断指交给我的时候的情景：

"替我保存这可笑可怜的恋爱的纪念吧，
在零落的生涯中，它是只能增加我的不幸。"
他的话是舒缓的，沉着的，像一个叹息，
而他的眼中似乎含着泪水，虽然微笑在脸上。

关于他"可笑可怜的恋爱"我可不知道，
我知道的只是他在一个工人家里被捕去；
随后是酷刑吧，随后是惨苦的牢狱吧，
随后是死刑吧，那等待着我们大家的死刑吧。

关于他"可笑可怜的恋爱"我可不知道，

他从未对我谈起过，即使在喝醉酒时。

但我猜想这一定是一段悲哀的事，他隐藏着，

他想使它随着截断的手指一同被遗忘了。

这断指上还染着油墨底痕迹，

是赤色的，是可爱的光辉的赤色的，

它很灿烂地在这截断的手指上，

正如他责备别人懦怯的目光在我心头一样。

这断指常带了轻微又粘着的悲哀给我，

但是这在我又是一件很有用的珍品，

每当为了一件琐事而颓丧的时候，

我会说："好，让我拿出那个玻璃瓶来吧。"

朴实而亲切的怀念

读戴望舒的《断指》

《断指》写于最黑暗的 20 世纪 20 年代，是一首十分朴素的怀念亡友的诗。

一位年轻的革命者，爱的追求屡受挫折，为了向自己的朋友明志——此后要全身心投入大众解放的事业，不再为情感之事所牵累——便当着大家的面砍下自己的一根手指，请友人保存为证。大家都为他的行为所感动，友人将断指浸在酒精瓶中保存着，以志警醒，戴望舒就是这断指的保存者之一。在大革命高涨的年代里，戴望舒的情感也与"断指"主人一样，为民众而沸腾过，戴望舒也是投身斗争中的一员。在不久以后发生的"白色恐怖"的血雨腥风中，以"断指"明志的革命者饮弹牺牲了。为了纪念这位早期杰出的共产党亡友，戴望舒不顾当时生命的危险，面对"浸在酒精瓶中的断指"，写下了这首诗，写下了自己对"一个已牺牲了的朋友""悲哀的记忆"。

《断指》与《雨巷》的写作时间是相同的。但比起《雨巷》的怅惘迷茫来，《断指》则展示了诗人内心世界的另一番景观。这里没有彷徨者的苦闷，而别具一种在宁静中激励自己奋斗的情怀。《断指》是对"雨巷"诗人心灵世界的一种新的展示，一个强有力

167

的补充。

这首诗以一种平静而朴实的调子展开。诗人似乎暂时离开了他沉醉的象征世界，用诗笔奏出了充满真实生活气息的生命旋律：诗的开头，叙述自己无聊地去翻阅古籍时，这"浸在酒精瓶中的断指"便勾起一个使自己"悲哀的记忆"。一节过渡性叙述之后，接着用了两节诗，叙述这似乎有点儿令人惊奇的断指的情状和来历，断指主人交给自己保存它时的情景。这是一个已经牺牲了的朋友的断指，它的情状是"惨白"而"枯瘦"的，"和我的友人一样"。自然最使自己萦系于心的还是"他将这断指交给我的时候的情景"。诗人用最简洁、最朴实的语言，画出了这幅情景：

> "替我保存这可笑可怜的恋爱的纪念吧，
> 在零落的生涯中，它是只能增加我的不幸。"
> 他的话是舒缓的，沉着的，像一个叹息，
> 而他的眼中似乎含着泪水，虽然微笑在脸上。

一句平淡的自白，两行淡淡的描述，将一个青年革命者为事业而献身的精神、性格、声音、容貌，都展现得十分清晰、硬朗。诗人用朴素的语言完成了一幅充满诗情与思想的雕塑。

下面两节诗，转入对亡友遭遇的叙述。一节是亡友悲惨牺牲的经过，一节是亡友悲哀的恋爱往事。两节诗潜流着诗人多少愤怒和同情、敬仰和赞美。为了革命，那位高尚的青年牺牲了爱情，将痛苦与悲哀"隐藏"在自己内心的深处，从未对人诉说过；同样为了革命，他又忍受了惨无人道的折磨，慷慨赴难："随后是酷刑吧，随后是惨苦的牢狱吧，/随后是死刑吧，那等待着我们大

家的死刑吧。"对朋友牺牲的愤怒之情，与自己向屠戮生命的黑暗挑战的心境交织在一起，平淡的调子中喷射着大无畏抗争的火焰。从诗人对亡友精神品格的描述中，人们不难更深体味到裴多菲那首著名小诗中的意味："生命诚可贵，爱情价更高，若为自由故，两者皆可抛。"爱情失落的悲哀与生命奉献的壮烈，在这里织成了一曲震悚人心的交响乐。

诗的最后两节又回到亡友的断指，平静的叙述到这里变成了深沉的抒情，怀念的追想转向心灵的自责和自励。诗人回忆亡友献身革命的事迹，那光辉的赤色油墨痕迹，在断指上闪着灿烂的颜色，暗示了这群革命者从事宣传活动的情景。最可贵的，诗人没有限于展开赞颂的层面，而在对照中引向自己内心的自谴。这段抒情是很自然又是很动人的：

> 这断指上还染着油墨底痕迹，
> 是赤色的，是可爱的光辉的赤色的，
> 它很灿烂地在这截断的手指上，
> 正如他责备别人懦怯的目光在我心头一样。
> 这断指常带了轻微又粘着的悲哀给我，
> 但是这在我又是一件很有用的珍品，
> 每当为了一件琐事而颓丧的时候，
> 我会说："好，让我拿出那个玻璃瓶来吧。"

戴望舒的自责意识通过他抒情的才华得到了生动的传达。诗人以亡友牺牲的"灿烂"之光，对照自己心头的"懦怯"。这份带着悲哀的"断指"，成了诗人激励自己战胜颓丧，振奋精神的"珍品"。诗人将赞颂亡友精神光辉与开掘自己内心阴影紧紧地结合在一起，正是在这种结合上，完成了全诗主题的演奏。

《断指》虽然并无更深的象征意义，只是抒写了诗人一段真实的怀念亡友之情，但这首诗同一般的写实性的抒情诗又有不同。诗人的抒情始终未离开"我"的视角，"我"的参与，"我"的情感世界与亡友精神品格的呼应。"我"在诗里不单纯是一个怀念者、赞美者和叙述者，"我"与"断指"这一奇特事物连在一起，成了故事的主人。每节诗对"断指"的展开都联结着"我"的过去和现在，"我"的怀念与自审，这样，全诗中的"我"就比一般叙事抒情具有了超越表层的情感与理性的深度，它于平淡中写出真挚，于朴实中引起震撼。如果诗人没有特别关注开掘内在世界的艺术敏感和表现追求，是不能达到这样的艺术效果的。人们把它当作一般的怀念亡友诗来读，而往往忽略了它深层的艺术力量，品味不出个中的深味，就是因为没有把握这首诗的抒情艺术个性。

诗人艾青说："在这个时期，他也写了一些比较纯朴的、属于现实生活的诗，尽管他写的只是从某个侧面，或是某种程度上美化了的，这样的诗，使我们读起来比较亲切，例如他在《断指》里，写了对一个为革命牺牲的朋友的怀念，这是他在抗战前所写的诗中最有现实意义的一首。"(《望舒的诗》)

《断指》的朴实亲切，属于现实生活，但在抒情的操作中，仍显示了戴望舒的一贯特色。他将实有的"断指"升华为一个富于寓意的精神性意象，使之成为带有象征性的抒情道具。平淡朴实的抒情语言，不时仍透出戴望舒式的锤炼。"每当无聊地去翻寻古籍的时候，/它就含愁地勾起一个使我悲哀的记忆。""它很灿烂地在这截断的手指上，正如他责备别人懦怯的目光在我心头一样。"

枯瘦苍白的"断指"，被赋予一种充满人情的生命。比起一般的写实性抒情，全诗便更显出格外亲切的特色来。

诗人未将《断指》收入《望舒草》，恐怕是政治的原因，后来在诗人自编诗集《望舒诗稿》的时候，将《断指》排在《雨巷》之后，《我的记忆》之前。由风格上看，《断指》已走出《雨巷》对音乐性的追求，而开始了一种新的艺术追求：以一种自然朴素的口语在平淡中传达丰富复杂的情感。作者用笔舒卷自如，简练精确，在娓娓动听的抒情调子中隐藏着起伏跌宕的情感波澜。读了之后，似乎已经走进了作者的情感世界，又似乎有很多令人咀嚼的东西，让你掩卷沉思，去细细品味。

我的记忆

戴望舒

我的记忆是忠实于我的，
忠实甚于我最好的友人。

它生存在燃着的烟卷上，
它生存在绘着百合花的笔杆上，
它生存在破旧的粉盒上，
它生存在颓垣的木莓上，
它生存在喝了一半的酒瓶上，
在撕碎的往日的诗稿上，在压干的花片上，
在凄暗的灯上，在平静的水上，
在一切有灵魂没有灵魂的东西上，
它在到处生存着，像我在这世界一样。

它是胆小的，它怕着人们的喧嚣，
但在寂寥时，它便对我来作密切的拜访。
它的声音是低微的，
但是它的话却很长，很长，
很长，很琐碎，而且永远不肯休：
它的话是古旧的，老讲着同样的故事，
它的音调是和谐的，老唱着同样的曲子，

有时它还模仿着爱娇的少女的声音，
它的声音是没有气力的，
而且还夹着眼泪，夹着太息。

它的拜访是没有一定的，
在任何时间，在任何地点，
时常当我已上床，朦胧地想睡了，
或是选一个大清早，
人们会说它没有礼貌，
但是我们是老朋友。

它是琐琐地永远不肯休止的，
除非我凄凄地哭了，
或是沉沉地睡了，
但是我永远不讨厌它，
因为它是忠实于我的。

（选自《望舒诗稿》，上海杂志公司，1937 年）

在一切有灵魂没有灵魂的东西上

读戴望舒的《我的记忆》

戴望舒完成《雨巷》不久，就开始了对诗歌音乐性的反叛，写下了这首他自认为是新的杰作的《我的记忆》。诗人的创作历程中又矗立起一个新的纪念碑。以此诗为题的第一本诗集《我的记忆》的出版，成为1929年诗坛的一大盛事。诗人对这首诗的偏爱远远胜过《雨巷》，这是可以理解的。

记忆，是一种抽象的人类感情，也是诗人对往事追念的一种感情形式。在诗人戴望舒的笔下，通过具象的描述和拟人化的手法，抽象的情感变成了有生命、有丰富精神世界的"老朋友"。诗人在"记忆"中注入了人的感情，又在对"记忆"的描述中尽量隐藏起了自己的感情，使这首象征派诗具有了更为广泛的涵盖意义，可以唤起无数读者情感的共鸣。诗人对过去生活的失落无限的眷念之感，像流水一样淙淙流过每个读者的心灵，记忆的原野都会因此而绿茵丛生。看上去是一首无主题变奏曲，它却在读者的心灵中唤起各种人生主题的回响。《我的记忆》这种隐藏了自己私情的抒情内涵的普遍性，正是它最重要的艺术魅力的根源。

人在美好的一切——包括理想、爱情——失去之后，伴随孤独、寂寞而来的最忠实的朋友，就是咀嚼过去生活的记忆。记忆忠实，记忆亲切，记忆几乎成为慰藉生活的密友，这是怎样一种辛酸而幸福的心境啊！《我的记忆》为了写出这种心境，首先是把记忆拟人化了。第一节是一个概括，但已隐含着把记忆当成活生生而无限忠实于自己的好友了。这样，整首诗都贯穿"友人"的特征，赋予抽象的情感以有生命的形态。诗的第二节写"我"的记忆几乎无处不在，诗人用了一系列细微的事物的排比，把过去和现在不同的时间和空间拉近了，泯灭了它们之间的距离。这节诗格式有些单调，但由于选择的意象具体而充满生活的气息，给人以形象的亲切感。记忆到处都生存着，在"燃着的烟卷上"，在"绘着百合花的笔杆上"，在"破旧的粉盒上"和"颓垣的木莓上"，在"喝了一半的酒瓶上"，在"往日的诗稿"和"压干的花片"上，在"凄暗的灯上"和"平静的水上"，"在一切有灵魂没有灵魂的东西上"，记忆无处不在地生存着。这些具体的意象，看似信手拈来，实则有很丰富的暗示性，是美好的爱情生活，是爱情的欢乐与枯萎，是在痛苦中不平静的散步……任你去想象好啦！诗人朦胧的境界给了你想象的权利。读了之后，任你怎样想象，诗人那颗无时无刻地咀嚼过去美好而酸楚生活的灵魂，总是会显现于你的面前。你的经验与诗人的意象互补，更会灿烂地展示这一丰富的情感世界。

诗进入第三节，转为写记忆到来时的情态。它"胆小"，它怕"人们的喧嚣"，它是人们孤寂的朋友，所以在寂寥时，"便对我来作密切的拜访"，它以很低的声音和碎琐的话语，与诗人不肯休止地谈心。这一节末尾的五行诗，更具体地透露了这"记忆"的内涵：

它的话是古旧的，老讲着同样的故事，

它的音调是和谐的，老唱着同样的曲子，

有时它还模仿着爱娇的少女的声音，

它的声音是没有气力的，

而且还夹着眼泪，夹着太息。

　　古老的故事和同样和谐而古老的歌曲，这些意象，很容易唤起人们对爱情的联想，把这联想与"爱娇的少女的声音""眼泪""太息"放在一起来读，这"眼泪"，这"太息"，当然是记忆中来造访的"少女"的，但又何尝不是在记忆中度日的诗人心境的外射呢？

　　诗的第四节是写记忆到来的时间是不确定的，虽然这拜访来得突然，"人们会说它没有礼貌"，可是"我"却喜欢，因为"我们是老朋友"，它会在孤寂中带给"我"甜蜜的慰安。最后一节进一步说明了自己无法摆脱这记忆的絮语，那些美好而辛酸的往事太使自己难忘了，除了自己"凄凄地哭了"，或是"沉沉地睡了"的时候。诗是以一种圆圈式的抒情结构完成的，末尾两行又返回开篇的两行，但它比开篇在情感色彩上深化了："但是我永远不讨厌它，/因为它是忠实于我的。"有美好的记忆固然是幸福的，但只靠记忆的忠实为友的人，内心又是多么荒凉和寂寞啊！诗人虽然没有说自己内心的寂寞和痛苦，但这种感情在一种似乎是轻松快乐的调子中却显得更深沉，更引起人们的思索。人们会带着同样的心境走进这首诗的感情世界。

　　这首诗明显地受到法国后期象征派诗人耶麦（Francis Jammes）的《膳厅》等诗的影响，"抛弃了一切虚夸的华丽、精致、娇美，而以他自己的淳朴的心灵来写他的诗"，能够注意"适当地、艺术地抓住"那些"生存在我们日常的生活上"的美感。如《膳厅》的第一节：

> 有一架不很光泽的衣橱，
> 它会听见过我的姑祖母的声音，
> 它会听见过我的祖父的声音。
> 它会听见过我的父亲的声音。
> 对于这些记忆，衣橱是忠实的。
> 别人以为它只会缄默着是错了。
> 因为我和它谈着话。

耶麦是将具体的事物情感化，而戴望舒则是将抽象的情感拟人化，就艺术创造的难度来看，后者更甚于前者。戴望舒在诗中抛弃了一切虚夸的华丽与娇美，在日常生活的物象上捕捉美感，一些似乎与诗无缘的琐碎事物，成为具有丰富象征内涵的意象：燃着的烟卷，破旧的粉盒，颓垣的木莓，压干的花片，凄暗的灯，平静的水……这些无生命的东西不仅有了生命，而且被赋予很广袤的暗示性内涵，使人对诗人的记忆发生辽远无边的想象。因此，这些日常生活的常见物，也就闪着诗的光彩，富有了诗的韵味。

戴望舒摆脱了《雨巷》式外在音乐美的追求，追求一种表现"在诗的情绪的抑扬顿挫上，即在诗情的程度上"的内在韵律的美。《我的记忆》是他第一个自觉的实践。诗里没有《雨巷》那种铿锵的韵脚、华美的字眼，完全用纯然的现代口语，使诗的叙述同读者的情感拉近了距离，增大了抒情的亲切性。即使在具有气势的排比性很强的诗行中，如第二节前五行还用舒缓的调子，到第六行后"在撕碎的往日的诗稿上，在压干的花片上，/ 在凄暗的灯上，在平静的水上"，一行中用了两句"在……上"，修饰语也由长而短，内在节奏的加快，更有利于传达记忆无所不在的"诗情程度"。《我的记忆》开创了中国 20 世纪 30 年代现代派的一代诗风。

祭　日

戴望舒

今天是亡魂的祭日，
我想起了我的死去了六年的友人。
或许他已老一点了，怅惜他爱娇的妻，
他哭泣着的女儿，他剪断了的青春。

他一定是瘦了，过着飘泊的生涯，在幽冥中，
但他的忠诚的目光是永远保留着的，
而我还听到他往昔的熟稔有劲的声音，
"快乐吗，老戴？"（快乐，唔，我现在已没有了。）

他不会忘记了我：这我是很知道的，
因为他还来找我，每月一二次，在我梦里，
他老是饶舌的，虽则他已归于永恒的沉寂，
而他带着忧郁的微笑的长谈使我悲哀。

我已不知道他的妻和女儿到哪里去了，
我不敢想起她们，我甚至不敢问他，在梦里，
当然她们不会过着幸福的生涯的，
像我一样，像我们大家一样。

快乐一点吧，因为今天是亡魂的祭日；
我已为你预备了在我算是丰盛的晚餐，
你可以找到我园里的鲜果，
和那你所嗜好的陈威士忌酒。
我们的友谊是永远地柔和的，
而我将和你谈着幽冥中的快乐和悲哀。

想象世界里的絮语

读戴望舒的《祭日》

《祭日》最初发表在戴望舒主办的 1929 年 10 月 15 日出版的《新文艺》杂志第 1 卷第 2 号上。与《断指》相似，《祭日》也是一首怀念亡友的诗。不同的是，《断指》主要是在现实的描绘中的抒情，而《祭日》则主要是在非现实的想象境界里絮语。

"今天是亡魂的祭日，/ 我想起了我的死去了六年的友人。"两句平淡无奇的叙述之后，诗人的抒情便转入想象的世界，由第一节诗的后两行，直到第三节诗，都是诗人的"臆想"：这位死去的友人，"或许他已老一点了，怅惜他爱娇的妻，/ 他哭泣着的女儿，他剪断了的青春"。这些设拟性的话，写出了故友的亡魂对亲人的情感与对生命的眷恋，读起来凄楚感人。

对幽冥世界的想象只能是现实世界的投影，诗人与亡友有着最真挚的友情，对于这亡魂在世时漂泊不定的生活也有真切的体会。这样一段十分平淡的调子中的想象竟是那么打动人心：

> 他一定是瘦了，过着飘泊的生涯，在幽冥中，
>
> 但他的忠诚的目光是永远保留着的，
>
> 而我还听到他往昔的熟稔有劲的声音，

"快乐吗，老戴？"（快乐，唔，我现在已没有了。）

这段诗是对幽冥中亡友的想象，也是对过去难忘生活片段的追怀，友人的漂泊身世，友人忠诚的目光，友人往昔熟稔的声音，友人豪爽的问候，都写得很自然，很亲切。这不是生者与死者的对话，是生者对死者的追想。括弧中一句补充"快乐，唔，我现在已没有了。"把过去没有快乐，现实更没快乐的心境，以带有反讽的调子传达出来，诗人对现实的不平之情，也就隐隐传达出来了。

诗人与朋友之间情浓意笃。前面写自己对朋友的追怀，下一节诗又掉转视角，臆想冥间的朋友在梦中对自己的造访。他每月一二次在梦里与自己做长篇叙语，但那友情的"饶舌"，只能是"永恒的沉寂"。"他带着忧郁的微笑的长谈使我悲哀。"悲哀的是朋友的不幸离世，悲哀的是活于世上的自己尝着更多的寂寞和痛苦。

在那个黑暗与野蛮屠戮人们理想和青春的时代里，幸福的生涯是不属于正直而追求梦想的人的。友人死去了，友人的妻子儿女也不会有幸福的日子。没有幸福的生活，不仅属于亡友的妻子儿女，也属于我，也属于"我们大家"。这似乎是淡然的一笔，却蕴藏了诗人对现实社会的愤激之情。对于那个社会，只有抒发愤激声音的缝隙，没有改变命运的希望。作为朋友对挚友亡魂微薄的祭奠，便是自己内心唯一的慰安了。于是诗人强作欢笑，在亡魂的祭日，为死去的友人准备了园中的鲜果和陈酒，表示自己一点儿怀念的深情。

和《断指》相比，这首《祭日》写得更加纯熟，也较为隐蓄了。《新文艺》是一个进步的文艺杂志，后来由于左翼色彩太明显，很快夭折了。在这个刊物上发表的《祭日》，和其他发表于此的几首诗一样，表现了戴望舒对真理的忠贞，对现实的愤懑与抗议，但已不是那么直率、那么浅露。《断指》以意象串联叙述，《祭日》以梦境展开抒情；想象是艺术的梦境世界，梦境是想象艺术的果实。前四节诗，有的是想象的驰骋，有的是梦境的展现。"在幽冥中""在我梦里""在梦里"这类句子的不断复现，既给诗的展开设定了一个抒情的特定氛围，又成为诗人想象自由驰骋的一种手段。《祭日》奏出了一首怀念亡友深情的梦幻曲。

《祭日》保存了由《我的记忆》开始的现代口语构成的散文化抒情格调，在诗情展开的形式方面，更少了一些连续的排句，更多了一些长短参差不齐的自由句式，句子的抒情弹性也就更大了一些。诗的前四节，这种情形更明显。如第三节：

> 他不会忘记了我：这我是很知道的，
> 因为他还来找我，每月一二次，在我梦里，
> 他老是饶舌的，虽则他已归于永恒的沉寂，
> 而他带着忧郁的微笑的长谈使我悲哀。

前两行，为了抒情的需要，把句式截断，显得短促，甚至为了突出意思，用了"在我梦里"这样的倒装句法，但写到梦中相见长谈的悲哀，又转用了长的抒情句式，表面看诗中没有押韵，没有节奏，其实正体现了戴望舒讲的注意"诗的情绪抑扬顿挫，即诗情的程度"(《诗论零札》)。

戴望舒很注意抒情词句的朴实与新颖如何更好地结合，《祭

日》中几乎没有什么惊人的警句，也没有什么闪着天才火花的意象，一切如老友絮语那么朴实，但有时这朴实也有难以达到的魅力。"他一定是瘦了，过着飘泊的生涯，在幽冥中"，一句再朴实不过的诗句，却写尽了诗人对那位不知名的亡友生前身后的全部感叹，"我们的友谊是永远地柔和的，/而我将和你谈着幽冥中的快乐和悲哀"。诗人没说自己怀念亡友的深情，两句话却把两人生前之情深、怀念之悠长轻描淡写而又余味深长地表达出来了。人世的沧桑，现实的感慨，尽在不言之中，朴实而无味不是艺术的美，朴实而能令人嚼味出深蕴就是难以达到的境界了。戴望舒的《祭日》拥有这种美的品格。

梦都子——致霞村

戴望舒

她有太多的蜜饯的心——
在她的手上，在她的唇上；
然后跟着口红，跟着指爪，
印在老绅士的颊上，
刻在醉少年的肩上。

我们是她年轻的爸爸，诚然
但也害怕我们的女儿到怀里来撒娇，
因为在蜜饯的心以外，
她还有蜜饯的乳房，
而在撒娇之后，她还会放肆。

你的衬衣上已有了贯矢的心，
而我的指上又有了纸捻的约指，
如果我爱惜我的秀发，
那么你又该受那心愿的忤逆。

珍重已获得的那份爱情

读戴望舒的《梦都子——致霞村》

读一首诗，有时可以完全离开它产生的背景，一任批评者主观的想象和塑造；有时也必须去了解作者，了解作者的情感背景和创作轨迹，才能准确把握这一首诗的抒情内涵和心路踪迹。对于戴望舒的爱情诗《梦都子——致霞村》，就需要这样做，即走进作者的情感背景，追踪作者的情感足痕。

《梦都子——致霞村》大约写于1930年。20世纪20年代末期，戴望舒的爱情生活经历了一番曲折。早些时候，在与施蛰存的交往中，诗人结识了他的妹妹施绛年。1927年夏天，因政治变故躲避在松江施蛰存家中的时候，有了更多的接触机会，戴望舒对施绛年萌生了爱的情感。当时施绛年还是师范学校的学生，年龄、性格都与戴望舒有很大的距离。戴望舒因天花造成的面部缺陷，也不能尽使绛年满意。戴望舒痴心的初恋一直蒙着一层无望的阴影。1929年4月出版的诗人第一本诗集《我的记忆》，在书的扉页上印有 A Jeanne（给绛年）几个法文字和两行拉丁文，表示对自己追求的少女施绛年的诚挚的衷情。公开了的恋情并没有完全得到对方的认可，经过一番波折，戴望舒答应了绛年的要求：出国留学，可以先订婚约。1930年，戴望舒与施绛年在上海举办订婚仪式，一些好友应邀出席。《梦都子——致霞村》这首给挚友徐霞村的无题诗中写道"而我的指上又有了纸捻的约指"，说的是自己已签有一纸婚约。这一年2月3日，徐霞村在给戴望舒的信中说："以目前的情形看来，你已经儿女情长，英雄气短。"（见孔另境编《现代作家书简》）说的就是戴望舒的订婚一事。

从1930年到1932年戴望舒赴法留学之前，他写下了一系列有关爱情的诗篇，其中《百合子》《八重子》《梦都子——致霞村》，均是以并不存在的日本少女名字为题目的无题诗，从各个侧面表现了诗人对初恋少女心态的把握与体认。《百合子》发表时就题名为"少女"，可见"梦都子"并非实有其人。作者借此名字为题，又寄给诗友徐霞村，就说明这是诗人对一种少女情态的感受，并以诗表示自己也劝慰友人珍重已经得到的爱情。

全诗共三节，十四行，采用了欲束先放的抒情手法。第一节诗写"梦都子"这一类热情少女如何有一颗甜蜜的心和奔放的感情。她那"太多的蜜饯的心"，不仅"在她的手上，在她的唇上"，而且往往会有大胆的举动，将自己的"口红"随着指爪和亲吻，"印在老绅士的颊上，/刻在醉少年的肩上"。第二节诗写诗人与少女之间的年龄差距和少女的"撒娇"与"放肆"。虽然按年龄"我们"已经可以是她"年轻的爸爸"，但这女儿"到怀里来撒娇"，用她"蜜饯的乳房"来"撒娇"，这也会使"我们"难堪而"害怕"。最后一节诗更直率地传达了诗人写这首无题诗的旨意：

> 你的衬衣上已有了贯矢的心，
> 而我的指上又有了纸捻的约指，
> 如果我爱惜我的秀发，

那么你又该受那心愿的忤逆。

"你"和"我"都是已经得到了爱情的人，都应该在情感上自我尊重，不再为诱惑所动摇，不再为任何"蜜饯的心"所吸引。诗人表述此意，是写给友人的，也是写给自己刚刚订婚的恋人，以诗明志，表述忠贞于自己的婚约和感情，矢志不移。

与另外两首写少女的诗《百合子》《八重子》比较，这首《梦都子——致霞村》主观抒情的色彩更浓一些。《百合子》写得最美，那是一位忧郁的怀乡的日本少女，她的忧郁和她的沉思一样动人，诗人与少女同病相怜，爱情与同情构成了朦胧的情感交响曲。《八重子》就带上了自己热恋的少女的影子。她的忧郁，她的沉思，她的微笑，她的孤寂，和"我"对她的祝福与祈愿，都显得情真意切。同这两首诗相比，《梦都子》就显得不那么委婉细腻，有更多的漫画的调侃色彩，以幽默轻松的笔调，写出自我珍重的严肃意思，因此也就使后面的教诲式的诗句不会呆板、干燥。不同的抒情进行的不同艺术处理，表现了诗人写诗时的匠心，以诙谐达真挚正是作者追求的特色。

虽然都是写少女心境的无题诗，这首诗又带有赠友人的性质，除笔调上染有诙谐轻松之外，表现上也避免了隐藏，比较直露，有些诗句就显得无遮拦，缺乏深沉的韵味。后四行自我约束的话，又少形象而多概念，读了之后，感觉缺乏前两首那样的美感效果。

深闭的园子

戴望舒

五月的园子
已花繁叶满了，
浓荫里却静无鸟喧。

小径已铺满苔藓，
而篱门的锁也锈了——
主人却在迢遥的太阳下。

在迢遥的太阳下，
也有璀灿的园林吗？

陌生人在篱边探首，
空想着天外的主人。

陌生人空想着天外的主人

读戴望舒的《深闭的园子》

历史上几乎没有任何一个诗人能超然地越过寂寞与孤独，更何况一些诗人生活在竟是那么荒凉的世界，面对那么多难以沟通的灵魂，有那么多无法实现与追寻的理想。戴望舒短促的创作生涯中，写下了无数美丽的寂寞之歌，《深闭的园子》是其中富有特色的一篇。

《深闭的园子》与戴望舒成熟期一些情绪浓重的意象呈现的象征诗不同，写得比较冷静，感情的色彩淡化到了极小的程度。诗中以更深的隐藏度来传达一种更带智性色彩的思考。意象组合式的抒情构架为总体性意象式的情感显示方法所代替。

"深闭的园子"是一个唤起寂寞与渴求的荒芜性意象。失落和追怀的潜台词构成这意象背后的内在声音。与这"深闭的园子"相伴随而出现的另一个意象，就是"在篱边探首"的"陌生人"，这里的"陌生人"当然可以指诗人自己。但诗人有意用了这个名词而不用"我"，一方面固然是为了强调主体自身对客观世界的陌生感，另一方面也为了拉开诗的抒情同主体之间的距离，增加"陌生人"指代情感的普遍性。这样一来，"陌生人"可以指你，可以指他，也可以指任何人。诗人欲使他传达的情感与更多的心灵共鸣。

诗很短，也很单纯。共四节，前两节各三行，后两节各两行，四个片段似乎又形成了一个起承转合的抒情结构。

这是一个夏天的季节，诗人笔下阴霾的"雨巷"不见了，呈现在读者面前的却是另一种寂寞的氛围。一个五月的园子，花繁叶满，浓荫密布。这里本该是一个小小的欢乐王国，但是与自然季节的繁茂同时出现的却是人类生活气息的荒寂。这花园里不仅没有一点儿人的影子，甚至连鸟雀的喧闹声音也无法听见。因为这园子已经荒芜得太久了，它成了一个寂无人烟的荒凉世界。苔藓铺满了小径，"篱门的锁也锈了"。为什么呢？诗人启示人们思考。这里的主人，或许由于耐不住孤独的寂寞，或许渴求更多的光明和温暖，或许为了抗拒外在世界的种种纠纷与烦恼，早已离此地而远迁，居住在"迢遥的太阳下"的温暖乐土上了。

到这里为止，诗人一直以静观的视角来描述深闭的园子的荒凉情景。自然，这些外在物象里已经渗进了很重的内在情感成分，成为内在心象的外化物。枝繁叶茂的园子、静无鸟喧的气氛、长满苔藓的小径、锁锈了的篱门，这一些分体意象，在情感的链条上都不仅以独立的象征意义而存在，而是组成一个"深闭的园子"这一总体性象征意象必不可少的构件。为了整体性的意象，诗人的选择是极精练的，也经过深思熟虑而显得十分准确。在凝练而平淡的线条勾勒的图画中，诗人推出了一句荒芜原因的推想："主人却在迢遥的太阳下"，遥远的主人与家园的脱离与弃走，暗示了诗人对荒芜现实的否定情绪，也透出诗人内心深沉寂寞的悲哀。

内心的寂寞必然以对外在自由的渴求作为补偿。作为一个20世纪30年代的"寻梦者"群的杰出代表，诗人在否定现实的荒芜之后，由现实进入幻象："在迢遥的太阳下，/也有璀灿的园林吗？"设问远天的太阳下有"璀灿的园林"，反问的语气中当然潜藏着对没有"璀灿的园林"而只剩下"深闭的园子"的现实的强烈不满。这设问中有渴望、有不平，但却带一种倔强的味道。即使有，也是太遥远了。所以，发问的"陌生人"只能在"篱边探首"，带着惆怅绝望的心情"空想着天外的主人"。这探首凝望，这沉思空想，都在貌似平静的语言里显示了抒情主体内心的不平静，一个青年诗人清醒的荒原意识与热烈的寻梦者心态，在这幅淡素的水墨人物画里得到深层的显现。

T. S. 艾略特的《荒原》所代表的现实批判意识的冲击波，在20世纪20年代的中国新诗中激起了强烈的反响。戴望舒、卞之琳、何其芳笔下的一些荒原意识的创造，就是一种表现。戴望舒毕竟是属于中国传统型的现代诗人。他没有去追求形式上的模仿跟踪，他把现实的批判意识与传统的意象结合起来，选用古典诗词里常用的"废园""荒园"的意象，来构建自己的象征图画。"深闭的园子"本身有很浓的传统气息，枝繁叶茂，静无鸟喧，也屡见于传统诗人。不同的不仅是这里意识是现代的，对废园不是眷恋而是否定，赋废园以超于本体的象征意义，更重要的是诗人还引进"锈"了的"锁"，"迢遥的太阳下""空想着天外的主人"这些现代诗中的意象或句式结构，使这幅象征的构图具有了强烈的时代色彩，《深闭的园子》因此也成了一首纯粹民族式的现代象征诗了。

灯

戴望舒

士为知己者用，
故承恩的灯，
遂做了恋的同谋人：
作憧憬之雾的
青色的灯，
作色情之屏的
桃色的灯。

因为我们知道爱灯，
如仁者乐山，智者乐水，
为供它的法眼的鉴赏
我们展开秘藏的风俗画：
灯却不笑人的风魔。

在灯的友爱的光里，
人走进了美容院；
千手千眼的技师，
替人匀着最宜雅的脂粉，
于是我们便目不暇给。

太阳只发着学究的教训，

而灯光却作着亲切的密语，

至于交头接耳的暗黑，

就是饕餮者的施主了。

一首理解者的赞歌

读戴望舒的《灯》

有些诗你走近它便一览无余，没有更多咀嚼品味的余地。相反，有些诗你走近它之后，却觉得罩一层云雾，无法读出它的真谛。有时你觉得拨雾见晴，抓住了它的三昧，说出一番判断的话，似乎已经透底了，但却未必，也许你还远在天边。对于读者来说，戴望舒的诗作中，这两类作品都有，我的偏爱使我更喜欢后者。《灯》就是属于这一类的作品。

《灯》写于1932年戴望舒赴法国留学之前，与《乐园鸟》《寻梦者》《深闭的园子》一起，作为一组诗作以"乐园鸟及其他"为题，发表在1932年11月出版的《现代杂志》第2卷第1期上。同期杂志还发表了《望舒诗论》十七条（后题为"诗论零札"收入《望舒诗稿》中）。

在该期《现代杂志》的《社中日记》里编者施蛰存先生写道："望舒将在8日晨乘达特安号邮船赴法，但他所答应给《现代》的诗与诗论还没有交给我，真是焦灼的事。""7日晚上，在振华旅馆，就望舒的手记本上抄录了几首诗和几段关于诗的断片，虽然是将就的东西，但倒是很自然的。"这抄录的几首诗就是《乐园鸟及其他》，《灯》便在其中。这组诗发表后，曾在文学界产生了较大的反响。很多喜欢新诗的青年背诵《乐园鸟》《寻梦者》等作品，多年后还记忆犹新。

在这一组诗作中《灯》是最难懂的一首。表面看起来，这是一首写爱情或男欢女爱的作品。顺着文字提供的信息，这一思路是很自然的。第一节，说"灯"既为人的知己，"灯"也便出于感恩而做了"恋的同谋人"。"青色的灯"做恋人的"憧憬之雾"，"桃色的灯"做恋人的"色情之屏"。第二节写恋人在灯前展开了自己风魔的秘密。"因为我们知道爱灯，/ 如仁者乐山，智者乐水"，因此，为供它"法眼的鉴赏"，"我们展开秘藏的风俗画"。看着这幅风俗画，"灯"自然"不笑人的风魔"。第三节诗，写灯光给人的爱情增添快乐。它发出一种"友爱的光"，在这一柔和的光里，恋人显得更加美丽，如"人走进了美容院"。灯如"千手千眼的技师""替人匀着最宜雅的脂粉"，以至于使我们"目不暇给"，有美不胜收之概。第四节诗讲灯与恋人的亲切。太阳虽可照亮万物，但它君临白天的大地，只能发着"学究的教训"，而灯却可在夜晚与恋人"作着亲切的密语"。爱在热烈地进行。"交头接耳的暗黑"之夜，是放任恋人自由的，于是它就成了爱的享乐者的"施主"了。灯是有感情的，人重用它，便有"士为知己者用"的承恩之感，于是它也对重用的恋人的爱报以佛法才能做到的事。在灯光下，恋人的热烈与风魔也便那么自由地扮演起来。这首诗，通过灯与恋人的关系，写了一种美好的恋爱状态，写得曲致委婉，给人一种美的感受。就中国新诗中写恋情之作来看，也算是成功之作，表现了诗人的坦诚与大胆、纯洁与热烈。有的读者认为这首诗是十分粗俗的爱情诗，为人展出一幅不堪的"秘藏的风俗画"，我以为即便就爱情诗来看，这种判断也不一定很公平的。

戴望舒精于法国象征派诗的艺术方法，借爱情以象征更辽远广大的情怀又是传统诗习见的手法。联系当时戴望舒发表的《寻梦者》《乐园鸟》等其他诗作的心境与主题，我们可以发现，这首《灯》在恋爱的外衣下有更深层的情感内涵。

　　在这里，"灯"是一个象征的意象。它是寂寞的寻梦者知己的象征，是创造与热爱美的理解者的象征。作者改造了一句哲理的古语，一开始就写出"士为知己者用，／故承恩的灯，／遂做了恋的同谋人"。人在寂寞的时候往往把灯当作自己的最知己者，自己创造与追求的理解者。人对灯视为知己，灯也便对人报恩，无论是"青色的灯"给人"憧憬"的雾，还是"桃色的灯"给人"色情之屏"，都是一种知己者、理解者"承恩"之后的报偿。中国古语"滴水之恩，当涌泉相报"说的就是这个意思。后面的诗行均沿这一象征思路而展开。"我们知道爱灯，／如仁者乐山，智者乐水"，灯的"法眼"在鉴赏人的"秘藏的风俗画"的时候，才不会是"笑人的风魔"。这秘藏的风俗画是爱的风魔，也可以是"我们"的"憧憬"，"我们"的创造，"我们"独特的艺术珍品。灯是这憧憬、这创造、这珍品的理解者和鉴赏者。人重灯的光明，灯也便给人以美丽。在"灯"这一知己者的光照里，一切都变得更加美丽。这些是一种再创造，它的魔力如"千手千眼的技师"。于是这结果便是美不胜收，目不暇接。"太阳"是与"灯"相对立的一个不着人喜爱的意象。它不懂得亲切与理解，而只有无情的"学究的教训"，因此，自己宁愿爱黑夜，而不爱白天。戴望舒作为一个寻梦者，他感到寂寞，他写了许多寂寞的诗篇，《灯》则从更深的层面，用新的肯定的视角，展示了自己这一心态。戴望舒的人生和艺术的创造与追求，也有一种不被理解的痛苦。"做人的苦恼，特别是在这个时代做中国人的苦恼""决不是虽然有时候写着世故而终于不能随俗的望舒所能应付""五年的奔走，挣扎""只替他换来颗空洞的心""像这样的写诗法，对望舒自己差不多不再是一种慰藉，而成为苦痛了"（杜衡：《望舒草》）。

《灯》从这个角度看，又是一首理解者的赞歌。真正的理解者，不仅能鉴赏美，而且能对美进行再造。创造者与理解者于此也便构成一种亲切的关系了。

《灯》的主要意象，如"灯""青色的灯""桃色的灯""法眼""千手千眼"等，都有浓重的传统色彩；"士为知己者用""仁者乐山，智者乐水"等，又是古代传统典籍里语言的改用和直接移用。这些意象词语放在象征的抒情构架里，被赋予了新的色调和意义，使象征的手法与传统的血脉相融合。戴望舒的尝试是建设民族象征诗的一个途径，值得我们去研讨。对于这种探索和创造，自然可以有不同的意见。当时的评论者就有人认为，许是由于诗人"稍读了点旧书"，便将"一些旧的字句被搬来了，如'士为知者用''仁者乐山，智者乐水'"，这是一种艺术探索的"失败"（冯夷：《望舒草》）。戴望舒的探索是成功还是失败，这种艺术的问题还是要靠讨论和实践的成绩来解决，简单的判断不能堵住宽广的探索之路。

古神祠前

戴望舒

古神祠前逝去的
暗暗的水上，
印着我多少的
思量底轻轻的脚迹，
比长脚的水蜘蛛，
更轻更快的脚迹。

从苍翠的槐树叶上，
它轻轻地跃到
饱和了古愁的钟声的水上，
它掠过涟漪，踏过荇藻，
跨着小小的，小小的
轻快的步子走。
然后，踌躇着，
生出了翼翅……

它飞上去了，
这小小的蜉蝣，
不，是蝴蝶，它翩翩飞舞，
在芦苇间，在红蓼花上；

它高升上去了，
化作一只云雀，
把清音撒到地上……
现在它是鹏鸟了。
在浮动的白云间，
在苍茫的青天上，
它展开翼翅慢慢地，
作九万里的翱翔，
前生和来世的逍遥游。

它盘旋着，孤独地，
在迢遥的云山上，
在人间世的边际，
长久地，固执到可怜。

终于，绝望地
它疾飞回到我心头
在那儿忧愁地蛰伏。

（选自《望舒诗稿》，上海杂志公司，1937 年）

理想的翱翔折断了翅膀

读戴望舒的《古神祠前》

《古神祠前》是戴望舒迈入艺术成熟期的一首象征诗。然而，在诸多名篇中它如一只丑小鸭一样被人冷落了，冷落在人们审美触须未能到达的角落里。名篇过分受到青睐，常会使诗人的另一些闪光的作品埋入尘埃，此即一例。

这首诗写在戴望舒自称为"我的杰作"的《我的记忆》一诗之前，我以为它可以说是"我的杰作"前奏的另一篇杰作。诗人采用总体象征的方法，暗示自己对理想炽热追求与痛苦失望的思想历程。就传达的思绪来讲，与《雨巷》有些相似，但传达情绪的方式又有很大的区别，而更近于《我的记忆》的无韵体。《古神祠前》是由《雨巷》到《我的记忆》过渡的"中间物"。

然而《古神祠前》仍有自己独立的世界。它拥有自己的意象和意象群，拥有自己情感流动的独特方式。

首先出现在诗中的是"古神祠"这个意味甚深的意象。在这个古神祠前有不断"逝去的暗暗的水"，有"苍翠的槐树"，有水上"饱和了古愁的钟声"。这个意象唤起的感觉，是与诗人寻求理想自由的自我对立的一种感悟。不管时间流逝多久了，古神祠依旧伴随"饱和了古愁"的钟声存在。古神祠显然不仅是诗人偶然捕捉的自然景物，它已是诗人情感外化的一个象征载体。它是一种已经陈旧的传统力量的象征，是仍被维护旧秩序的人们崇拜的偶像的象征，是与自己追求的自由理想相对立的黑暗现实的象征……总之，你走进了诗的世界之后，这些深层的联想会自然地在脑海之中纷沓而至。

全诗分五个段落展开了一个带有情节连续性的诗思。

开头第一节诗，就出现了与古神祠对立的"我"的"思量"这一主体。诗人以拟人化的笔法，写了自己思想的活动。在凝固而神圣的古神祠前逝去的"暗暗的"流水上，印着自己多少"思量底轻轻的脚迹"。这脚迹是那么轻，它比长脚的水蜘蛛"更轻更快"。诗人写自己在一个古老而又备受膜拜的偶像面前沉思。这沉思的内涵是什么？诗里面没有说明。但从下面展开的抒情段落里，我们可以得到朦胧的暗示。

诗的第二节，是写这沉思中思想的自由，它由苍翠的槐树叶上，轻轻地跃到"饱和了古愁的钟声"的水上，它掠过水的涟漪，踏过荇藻，跨着小小的"轻快的步子"向前走。诗人的沉思和幻想，是那么静谧，那么宁静而安详，似乎不愿惊扰任何东西，也不愿为任何东西所惊扰。"跨着小小的，小小的轻快的步子走"，正点染出自己思绪开始的气氛与特征。但是，诗人让这"思量"的步子突然加快了。由"小小的轻快的步子"走，顺笔一转而为"然后，踌躇着，生出了翼翅……"，思绪在踌躇中立即要飞升了。这里是转折，仍是构思中走向进一步抒情高潮的铺垫。

到了第三节，写思绪展翅在高空中自由地飞翔。这才真正接近了诗人诗思内涵的核心部分，因而在整首诗中这一部分的文字也是最长的。飞上天空的思想，就阔大的宇宙来看，只是一只

"小小的蜉蝣"而已。但因这思想负载了诗人的理想和追求，就自身来讲，又具有独特的美丽的价值，因此，它又是一只"翩翩飞舞"的"蝴蝶"自由地飞在芦苇间，在红蓼花上。它又自由地高升上去，"化作一只云雀"把动人美丽的"清音撒到地上"。思想的飞升一旦离开了那古神祠的"暗水"，竟是那么自在自由。由美丽的蝴蝶变为唱出动人之曲的云雀，又由云雀化为庄周笔下腾飞万里的"鹏鸟"。这时，诗人的思绪飞升达到了最高的自由欢乐的境界：在浮动的白云间，在苍茫的青天上，它展开翼翅，"作九万里的翱翔，／前生和来世的逍遥游"。诗人内心多少苦闷，古神祠前那流水上飘着古愁的钟声，全丢在脑后，丢掉尘世与传统束缚之后，进入理想境界的人们的思想会得到多么阔大的欢乐与自由。这自由超越时空，超越生死，给人们带来永恒，带来内心的至乐境界。诗人在《雨巷》中幻想出现的美丽姑娘，在《我的记忆》中追寻的那些失去了的美好往昔，都被融入在这一思绪翱翔的境界中了。诗人最深沉的渴求与最炽热的理想，在这"九万里的翱翔"的"思量"中达到了幻想形式极致的表现，就像贝多芬的《欢乐颂》最后的"合唱"一样，使人们的灵魂同诗人一起得到净化与升华。

然而，诗人毕竟是忠于现实的，他没有在"九万里的翱翔"中沉醉。"古神祠"一类不可抗的力量仍深深压在心头。诗人的思量毕竟是孤独的，无力做出对现实力量的挑战。它由幻象中的超越又回到现实，思想垂下了翼翅。后两节诗一转一合，写出了诗人悲剧性的心境的苍凉："它盘旋着，孤独地，／在逍遥的云山上"，它离不开尘世，只能在"人间世的边际"上"长久"而又"固执到可怜"地做最后的挣扎。最后的结尾当然是悲怆的："终于，绝望地／它疾飞回到我心头／在那儿忧愁地蛰伏。"读到这里，我们会感到一种幻灭感笼罩了诗人的心，而这正是诗人要向人们倾吐的真实心境。这种幻灭绝望的心境是属于戴望舒的，又是属于更广大的青年的。戴望舒以象征的意象和超现实的境界向人们显示了这真实，显示了追求与幻灭矛盾的普遍心态，以最后的忧愁与绝望向现实发出了无言的反抗呼声。

"古神祠"的意象有深沉的象征性：这衰老与神圣的古神祠和它古愁的钟声只要存在一日，诗人那云雀的清音就不会在大地上撒落⋯⋯

昨　晚

戴望舒

我知道昨晚在我们出门的时候，

我们的房里一定有一次热闹的宴会，

那些常被我的宾客们当作没有灵魂的东西，

不用说，都是这宴会的佳客：

这事情我也能容易地觉出，

否则这房里决不会零乱，

不会这样氤氲着烟酒的气味。

它们现在是已经安分守己了，

但是扶着残醉的洋娃娃却眨着眼睛，

我知道她还会撒痴撒娇：

她的头发是那样地蓬乱，而舞衣又那样地皱，

一定的，昨晚她已被亲过了嘴。

那年老的时钟显然已喝得太多了，

他还渴睡着，而把他的职司忘记；

拖鞋已换了方向，易了地位，

他不安静地躺在床前，而横出榻下。

粉盒和香水瓶自然是最漂亮的娇客，

因为她们是从巴黎来的，

而且准跳过那时行的"黑底舞"；

还有那个龙钟的瓷佛，他的年岁比我们还大，

他听过我祖母的声音，又受过我父亲的爱抚，

他是慈爱的长者，他必然居过首席，

（他有着一颗什么心会和那些后生小子和谐？）

比较安静的恐怕只有那桌上的烟灰盂，

他是昨天刚在大路上来的，他是生客。

还有许许多多的有伟大的灵魂的小东西，

它们现在都已敛迹，而且又装得那样规矩，

它们现在是那样安静，但或许昨晚最会胡闹。

对于这些事物的放肆我倒并不嗔怪，

我不会发脾气，因为像我们一样，

它们在有一些的时候也应得狂欢痛快。

但是我不懂得它们为什么会胆小害怕我们，

我们不是严厉的主人，我们愿意它们同来！

这些我们已有过了许多证明，

如果去问我的荷兰烟斗，它便会讲给你听。

琐细生活什物生命中的"灵魂"

读戴望舒的《昨晚》

　　这首《昨晚》最初刊登于 1931 年 10 月 20 日出版的《北斗》杂志第 1 卷第 2 期。《北斗》为"左联"的文艺刊物，没有办多久，就被迫停刊了。或许由于这首诗与《我的记忆》风格太近，或许是别的什么原因，没有收入《望舒草》，也没有收入作者编辑的《望舒诗稿》，遂成为集外的佚诗，被人们遗忘，直到近十几年人们又重新关注戴望舒的时候，才被收录于诗作的集子，为人们所注意。

　　《昨晚》用第一行诗句"我知道昨晚在我们出门的时候"中"昨晚"两字为题目，可以知道这相当于一首无题诗。诗自然也是写爱情的。作者没有用浓烈的情绪和缠绵的笔调，而是以平淡的描写和轻巧的叙述，状写了一些"没有灵魂的东西"——屋内的器具什物的变化，烘托出一对恋人在"我们的房里"的"一次热闹的宴会"。全诗在朦胧的氛围中展开这一抒情的旨意。《昨晚》分两节，第一节是对那场"宴会"的客观记叙，第二节是写"我们"自己也曾有过"昨晚"的"狂欢痛快"，"我们"对此将永存记忆。

　　先看第一节诗。诗人由房屋内各种什物的零乱与变化，猜出"昨晚"在"我们""出门"的时候，"我的宾客"在那里欢爱的情形。诗人很聪慧，他没有写这爱的盛宴的正面镜头，而是通过一些什物的变化，侧面勾勒出其情景。被"宾客"当作"没有灵魂"的什物，原来都是目睹者，因而也就成了"宴会的佳客"。这里有"氤氲着烟酒的气味"的"零乱"的总的景观，有现在"已经安分守己"了的细节的扫描。"扶着残醉的洋娃娃"曾经有过今后也还会如"昨晚"的"撒痴撒娇"，她头发"蓬乱"而舞衣尽皱，"她"昨晚"已被亲过了嘴"。"年老的时钟"也因喝得太多而"忘记"了"职司"，停止摆动。拖鞋改换了方向与位置，横躺在"床前"。巴黎来的"粉盒和香水"当然是少不了的"漂亮的娇客"，还有那"年岁比我们还大"的"龙钟的瓷佛"，是一个"慈爱的长者"，在"佳客"中"必然居过首席"。而诸物中最安静的只是那"桌上的烟灰盂"，是昨天刚来的"生客"。

第二节诗由写物而转向写自己，写自己对那些"有伟大的灵魂的小东西"的理解。它们"昨晚最会胡闹"，我对它们的"放肆"并不"嗔怪"，因为它们也像"我们"一样，在一些时候"也应得狂欢痛快"一番。到这里，作者似乎写的都是与己无关的，但笔一转，它们为什么"胆小"地"害怕我们"呢！其实，"我们"不是"严厉的主人"，我们也有自己的情感，我们的热恋，"我们愿意它们同来"。到这里，我们才明白，"我们"自己的过去也有过这种"胡闹"的情景，不信，"如果去问我的荷兰烟斗，它便会讲给你听"。

诗人在构思上颇费了一番功夫。一是明明在写恋人的"宴会"，却偏偏只写一些目睹这一切场景的被当作"没有灵魂的东西"；二是明明要写自己爱的追求，却偏偏只写"我的宾客"们的"狂欢痛快"。抒情视点的转移，是为了达到抒情的含蓄与委婉，传达上多了一番曲折，读起来便多了一些韵味，这正体现了作者追求的隐藏自己与表现自己之间的美学情趣。吞吞吐吐比直白浅露更多一些诗味。传统诗中的无题往往以曲折朦胧为人所爱读，李商隐的许多无题诗，因为具有这种美的特征，一直受到人们的钟爱，经得起咀嚼，给人以想象的余地。戴望舒为自己的情感找到了恰当的表现形式和方法，似乎都是现代口语传达的情思，艺术追求中却流着传统的血液。

与《我的记忆》一样，《昨晚》也将人的情感深入琐细的生活什物中，使它们与诗人一样具有了灵魂和情感。这样的艺术处理，增加了诗的生动性与亲切的情感色彩，不同的是，《我的记忆》更多一些深沉的真挚，《昨晚》则更多一些轻松的欢快。诗人甚至用带点儿戏谑的笔调写洋娃娃、粉盒和香水瓶、龙钟的瓷佛、桌上的烟灰盂这些衬托爱情的"道具"，轻松盖真情，幽默出欢悦，它摆脱一般爱情诗的缠绵低回，在轻松的静观式的调子里传达了爱的热烈与深沉，"我们不是严厉的主人，我们愿意它们同来！／这些我们已有过了许多证明，／如果去问我的荷兰烟斗，它便会讲给你听"。这个并不"严厉"的结尾，也以抒情主人带点儿幽默姿态的出现，更强化了特定的抒情色彩。

这首《昨晚》，使我们想起了李商隐"昨夜星辰昨夜风，画楼西畔桂堂东"那首《无题》诗。作者得到传统艺术的启迪，却没有重蹈传统艺术的老路，诗中很多意象，如洋娃娃、粉盒、香水、时钟、瓷佛等，都具有现代的色彩，而整体的，自然天成的口语的运用，也增强了现代抒情色调。由于《昨晚》的出现，使戴望舒对音乐"反叛"的艺术追求而产生的"记忆体"（指《我的记忆》开创的抒情风格）显示了更大的生命力。《昨晚》留下了诗人艺术探求的又一痕迹。

灯

戴望舒

灯守着我，勤劳地，
凝看我眸子中
有穿着古旧的节日衣衫的
欢乐儿童，
忧伤稚子，
像木马栏似地
转着，转着，永恒地……

而火焰的春阳下的树木般的
小小的爆裂声，
摇着我，摇着我，
柔和地。

美丽的节日萎谢了，
木马栏犹自转着，转着……
灯徒然怀着母亲的勤劳，
孩子们的彩衣已褪了颜色。

已矣哉！
采撷黑色大眼睛的凝视

去织最绮丽的梦网！
手指所触的地方：
火凝作冰焰，
花幻为枯枝。
灯守着我。让它守着我！

曦阳普照，蜥蜴不复浴其光，
帝王长卧，鱼烛永恒地高烧
在他森森的陵寝。

这里，一滴一滴地，
寂然坠落，坠落，坠落。

1934 年 12 月 21 日
（选自《灾难的岁月》，上海星群出版社，1948 年）

大寂寞中对生命价值的思考

读戴望舒的《灯》

  成熟的诗人往往有大哲学作为创作生命的底蕴。随着艺术方法深化的追求，这哲学的获得与表现有时一样令人感到困惑。戴望舒在法国于1934年末半个月内接连写了两首短诗《古意答客问》和《灯》，构思冷静，以智胜情，同样表现了对人生命意义和价值的思考，前者显得浅露明晓，后者则更隐晦曲折些，也更值得玩味。尽管这些思考中都流露了感伤消极的气息，然而就艺术表现来说，《灯》仍不失为戴望舒独具风格的佳作。

  到这时候，戴望舒的创作在寂寞的寻梦者主题之外，又呈现了关于生与死思索的旋律，从寻求理想的层面进入了思考生命意义的哲学层面。《古意答客问》明显地流露出这一信息。他面对浮云、青空已是过分的淡漠与疲倦，只想在"窗头明月枕边书"中得到生命的大欢乐。他渴望灵魂宁静地安息如"袅绕地升上去的炊烟"，他悟透了人生的艰难，想以道家出世的思想待人处世。生命的苦与乐在诗人的眼里已看得不那么重要。诗最后一节是：

   渴饮露，饥餐英；

   鹿守我的梦，鸟祝我的醒。

你问我可有人间世的挂虑？

——听那消沉下去的百代之过客的蹀音。

这种神仙似的超尘脱俗的心境，把人生看得过于消沉，心境也表现得过分淡泊了。所以，当戴望舒在巴黎拜会法国象征派大诗人许拜维艾尔，把这首诗呈给他看的时候，这位象征派诗人批评道："我向你忏白，我不能有像你《古意答客问》那样澄明静止的心。"

理解了诗人的这种心境，就不难理解《灯》的内涵了。诗人有大寂寞，但又想用超越一切世事纠纷的处世哲学来观照人生，以求得心理上的平衡，于是在独对孤灯中展开了自己的幻想世界。灯，这一象征性意象，是自己孤寂之夜独坐无言的伴侣，也是自我内在情绪世界的外化。诗人就在与灯相对而视的孤寂中，抒写了自己对美的渴求与幻灭的心态流程。

第一、二两节都是写诗人独对孤灯时的美好幻觉。开始是视觉中出现的幻美的世界。"灯守着我"，这屋子除"我"之外，没有别的生命，灯便是诗人心灵的知己了。它是那样认真而"勤劳地""凝看我眸子"，凝视着其中那一番美好的幻象：一群欢乐而又带有忧伤的孩子穿着古老的"节日衣衫"，"像木马栏似地"在那里面"永恒地"转着，转着。这"儿童"的意象是充满欢乐与忧伤的理想，是甜蜜而略带苦涩的爱情，还是整个人生存在的形态？作者没有说明，几个层面理解当然均可以。但我想诗人思考的是比《雨巷》、比《寻梦者》更深的人生价值与意义。对孤灯幻化出自己对过去生命欢乐与忧伤的思考，这里永恒旋转的"木马栏"的意象，唤起人们对时间流逝的麻木无情之感。

到了第二节，作者的诗思由视觉的幻象进入听觉的捕捉。灯火哔哔叭叭的"小小的爆裂声"，如"春阳下的树木般"唤起内心一种温暖的追忆。这"火焰"的响声是那样的亲切，"摇着我，摇着我"，"柔和地"摇碎了自己美丽的梦，也摇碎了灯花凝视的眸子中那梦一般的幻象。

梦破灭了，生命的美好追求不复存在了，剩下的是麻木的时间的流逝与灯花凝视的徒劳。幻象中的人生之梦如"美丽的节日萎谢了"，只有无情的时间的象征"木马栏"在独自旋转着。"灯"凝视的那"母亲的勤劳"也因孩子们"褪了颜色"的"彩衣"而显得徒然无用了。

第四节是在理智世界中对这一闪即逝的幻灭之感的升华。诗思由幻想世界拉回到现实世界中来。"已矣哉！/采撷黑色大眼睛的凝视/去织最绮丽的梦网！"这里的"黑色大眼睛的凝视"，指的可以是前面讲的灯所凝视的诗人的"眸子"，也可以象征对过去生活的眷恋与回忆的情绪。眼睛只是一个鉴明过去的中介物。诗人心境十分急切地努力想把失去的美丽的梦再捕捉回来，但又很清醒地知道这是不可实现的，人生不过是一张"最绮丽的梦网"！过去，诗人执着地呼喊做一个"寻梦者"，现在，他彻悟了这人生之"梦网"不可织成，所以他暗示人们一种绝望的心境：在自己"手指所触的地方""火凝作冰焰，花幻为枯枝"。一切走向追求的反面，梦境破灭了，诗人又回到现实中来。"灯守着我。让它守着我！"这一重复的诗句里，可以感到一种执拗而孤独、寂寞而冰冷的气息袭上诗人心头。绝望的寂寞呼喊里潜藏着多么热烈而执着的心声啊！

诗人心态的流程到这里结束了，夜已尽，灯将残，诗人的想象又延伸至新的时空。后两节诗是深化这一寂寞心态而衍生的意象。早晨的阳光已不属于人生的世界，只有那"森森的陵寝"中"高烧"着的"鱼烛"，伴着"帝王长卧"。"永恒地高烧"的"鱼烛"与诗中的"灯"不同，是死亡的象征。因此，最后一节诗就有了多层的意思：

> 这里，一滴一滴地，
> 寂然坠落，坠落，坠落。

你可以理解为"鱼烛"永恒地高烧时，一滴又一滴烛泪"坠落"；也可以理解为诗人独对孤灯，烛泪一滴一滴地"坠落"，这象征诗人的生命在流逝的时光中一点儿一点儿地度过了，也可以隐喻诗人在独对孤灯中痛苦的泪一滴一滴地坠落。总之，它给你一种沉重的失落感，生命中美好价值与意义追求幻灭之后的沉痛感。我们可以不隐讳地说这里有很重的虚无感，但这虚无的背后呢？诗人真的绝望地去歌颂永恒的死亡吗？那一滴一滴坠下的烛泪中已有诗人的心了。

戴望舒写了两首题为"灯"的诗，前一首是写爱情的，这一首是写哲理的。但"灯"为人类的知己，这一传统文化心理在两首诗以灯为象征意义上都是相类似的，只是这一首《灯》写在法国，他在那里钟爱许拜维埃尔、艾吕雅等诗人，他们一些超现实主义的表现方法对他的诗表现方法的拓展产生了明显的影响。这首《灯》，就明显受到许拜维艾尔的《烛焰》一诗的启迪。但是，这首诗同时又在意象创造上打着传统诗歌的烙印，从灯的意象，到烛泪的坠落，很难不令人猜想李商隐的"蜡炬成灰泪始干"的意象与诗境在作者的创作中对美感潜在的呼唤。

《灯》的巧妙，还在于它超越一般思维习惯，大胆实践了一种"反构思"的方法。按常理是写灯的烛焰引起自己无数的幻想，然后幻影破灭，诗人则是反过来设想，让灯的烛焰凝视自己的眸子，灯如勤劳母亲般从自己的眸子中看出美丽的幻影。然后写幻影的消失与捕捉的徒劳，再回到"灯守着我"这一结尾，在诗的构思上超越习俗，而有了自己独创的新意。

诗人在留法期间曾于1933年由巴黎到西班牙做过一次旅行。收获之一就是他对西班牙人民最热爱的诗人费德里科·加西亚·洛尔迦的诗无限倾心。他动手翻译洛尔迦的诗给中国的读者。其中洛尔迦的《歌集（1921—1924）十四行》中译的第一首诗题为"木马栏"。诗里讲圣诞节这个喜庆的日子，总是在轮子上盘桓，"木马栏把它们带去，又送它们回来"，这圣诞节给孩子们带来了欢乐：

> 木马栏回旋着，
> 钩在一颗星上。
> 像地球五大洲的
> 一枝郁金香。
> 孩子们骑在
> 装成豹子的马上，
> 好像是一颗樱桃
> 他们把月亮吞下。

木马栏是旋转的时间的象征，而孩子们却是无比欢乐的。戴望舒 1934 年写的这首《灯》中，用了儿童穿着节日的衣衫，像木马栏似的转着这个意象，显然是受到洛尔迦诗歌的启发。戴望舒赋予木马栏意象以更具麻木感和冷漠感的色彩，而且与其他的意象组合在一起，完全放在幻象的框架中，超越了节日生活的物象，而成为情绪象征的一种心象，这样虚实结合，就成了更空灵而又富于诗意的一个象征载体。借鉴中显示了诗人创造的才华，同时这创造也是艺术借鉴的必由之路。

小　曲

戴望舒

啼倦的鸟藏喙在彩翎间，
音的小灵魂向何处翩跹？
老去的花一瓣瓣委尘土，
香的小灵魂在何处流连？
它们不能在地狱里，不能，
这那么好，那么好的灵魂！
那么是在天堂，在乐园里？
摇摇头，圣彼得可也否认。

没有人知道在哪里，没有，
诗人却微笑而三缄其口：
有什么东西在调和氤氲，
在他的心的永恒的宇宙。

静默地看着，乐在其中

读戴望舒的《小曲》

写作《小曲》的 1936 年 5 月，诗人戴望舒留法归来后已经有一个较安定的生活环境，美满的爱情给他带来了暂时的宁静和幸福。和一些提倡纯诗的友人筹备和创办《新诗》杂志，他更加意识到自己艺术追求的价值和个人在这一诗潮中的地位。青年诗人颇有些踌躇满志，整个宇宙似乎与他内心达到了完全的和谐，他也在关于宇宙和人生的思考中得到了一种安乐自足的答案。在与《小曲》几乎写于同时的《赠克木》一诗中，诗人表达了自己这种快乐自足的心境：

> 也看山，看水，看云，看风，
> 看春夏秋冬之不同，
> 还看人世的痴愚，人世的倥偬：
> 静默地看着，乐在其中。
>
> 乐在其中，乐在空与时以外，
> 我和欢乐都超越过一切境界，
> 自己成一个宇宙，有它的日月星，

来供你钻究，让你皓首穷经。

《小曲》表示的正是诗人自恃的这种"自己成一个宇宙"的哲学和人生的思考。

从文字表面来看，《小曲》写的是美的灵魂（"音"与"香"的"小灵魂"）究竟在哪里？它既不在啼倦的鸟喙里，也不在凋零的花瓣中；既不在黑暗的地狱，也不在幸福的天堂和乐园，它找到自己真正的归宿：

没有人知道在哪里，没有，
诗人却微笑而三缄其口：
有什么东西在调和氤氲，
在他的心的永恒的宇宙。

原来，诗人笑而不答的是，这美的精灵就在他内心深处，在这个永恒的宇宙中间。这美的灵魂，是生活的欢乐与幸福，是对外在人世彻悟后的虚无感，还是"乐在其中"的自我安慰与陶醉？当然可以由读者自己去体味了。与《赠克木》一诗连起来读，读者的体味可能会更深切些。

倘若不到此止步，再进一步思考，我们会读出另一番景象。诗人经过充满现代性的诗艺的追求，受到各种理论的冲击，重新审视自己的观念体现的价值，突然悟到一种无上的快乐：原来自己坚信的艺术美的灵魂就在自己内心的宇宙之中这一艺术观念，是有永恒的生命力的。杜衡先生说戴望舒开始从事象征诗创作时就坚信：诗是一种"不敢轻易公开于俗世的人生"，是一个人在梦里"泄露隐秘的灵魂"（《望舒草》序）。诗人坚信自己这一观念，并在诗友们共同的探索中，更加恪守自己的艺术原则了。充满了欢乐情调的《小曲》，我以为就隐藏了诗人这种艺术心境。这是人们往往不易探寻的深层意蕴。

《小曲》采用的是比较整饬又活泼轻松的抒情格调。前两节，采用民间谣曲中常有的问答句式，但又避免了那种对歌问答、句式死板的毛病，变换中完成了否定"音"与"香"的"小灵魂"存在于自然、天堂和地狱的设疑，这样又有谣曲复沓的特色，又具备新诗多姿活泼的品格。最后一节诗，先抑又放，最后道出了"小曲"的真意，也有波折，有爆发，给人一种意外的快乐。这一表现手法，使我们想起李白的一首谣曲式的小诗："问余何意栖碧山，笑而不答心自闲。桃花流水窅然去，别有天地非人间。"（《山中问答》）戴望舒《小曲》恰有"笑而不答心自闲"的艺术韵味。

1933年，在法国留学的青年诗人戴望舒，从巴黎出发旅行至西班牙。这次旅行有一个重要的收获，就是认识了西班牙人民诗人费德里科·加西亚·洛尔迦。后来他对施蛰存先生谈起洛尔迦的抒情谣曲怎样在西班牙为广大民众所传诵时曾说："广场上，小酒店里，村市上，到处都听得到美妙的歌曲，问问他们作者是谁，回答常常是费特列戈❶，或者是不知道。这不知道作者是谁的谣曲又往往是洛尔迦的作品。"他当时就在这样的感动之下，开始深深地爱上洛尔迦的作品，并选择了一小部分抒情谣曲，在翻译后附了一个简短的介绍，寄回祖国来发表在一个诗刊上。戴望舒回国后的一些作品，受洛尔迦谣曲的影响，又保持了新诗自身的品格，

---

❶ 费特列戈，即费德里科·加西亚·洛尔迦。——编者注

调子明快，语句整饬，透明而不俗气，曲折而不艰深，表现了诗人的艺术独创力。《小曲》就是这样一首短诗。

《小曲》赞颂了自己内心永恒的宇宙，歌颂了超然物外的快乐世界。在这里，诗人可以忘记"人世的痴愚，人世的倥偬"，暂时可以得到一种宁静的欢乐。诗人沉默的微笑是对这一世界的自足之乐，但又不是忘怀世界的遁世的象征。诗人没有忘怀尘世，没有沉醉于内心的"音"与"香"的"小灵魂"的安栖的甜蜜，自然也没有隔断他对人生世事的思索。"死去或冰冻的火的影子"依然在他心的周围"永恒地转着"。正因为如此，在后来"灾难的岁月"到来的时候，诗人才能以明亮的声音唱出对祖国与民族十分深情的诗篇来。

我用残损的手掌

戴望舒

我用残损的手掌

摸索这广大的土地：

这一角已变成灰烬，

那一角只是血和泥；

这一片湖该是我的家乡，

（春天，堤上繁花如锦障，

嫩柳枝折断有奇异的芬芳）

我触到荇藻和水的微凉；

这长白山的雪峰冷到彻骨，

这黄河的水夹泥沙在指间滑出；

江南的水田，你当年新生的禾草

是那么细，那么软……现在只有蓬蒿；

岭南的荔枝花寂寞地憔悴，

尽那边，我蘸着南海没有渔船的苦水……

无形的手掌掠过无限的江山，

手指沾了血和灰，手掌沾了阴暗，

只有那辽远的一角依然完整，

温暖，明朗，坚固而蓬勃生春。

在那上面，我用残损的手掌轻抚，

像恋人的柔发，婴孩手中乳。

我把全部的力量运在手掌

贴在上面，寄与爱和一切希望，

因为只有那里是太阳，是春，

将驱逐阴暗，带来苏生，

因为只有那里我们不像牲口一样活，

蝼蚁一样死……那里，永恒的中国！

1942 年 7 月 3 日

（选自《灾难的岁月》，上海星群出版社，1948 年）

一只残损的手掌唱出了一曲美丽的歌

读戴望舒的《我用残损的手掌》

　　《我用残损的手掌》，是戴望舒以在日寇铁牢中真实的生活感受写下的一首情真意挚的诗篇。它有撼人心灵、催人泪下的力量。一位曾经身陷囹圄的现代诗人超人的艺术才华和炎黄子孙炽热的爱国感情一旦结合，竟会迸发出如此美丽而永不凋落的奇葩！在那个以狂暴的吼声代替艺术凝想的年代里，这首诗的诞生几乎是一个令人振奋的奇迹。难怪卞之琳先生说，即使单从艺术来看，这首诗也"应算是戴望舒生平各时期所写的十来首诗中最好的之一"。

　　诗人最现实的感情却用几近超现实主义的方法来表现。你面前展开的完全是一个想象中的感觉世界，超于现实生活之上的种种意象的流动性组合形式，传达了比直写生活更能达到诗人情感本质的潜深意识。这里不存在一个有形的地图，诗人心灵的"无形的手掌"下却有一个完整而又破碎的祖国大地：

　　　　我用残损的手掌

　　　　摸索这广大的土地：

　　　　这一角已变成灰烬，

那一角只是血和泥；

诗人对祖国的热恋情怀，祖国大地在敌人的铁蹄与刺刀下受难的景象，在这段超现实的想象中得到具有相当广度和深度的传达。诗人的痛苦与爱憎隐藏在对于满是"灰烬""血和泥"的土地的摸索之中。"摸索"是想象中的心景，它既写出了诗人爱国情肠的热切，又衬托出铁窗生活环境的黑暗。

诗人继续在想象世界里驰骋。"这一片湖该是我的家乡……/我触到荇藻和水的微凉"，无形的手掌触到家乡一片湛蓝的湖水，你随着诗句，几乎可以同他一起感到湖水的微凉，一起怀念起往日那里的一片美丽的春光："堤上繁花如锦障，/嫩柳枝折断有奇异的芬芳"，如今的家乡该是怎样了呢？括弧中这两行诗的赞美之情与今日对家乡湖水的感觉，构成了情感的互补结构，今昔的反差中暗示了诗人对今日家乡的热切关注，为她可能受到蹂躏而焦虑痛苦，平静的诗句中埋藏着不平静的情感。

接着，诗人的想象世界由近拉远，由北到南，以一组意象的迭加推出，展开了祖国受难土地的心景：

这长白山的雪峰冷到彻骨，

这黄河的水夹泥沙在指间滑出；

江南的水田，你当年新生的禾草

是那么细，那么软……现在只有蓬蒿；

岭南的荔枝花寂寞地憔悴，

尽那边，我蘸着南海没有渔船的苦水……

无形的手掌掠过无限的江山，

226

手指沾了血和灰，手掌沾了阴暗，

　　这八行诗几乎可以说是全诗情感高潮凝聚的精华，也在静的想象中描写出动的心态，这心态的展开如电影镜头的推移一般一个个迅速摇过：长白山的雪峰，黄河的泥沙，江南水田的蓬蒿，岭南荔枝花的憔悴，南海没有渔船的苦水，这些大跨度的想象飞跃跟上"无形的手掌掠过无限的江山"这一大跨度的概括。诗里的心景均是大好河山的自然景物，但它象征了中国的苦难与不幸，每个自然景物的意象同时就有了双重内涵，既是诗人对自然的感觉，又隐含了诗人对人民不幸命运的关切，"手指沾了血和灰，手掌沾了阴暗"，与开头三、四行诗呼应的这一句诗，象征的意义就增加了无限深重的力量。手掌上的这"血和灰"，这一片"阴暗"，是超现实的想象，却达到了写实所无法达到的揭示诗人情感本质的效果。读了这些诗句，激起人们感情波澜的不是某一个典型的悲惨故事，而是心中整个苦难中的祖国江山。诗人追求的审美效应正是在这里。

　　全诗的第二部分共十行，仍然是在想象世界中进行的，但却没有采用《雨巷》《我的记忆》《寻梦者》那样开头与结尾相同的圆圈式抒情框架，而是采用巨大的转折性的推移性结构，使得这里抒写的渴慕中的心景与前面苦难的心景构成强烈的反差。诗人有一种按捺不住的快乐心境油然而生，他用从未有过的明朗调子唱道：

只有那辽远的一角依然完整，
温暖，明朗，坚固而蓬勃生春。

在那上面，我用残损的手掌轻抚，

像恋人的柔发，婴孩手中乳。

　　这温暖的"一角"是诗人光明信念的象征，把它说得过实了，反而损伤了诗意的优美。诗人在抒情的调子、用词的选择、不避泄露情感的明喻、抽象与具象交织等方面，调动一切手段来达到欢乐心景的表述。他运全力于手掌，贴在这"寄与爱和一切希望"的"一角"，因为那里"是太阳，是春"，是光明驱逐一切黑暗之所在，只有在那里，"我们不像牲口一样活，/ 蝼蚁一样死"，那里是"永恒的中国！"比起前半段的十六行诗来，这后半段的感情表露得过于直露，特别是后面的三行诗，有点儿近于口号，多少削弱了诗的暗示性所具有的美的特质。诗到"是太阳，是春"一句似乎就可以结束了。当然，这时候戴望舒的审美追求已经有所变化，他不再以过分隐藏为自己的抒情方式。这最后三行诗也便与整首诗感情的现实性在精神上相一致，与其后半段诗构成一个完整的结构。从这个角度看，结尾的诗行又并非画蛇添足。

　　《我用残损的手掌》成为戴望舒沿着自己的创作道路在20世纪40年代撷取的一颗明珠，是因为他在写作时强烈地意识到：如何让现代主义的艺术手段参与抒写现实感情的审美创造？许多诗人在这个问题上失败了。政治意识的进步带来抒情艺术美的滑坡，戴望舒这首诗却在艺术美退落的时候倔强地前进了。这与此诗应用象征派，甚至超现实主义的艺术方法有关。超现实主义者们的审美观念认为，现实生活的表面不足以反映现实本身。超于现实之上存在着"某种组合形式"，却比表面的现实描写更能达到事物的本质。这种组合形式，有梦，有潜意识等等。他们认为，这种潜意识"反映了人的灵魂和世界的内在秘密"。《我用残损的手掌》写的是一个自己幻想中的世界。幻想不是梦，却同梦一样是属于非现实的范畴，它可以让诗人的感情自由驰骋，一直达到最深的内在心灵世界的隐秘之处。诗人不是在现实世界中写感觉，而是在感觉世界中写想象。这样，一切似乎是真实现象，又都是他潜在世界的心象，是感觉的真实，又是超现实的幻象中诗人的真实。手掌的无形与江山的有形，又给这种幻象中的矛盾以艺术的真实感。全诗都是在幻象层面的抒情，却给人以比现实层面的描述更加辽阔、更加幽远的天地，既不失之空幻，也不拘于实有。

　　整首诗前半段的抒情以动速极快的意象流展开，后半段以静的意象群抒情，这里依据感情的奔放与收拢，"无限"与"一角"，以扩展与凝聚相结合的视点，使这首诗具有变幻多姿的风格。走出了"雨巷"的戴望舒，历经日寇铁牢生活磨难而唱出的这一曲悲壮的歌，以新的审美展示了诗人自身灵魂的走向。他充满爱与希望的灵魂"坚固而蓬勃生春"，唱出的这支美丽的歌，永远属于"永恒的中国"！

等待（一）

戴望舒

我等待了两年，
你们还是这样遥远啊！
我等待了两年，
我的眼睛已经望倦了啊！

说六个月可以回来啦，
我却等待了两年啊，
我已经这样衰败啦，
谁知道还能够活几天啊。

我守望着你们的脚步，
在熟稔的贫困和死亡间，
当你们再来，带着幸福，
会在泥土中看见我张大的眼。

1943 年 12 月 31 日

我守望着你们的脚步

读戴望舒的《等待（一）》

　　失去自由的民族有最沉重的悲哀，失去自由的心灵有最深远的痛苦。戴望舒写于香港敌寇狱中和出狱之后的几首诗，就表现了诗人心灵难以忍受的痛苦和焦灼的渴望。在出狱之后，戴望舒写的两首《等待》，十分动人地传达了这种等待者的痛苦。这里先读的是《等待（一）》。

　　戴望舒即使进入成熟期的抒情诗，从传达感情的方式和特征来看，也有两种同时并存的情况：有时以朴素明快的口语，比较直截了当地抒发自己的情感，重在以感情的真切取胜；有的作品则追求深层的象征表现，让读者在对意象内蕴的体悟中，把握作品传达的内涵。这首《等待（一）》，就传达情感的方式看，便属于前一种情况。

　　《等待（一）》共三节，写得明晰而凝练。读了全诗之后，谁都会深感诗人陷于民族敌人压迫与蹂躏的境况下，那颗失去自由的心灵；对于整个民族和个人的自由解放，读者怀着怎样一种焦灼而热烈的盼望心境啊！诗人以自己的歌喉唱出了整个民族的心声，唱出了一切不甘沉沦的爱国者炽热坚贞的情怀。

　　诗是以第一人称来传达这一情怀的。整整"等待了两年"，心在苦水中煎熬，眼睛也"已经望倦"了，可是，我所一心等待的"你们"，至今还是"这样遥远啊"。说是短短的"六个月"就可以回来，我期望和等待着，然而这期望和等待却总是落空，已经两年了还是无踪影可寻。诗人的心是痛苦的，"我"在焦灼的等待中，身心变得如此"衰败"，以致感叹自己"还能够活几天啊"！这两节诗平静的叙述中，包含着极不平静的情感。经过这些抒情的铺垫，到了全诗最后一节，诗人以自己全部的热情浇灌出几句十分动人的诗句：

> 我守望着你们的脚步，
>
> 在熟稔的贫困和死亡间，
>
> 当你们再来，带着幸福，
>
> 会在泥土中看见我张大的眼。

成天"守望着"被期待者的"脚步"，独自吞咽着习以为常的"贫困和死亡"的煎熬，这说明诗人的等待是如何的艰难和急切。面对死亡的威胁，诗人等待的心怀并未动摇，他坚信那自由的一天终会到来，即使自己的生命都已不复存在，葬身黄泉，"带着幸福"到来的你们，仍然"会在泥土中看见我张大的眼"。这是一双等待者渴盼的眼，一个爱国者永远燃烧的心！

这首《等待（一）》读起来十分平淡，没有什么新奇的意象，没有什么深层象征的神秘感，除了最末一句诗之外，甚至没有什么值得记忆的诗句，同一般写实性的抒情诗没有什么两样。但是，倘若我们细细品味一下，就会在单纯的直抒情感的诗句中，感到一个真实的爱国者渴求自由解放的动人情怀，感到真实的诗人之声的力量，感到诗人那可以触摸的独特的艺术个性。

诗人没有说明自己等待的究竟是谁、是什么，他有意用了一个代词"你们"，把自己等待的民族解放与自由这一精神性的抽象具象化了、情感化了，极大地强化了诗人与被等待者之间的情感密度。"你们"成了自己生命的支点，又是朝夕相处的朋友，过去曾有过欢乐与共，"再来"便会"带来幸福"。有了这样的处理，后面的一些有关等待的诗句，均富有生命感，被拟人化了，就会有一个比较能牵动人心的感情力量。

和一些口号式的抗战诗比较起来，戴望舒的这首《等待（一）》不但以情感真实表达的急切而富有生命，一些抒情的句式和个别意象的创造，也显示了诗人的艺术个性。诗的前两节，运用了四个"啊"字，两个"啦"字，作为诗句的语气词，有意增强内心焦灼的感情色彩，似俗而有味。"你们"这个精神代词，与"遥远"搭配，说自己生命不用"衰老"而用"衰败"，"贫困和死亡"用"熟稔"来修饰，均系诗人富于个性的运用。最值得称道的是最末一句诗，当"你们""带着幸福"再来的时候，"会在泥土中看见我张大的眼"。这便由写实的抒情而进入超现实的想象了。戴望舒在《我用残损的手掌》《致萤火》等诗中运用超现实的抒情手法，表达了自己最真实的情感，在新诗领域里开拓了艺术表现的新路。《等待（一）》中这行"会在泥土中看见我张大的眼"的诗句，以超于现实生活常规的想象进行艺术创造，把自己等待的情感强化到了极点，使人们在辽远的想象中去体味诗人的内在心境：一个坚贞不渝的爱国诗人的心声。读了这首诗，我们将永远不会忘记诗人那双在泥土中"张大的眼"！

我的忧愁

随草

绿天涯

你站在桥上看风景，
看风景人在楼上看你。
明月装饰了你的窗子，
你装饰了别人的梦。

沟通中西诗艺的"寻梦者"

谈卞之琳的诗艺探索

中国新诗自诞生之日起，就是在挣脱传统诗歌文言用语和韵律形式束缚的要求下，接受西方现代诗歌影响而进行创造的。当它脱离了民族传统诗歌的轨道，努力重建自身艺术传统的时候，始终面临着一个与生俱来的、带有永恒性的命题：如何在外国与民族诗歌艺术营养的双重吸收中，寻找和沟通中西诗歌艺术之间的深层联系，建立现代民族诗歌新的道路和规范。这是中国新诗八十多年来一个最美丽的梦想，现代许多杰出的诗人都为这个梦的实现做过不懈的努力，卞之琳先生就是其中最富建设性的"寻梦者"之一。

为了反驳早期新诗倡导者对于民族传统的过分疏离，闻一多先生不但勇于破坏，也勇于建设。他反对"欧化的狂癖"的倾向，提出了创造中西艺术结婚后的"宁馨儿"的诗歌美学理想。但是他们过分依恋英美古典诗歌的形式美，在摆脱自己镣铐的同时又多少陷入西方新镣铐的束缚。李金发提出在东西方诗人之间"思想、气息、眼光和取材"的"同一"处试为"沟通"和"调和"，但他过于欧化的实践使这些设计成为空洞的理想。周作人提出，在传统诗歌的"兴"与西方诗歌的"象征"之间，进行融合与创造，期望走出新诗比较隐蓄朦胧的道路，但这个空疏的设想也没有可能更多地付诸实践。卞之琳与他们不同的地方在于：他真正地用自己的理论思考与卓越实绩，超过西方古典主义和浪漫派提供的抒情范式与空间，进入现代诗歌对于日常生活中诗性的发现；超越坦白直露的抒情方式，进入更深层的含蓄隐藏方式的探索；超越单纯模仿象征派造成的生硬晦涩，追求将西方的象征精髓融入民族诗歌固有的灵魂。他在这样的构想框架中，与西方现代主义文学是"一见如故"，"有所写作不无共鸣"，自觉地探索着一条民族的现代主义诗歌道路。

1932年，刚刚22岁的卞之琳，在《新月》杂志上发表了尼柯孙《魏尔伦与象征主义》的译文，在"译者附识"中，他肯定了象征主义诗歌，但反对李金发式的晦涩，明确地提出，这篇文章中提倡的象征派诗的"亲切与暗示"，其实正是中国传统"旧诗词的长处"，"可惜这种长处大概快要——或早已——被当代一般新诗人忘掉了"。他的慨叹与批评，是自觉地在借"他山之石"，匡正当时中国新诗人过分忽略自己民族的传统诗歌艺术，盲目崇拜西方象征主义诗歌的弊病，他想在"暗示与亲切"这两个方面，找到传统与现代诗歌艺术的结合点，为新诗的现代性发展开辟一种新的可能性。"亲切"，就是要用敏锐的感觉在日常生活里发现诗，拉近诗的题材与人们情感及生活之间的联系，让诗更加贴近人的心灵。"暗示"，就是要避免诗歌传达的过分明白直露，用"契合"或"客观对应物"，象征和暗示诗人的情感与智性思考，给读者更多吟味和想象的美的空间。卞之琳的《断章》《圆宝盒》《白螺壳》《几个人》《鱼化石》《距离的组织》《半岛》《寂寞》等许多诗篇，之所以耐人寻味，引人遐想，在物象与情趣的巧妙结合中传达朦胧的旨趣，几十年后仍然给人超越时空限制的人生启示和美的享受，原因首先就在这里。

卞之琳与现代主义文学"一见如故"，他喜欢并学过波德莱尔、T. S. 艾略特的诗歌，但却从不生硬地模仿象征派、现代派诗歌的方法。他以人文主义的博大爱心，关注北京街头普通人的痛苦与欢乐、麻木与荒凉、寂寞与辛酸，也在现实与理想的矛盾中痛苦地追寻人生的真谛，在民族的悲凉中他唱出《尺八》这样的故国之思。为了以美的极致传达自己真实的心，他总是从自身固有的深厚古典诗词修养中，调动自己认为可能具有鲜活性的艺术积累，与西方现代诗歌的艺术方法进行融合与创造，努力探索一种富有民族化的抒情之路。他自觉地探索中国古典诗歌重视"意境"与西方现代诗"戏剧性处境"之间的内在联系，淡化诗的浪漫感伤成分，加强诗的智性与客观色彩，使得诗最大限度地具有像艾略特所说的那种"模糊与浓缩"的特征。卞之琳说："在自己的白话新体诗里所表现的想法和写法上，古今中外颇有不少相通的地方。""我写抒情诗，像我国旧诗一样，着重'意境'，就常通过西方的'戏剧性处境'做戏剧性台词。"他把这种追求，说成是倾向"小说化，典型化，非个人化"（《雕虫纪历》序）。他的诗因此有一种颇具深度的普遍性魅力。《西长安街》中叙述者的声音，与老人，与站岗的黄衣兵的联想，巧妙地纠合在一起，构成一个历史与现实感极深的批判境界。《几个人》中几个人物真实与荒诞的生活片段，带我们走进一个令人战栗的世界。《白螺壳》在抒情主体的不断转换中完成了对理想追求者永恒怅惘心境的开掘。《水层岩》在拟想的小孩子与母亲在水边的对话中，暗示了时光易逝的生命悲哀的哲理。这悲哀不是属于他个人的：

"水哉，水哉！"沉思人忽叹，

古代人的感情像流水，

积下了层叠的悲哀。

这种抒情诗创作上的小说化，"非个人化"，有利于"跳出小我，开拓视野，由内向到外向，由片面到全面"。他的沟通中西诗艺的形式探索，是为使他的诗走进更多人的心灵世界。

心灵的沟通需要有对于现代艺术的理解。民族象征诗的艺术"寻梦者"戴望舒，为此提出了适应民族接受的诗美的传达尺度："隐藏自己和表现自己之间。"卞之琳用自己的理论和实践，为这样的审美追求做了最好的诠释。他与李健吾先生著名的关于《鱼目集》的反复讨论，他与朱自清先生之间关于《距离的组织》一诗的说明，不仅解除了对于自己诗的误读，也阐明了现代主义诗歌阅读与理解的理论和方法。关于《圆宝盒》，他这样说："我写这首诗到底不过是直觉的展出具体而流动的美，不应解释得这样'死'。我以为纯粹的诗只许'意会'，可以'言传'则近于散文了。但即使不确切，这样的解释，未尝无助于使读者知道怎样去理解这一种所谓'难懂'的，甚至于'不通'的诗。"他又说："诗的'独到之处'，并大量标新立异，在文字上故弄玄虚或者把字句弄得支离破碎，叫人摸不着头脑，假若你自己感觉不具体，思路不清，不能操纵文字，不能达意，那没有话说，要不然，不管你含蓄如何艰深，如何复杂的意思，一点儿窗子，或一点儿线索总应当给人家，如果您并非不愿意他理解或意会或有正确的反应"（《关于鱼目集》）。他翻译纪德的《浪子回家集》中，为《纳蕤思解说》所写的序，更对象征诗的诠释提出了许多宝贵的见解。

他的许多诗，朦胧而不艰深，含蓄而不隐晦，隐藏复杂但给你可以走进的"一点儿窗子"或"一点儿线索"，他的诗美，也就是读者经过思考可以接近而领悟的了。那首著名的《鱼化石》就是一个例证：

> 我要有你的怀抱的形状，
> 我往往溶化于水的线条。
> 你真像镜子一样的爱我呢。
> 你我都远了乃有了鱼化石。

因为诗人给了一个副标题："一条鱼或一个女子说"，又加了这样的注解："鱼成化石的时候，鱼非原来的鱼，石也非原来的石了。这也是'生生之谓易'。近一点儿说，往日之我已非今日之我，我们乃珍惜雪泥上的鸿爪，就是纪念。"这样，作者就给了读者在多义上把握这首诗的"窗口"和"线索"。你可以追踪作者的想象，领略更多的艺术给予的美丽。

在悼念卞之琳先生离我们而去的悲痛时刻，我头脑中总是回响着他《白螺壳》中这样的诗句：

> 我梦见你的阑珊：
> 檐溜滴穿的石阶，
> 绳子锯缺的井栏……
> 时间磨透于忍耐！
> 黄色还诸小鸡雏，
> 青色还诸小碧梧，

玫瑰色还诸玫瑰，

可是你回顾道旁，

柔嫩的蔷薇刺上

还挂着你的宿泪。

　　卞之琳是位自觉地追求民族化的现代主义诗人，他有世界的眼光，更有现代的意识。他不拒绝"欧化"，也从不忘记"古化"。他在西方与传统诗歌之间寻找一种艺术结合的平衡点。用他自己的话说，就是："一方面，文学具有民族网络才有世界意义；另一方面，欧洲中世纪以后的文学，已成世界的文学，现在这个'世界'当然也早已包括了中国。就我自己论，问题是看能否写得'化古''化欧'。"诗人几十年后写下的这番充满理性的论述，包含了一个民族现代诗的"寻梦者"一生心血探索的结晶。

站在桥上看风景

读卞之琳诗三首

断　章

你站在桥上看风景，
看风景人在楼上看你。

明月装饰了你的窗子，
你装饰了别人的梦。

（选自《鱼目集》，上海文化生活出版社，1935 年）

　　一部数千行的长诗可以淹没于历史的尘埃，一首几行的小诗却可以绽放永恒的艺术光彩。文学的长河中不乏这样的实例，卞之琳的四行小诗《断章》，就是短诗而有悠久生命的一个例证。

　　此诗收在《鱼目集》，出版后，批评家刘西渭与诗人曾往返讨论，已意义甚明。此后许多文章又多有品评鉴赏，洞烛发幽，确乎很难再说出什么新意了。但是，一首美丽的象征诗"永久在读者心头重生"，我们仍可以凭自己的理解和想象，在这个小小的艺术世界中做一番遨游，构建自己"灵魂的海市蜃楼"。

《断章》的主旨曾引起歧异的理解。刘西渭开始解释这首诗，着重"装饰"的意思，认为表现了一种人生的悲哀。诗人卞之琳自己撰文回答不是这样。他说："'装饰'的意思我不甚着重，正如在《断章》里的那一句'明月装饰了你的窗子，你装饰了别人的梦'，我的意思是着重在'相对'上。"看来，诗的"言外之旨"是不能靠字面上一两句话完全捕捉到的，它的深层内涵往往隐藏在意象和文字背后。诚然如作者说明的那样，表达形而上层面上"相对"的哲学观念，是这首《断章》的主旨。

这首短短的四行小诗，之所以会在读者中产生经久不衰的艺术魅力，至今仍给人一种很强的美感，首先是因为诗人避去了抽象的说明，而创造了象征性的美的画面。画面的自然美与哲理的深邃美达到了水乳交融的和谐统一。诗分两段独立的图景并列地展示或暗喻诗人的思想。第一幅是完整的图画："你站在桥上看风景，/看风景人在楼上看你"，"你"是画面的主体人物，画的中心视点。围绕"你"，有桥，有风景，有楼上看风景的人。作者把这些看来零乱的人和物，巧妙地组织在一个框架中，构成了一幅水墨丹青小品或构图匀称的风物素描。这幅画没有明丽的颜色，画面却配置得错落有致，透明清晰。当你被这单纯朴素的画面所吸引时，你不会忘记去追寻这图画背后的象征意义，这时才惊讶地发现作者怎样巧妙地传达了他的哲学沉思：在宇宙与人生中，一切事物都是"相对"的，而一切事物又是互为关联的。是啊，当"你"站在桥上看风景的时候，"你"理所当然的是看风景的主体，那些美丽的"风景"则是被看的客体；到了第二行诗里，在同一个时间与空间里，人物与景物依旧，而他们的感知地位却发生了变化。同一时间里另一个在楼上"看风景人"已经变成了"看"的主体，而"你"这个原是看风景的人物此时又变成了被看的风景了，主体同时又变成了客体。

为了强化这一哲学思想，诗人紧接着又推出第二节诗，这是现实与想象图景的结合："明月装饰了你的窗子，/你装饰了别人的梦。"这是画面，但已不是在一个构架里，虽然大的时间与空间还是一样的。两句诗里的"装饰"，只是诗歌的一种独特的修辞法，如果写成"照进""进入"，就不成为诗的句子了。或许是看风景归来的人，或许是无关的另外的人，总之这"你"，可以是"他"，也可以换成"我"，这些不重要，重要的仍是主客位置的互换所表现的相对性。第一句诗，"你"是这幅"窗边月色"图中的主体，照进窗子的"明月"是客体，殊不知就在此时此夜，你已进入哪一位朋友的好梦之中，成为他梦中的"装饰"了。那个梦见你的"别人"已成为主体，而变为梦中人的"你"，又扮起客体的角色了。诗人在隽永的图画里，传达了他智性的思考所获得的人生哲理，即超越诗人情感的诗的经验：在宇宙万物乃至整个人生历程中，一切都是相对的，又都是互相关联的。在感情的结合中，一刹那未尝不可以是千古；在玄学领域里，如诗人布莱克（William Blake）讲的"一粒砂石一个世界"，在人生与道德的领域中，生与死、喜与悲、善与恶、美与丑等等，都不是绝对孤立的存在，而是相对的、互相关联的。诗人想说，人洞察了这番道理，也就不会被一些世俗的观念所束缚，斤斤计较于是非有无一时的得失哀乐，而是透悟了人生与世界，获得了内在的自由与超越。

这首《断章》完全写的是常见物、眼前景，表达的人生哲学也并非诗人的独创，读了之后却有一种新奇感，除了象征诗的

"意寓象外"这一点之外，秘密在哪里呢？我以为，关键在于诗人以现代意识对人们熟悉的材料（象征喻体），做了适当的、巧妙的安排。诗人说过："旧材料，甚至用烂了的材料，不一定不可以用，只要你能自出心裁，安排得当。只要有新的、聪明的安排，破布头也可以造成白纸。"诗人所说的"新的、聪明的安排"，也就是新颖的艺术构思和巧妙的语言调度。《断章》中的事物都是常见的，甚至是古典诗歌中吟咏得烂熟的：人物、小桥、风景、楼房、窗子、明月、梦……经过作者精心的选择、调度、安排，组织在两幅图景中，就产生了一种内在的关联性。两节诗分别通过"看""装饰"，把不相关的事物各自联在一起，在内容与时序上，两节诗之间又是若即若离，可并可分，各自独立而又互相映衬，充分发挥了现代艺术的意象叠加与电影蒙太奇手法的功能。一首《断章》实是一个完整的艺术世界。

《断章》中语言形式的安排与内容的暗示意义有一种协调的不可分离的关系，这使我们想起了一些古典诗歌名句。张若虚的《春江花月夜》有"江畔何人初见月？江月何年初照人？"李商隐的《子初郊墅》中有"看山对酒君思我，听鼓离城我访君"。清人陆昆曾在评解后两句时用了"乃对举中之互文也"，这个说法，这两个人的两行诗，都有这种"对举互文"的特征，即前后两句主宾语在内涵上相同而在功能上却发生了互换的倒置。卞之琳《断章》的语言安排即用了这样的方法。"你站在桥上看风景"和"看风景人在楼上看你"，"看"这一动词没有变，而看的主体与客体却发生了移位；"明月装饰了你的窗子"和"你装饰了别人的梦"，也是同样的句法。这样做的结果，使句子的首尾相连，加强了语言的密度，主语和宾语、主体意象与客体意象的互换，增强了诗画意境的效果，在视觉与听觉上都产生了一种音义回旋的美感效果，隐喻的相对关联的哲理也得到了形象的深邃性和具体性。

卞之琳很喜欢晚唐五代诗人、词家李商隐、温庭筠、冯延巳等人的作品。他有一种"化腐朽为神奇"的创造性吸收与转化的能力。翻开俞平伯先生的《唐词选释》，我们读到冯延巳的《蝶恋花》后半阕："河畔青芜堤上柳，为问新愁，何事年年有？独立小桥风满袖，平林新月人归后"，不禁惊讶地发现，《断章》中的立桥眺望、月色透窗两幅图画的意境，与冯词的"独立小桥风满袖，平林新月人归后"之间，有着多么神似的联系啊！但是，卞之琳毕竟是现代诗人，他的创造性吸收与转化达到了不露痕迹的程度。我们不能简单地判断《断章》即是冯延巳《蝶恋花》中两句诗的现代口语的"稀释"，正如不能简单地认为戴望舒的《雨巷》就是李璟的"丁香空结雨中愁"的现代口语的"稀释"一样。冯词《蝶恋花》写别情愁绪，没有更幽深的含义；《断章》拓展成意境相联的两幅图画，画中的人物、桥头、楼上、风景、明月，以及想象中的梦境，不仅比原来两句词显得丰富多姿，且都在这些景物的状写之外寄托一种深刻的哲理思考，自然景物与人物主体的构图，造成了一种象征暗示境界，每句诗或每个意象都是在整体的组织中才起到了象征作用，甚至"断章"这个题目本身都蕴有似断似联的相对性内涵。这种幽深的思考与追求，是现代诗人所特有的。其次，冯词"独立小桥风满袖，平林新月人归后"，还是以写情为主，友人别后（"平林新月"之时），一种无法排遣的忧愁含于诗句之中，而卞之琳的《断章》则以传智为主，诗人已将感情"淘洗"与"升华"结晶为诗的经验，虽然是抒情诗，却表现了极大的情感的"克制"，淡化了个人的感情色彩，增添了诗的智性化趋向。诗并不去说明哲学观念,《断章》却于常见的图景中暗示了大的哲学。它包蕴了诗人对宇宙人生整体性思考的哲学命题,而"独立小桥风满袖,平林新月人归后",精致、优美,却陷于个人窄小的感情天地,不能与《断章》的意境及思想层次相比拟。最后,由于诗人"淘洗"了个人的感情,即实践诗的"非个人化",而增强了诗的普遍性。如作者说明的,由于"非个人化",诗中的"你"可以代表或换成"我"或"他(她)",这样就对读者更为亲切,但因为用了"你",又使读者有一定的欣赏距离,诗人于是跳出了艺术境界的小我,诗本身的思想境界也具有了更大的开放性,为读者美丽的想象留下了更开阔的创造空间。一旦读懂了《断章》,哪一个富于想象的读者不会在自己的精神空间里升起一座"灵魂的海市蜃楼"呢?

白螺壳

空灵的白螺壳,你,
孔眼里不留纤尘,
漏到了我的手里
却有一千种感情:
掌心里波涛汹涌,

我感叹你的神工,
你的慧心啊,大海,
你细到可以穿珠!
可是我也禁不住:

"你这个洁癖啊，唉！"

请看这一湖烟雨
水一样把我浸透，
像浸透一片鸟羽。
我仿佛一所小楼，
风穿过，柳絮穿过，
燕子穿过像穿梭，
楼中也许有珍本，
书叶给银鱼穿织，
从爱字通到哀字——
出脱空华不就成！
玲珑吗，白螺壳，我？
大海送我到海滩，
万一落到人掌握，
愿得原始人喜欢：
换一只山羊还差
三十分之二十八，
倒是值一只蟠桃。
怕叫多思者想起：
空灵的白螺壳，你
带起了我的愁潮——

我梦见你的阑珊：
檐溜滴穿的石阶，

绳子锯缺的井栏⋯⋯

时间磨透于忍耐！

黄色还诸小鸡雏，

青色还诸小碧梧，

玫瑰色还诸玫瑰，

可是你回顾道旁，

柔嫩的蔷薇刺上

还挂着你的宿泪。

　　这首《白螺壳》十分空灵，浓郁的诗情隐藏在淡泊的诗句背后。百转千回的句式，如一座小小的迷宫，掩映着作者智性思考的七宝楼台，读起来有一种扑朔迷离之感，稍不留心就会误入理解的歧途。当年朱自清先生曾相当细心地把握了作者想象推移的蛛丝马迹，但认为内容上这是一首"情诗"，作者却出来解释说："也象征着人生的理想和现实。"此诗内涵的幽深和表现的朦胧遂由此可见一斑了。

　　作者给了我们一把珍贵的钥匙，我们走进"白螺壳"，可任无边的想象在这个小小的世界中驰骋。我觉得诗人对作品意图的说明比"情诗"的猜测更值得玩味些。

　　显然，空灵的白螺壳是一个非常富有深意的象征喻体。它的空灵，它的纯洁，它的美丽，它的富有，它的玲珑剔透，着实隐喻着人生理想的种种美好世相。磨炼淘洗白螺壳的大海，是达到这理想的具有"神工"与"慧心"的中介性象征意象。而诗中与白螺壳相对应的"多思者"的"我"或"你"，即诗人自己，就是这理想人生的追求者了。

理想对现实中的人来说总是一朵遥远的花。"莺啼如有泪，为湿最高花"，故一个人生的"寻梦者"，他有哀，他有愁，而诗中袒露的大海一样的"愁潮"，正是人生理想与现实矛盾的"心理情结"，大海与礁石撞击的花朵。那么，《白螺壳》一诗主要的象征内涵，就是诗人深悟到的一种普遍的人生经验，即彻悟人生的理想与现实的矛盾之后产生的怅惘感与痛苦感。酷爱人生者方有大理想，也才有理想与现实碰撞的大痛苦。"多思者"是精神最富有的人，没有理想者乃人生之乞丐。这首《白螺壳》，这朵由希望与怅惘两种情感的经纬织成的理智之花，因此可以说是一篇"多思者"心灵的奏鸣曲。

作者在诗中分四章来展示自己的主题沉思。

第一章是诗人自己，即"我"，同白螺壳与大海的对话。起势突兀而有气魄：

　　空灵的白螺壳，你，
　　孔眼里不留纤尘，
　　漏到了我的手里
　　却有一千种感情：
　　掌心里波涛汹涌，

这五行诗中的主体"我"是诗人，"你"指的是白螺壳。诗人赞美了白螺壳的空灵和纯洁，由这空灵想到庄子的"无之以为用"，于是写出想象中白螺壳落到自己手里的感觉：它空灵，所以它容下了人生之海的种种情感的"波涛汹涌"。人生追求最美好的理想在这里开出灿烂之花。

我感叹你的神工，

你的慧心啊，大海，

你细到可以穿珠！

可是我也禁不住：

"你这个洁癖啊，唉！"

　　叙述的主体没有变，诗中的"你"已由白螺壳变为大海了。
五行诗前三行是感叹，后两行是惊呼。诗人由赞美白螺壳转向赞
美大海的"神工"与"慧心"。大海这个意象是人生的磨炼，是时
间的锻造，是自然造化神奇力量的象征，它具有化腐朽为神奇的
魔力。诗人感叹大海的"神工"与"慧心"创造了空灵的白螺壳
这一人生完美理想的象征，诗人惊呼的是大海的"洁癖"把白螺
壳淘洗得"孔眼里不留纤尘"。如果作为奏鸣曲的第一乐章的话，
这是白螺壳的赞歌，是大海的赞歌，是对这些喻体背后象征的人
生美好理想的赞歌。

　　第二章是白螺壳的自我独白。如一个奏鸣曲中最动人的小提
琴独奏一样，通过这段白螺壳的也是诗人的内心倾诉，暗示了人
生理想的美丽与悲哀，欢悦与彻悟。"我"已是白螺壳的代称，当
然隐含着诗人自我的心境。大海的神工与智慧，不仅使普通的白
螺壳成为奇珍异宝，也使人生由无知蒙昧臻于完美高尚。诗中的
"我"自然甘愿承受大海"洁癖"的改造。"请看这一湖烟雨 / 水
一样把我浸透，/ 像浸透一片鸟羽。"讲的仍是小小的白螺壳经历
了人间的风风雨雨，藏有一个优美丰富的世界。从"波涛汹涌"
到"一湖烟雨"，写的是白螺壳引起的想象，象征无限丰富多彩
的人生理想。诗人的感觉在想象世界中驰骋。从"一湖烟雨"想

到"一所小楼"，从大海的"穿珠"想到风与柳絮的"穿过"，想到"燕子穿过像穿梭"，由"小楼"又想到藏书楼的"珍本"，而那珍本的书页可能又给"银鱼穿织"了。既然书页被穿织了，便想到最后两句："从爱字通到哀字——/ 出脱空华不就成！"，"空华"即"空花"，佛经用语，是虚幻之花、妄念的意思。这两句诗，从消极方面说，人生理想如何美好，但归根到底还是必然经过始于爱而终于死的历程，"波涛汹涌"的大海也好，"一湖烟雨"的美景也好，"小楼""珍本"也好，最终不过如出脱一朵虚幻之花，是一场春梦而已。从积极方面说，是讲彻悟人生之后，一切生乐死哀都可等视轻尘，一个人就可以出脱空华、尽弃妄念，而达到自我超越的精神境。诗人曾说，他这一个时期写的一些作品（主要指爱情诗），"在喜悦里包含惆怅"，有一种"无可奈何的命定感"和"色空观念"。在白螺壳的自诉调里，我们听到了这种旋律，虽然不能尽说这是一首爱情诗。当然，我们想想那时的社会现实与诗人的哲理思考，就不难理解这种旋律了。

惆怅与欢悦的交响，到第三章的开头七行诗，变成了一种轻松嘲谑的调子。玲珑的白螺壳由幻象的世界回到现实的世界。"海滩"的意象比起那"波涛""烟雨""小楼"，唤起的感觉是现实的印象。在这个境遇中，诗人思考着人生理想的价值。既然达到了出脱空华、抛弃妄念的境界，白螺壳对自身的价值也就有了彻悟之后的超越感。它不甘离开大海，不甘离开自然的怀抱而堕入庸俗的尘寰，即使"万一落到"现实人的手里，它也宁愿得到"原始人"的"喜欢"，而不愿受到被质化了的社会里人们的赏识。虽然在原始人那里自己的价值几乎等于无，只值一只"蟠桃"而已，但这也是"我"心甘情愿的。"我"最怕的是给"多思者"想起。

为什么呢？诗到这里，随着主体的转换，奏鸣曲理想与现实冲突的主题也就渐渐转向高潮部。"空灵的白螺壳，你／带起了我的愁潮——"，到这里，诗中代指白螺壳的"我"又转回到诗人自己。第三章就在这"愁潮"旋律闪现时结束了。

第四章是全诗艺术表现最精彩的一段。诗人以高度升华的人生经验与哲学思考编织了一段形象的"愁潮曲"。作者参悟的人生理想与现实冲突的主题凝聚在这最后的十行诗中。诗中用一连串鲜明的意象最集中、最凝练地暗示了一个现代"寻梦者"内心的惆怅与痛苦。"我梦见你的阑珊"，这里的"你"，也可以代表"我"，也可以代表"他"，总之是一切寻梦的"多思者"的代称。诗人半含痛苦半含洒脱地告诉人们：我终于梦见了自己生命衰微的时光，虽然对人生理想的追求已是那样的漫长悠远：檐溜已"滴穿"了石阶，绳子已"锯缺"了井栏，"时间"也"磨透"于"忍耐"，结果是"黄色还诸小鸡雏，／青色还诸小碧梧，／玫瑰色还诸玫瑰"，一切有生命和美好的理想都失去了，物归原处，各安其所。"我"还是原来的我，现实是无情的，一切仍复原为一切。这时候，唯一可以慰藉于心灵的，是当自己回首往昔，在人生追求理想时走过的路旁，"柔嫩的蔷薇刺上"还挂着那象征痛苦寻求中洒下的"宿泪"。理想的获得要以痛苦为代价。人生彻悟之后的解脱感是一种超越悲哀的悲哀。"宿泪"是"愁潮"的浪花，是追求者的美丽。诗人把理想与现实冲突的永恒主题以美丽而痛苦的意象暗示得极深刻，也很含蓄。读到这里，我们不禁想起了戴望舒《寻梦者》的最末三行诗："你的梦开出花来了，／你的梦开出娇妍的花来了，／在你已衰老了的时候。"两者相比，卞之琳的这十行诗，意象更美，暗示性更强，现代人理想与现实冲突的失落感与痛苦感也更为强烈。"'你''有一千种感情',只落得一副眼泪,这又有什么用呢?那'宿泪'终会干枯的。"这是诗人的痛苦,也是一切"寻梦者"普遍的痛苦!第四章整体上如一曲《悲怆》的结尾,净化人们的灵魂,也在人们的心头激起沉重而悠远的回响……

卞之琳有现代诗人的敏锐感和新奇的想象力。他善于在日常事务中发现诗,且以丰富的想象构建他的诗思。《白螺壳》不是从感觉生想象,而是在想象中展开感觉,一些现实中琐碎的事物,经过诗人的创造,被精心安排在超现实的、复杂的艺术世界中。"空灵的白螺壳,你/孔眼里不留纤尘",立即进入想象世界中的感觉,接着是"漏到了我的手里/却有一千种感情:/掌心里波涛汹涌",更把人的想象世界中的感觉推到了高潮,产生了一种超现实的情感效果。又如"请看这一湖烟雨/水一样把我浸透,/像浸透一片鸟羽","可是你回顾道旁,/柔嫩的蔷薇刺上/还挂着你的宿泪"等等,都不是建筑在现实的土壤上,而是建筑在感觉生发想象的园地里。这种追求反映了一种审美标准。超越现实的想象世界中感觉生发的想象,比起感觉生发的想象,离实际生活的样子可以更远一些,更隔一些,如"床前明月光,疑是地上霜",想象离现实很近,"又恐琼楼玉宇,高处不胜寒",就离得远些了。传统诗论叫作"贵乎同与不同之间"以求达到"近而不熟,远而不生"的境界(谢榛《诗家直说》)。西方的理论称之为意象与生活之间的隔与变异,以追求一种"陌生化"的艺术效果。实际上也就是"不宜逼真"而又"妙在含糊"(同上)。《白螺壳》减少了真实生活的透明度,多了一些整体抒情意识的朦胧美,与诗人这种审美追求是分不开的。

卞之琳是"最努力创造并输入诗的形式的人",他对种种诗体形式的试验，"可以说是成功的"。诗人自己也承认，前后写诗曾"试用过多种西方诗体，例如《白螺壳》就套用了瓦雷里用过的一种韵脚排列上最复杂的诗体"。法国后期象征派大诗人瓦雷里写过一篇散文，题为"人和螺壳"。作者自述如同一位过路者在沙滩上捡起一个灵异的螺壳，从它美丽的斑纹、形状细认造化的神工，因此引起诗人无限的思潮。卞之琳此诗的命意构思显然受到了瓦雷里的启迪。形式上他更对瓦雷里的《蛇》《棕榈》等诗有直接借鉴。《蛇》等诗每段十行，各节交错连接，用韵也很复杂而整饬。《白螺壳》诗形完整，共四段，每段十行，每行一个单音节，三个双音节，大体均四个音节。如：

请看 | 这 | 一湖 | 烟雨
水 | 一样 | 把我 | 浸透，
像 | 浸透 | 一片 | 鸟羽。

韵脚错落变幻，各段又都用大致相同的格式（ababccdeed）。各段之间交错相连，人称不断转换，有时一章里就发生了转换，诗人有意形成一种回环绕转的抒情结构，既适应抒情内涵的曲折跌宕，又与白螺壳美的外形相协调，使得这首诗的形式美已成为内容美不可分离的一部分。《白螺壳》深沉的诗思与整饬的形式、新颖的意象，为自身获得了永恒的美的生命。

圆宝盒

我幻想在哪儿（天河里？）

捞到了一只圆宝盒，

装的是几颗珍珠：

一颗晶莹的水银

掩有全世界的色相，

一颗金黄的灯火

笼罩有一场华宴，

一颗新鲜的雨点

含有你昨夜的叹气……

别上什么钟表店

听你的青春被蚕食，

别上什么古董铺

买你家祖父的旧摆设。

你看我的圆宝盒

跟了我的船顺流

而行了，虽然舱里人

永远在蓝天的怀里，

虽然你们的握手

是桥——是桥！可是桥

也搭在我的圆宝盒里；

而我的圆宝盒在你们

或他们也许就是

好挂在耳边的一颗

珍珠——宝石？——星？

（选自《鱼目集》，上海文化生活出版社，1935 年）

真正美的创造常常伴随不被理解的命运。《圆宝盒》在作者1935 年出版的诗集《鱼目集》中名列篇首。批评家李健吾撰文评论这本诗集时，谈了对此诗的理解，可惜被诗人认为是"全错"；卞之琳还先后写了两篇文章进行说明，可见这首诗的作者创造与读者接受之间的距离之大，在卞之琳的诗作中也是并不多见的。然而幸福的是读者。人们得感谢李健吾先生"冒险"的代价引出了作者的一大篇自白，才使我们今天能够较容易地走近至今闪闪发光的《圆宝盒》的世界。

　　"然而，"诗人卞之琳说，"我写这首诗到底不过是直觉的展出具体而流动的美感，不应解释得这样'死'。我以为纯粹的诗只许'意会'，可以'言传'则近于散文了。但即使不确切，这样的解释，未尝无助于使读众知道怎样去理解这一种所谓'难懂'的，甚至于'不通'的诗。"诗人交给我们的远不只是理解这首诗的钥匙。因此，我们便可以沿着诗人的说明，"顺流而行"地做一番解诗和咀嚼的工作，鉴赏还在其次。希望这样做的结果，不会使闪光的精华成为无味的糟糠。

　　首先我们注意到，《圆宝盒》整首诗的内容，是在超现实的想象世界中展开的。这里有一个自由创造的天地。作为总体性意象的、被诗人说成是"幻想在哪儿"捞到的"圆宝盒"，本身就是一种精神世界获得物的象征。它的内涵，诗人自己认为"更妥当的解释"，大体应为"心得""道""知""悟"等等，或者，恕我杜撰一个名目：beauty of intelligence，即"理智之美"❶。就一首象征诗来说，"圆宝盒"自然是诗人想象中一个十分美丽而珍贵的象征喻

---

❶　李健吾（笔名刘西渭）：《答〈鱼目集〉作者》，《咀华集》，第 174 页。

体。它隐喻的本体，就是作者在人生追求过程中一种悟性的获得，一种"知"境的到达，或者是一种"理智之美"的实现。"宝盒"之所以为"圆"，也是作者认为"圆"是万物"最完整的形相，最基本的形相"，也可以说，是诗人追求的理智之美、悟、道、知等等实现的最圆满的形态。作者故意朦胧了诗的意义，使这首诗不是给人一个死板而凝固的谜底。它只是通过"圆宝盒"给读者展示了一种朦胧美的具体境界。一旦走进了这个境界，我们就会感受到交织于诗中更复杂的双重主题：在人生的层面上，你会感到理智之美获得的快乐旋律；在哲学的层面上，你会谛听到宇宙万物"相对"思想的交响。

诗的一开始，就把读者引到一个幻想的世界里。

我幻想在哪儿（天河里？）

捞到了一只圆宝盒，

装的是几颗珍珠；

作者有意用"幻想"笼罩全诗，使诗境一下子就由现实境界进入一个非现实的境界，朦胧了抒情内涵与现实的关系，增强了诗人展开想象天地的灵活性。"子在川上曰：逝者如斯夫！"以流水喻时间已经成为传统意象在人们心理的积淀。诗人用一个"捞到"的字样，自然唤起人们对于时间河流的联想，虽然没有河流这字样的出现，人们却感到这个意象的存在。这个时间的河流，可以小到随便哪儿的一条溪水，也可以大到夜空中一条无际的银河。形而上的相对主题，一开始就以隐约的声音渗透在参悟人生的抒情之中了。既然是在"幻想"中"捞到"的"圆宝盒"，诗人就有充分的权利去想象这个"魔盒"世界蕴含的种种美丽与珍奇。诗人用三句六行排比句式，来说明"几颗珍珠"的价值与美，每两行诗中既隐含了人生之情的内涵，又都呈现了一个"相对"观念的诗的境界："一颗晶莹的水银"，是十分微小、落地而逝的东西，但其中却掩映着"全世界的色相"，这里讲的是物质形体上大与小的相对性；在很远处看来，不过是一点"金黄的灯火"，实际上却可能是一座大厦中正举行一场灯火辉煌的"华宴"，这里讲的是在空间上远与近的相对性；"一颗新鲜的雨点 / 含有你昨晚的叹气……"，"你"在这里可以理解为"我"，也可以理解为"他"，也可以代表任何人，总之可以说是一种人生的感慨和叹息。"雨点"（或许是泪滴？）是很短促的，而人生的叹息却是悠长的，它容纳了丰富复杂的感情。这句诗讲的是在时间上短与长的相对性。九行诗里作者天真的奇想、细心的意象选择和巧妙的诗句安排，为表现"圆宝盒"的获取与价值带来了无限的深意。人生的洞察与彻悟、获得与失落、欢乐与痛苦……都深埋在诗句之中。而这"知"与"悟"的获得，又被编织在一种相对观念的美丽之网里了。

接着"圆宝盒"美好价值的展示之后，是"圆宝盒"获之不易的暗示。"别上什么钟表店 / 听你的青春被蚕食，/ 别上什么古董铺 / 买你家祖父的旧摆设。"诗人说："这是'悟'出来的教训（虽然不是严重的教训），可以教训随便哪一个人。""钟表店"和"古董铺"这两个感情色彩十分鲜明的意象具有很大的暗示性，人们比较容易理解它们的内涵。两句诗既含有"圆宝盒"中藏有的"悟"的内容，也暗示了获得"圆宝盒"必备的人生品格。它告诫人们：要获得人生的"理智之美"，得"道"，感"晤"（悟），达"知"，必须有一种坚韧执着的追求精神，既不能无谓地消耗现在的时光（"听你的青春被蚕食"），也不可一味地眷恋陈旧的传统（"买你家祖父的旧摆设"），只有摆脱一切传统罗网的束缚，保持一种永远不懈的追求精神，才能获得藏着"几颗珍珠"的"圆宝盒"。

在幻想世界里，诗人自己"悟"得了这个教训（一颗"珍珠"！），所以也就在精神上获得了内在的自由。严肃的音符又转入畅快的调子："你看我的圆宝盒 / 跟了我的船顺流 / 而行了"，幻想中捞到的"圆宝盒"，带着它藏有的启示，随着自己的生命在时间的长河里"顺流而行"了。这呈现了人在智性之美获得之后显示出的生命的自由感、精神的超越感，是"人"与"物"融而为一之后的快乐境界。理解了这一点，对于下面两个转折句的用意，也就不难明白了："虽然舱里人 / 永远在蓝天的怀里"，"舱里人"是"顺流而下"的诗人自我。这句诗是指追求的主体与大自然的契合，或者也可以说是"永远带有理想"（李健吾先生语）；同时区区"舱里人"与无垠的"蓝天"，岂不也是一组相对的意象。隐去的旋律又渐渐呈现在乐曲的和声之中，到了下一句它又成为高亢的主题："虽然你们的握手 / 是桥——是桥！可是桥 / 也搭在我的圆宝盒里"前面"舱里人"与"蓝天"讲主体与自然的契合；这里人与人"握手"的意象暗指客体之间精神的契合，如诗人自己说的，指"感情的结合"，这种结合是人类精神世界中美丽的"桥"，这一方面是人性自由境界的交响，同时也回旋着宇宙相对观念的潜在声音。"握手"是短暂相晤的意象，《花间集》中有"握手河桥柳似金"句，"桥"是沟通情感永久的象征，刹那就包含了千古的永恒。时间的相对观很快就又转向了空间的相对观："可是桥也搭在我的圆宝盒里"，这句诗可以做多种理解：一个是"我"的"圆宝盒"，不仅容下了人与自然的契合，也容纳了人与人之间情感的沟通，这样双重契合的实现才是"悟"与"道"获得的理想境界，是人生最完整的形象；二是"其为'桥'也，在搭桥的人来看是不自觉的，至少不能欣赏自己的搭桥……所以，说这样的桥之存在还是寄于我的意识，我的'圆宝盒'"；三是从哲学的层面上看，你这"桥"任凭有多么宽多么长，也能为"我"小小的"圆宝盒"盛下，"我"的"圆宝盒"本身就没有凝固的形体，它可大可小，"一粒砂石一个世界"，诗人着重的相对观念主题又进入了呈现的明亮部，顺着这一思路于是转向了乐曲回旋而有余味的尾声：

> 而我的圆宝盒在你们
>
> 或他们也许就是
>
> 好挂在耳边的一颗
>
> 珍珠——宝石？——星？

整首诗到这里由获得悟性自由的主旋律又转向了相对观念交响的主题。这里的"你们或他们"，可以随便代表哪一些人，即随便一个与"我"相应的对方。"挂在耳边"的珍珠着重的不是装饰，而是相对的意思。诗人暗示的内涵不难理解。诗人想启示人们：宇宙人生中一切事物都是相对的，我的"圆宝盒"的大小也是相对的。在我看来它虽然可以容纳整个大千世界的色相，可以搭下一座精神契合的桥，但是，在别人看来，也许它小到不过是挂在耳边的一颗珍珠、一颗宝石、一颗星星。到这里，"星"又与开头有意在括弧中写的"天河"首尾呼应起来，而星只是一点儿闪光，银河是无限星云组成的天体，作者既暗示了大与小的相对性，又完成了一个"圆宝盒"式抒情结构的构建。理智之美的获得与宇宙万物的相对性这一双重主题，就在这蕴蓄双重含义的尾声中，进入了圆满的完成部分。

《圆宝盒》如诗人说的是"直觉的展出具体而流动的美感"。读了这首诗我们会感到一种飞流直下的诗势，即富有流动美感的抒情气势。诗人以细心的语言安排造成了这种诗势的美。诗的开端就有一种突如其来而又宽阔的气概，"幻想在哪儿"或者"天河里"，一是无边际的空间，一是辽远的意象，这一起势就自然形成了与后边抒情流动之间的巨大落差。为了展开这流动感的落差，先是三个连着的"一颗"开头的句子，呈现了诗的意象对比的巨大张力；接着又用两个"别上什么"，使抒情的节奏加快了跳动的脉搏，有一种咄咄逼人之感；"你看"之后是一个湍流般急速的气势，然后又连着两个"虽然"，更增加了这种气势的紧迫感，到了"握手 / 是桥——是桥！"便达到了这一抒情气势的高峰，到最后"可是桥也搭在我的圆宝盒里"，诗的落差才急转直下，急促的流动美变成了舒缓的流动美。一直到结尾的四行诗，如一支小提琴曲高潮之后奏出的亲切甜蜜的尾声，那连着两个"？"，留在人们的心里，也回绕在人们的耳边，使整首诗流动的美感产生了余音袅袅、引人深思的效果。诗人这一只闪着"理智之美"光辉的"魔盒"，用现代的意识和语言，奏出了一曲现代人的"高山流水"。我们得感谢作者的机智与才华。"此曲只应天上有，人间哪得几回闻？"……

西长安街

卞之琳

长的是斜斜的淡淡的影子，
枯树的，树下走着的老人的
和老人撑着的手杖的影子，
都在墙上，晚照里的红墙上，
红墙也很长，墙外的蓝天，
北方的蓝天也很长，很长。
啊！老人，这道儿你一定
觉得是长的，这冬天的日子
也觉得长吧？是的，我相信。
看，我也走近来了，真不妨
一路上谈谈话儿，谈谈话儿呢。
可是我们却一声不响，
只跟着，跟着各人底影子
走着，走着……
　　　　走了多少年了，
这些影子，这些长影子？
前进又前进，又前进又前进，
到了旷野上，开出长城去吗？
仿佛有马号，是一大队骑兵
在前进，面对着一大轮朝阳，

朝阳是每个人的红脸，马蹄
扬起了金尘，十丈高，二十丈——
什么也没有，我依然在街边，
也不见旧日的老人，两三个
黄衣兵站在一个大门前，
（这是司令部？当年的什么府？）
他们像墓碑直立在那里，
不作声，不谈话，还思念乡土，
东北天底下的乡土？一定的！
可是这时候想也是徒然，
纵然想起这时候敌人的
几匹战马到家园的井旁
去喝水了，这时候一群家鸡
到高粱田里去彷徨了，也想
哪儿是暂时的住家呢。拍拍（啪啪）！
什么？枪声！打哪儿来的？
土枪声！自家的，不怕，不怕！……
可是蟋蟀声早已浸透了
青纱帐，青纱帐早已褪色了！
你想吗，一点用处也没有了！
明天再想吧，这时候只好
不作声，不谈话。低下头来吧。
看汽车掠过长街的柏油道，
多"摩登"，多舒服！尽管威风
可哪儿比得上从前的大旗

红日下展出满脸的笑容！

如果不相信，可以问前头

那三座大红门，如今怅望着

秋阳了。

啊，夕阳下我有

一个老朋友，他是在一所

更古老的城里，这时候怎样了？

说不定从一条荒街上走过，

伴着斜斜的淡淡的长影子？

告诉我你新到长安的印象吧，

（我身边仿佛有你底影子）

朋友，我们不要学老人，

谈谈话儿吧。……

本篇成于（民国）二十一年秋天，第一段则作于（民国）十九年，本独立为一首，搁在这儿，作为回忆。

（选自《鱼目集》，上海文化生活出版社，1935 年）

走了多少年了，这些长影子？

读卞之琳的《西长安街》

《西长安街》写于 1932 年 9 月，最初收在《汉园集》（与何其芳、李广田合集）的《数行集》中。这时作者还是北京大学英文系的学生。作者曾在《雕虫纪历》自序中说："这阶段写诗，较多表现当时社会现实的皮毛，较多寄情于同归没落的社会下层平凡人、小人物"，"我主要用口语，用格律体，来体现深入我感触的北平街头郊外，室内院角，完全是北国风光的荒凉境界"。《西长安街》就是这段创作追求的代表作品之一。

全诗共五十八行，没有分节，但按照意义和排列的形式来看，作者是分三个段落来展开构思和抒情的。诗人暗示人们一个总体的感觉，冬天的北平街头是无比寂寞与荒凉的。诗中呈现的萧条冷落的"西长安街"，就是寓意很深的一个荒凉寂寞的象征性意象。诗人通过回忆与现实、想象与描写，构成了一个以长街为中心的艺术世界，他把自己对传统的败落与现实的辛酸感觉，都凝结在这个长街的意象构成的世界中。诗人"用冷淡盖深挚"，在这个象征的艺术世界中，表现了自己对现实和历史的痛苦沉思。

如诗人注明的，第一段诗的十四行，是两年前初冬写的，既可以独立成章，放在这里，又可以成为现实中沉思的诗人的一段回忆。作者在这里描绘了一幅漫长而又寒冷的现实图景。这里没有一点儿生机，充满了如死一般寂静和萧瑟的气氛。人们看到的是冬日黄昏中的夕阳，夕阳残照中的"枯树"，步履艰难的"老人"，支撑着衰老生命的"手杖"，以及这一切飘在古老的"红墙"上的"长的是斜斜的淡淡的影子"，这一切组成了一幅寂寞萧条的图画。唯一给人以亮色的墙外的"蓝天"也是那样"长"，那样遥远。诗人面对这一切，心里是很不平静的。他那颗渴望摆脱萧条寂寞的心，使他在内心中与老人对话了："老人，这道儿你一定／觉得是长的，这冬天的日子／也觉得长吧？"对于这种感觉，诗人紧接着用"是的，我相信"一句肯定的独白表示了认同。22岁的青年诗人敏锐地领略到了萧条与寂寞压抑的沉重感。他多么想打破这种难以忍受的氛围啊！于是他"走近"了老人，想同老人"一路上谈谈话儿"。可是在那个冷漠的世界里，老人却如冬天的枯树一样的麻木，没有理解沟通的愿望，没有不平，没有热烈的情感，甚至没有语言。在这一氛围中，青年的一点儿朦胧的生机也被麻木吞没了。无论是老人还是青年，他们只能"一声不响"地走在荒凉的长街上，"跟着各人底影子／走着，走着……"，无休止地走着，从历史直到昨天，从昨天又到今日。诗人向人们展示了怎样令人震悚的麻木的社会和同样麻木的国民的灵魂啊！这幅绝妙的图画，是现实的素描，也是整体性的象征。

到了诗的第二段，诗人由回忆转到现实中来，一开头就接着前边跟着自己的影子走着的人群说："走了多少年了，／这些影子，这些长影子？"平淡的话语中藏有多么深沉的痛苦与感慨。在同一空间里，在历史和现实中，那些如影子一样走了多少年的麻木的灵魂，传统的力量，一切依然如旧。写这段诗的时候，经过

"九一八"事变之后，东北三省的大片国土，已经在敌人的铁蹄下惨遭蹂躏，诗人在痛心于国土沦丧中，写了一段嘲谑性的幻象：军队已经退至关内，只有这些影子"前进又前进"，走到旷野上，开出长城去，仿佛是一大队的骑兵，迎着朝阳，卷起漫天尘土。诗人幻想中出现了古代《兵车行》的景象。然而幻象毕竟不是真实，一个破折号之后紧接而来的是"什么也没有，我依然在街边"。戏谑性的幻象深寓了诗人辛辣的嘲讽。现实的西长安街，依然那么平静。"旧日的老人"不见了，大门前的"黄衣兵"，如老人一样麻木，"像墓碑直立在那里"。括弧里的"这是司令部？当年的什么府？"是诗人的一句内心独白，一是表现了站岗士兵的麻木，他们只是墓碑一样立在那里，不管守卫的是什么样的主子；二是表现了诗人的嘲讽：这里无论怎样改朝换代，腐败与无能都是一样的！接着诗人以独白道出了"黄衣兵"对敌人蹂躏下的家乡的思念。但是徒然的思念又有什么用呢！敌人照样在家园井旁饮马，亲人如家鸡一样到高粱地里彷徨，哪里是他们"暂时的住家"呢？"拍拍"的枪声是"自家"的"土枪"而已，不必惊恐害怕，而秋天的"青纱帐"也早已褪色了！想又有什么用呢？他麻木地低下头来，看西长安街柏油道上掠过的"摩登"的汽车，一面叹息它的"舒服"，一面又自叹不如旧时"大旗红日下展出满脸的笑容"的"威风"。那怅望着夕阳的旧日的"三座大红门"就是见证。诗人关切祖国命运的心境与痛心士兵麻木的感情，表现得深切自然。

第三段诗，设想一个老朋友正在比北平更古老的长安，也可能在荒街上走过，"伴着斜斜的淡淡的长影子"。括弧里"我身边仿佛有你底影子"一句，意思是双重的，一个是暗示这个在长安的友人就是诗人想象中的自己，一个是荒凉的西长安街与古老的长安城一样的令人感到寂寞。诗人多么想打破这冷漠的现实，他发出了内心的呼声："朋友，我们不要学老人，/谈谈话儿吧。……"诗人的想象把古老的和现实的传统构筑在同一时空中，对着令他痛心的"无声的中国"发出了摆脱"老人"与"影子"，叫出生命呐喊的呼声。

《西长安街》融合了中国古典诗歌的意境，又吸收了西方现代诗歌"戏剧性处境"而做"戏剧性台词"，以北京人的现代口语做"戏拟"的独白，写北平街头荒凉的景象。作者说这种尝试，受到了老师闻一多的熏陶。这样"化古""化欧"的融合，增加了诗的蕴蓄味和亲切感。诗中的夕阳残照、枯树老人、红墙长影、马蹄金尘，都在人们头脑中呼唤出熟悉的古典诗歌意象，但经诗人的铸造，这些意象都被赋予了深幽的象征意义。

《西长安街》注意时空的交错组织，以强化抒情的力量。第一段写回忆，是两年前冬日的西长安街景象。诗人用人们随各自的影子"走着"同第二段连接起来，空间仍是西长安街，但已经是两年以后了，自然的时间移动了，而人感觉上的时间却丝毫没有变化，这样描写给人一种时代静止的凝固感。到了第三段，古代长安的想象，更由空间的变化，把古老寂寞的时间向更远的历史延伸，"夕阳残照，汉家陵阙"这一熟悉的意象呼之欲出。第二段写现实的西长安街景象，又把空间一会儿拉向幻象的"兵车行"，一会儿拉向千里之外沦陷的东北的"思乡曲"。整首诗就在纵横交错的时空移动中，构成了诗人对整个民族命运、民族精神的沉思。"西长安街"这个象征了历史与现实的"荒原"性的意象，唤起了人们心底反抗与呐喊的热情：只有整个民族的觉醒和奋起，才能有真正的长安的"西长安街"！

寂　寞

卞之琳

乡下小孩子怕寂寞，
枕头边养一只蝈蝈；
长大了在城里操劳，
他买了一个夜明表。

小时候他常常羡艳，
墓草做蝈蝈的家园；
如今他死了三小时，
夜明表还不曾休止。

1935 年 10 月 26 日

（选自《鱼目集》，上海文化生活出版社，1935 年）

人生悲哀的智性思考

卞之琳《寂寞》小析

人有思想，遂有寂寞，遂有心灵的寂寞之歌。写心灵的寂寞感是 20 世纪 30 年代现代派诗一个普遍的主题。"在荒街上沉思"的青年诗人卞之琳，也有一种大的寂寞感，于是他以聪颖的构思送来了这首小诗《寂寞》。

卞之琳的《寂寞》写得自然，写得朴实，在日常生活事物构成的意象与没有故事的故事中，深藏了诗人思考人生悟得的哲理。

全诗共八行，始终贯穿了冷静客观的叙述语气。诗人的智性思考完全隐藏在这客观的叙述背后。

第一节的四行诗是自然的叙述，同时也呈现了一个鲜明的对比。乡下小孩儿是天真的，他还没有走进肩负生活重荷的人生旅程，还在自然的怀抱中过着无忧无虑的时光，因而他的寂寞也是天真的。他"怕寂寞"，在"枕头边养一只蝈蝈"。"蝈蝈"这个既可带给人烦扰也可带给人快乐的意象，在小孩子的心灵里有无穷的乐趣。自然的声音以其美好的感觉带给天真的童心以欢乐。但是，人生进入另外一个时期就不同了。"长大了在城里操劳，/他买了一个夜明表。"一个已经肩起生活重担的乡下人，在现代化城市里为了生存而紧张地"操劳"，沉重机械的生活扭曲了他的人性，使他自由快活的生命异化为劳动的工具。他已经没有时间感受寂寞的痛苦，蝈蝈的叫声被夜明表的闹声所代替，童年天真的乐趣被机械劳动的痛苦所取代。两个人生阶段，两种不同声音的对比，暗寓了一个痛苦的哲理：人类社会物质文明的发展是对美好人性本身的泯灭。"夜明表"比起乡野的"蝈蝈"，自然是一个现代社会的意象，但它带给人生的是一种痛苦的驱使，驱使"他"走向奴隶般的劳动。这个长大了的乡下人似乎没有寂寞感了，但是没有寂寞感的寂寞是人生更大的悲哀。

诗的第二节又是一个鲜明的对比。"小时候他常常羡艳/墓草做蝈蝈的家园"，幼稚的心灵不知道死的恐怖，他也就不知道长满青草的坟墓在人生中的意义，因此他才羡慕"墓草做蝈蝈的家园"。这"羡艳"固然可笑，却也表现了充满童心的孩子还没有染上人生痛苦的色彩。后两行诗做了一个突然的飞跃："如今他死了三小时，/夜明表还不曾休止。"人已经在城里操劳而死了，那个伴随他紧张生活的夜明表却还在不停地走着。或如李健吾先生说："为了回避寂寞，他终不免寂寞和腐朽的侵袭。"❶这是多么可悲哀的事啊！

现代派诗区别于传统诗歌的一个重要特征，就是重视诗歌传达人生的经验更胜于人的感情。经验是经过过滤和升华的情感，诗歌表现的智性化就是必然的趋势了。卞之琳的《寂寞》就是一个例证。读过这首诗，总感觉一种人生的悲哀，一种卞之琳诗里特有的"美丽的悲哀"（废名语）。从人生的层面上来看，作者在非常自然朴实的日常事、口头语里，容纳了悲哀的智性思考。从

　卞之琳：《关于〈鱼目集〉》，《咀华集》，第155—156页。

小孩儿的寂寞到长大后的劳作以至最后死亡，诗人似乎概括了人生是一个充满寂寞的旅程，现代社会扼杀了人的美好感情，也泯灭了人们寂寞的痛苦。诗人以童年与成年的对比，寄同情于乡下人，也深深诅咒了那个制造寂寞与死亡的社会。即使在这个层面里，作者的情感也似乎被隐藏得很深，驱使作者创造的是一种智性的沉思。再从哲学的层面上来读这首小诗，那种启迪人们的理性之光更冷峻地贯彻每一个意象、每一行诗句。乡下小孩子，大自然的音乐家蝈蝈，为进城后操劳而买的夜明表，青草丛生的墓园，人死后夜明表仍然走动，等等，这些似乎都成了传达诗人哲理的象征符号，它们在一起组成的一个人生历程，也是一种象征载体。诗人在这个象征的世界中传达了他思考人生的生死观、寂寞观：有大理想才有大寂寞。寂寞与生俱来，随死亡而逝去。不懂得最深的寂寞的人也不会有真正人生的哀痛！诗人展示了两种境界：一种是"无知的寂寞"，即乡下小孩子拥有的；一种是"麻木的寂寞"，即在城里操劳的长大了的乡下人拥有的；作者否定了这两种人生寂寞的境界，没有写出却已经暗示的是第三种境界："觉醒者的寂寞"，没有这种寂寞感，诗人主体与黑暗的现实达到和谐一致，那才是整个民族的希望之光的泯灭。诗人唱出了寂寞的心灵之歌，正是一个"独醒者"的歌，一个不甘于寂寞的"多思者"之歌。这歌中有悲凉，但有热情，遂也有美丽！

《寂寞》以淡泊掩盖热烈，以朴拙达到工巧。废名先生说：乡下小孩子枕边养蝈蝈与买夜明表都是最新鲜不过的文字，是卞之琳的特色。"如今他死了三小时，夜明表还不曾休止。"诗意佳，句子亦极新鲜，尤其是"如今他死了三小时"一句真好，来得有力量，来得自然。然而像起头"乡下小孩子怕寂寞"一句便差好些，仿佛同一般做文章起头时许多意思无从下笔，于是勉强来一句破题，新诗可不能这样。废名先生以直感式的印象代替了整体性的理解，他的肯定和批评一样没有说出作者艺术追求的实质性特征。这样的诗选择的象征载体，就是一个乡下人从孩童的天真到死亡的寂寞这个人生历程。服从这一载体的性质，全诗选择了最自然、最拙朴的叙述方法，"乡下小孩子怕寂寞"虽似信手拈来，但并非勉强的"破题"之句，它与第二句构成一个整体，没有这句自然拙朴的铺垫，也就没有枕边养蝈蝈这最新鲜不过的文字了。作者在诗中用意象推进或意象叠加的手法、动与静互补的手法，增强了诗句对比的张力。第一节以乡下小孩子养蝈蝈、长大进城买夜明表相叠印；第二节以童年羡慕墓草做蝈蝈的家园与他死了三小时夜明表还未休止相叠印，意象淡出淡入，动与静的画面交互出现，强化了两种寂寞感的对比与延伸，使小诗的哲理在对比中引向更震惊人心的深度。《寂寞》也就因此在平淡中蕴藏着一种深不可测的魅力。

旧元夜遐思

卞之琳

灯前的窗玻璃是一面镜子，
莫掀帏望远吧，如不想自鉴。
可是远窗是更深的镜子：
一星灯火里看是谁的愁眼？

"我不能陪你听我的鼾声"
是利刃，可是劈不开水涡：
人在你梦里，你在人梦里。
独醒者放下屠刀来为你们祝福。

1935 年 2 月 4 日
（选自《十年诗草（1930—1939）》，桂林明日社，1942 年）

独醒者深沉的忧愁

读卞之琳的《旧元夜遐思》

《旧元夜遐思》刊登在 1937 年 1 月 10 日的《新诗》杂志第 4 期上，作者编在 1935 年作品之内，那么写作的时间应如题目所昭示的，或许就是两年前的旧历大年夜了。

一个欢乐的节日夜晚，有感于民族命运的风雨飘摇和许多世人的麻木不醒，独对孤灯的青年诗人心头涌起无限的忧愁和焦虑。这忧愁与焦虑回旋萦绕，是那样的无法排遣，于是诗人挥笔写成了这首小诗。

题目为"遐思"，看去似乎很轻松，实际上诗人一点儿也没有轻松感。诗人感情中包含着多少沉重和痛苦的感觉啊。

第一节诗写诗人内心深沉的孤独和无限的忧愁。"灯前的窗玻璃是一面镜子，/ 莫掀帏望远吧，如不想自鉴。"自己夜晚独对孤灯，无限惆怅的情怀溢满心头，闪在眼中；掀帏远望，只能在暗淡的"窗玻璃"的"镜子"中鉴照出自己的愁容。不掀帏，不自鉴，也只是无可奈何地排遣愁绪的一个自救的办法。这深沉的忧愁怎样排遣得了呢？于是，诗人的思维中推移出了下面两行诗："可是远窗是更深的镜子：/ 一星灯火里看是谁的愁眼？"不想于灯前的窗子掀帏自照，可是蓦然抬头，远离身边的窗子却还是一面"更深的镜子",在那"一星灯火里"看见的仍是自己的"愁眼"。这里"灯火"仍指前面的灯,不过已是窗里反照的灯影,这里的"愁眼"自然也还是灯前人的而并非别人,诗人故意用了"看是谁的愁眼?"这一设问句式,无非是增加诗歌表达的曲折罢了。

第二节诗写自己排遣忧愁而不得的痛苦感和愤激情绪。这是一个"众人皆醉我独醒"的世界。面对纷乱的世事和民族的危亡,多少人麻木不仁,沉睡不醒。"我不能陪你听我的鼾声",这句引号里的诗,只是一种象征的符号,可以是一个人说的话,但又并不专指哪个人说的话,它有很大的覆盖面。诗句中的"你"是未曾入睡而仍在沉思的"独醒者"。这句独白可以说代表了与"独醒者"不同的许多麻木者的声音与心态。看到这种状态,诗人终于发出了如下痛苦而愤激的呼喊:

是利刃,可是劈不开水涡:

人在你梦里,你在人梦里。

"利刃""劈不开水涡",这个现代独创性的意象,化用自李白的"抽刀断水水更流,举杯浇愁愁更愁"的诗句。诗人是说,自己想改变这充满沉睡麻木者的世界,"劈开"心中积郁的忧愁,但是,这样做是无济于事的。

怎么办呢?与这些酣梦者随顺世俗,忘记世事而去寻一己的安宁吗?诗人回答是:"不!"作者以一个现代诗人惯用的嘲讽语气写下了自己倔强的回答:"独醒者放下屠刀来为你们祝福。"这里的"独醒者"就是诗人自己,与《白螺壳》《航海》中的"多思者"相同，"屠刀"即呼应前边讲的"劈不开水涡"的"利刃"，"为你们祝福"当然是一句反讽的话，意思是说，自己无法排遣一腔忧愁，只能无奈地为那些忘情世事、灵魂麻木的人们"祝福"了。这种反讽的句式在卞之琳的诗中时常见到。如歌颂人类创造精神的《第一盏灯》，最后两行就是"与太阳同起同睡的有福了，/可是我赞美人间第一盏灯"。这里的"有福"也是一种反讽。诗人在最后一行诗中以反讽的方式传达了对现实的批判情绪。"身在幽谷，心在峰巅"的诗人关注现实、思考人生的悲哀心境，在这里表现得多么深沉！读了之后，真有一种"芙蓉塘外有轻雷"的感觉。

从哲学的层面上来读，这首诗里作者也在情绪的组织中体现了相对的观念。

在一二行里，窗玻璃形成的一面镜子，是鉴照事物的客体，而不想掀帏望远的"独醒者"是自鉴的主体。到了三四行里，"我"的"愁眼"已是镜子中的客体，而"更深的镜子"的"远窗"无意中变成了鉴照"独醒者"的主体了。作者通过近与远的空间调度，让主客关系在浓缩诗行中相互转换，有利于表现内心忧愁无法排遣的性质。镜子的意象也表示了诗人在现实中对自我心态的认同。

第二节诗写世态人情的麻木，"人在你梦里，你在人梦里"，一种主客体相对关系的转换，更强化了诗人"利刃""无法劈开水涡"的痛苦感。而酣睡者与"独醒者"的反差对照，也大大强化了诗人"遐思"中忧愁内涵的深度。一首小诗，很典型地体现了作者以冷淡盖真挚的知性化特征。

半　岛

卞之琳

半岛是大陆的纤手，
遥指海上的三神山。
小楼已有了三面水
可看而不可饮的。
一脉泉乃涌到庭心，
人迹仍描到门前。
昨夜里一点宝石
你望见的就是这里。
用窗帘藏却大海吧
怕来客又遥望出帆。

1937 年 3 月
（选自 1937 年 5 月 1 日《文学杂志》创刊号）

通向心底的一脉清泉

读卞之琳的《半岛》

《半岛》是一首耐人寻味的爱情诗。与作者的几首抒写爱情的《无题》诗，同写于 1937 年 3 月至 4 月间。

据诗人自己说，当初闻一多曾当面夸奖过他在年轻人中间不写情诗。但是后来，在 1933 年初秋，例外也来了。在一般的儿女交往中有一个异乎寻常的初次结识，显然彼此有相通的"一点"。但由于他的矜持，由于对方的洒脱，看来一纵即逝的这一点，他以为是值得珍惜而只能任其消失的一颗朝露罢了。不料事隔三年多，他们彼此有缘重逢，发现这竟是彼此无心或有意共同栽培的一粒种子，突然萌发，甚至含苞了。他开始做起了好梦。隐约中他又在希望中预感到无望，预感到这还是不会开花结果。仿佛作为雪泥鸿爪，留个纪念，就写了《无题》等这种诗。《半岛》也可以说是这场"好梦"的一点儿"雪泥鸿爪"，与几首《无题》同属一类内容。

《半岛》这首诗的构思，要比几首《无题》感情更隐藏一些。在某种意义上来理解，这首短诗是受李商隐的"身无彩凤双飞翼，心有灵犀一点通"这句诗的启迪而写成的。而诗人避去了明喻的表白或感情的直浅，为所要抒发的感情找到了一个带有现代色彩的总体性象征物，或艾略特说的"感情的对应物"，这就是伸向海中的"半岛"。诗人以这个象征物和周围相关意象的巧妙组合构成一个心象世界,隐约地传达了自己内心对爱情的渴求与希望。

"半岛是大陆的纤手,/遥指海上的三神山。"诗开头这两句就有象征的意蕴。爱情是充满跃动生命的大海,海上的三神山可能就是那爱的目标所在的美好象征了。因为已涉足这爱的海,但又未能实现爱的全部梦想,故渴求爱的主体只能如伸向海中的"大陆的纤手"的"半岛"。尝到初恋滋味而未得爱的果实,身隔汪洋大海,心中灵犀相通,这里的半岛与三神山若即若离的关系,说穿了不过如此而已。

"小楼已有了三面水/可看而不可饮的。"半岛上的小楼自然是人的居处。但这"小楼",又是陷于爱之海的主体象征。他已与自己恋爱的对象"心有灵犀",但可惜"身无凤翼"。因此,这里的"三面水",既是半岛的自然景观,又是热恋中主体情感的人文景观,是大海滔滔的水,也是情感泛滥的水。海水因自然的咸味可望而不可饮,那爱的感情也是可看而不可饮,因为还是"希望中的无望",还是远在海中的"三神山"。诗人这里用海水的象征性巧妙地表达了可望而不可即的爱的心境。

下面四行写被叙述的主体孤身来到半岛对恋人的不尽思绪。诗似写实,又是象征。笔墨很淡,而情意甚浓。诗中写的泉水、人迹,可以说是半岛实有的,写"一点宝石",暗指小楼的灯光,也可以说是半岛实有的,但诗人都注入了深层的意义,让它们负载了象征的内涵。这些意象让人们读后联想到心中爱的一泓清泉。诗里第一次出现的"你",自然指远在三神山的被爱的恋人了。读前两句文有一种感情执着又适可而止的感觉,一个"乃"字,一个"仍"字,突出了这一情感色彩。这四行诗,既暗示了爱的情感的缠绵相通，也暗示了爱的情感的坚贞透明。在似乎平淡无情的字句里，隐着真挚而情深的爱的表白。

到这里为止，诗中一直未出现被叙述主体的人称代词，小楼的主人一直隐藏在诗行描述的背后。但是你读了会感到句句都有这个有情人的身影、足迹和心灵存在。到了末尾两行，这主体才出现了："用窗帘藏却大海吧，/怕来客又遥望出帆。"原来，半岛小楼的主人，即是这位昨夜新到的"来客"。前面的"可看而不可饮的"主人，涌到庭心的"一脉泉"和"描到门前"的"人迹"的主人，都是这位"来客"。大约这位"来客"太思念那个刚刚分离的恋人了，心中为溢满爱的海而十分快慰，又为暂时的分离而默受着痛苦的煎熬，于是才劝慰自己，还是用窗帘藏住大海为妙，以免那远去的白帆又勾起自己无限的思念之情。可是，白帆可以不望，大海可以遮住，而思念的感情却是再也隔不断的。

到这里，我们算是把诗的全意解清楚了。但是，这"来客"又是谁呢？原来，他就是诗人自己。全诗的爱情主叙者，由末一句往前推，半岛上的思念的人与"来客"实为一体也就非常明白了。作者隐去了"我"，将爱情主叙者变为半岛的"来客"，且不管诗人自己是否实有这次短暂的分别和半岛之行，在艺术上讲，这样写还是为了拉开主叙者与诗歌抒情主人公之间的距离，达到情感客观化的效果，使爱的情感传达得更曲折些、隐藏些，也使诗中的情感不为诗人所独具，使更多读者产生感情上的共鸣。一种广泛的美感体味就在这隐藏与共鸣中油然而生了。

"昨夜星辰昨夜风"，这一千古名句在现代诗人的胸中回响。诗人以他知性的笔，将闪烁的星辰，幻化成了一块闪光的宝石。这块艺术宝石中间涌流着一脉通向心灵深处的清泉……

雨同我

卞之琳

"天天下雨，自从你走了。"
"自从你来了，天天下雨。"
两地友人雨，我乐意负责。
第三处没消息，寄一把伞去？

我的忧愁随草绿天涯：
鸟安于巢吗？人安于客枕？
想在天井里盛一只玻璃杯，
明朝看天下雨今夜落几寸。

1937 年 5 月
（选自《十年诗草（1930—1939）》，桂林明日社，1942 年）

我的忧愁随草绿天涯

读卞之琳的《雨同我》

一首抒情小诗，引起理解上很大的歧异，在卞之琳的作品中，除了《断章》之外，就数得上这首《雨同我》了。废名先生说，这是一首情诗，李广田先生说，诗人写的是"为天下忧"的情怀。众说不一，很难判定，也不必判定。谁叫它是一首朦胧的现代诗呢？除了我所赞同的这是一首爱情诗的意见之外，这里，不妨换一个角度来谈谈我对此诗另一个侧面的理解。

雨这一自然现象，在中国古代诗词里作为忧愁的意象是常有的。李璟的"丁香空结雨中愁"，就是人们熟悉的名句。在这首诗里，我以为雨这个总体性意象也是人生忧愁的象征，"雨同我"之不可分离的关系，作为诗的题目本身就暗示了作者所要传达的一种人生形态和诗人对此种人生无可奈何的情绪。雨和人的关系，传达了诗人无法排遣的忧愁心境。

第一节诗写得平淡自然而又略带俏皮味儿。雨似乎与我结下了不解之缘，你看，我刚刚离开的朋友来信说："天天下雨，自从你走了。"意思当然是友人倾诉思念心境，说自从你走了，我的心充满了忧愁，就如连绵的阴雨一样。写别人忧愁，暗示自己与雨的关系，即自己的忧愁。可是偏也奇怪，到达了一个新的漂泊之地后，这里的朋友也对我说："自从你来了，天天下雨。"这说话人无心，听话人有意：使人忧愁窒闷的雨与自己竟然是分不开的了。由此，作者推出三四行诗："两地友人雨，我乐意负责。/第三处没消息，寄一把伞去？"前一行有点儿故作豪放、达观，负责得了吗？其实这里是暗示一种自我咀嚼生活苦涩之味的心态罢了。第四句想象很奇，但也很自然，这寄一把伞实在想得巧妙，出人意料。其实还是说"我"同"雨"的关系。没消息的第三处，说是爱情诗的，"寄伞"表示对恋人的关心；说是"为天下忧"的，"寄伞"则传达诗人情爱的心境；我以为这里的"第三处"是泛指，即天下任何一个生活的地方或角落。作者想到，天下仿佛处处是风雨，自己无法逃脱这种环境的制约，"寄一把伞去"何用之有？也不过如"我乐意负责"的故作旷达之语而已。这句想象似实在却很空灵，把这句"寄伞"看得太实了，有如杜甫"大庇天下寒士"之襟怀，似乎离开了作者抒写忧愁心境这一暗示的情绪轴。

这种情绪轴，在第一节是海阔天空式的起兴，到第二节则转入凝聚深沉的抒情。天下无处不是雨，人生哪里没忧愁。诗人坦率地告诉人们，我内心的忧愁无边无际，如春天随草绿天涯一般。愁什么？诗人告诉我们："鸟安于巢吗？人安于客枕？"这里道出了人生愁肠的根源，原来是无法解开的一对矛盾，一个觉醒者无法解开的矛盾结：一个人既不安于已有的旧路而去做新的探求，又不能有一个安乐的居处而只得做永远的漂泊。一个人生寻梦者漂泊无定的倦行心态，在这里传达得再清楚不过了。两句问话，看上去非常平淡，实际掩盖了发自心灵深处多么痛苦的呼声！

诗的最末两句，仍以忧愁的情绪轴为核心展开抒写。作者的构思由直抒发问转入了一个想象的暗喻：我的忧愁有多深，谁能知道？只有自己的心。于是诗人一个新的奇想随之而来：想在天井里盛一只玻璃杯，明晨起来看天下雨今夜落几寸？几寸雨水几寸愁。讲的是"天下雨"，暗示的是自己"随草绿天涯"的忧愁。想象很奇特，情感传达得却饶有新意，耐人思忖。杜牧的"折戟沉沙铁未销，自将磨洗认前朝"，以实有写想象，在小小的断戟中表现了阔大的时空感。卞之琳这里以想象为实有，将阔大的时空感容于小小的玻璃杯中。这一寸春雨一寸愁的意象，很容易让我们想起李商隐的"一寸相思一寸灰"。"天下雨今夜落几寸"，显然在一个古典主义意象里装的是现代人的忧郁与惆怅。

在传统诗里，雨是起兴之自然物，或是与情融一的自然景观。这首诗里，雨同"我"不仅融为一体，雨还成了"我"忧愁情绪的外化物，雨本身就具有了本体的存在意义，它的存在不是作为自然景观，不是作为渲染环境的手段，也不是作为明喻或隐喻的所指物。雨是诗歌抒情主体情感的一种独立的象征，它是主体的象征物，又是一种客观存在的象征体，即使不把它与抒情主人公情绪联在一起，它也具有抒情主人公情绪的品格了。诗人在作品里，采用了拉开而又合拢"雨"同"我"的方法，造成人的感情与自然的一定距离感，两者似连似断，似相关似无关，避免了传统的拟人化手法的弊病，给读者创造了更为广阔的想象空间。诗人近与远的相对观念，在审美创造中起了很恰适的调节作用。拉开距离才会更显出融而为一的效果，诗人的相对观念和艺术辩证法在《雨同我》中又一次得到实践。

诗中"我的忧愁随草绿天涯"，也是由古典诗句化用而来："天涯何处无芳草""又是一年芳草绿""记得绿罗裙，处处怜芳草""离恨恰似春草，更行更远还生"……或写爱情，或写人生，或写离愁别绪，皆取春草的葱绿之意和生长之快为喻，卞之琳吸取传统意象中的共意性，而将静态的比喻变成动态的抒写，"忧愁"不再"恰似"春草，直写"忧愁随草绿天涯"，这样创造的结果，"草绿天涯"就变成一个时间、空间宏大的整体，忧愁由一个"随"字与这一时空体结合起来，也就有了流动感和动态美。我们读了，会在这熟稔而又陌生的诗句中，感到诗人内心无涯无际的惆怅，艺术上得到一种深沉的感伤美。一句诗因包含了美丽的人生感慨，而获得了永久的生命。

无题（一）

卞之琳

三日前山中的一道小水，
掠过你一丝笑影而去的，
今朝你重见了，揉揉眼睛看
屋前屋后好一片春潮。

百转千回都不跟你讲，
水有愁，水自哀，水愿意载你。
你的船呢？船呢？下楼去！
南村外一夜里开齐了杏花。

1937 年 3 月
（选自《十年诗草（1930—1939）》，桂林明日社，1942 年）

一道小水　一片春潮

读卞之琳的《无题（一）》

卞之琳的五首《无题》诗，都写爱情，且都是两节八行，咫尺篇幅中容纳了丰富的情感世界。有的俏皮活泼，有的空灵悠远，显出诗人多姿的艺术风采。

《无题（一）》以俏皮活泼取胜，在亲切具体的意象中暗示一对初恋的年轻人爱的情感的发展。

第一节诗的主述者是诗人自己，通过两个人两次相会时溪水的变化，暗示爱的情感的增长。诗句写的都是自然景物。主述者对初恋的少女说：三日前我们相会时，那"掠过你一丝笑影而去的"山中的"一道小水"，今天你又"重见了"，可是请你"揉揉眼睛看"，情景完全改观了，"一道小水"流到"屋前屋后"，已漾成"一片春潮"。这"小水"，这"春潮"，是自然的水，也是感情的象征物，由"一道小水"而变成"一片春潮"，暗示了爱的情感的迅速发展。"笑影"印在水里，实是印在心里。一片春潮是诗人情怀的象征性表述。

第二节诗人称有了变化。开始两行主述者还是诗人。

　　百转千回都不跟你讲，

水有愁，水自哀，水愿意载你。

"百转千回"可以说是山中"一道小水"到屋前屋后"一片春潮"的水流行程的状态，主要还是讲抒情主体内心对恋人"你"的无限思念之情，颇有"一日不见，如三秋兮"的体味。这里的"愁""哀"，都是由几日的未见、暂时的离别而酿成的苦酒。由这愁与哀（似也谐音"爱"字，《白螺壳》中即有"由爱字通到哀字"），就更增加了再度相会时的欢乐，所以诗人痛快地说："水愿意载你。"这是一种更亲密的情感暗示，是借水抒情，水本身一直充当一个情感的象征载体，欢快中还略带一点儿机智的俏皮。接着，诗人以暗示的笔调写道：

你的船呢？船呢？下楼去！
南村外一夜里开齐了杏花。

人称开始转换交错了。男的既然说："水愿意载你"，热恋中的少女便故意调皮地反问道："你的船呢？船呢？"男的也便痛快地说："下楼去！"意思好像船真的就在楼下一样。可是到了楼下一看，一番美丽的景象出现在两人面前："南村外一夜里开齐了杏花。"读者自然同这对恋人一道为这美景而惊奇，但你拉开距离又会进一步想，诗人告诉我们的难道仅仅是一片璀璨的杏花吗？杏花不过是一种象征的自然景物，意在言外，情在象外，这里暗含了诗人想表述的多少欢乐的恋情！

一道小水，一片春潮，再到南村外一夜里开齐了的遍野的杏花，诗人把一对年轻人初恋时的心境变化，隐藏又具体地暗示出来，读了之后确有余音绕梁的感觉。

这种短小的爱情诗容易写得平直，缺少波澜。诗人卞之琳为抒情的调子找到了一些相应的技巧。他知性化的诗人特质决定了他即使在欢乐中也带着机智与冷静。为了增加抒情的波澜，避免平直的毛病，第一节诗前两行用了个倒装的句式，第二节诗插入了省略人称的两个人的对话，把叙述与对话融而为一，为小诗增添了活泼和生气，在现代无题诗的形式上这也是一种有意义的创造。

无题（四）

卞之琳

隔江泥衔到你梁上，
隔院泉挑到你杯里，
海外的奢侈品舶来你胸前：
我想要研究交通史。

昨夜付一片轻喟，
今朝收两朵微笑，
付一枝镜花，收一轮水月……
我为你记下流水账。

1937 年 4 月
（选自《十年诗草（1930—1939）》，桂林明日社，1942 年）

付一枝镜花，收一轮水月……

读卞之琳的《无题（四）》

卞之琳以他智性的凝思，染笔于爱情的题材，赋许多古典性的意象以现代人心理的色彩。他写的小诗《无题（四）》虚虚实实、空灵剔透，读了会使你不忍释手地去猜测、去想象……

这是卞之琳笔下的爱情世界，那么具体，又那么抽象；那么亲切，又那么朦胧；那么热烈，又那么冷静。读来真如一团镜花水月。

诗也是两节八句，前四行是写初恋者咀嚼感情交流的滋味。前两句起兴，为第三句的实写做渲染和铺垫，意思是说：如燕子将隔江泥衔到你屋子的梁上，如有人把隔院的泉水挑到你杯中一样，我将珍贵的海外的"奢侈品""舶来你胸前"。燕的衔泥，泉水的盈杯，是起兴，同时又都带有亲昵和甜蜜的感情色彩，强化了第三句向恋人表示亲昵的感情深度。这"舶来你胸前"的"海外的奢侈品"，可以视为珍贵的馈赠物，也可以隐喻为诗人对恋人亲昵的一吻，不去直说，换了个隐曲俏皮的说法。连续堆了这三句话，目的是为了逼出最后一句："我想要研究交通史。"这句抽象的现代语言丝毫没有诗的情感色彩，但是细细品味却包含着丰富的感情内容：说是"我"在品味初恋时感情的交流，说是"我"

在研究"你""我"情感沟通的渠道，说是在咀嚼"你""我"之间情感的契合点……

诗的第二节由实写又转入空灵了：

昨夜付一片轻喟，

今朝收两朵微笑，

付一枝镜花，收一轮水月……

我为你记下流水账。

这是两人对"昨夜"一段"交通史"的回味。热恋之后，自己发出一片轻轻的喟叹，今朝却看见你那甜蜜的微笑，但是这一切都已成为美好的记忆，不可再追回重现，如"付一枝镜花，收一轮水月"，是那么的美，又是那么的不可把捉，无法留住，作者把"镜花水月"的典故用在这里表现现代人的情思，颇有深味。就在这无法捕捉的美好的回想中，"我为你记下了流水账"，又是一个枯燥的句子，却同样隐含了丰富的情感内涵。这里的"你"，可以是你，可以是我，也可以是我们，总之是在回味中为那些感情的交流记下一段"流水账"。这"流水账"是烦琐而又美丽的……

梦中升起的小花

消失了，消失了你骄傲的足音！

像静穆的微风飘过这黄昏里，

你的脚竟不为我的颤抖暂停！

我激动的歌声你竟不听，

叹华年流过绢面

读何其芳诗二首

扇

设若少女妆台间没有镜子，
成天凝望着悬在壁上的宫扇，
扇上的楼阁如水中倒影，
染着剩粉残泪如烟云，
叹华年流过绢面，
迷途的仙源不可往寻，

如寒冷的月里有了生物，
每夜凝望这苹果形的地球，
猜在它的山谷的浓淡阴影下，
居住着是多么幸福……

（选自《预言》，上海文化生活出版社，1945年）

一首朦胧的小诗，会勾起你绵远的遐想。这是诗人艺术构思的魔力，也是艺术世界的神奇效果。读何其芳的《扇》，你不由得不产生这种感觉：这里有一种不可言传的美！

作者在轰动20世纪30年代末文坛的散文集《画梦录》里，有一篇诗一般的散文，题目叫"扇上的烟云"，同一个情怀，作者又凝聚在这首短诗《扇》里。两篇作品表现了相类似的思想，只不过在诗里思想更深沉凝练，表现也更集中朦胧。

全诗十行可分为两段，前六行是一段，后四行是一段。诗中以少女和宫扇这个喻体为核心，组成了一个象征的世界。前一段是这一象征世界的主体联结，后一段则是对第一部分象征世界的补充，两相映衬，相得益彰。

《扇》写在1935年。何其芳这时已由追逐"童年王国"欢乐的失望而开始更多地嚼味人生之寂寞。他自喻的"梦中道路"就是一条寂寞沉思的道路。追寻失去的美好理想与和谐的人生，成了这梦中一个强大的旋律。《扇》中回响的就是这一旋律。

诗以设拟的口吻，完全是在一个想象的世界中展开构思：假如有一位少女妆台间没有那鉴照的镜子，那面可以照见自己美丽容貌的镜子，她成天"凝望着"的只是悬在墙壁上的一把"宫扇"，这少女的心境会是怎么样呢？这里，少女是真实美追求者的象征；镜子是鉴照真实美的中介物，也象征着真实的美；而壁上的宫扇则是一种让想象驰骋的对象，是一种想象中虚幻美的世界的象征。作者告诉人们：少女离开了真实美（镜子）的寻求，只能沉静于幻象中美（宫扇）的"凝望"了。而这美是那样的虚幻，那样的不可寻求：那亭台楼阁只如美丽的水中倒影，可望而不可把捉；那扇面上染满的"剩粉残泪"只如一片片过眼的"烟云"，留下无数痛苦的记忆。少女只能面对宫扇叹息"华年"的悄悄流逝，叹息理想如陶渊明笔下那"迷途的仙源"一样"不可往寻"。这里出现的迷途仙源的意象，或许蕴含着诗人对某种理想美的追求。这六行诗埋藏着诗人对理想、对人生、对美深深的叹息。诗人的心就如那痛苦的少女一样，真实的一切不复存在了。虚幻的美，不可追寻的美，成为自己面对的现实，就如少女面对一把高悬的宫扇一样。

诗的后半段仍是想象的世界，但是沿着前半段的思路，对"凝望"者的心境做了更深层的透视。这是由四行诗构成的明喻，揭示了宫扇的"凝望"者的心情。诗人把诗中的时空忽然拉远了。他把人"凝望"圆圆的宫扇，比喻为月中生物"凝望"苹果形的地球。而且在这太远的遥望中作者注入了自己强烈的主观感情色彩。那"凝望"结果也同样是辛酸的：月是寒冷的，月里的生物该也是寒冷的吧。他每夜"凝望"着这"苹果形的地球"，做出如此虚幻的猜想：在地球的"山谷的浓淡阴影下"，居住着的人该是"多么幸福"的生命啊！这凝望者的"猜想"，同样是虚幻的。"多么幸福"的猜想，还具有反讽的色彩。我想，谁读了都会品出这"幸福"的诗句里隐藏着一种什么样的滋味。

这首《扇》属于何其芳感情进入冷静时期的作品。《预言》时期那种热情的浪漫情调没有了，作者由透明的忧思进入深沉的思索。因此这首诗就有了一种哲学的玄想色彩。少女凝望的宫扇有如月球生物之凝望地球人一样的如"水中倒影"，人间不存在什么"幸福"，世事如易逝的年华一样均是过眼"烟云"。作者以"扇上的烟云"这一小小的艺术世界象征了对整个人生世界的思考。或许你会说这里作者的思想太虚无了，然而这否定"幸福"幻境的虚无本身就包含了一种现代特征的强烈批判精神。起码这里隐藏着一种现代人的失落感和深沉的忧患意识。我们在这首小诗里，看到一个现代青年诗人的成熟和深沉。

从另一个角度来透视，我们又似乎在这里看出诗人艺术观念的转变。镜子是再现人生真实的一种艺术观的象征，而"宫扇"是悬于壁上的虚幻的美的隐喻物。想象中的少女，不过是一个美的思索者与创造者的符号。作者企图在这个象征世界里说明对自身原有艺术观念的反思：脱离了生活真实而沉醉于幻象中对美的世界的寻求是虚妄的，只能是一个不可往寻的"迷途的仙源"，就如月球人对地球人的凝望一样。诗人是在宣告一种艺术观追求的虚妄性与迷误性，他要告别那一片片美的"扇上的烟云"。

全诗两段都是在想象的超现实的世界中展开的。第一段的想象在时间上拉开了同自己的距离，诉诸古代；第二段的想象在空间上拉开了同自己的距离，诉诸太空；两段中的主人公"少女"和月中"生物"，用同一个"凝望"前后呼应起来，加强了全诗内在结构的整体性。

古　城

> 有客从塞外归来，
> 说长城像一大队奔马
> 正当举颈怒号时变成石头了。
> （受了谁的魔法，谁的诅咒！）
> 蹄下的衰草年年抽新芽。
> 古代单于的灵魂已安睡在胡沙里，

远戍的白骨也没有怨嗟……

但长城拦不住胡沙
和着塞外的大漠风
吹来这古城中，
吹湖水成冰，树木摇落，
摇落浪游人的心。

深夜踏过白石桥
去摸太液池边的白石碑。
以后逢人便问人字柳
到底在哪儿呢，无人理会。
悲这是故国遂欲走了，
又停留，想眼前有一座高楼，
在危阑上凭倚……

                  坠下地了
黄色的槐花，伤感的泪。
邯郸逆旅的枕头上
一个幽暗的短梦
使我尝尽了一生的哀乐。
听惊怯的梦的门户远闭，
留下长长的冷夜凝结在地壳上。
地壳早已僵死了，
仅存几条微颤的动脉，

间或，远远的铁轨的震动。

逃呵，逃到更荒凉的城中，

黄昏上废圮的城堞远望，

更加局促于这北方的天地。

说是平地里一声雷响，

泰山：缠上云雾间的十八盘

也像是绝望的姿势，绝望的叫喊

（受了谁的诅咒，谁的魔法！）

望不见落日里黄河的船帆！

望不见海上的三神山……

悲世界如此狭小又逃回

这古城。风又吹湖冰成水。

长夏里古柏树下

又有人围着桌子喝茶。

（选自《预言》，上海文化生活出版社，1945 年）

　　偏见的灰尘掩埋了多少美丽的珍珠。不少思想深沉的诗篇被
"唯美主义"的标尺挡在人们审美的视野之外。其实，重读这一
类诗作，你往往会震惊地发现，有的作品里跃动着诗人一颗多么
热情的灵魂、热烈的心！

　　细读《古城》，我似乎重新认识了何其芳，也似乎更真实地感
到了他美丽的灵魂与心的跳动。

或许是受了艾略特《荒原》的直接影响吧，这首诗写得十分深沉而晦涩。《古城》是开在被遗忘的角落里的一朵奇葩。

《古城》以冷峻的笔调，在现实与梦境的交织中构筑了一个象征世界。"古城"的意象如同 T. S. 艾略特笔下的"荒原"一样，包含了诗人何其芳对麻木荒凉的中国社会现实的批判性反思。诗人想暗示人们，当时整个中国的社会现实就是一座荒凉寒冷的"古城"！

诗由现实的场景开头，以极大的时空跨度，把诗人的想象和沉思从眼前拉向了遥远的过去。一位自塞外归来的客人对诗人说：古老的"长城像一大队奔马 / 正当举颈怒号时变成石头了"。这是一个隐喻意义很深的动的意象，它甚至可以说是暗示了一个伟大民族生命的蜕变。往昔英姿勃发的民族精神，如今已经凝固成了麻木的石头，光辉的历史留下的竟是永恒的悲哀。因此，诗人这个觉醒者才痛苦地感喟道：这是"受了谁的魔法，谁的诅咒！"，一句追问里藏有多么沉痛的愤怒和悲哀啊！可是诗人暗示人们，这麻木的历史至今还在现实中延续，马蹄下的衰草年年抽出新芽，时间随季节的转换在无情地流逝，只有那埋于胡沙之下的古代单于的灵魂和戍边士卒的白骨，还在万里胡沙中安然沉睡，没有一点怨嗟……诗人在对历史的回述中融进了对现实麻木的沉痛和悲哀。诗句里没有写一点儿现实的影子，但诗人那种关注现实的心境，是读诗的人都可以深深感觉到的。

诗人的沉思没有停留于借历史以感叹现实，诗的第二段即向现实延伸。古老的长城虽然坚固，但毕竟抵御不住外族的入侵，也遮拦不住塞外漫天的胡沙。今天，正是制造人间荒原的"胡沙"，和那令人恐怖的"大漠风"，一齐"吹来这古城中"。一座衰老的古城于是被吹得"湖水成冰，树木摇落"，同时也"摇落"了"浪游人的心"。这里的"浪游人"是指诗人自己，这句诗是说，自己的心也被吹得冰冷了。由这一个小的过渡段，下面进入了诗人的想象。

现实充满冷寂萧瑟，诗人想转到没有风沙的梦中去寻求另一种宁静。于是有这样一番描写：

> 深夜踏过白石桥
>
> 去摸太液池边的白石碑。
>
> 以后逢人便问人字柳
>
> 到底在哪儿呢，无人理会。
>
> 悲这是故国遂欲走了，
>
> 又停留，想眼前有一座高楼，
>
> 在危阑上凭倚……❶

太液池（即今北海）边的白石碑这一意象唤起的是对历史陈迹的追寻，它是那么的冰冷无语；"人字柳"为北海的名物，是两棵根部相隔的柳树树身上部长在一起，形同一个"人"字。作者将这一景物，化为独具内涵的富于人情味的意象，逢人便问却无人理会，诗人的心自然是很寒冷的。这些平常的景物，经过诗人的选择，便别具一番意义。在这里，人们可摸可见的只有冰冷的历史陈迹，而富于人情的生命却不知何在，无人理会。这样的"故国"怎能不令诗人心"悲"而"欲走"呢？那眼前突兀出现的

---

❶ 何其芳：《〈刻意集〉序》，《刻意集》，上海文化生活出版社，1938 年。

高楼只是失望之后梦中的幻象而已。

第四节诗写诗人从梦中惊醒过来。第一行诗句前面留下了一大段空白，然后才是"坠下地了/黄色的槐花，伤感的泪"。这空白可以有两种理解：一是表示时间的延伸，诗人梦中"在危阑上凭倚"了很久很久，突然坠下地了，如一片"黄色的槐花，伤感的泪"。另一种是空间的距离，诗人原在梦中高楼上"危阑凭倚"，突然由一朵槐花落地而惊醒，又回到现实之中。总之这是一个"幽暗的短梦"，如古代邯郸枕上的黄粱梦一样，诗人已经"尝尽了一生的哀乐"。到这里梦境没有结束，诗人以"惊怯的梦的门户远闭"暗示梦的继续，只留下那使梦"惊怯"的声音，"凝结在地壳上"的"长长的冷夜"，而"地壳早已僵死了"，仅存的微颤的声息，是远处"铁轨的震动"，这冻死了的地壳上微弱的颤动之声，被关在夜梦的门外了。"地壳早已僵死了！"这是怎样一个令人战栗而又充满批判性的意象啊！

于是诗人在梦中要逃离这冷漠无情的世界，可是逃到的却是一座"更荒凉的古城"。黄昏站在废圮的城堞远望，更感到天地是如此的局促狭小。那么逃到泰山上远眺去吧，或许可以见到广阔的美景。可是这最后一点希望也破灭了：

> 说是平地里一声雷响，
> 泰山：缠上云雾间的十八盘
> 也像是绝望的姿势，绝望的叫喊。
> （受了谁的诅咒，谁的魔法！）
> 望不见落日里黄河的船帆！
> 望不见海上的三神山……

"说是"即"听说是"之意，这里暗示最高的希望也凝结为最大的绝望了。美好的思念与对未来的向往，都淹没在绝望的姿势和声音中。由此梦境，转向最末一节诗，诗人从夜梦中完全醒来："悲世界如此狭小又逃回 / 这古城。"现实一切景象，又在那里循环往复：古城的人们依然在麻木中度日，"风又吹湖冰成水。/ 长夏里古柏树下 / 又有人围着桌子喝茶"了。诗人想逃离这荒凉的古城梦，完全成了泡影。结尾"又有人围着桌子喝茶"，一个"又"字，说明这古城的荒凉与人们的麻木，就这样一年又一年地在延续；另外也与诗的开头"有客从塞外归来"相呼应，在时间上与情节上构成了一个结构严密的整体。完整的艺术构思强化了作者所要传达的"荒原意识"蕴含的批判精神。

　　这首《古城》就构思的曲折与完整、意象的力度和创新、思想的冷峻与深沉而言，可以说达到了何其芳前所未有的高峰，此后也没有作品可以超越它。诗里洗尽了浪漫主义的情绪与色彩的铅华，那些浓重色彩的修饰语调没有了，诗人为自己的思想情怀找到了具有硬度的意象。这些意象带有极强的个人色彩和独创性质。如变成石头举颈怒号的奔马，月光下太液池边的石碑，逢人便问而无人知其所在的人字柳，冷夜中早已僵死了的地壳，缠上云雾间的泰山十八盘等等，都有某种象征意义，给人以现代性的暗示。一些自古典诗词中化用而来的意象，如沉埋胡沙中的单于的灵魂和戍边士卒的白骨，高楼危阑的凭倚，邯郸逆旅的枕头上一个幽暗的短梦，望不见落日里黄河的帆船，望不见海上的三神山……固然可以唤起对古诗词熟悉的意境的回想，但它们也都被赋予了现代的色彩，而与前边那些自创的意象构成一个和谐一致的象征性世界。现代与传统在作者笔下交织融汇成一个整体。作者在《柏林》之后，失去了艺术的"童年的王国"，寻找一种深沉象征的风格，这首《古城》可以说是这种风格的一个杰出代表。在绝望中藏着热情，寓沉痛于宁静的意象营造之中，使《古城》与他后来思想与艺术风格转变后的《云》等作品，具有精神上的一致性而又未失去现代派诗的本色。

预　言

何其芳

这一个心跳的日子终于来临！
呵，你夜的叹息似的渐近的足音，
我听得清不是林叶和夜风私语，
麋鹿驰过苔径的细碎的蹄声！
告诉我，用你银铃的歌声告诉我，
你是不是预言中的年轻的神？

你一定来自那温郁的南方！
告诉我那儿的月色，那儿的日光！
告诉我春风是怎样吹开百花，
燕子是怎样痴恋着绿杨！
我将合眼睡在你如梦的歌声里，
那温暖我似乎记得，又似乎遗忘。

请停下，停下你疲劳的奔波，
进来，这里有虎皮的褥你坐！
让我烧起每一个秋天拾来的落叶，
听我低低地唱起我自己的歌！
那歌声将火光一样沉郁又高扬，
火光一样将我的一生诉说。

不要前行！前面是无边的森林：
古老的树现着野兽身上的斑纹，
半生半死的藤蟒一样交缠着，
密叶里漏不下一颗星星。
你将怯怯地不敢放下第二步，
当你听见了第一步空寥的回声。

一定要走吗？请等我和你同行！
我的脚步知道每一条平安的路径，
我可以不停地唱着忘倦的歌，
再给你，再给你手的温存。
当夜的浓黑遮断了我们，
你可以不转眼地望着我的眼睛！

我激动的歌声你竟不听，
你的脚竟不为我的颤抖暂停！
像静穆的微风飘过这黄昏里，
消失了，消失了你骄傲的足音！

呵，你终于如预言中所说的无语而来，
无语而去了吗，年轻的神？

1931 年秋天
（选自《预言》，上海文化生活出版社，1945 年初版）

梦中升起的小花

何其芳《预言》浅析

　　每个诗人对已经产生的作品都有自己的偏爱。何其芳谈到他的《燕泥集》中第一辑这个时期的作品时说："这一段短促的日子我颇珍惜，因为我做了许多好梦。"收入《燕泥集》中的第一首诗《预言》，就是这梦中升起的一朵美丽的小花。作者写这首诗的时候才19岁。

　　《预言》写于1931年秋天，先是收在与卞之琳、李广田合出的《汉园集》中，总题为"燕泥集"。之后，又编入自己的第一本诗集，集子的名称就以此诗为题，叫作"预言"。由此，也可见那时作者对这首诗如何的珍爱了。

　　一首优美的抒情诗往往构成一个独特的艺术世界，诗人的人格和思绪就在这个世界中闪烁、升腾。这里，让我们追踪作者想象的脚步来探求在这个小小世界中所涌流的思绪的清泉。

　　诗的开头，我们就被作者引进了一种梦幻般寂静而美好的境界。作者以一段犹如小夜曲似的满带柔情的旋律，倾诉了自己期待已久的时刻的到来：

　　这一个心跳的日子终于来临！

呵，你夜的叹息似的渐近的足音，

我听得清不是林叶和夜风私语，

麋鹿驰过苔径的细碎的蹄声！

告诉我，用你银铃的歌声告诉我，

你是不是预言中的年轻的神？

　　幻想世界中年轻的神和现实世界中年轻的人接近了，对这个时候似乎盼望得太久太久了，当它真的实现的时候，诗人竟禁不住高兴得"心跳"起来。这位年轻的神是飘忽的、美丽的，诗人听得见她轻盈的脚步，而且熟知她有"银铃的歌声"。我们分明看见了诗人急切的期待和满怀欣喜的心境。

　　紧接着这段序曲，诗人为了展开几个带有连续性的深具象征意味的乐章，让自己想象的翅膀任意翱翔。先写这位年轻的神生活的地方是怎样美丽和温暖：那里有美丽的月色和阳光，那里和煦的春风吹开了百花，呢喃的燕子痴恋着绿杨。现实中这个乌有的地方，诗人仿佛曾多次在梦中造访过，然而这毕竟是梦中的"天国"，如今只留给诗人深情的眷念和恍惚的记忆了："我将合眼睡在你如梦的歌声里，那温暖我似乎记得，又似乎遗忘。"诗人没有直接描写"年轻的神"的美丽、温柔、快乐，却写祈求"年轻的神"告诉自己她生活的地方怎样温暖和美丽，这样更衬托出自己对神的赞美、倾慕的心情。

　　神的人化和人的神化在这里已统一融合为一种情绪：对美丽、温暖、光明的梦境般世界的渴望与赞美。正因为此，诗人才对这位幻想世界的"年轻的神"，倾吐着热诚友好的感情。他让年轻的神停下疲劳的奔波，坐在温暖的虎皮褥上，倾听自己的经历和心声："让我烧起每一个秋天拾来的落叶，听我低低地唱起我自己的歌！"他劝年轻的神"不要前行"，因为前边那无边的森林里充满了阴森和恐怖、黑暗和沉寂。当这年轻的神不肯留下而执意前行时，诗人又愿与之结伴同行，以自己不知疲倦的歌声，用自己的手和眼睛，给神以温暖和光亮："当夜的浓黑遮断了我们，你可以不转眼地望着我的眼睛！"

预言中年轻的神无语而又匆匆的来去，既给诗人带来了短暂的欢乐，也给诗人带来了无限的怅惘。在乐曲的最末一章，诗人用一种"如歌的行板"，委婉地吐露了自己如怨如诉的心声。请听这一段引人遐思的自白：

> 我激动的歌声你竟不听，
> 你的脚竟不为我的颤抖暂停！
> 像静穆的微风飘过这黄昏里，
> 消失了，消失了你骄傲的足音！
> 呵，你终于如预言中所说的无语而来，
> 无语而去了吗，年轻的神？

预言中年轻的神走了，而诗人笔下这优美的形象却带着它深刻的寓意和动人的光彩留下来了。

比起那些粗犷深沉的战斗歌声来说，《预言》是过于精致，过于纤弱了。但是，无边的旷野是不会拒绝任何一朵美丽的小花的。何况在这朵象征性的小花里也有令人深思的寓意在呢！

《预言》抒写了诗人对已经过往的爱情的眷恋与回想。诗中悄然而来又悄然而去的年轻的神，是爱神的象征，是诗人由渴望到怅惘的爱情的一段记录。诗人这时是北京大学哲学系的学生，他那年轻的未曾觉醒的心灵曾经受到一股爱情风暴的袭击。"直到一个夏天，一个郁热的多雨的季节带着一阵奇异的风抚摩我，摇撼我，摧折我，最后给我留下一片又凄清又艳丽的秋光，我才像一块经过了磨琢的璞玉发出它自己的光辉，在我自己的心灵里听到了自然流露的真纯的音籁。"后来诗人又说自己那时"几乎绝望地期待着爱情"，那所谓"奇异的风"的抚摩和摇撼，"用更明白的语言说出来，就是我遇上了我后来歌唱的'不幸的爱情'"。两年以后，即1933年，诗人在一篇短剧《夏夜》里，又通过男主人公的口说这是"很久以前"的一场"梦"。女主人公诵读了这首《预言》的前两节，问道："这就是你那时的梦吧？"然后是下面的一段有趣的对话：

　　齐　（被感动的声音）那也是一个黄昏，我在夏夜的树林里散步，偶然想写那样一首诗。那时我才十九岁。十九岁，真是一个可笑的年龄。

　　狄　你为什么要让那"年轻的神"无语走过，不被歌声留下呢？

　　齐　我是想使他成为一个"年轻的神"。

　　狄　"年轻的神"不失悔吗？

　　齐　失悔是更美丽的，更温柔的，比较被留下。

　　狄　假若被留下呢？

　　齐　被留下就会感到被留下的悲哀。

　　狄　你装扮过一个"年轻的神"吗？

　　齐　装扮过。但完全失败。

剧中的人物不等于作者自己，但这抒情诗一样的作品中的男主人公带有浓厚的诗人自况自剖的性质。这一段富有诗意的对话，可以帮我们进一步理解《预言》这朵梦中升起的小花的象征内涵。这里有欢乐、有赞美、有眷念、有惆怅和叹息，但也有诗人对丑恶现实的不平。诗里同样表现了"一个年轻人对于幻想中美满爱情的歌颂和对于现实中并不美满的爱情的怨言"。温郁的南方的美丽温暖和沉寂的森林的阴森恐怖之间的鲜明对比，正是诗人这种爱憎鲜明的美丑观念的表现。

何其芳写诗很讲究艺术的完美。他曾说："颜色美好的花朵更需要一个美好的姿态。"何其芳用他"苦涩的推敲"为这朵小花找到了"美好的姿态"。

《预言》从"年轻的神"降临的脚步声引起自己欣喜的"心跳"，到在黄昏里最后消失了远去的足音，诗人有一个完整的艺术构思。一个序曲，一个尾声，加上中间的四个乐章，形成了一部优美的梦幻交响曲。而中间的四个乐章，每一段都有对"年轻的神"倾诉的相对独立的内容，各段之间又如连环一样紧密相关。是抒情诗，又有情节的发展；是写"神"的行踪，又贯穿人的独白。开头的突然与警醒和结尾的惆怅与余韵，呼应得十分和谐而巧妙。作者曾倾心地阅读过济慈与雪莱的抒情诗，在以神话人物为抒情题材和注重抒情诗的戏剧情节性这些方面，《预言》的构思是有所借鉴的。但就这首诗形象的象征性来看，又更接近于法国象征派诗人作品的特征。和戴望舒的《雨巷》比较起来，这位"年轻的神"无语悄然的来去，和那位有丁香一样芬芳的姑娘的出现与消失，有类似的影子。然而不同的是何其芳这位"年轻的神"带有更多欢乐的色彩，而没有《雨巷》中那么浓重的惆怅与颓唐、忧愁和寂寥。明丽的月色和日光，温暖的绿树和白杨，如梦境般的银铃的歌声，给人以欢快和喜悦，就是那"年轻的神"无语的别去，也没有染上一点儿灰暗的颜色，而是同样的温柔、宁静而透明："像静穆的微风飘过这黄昏里，消失了，消失了你骄傲的足音！"全诗由形象的选择、构思，到抒情的基调，都给人以舒缓、宁静、透明的感觉。作者说过，他虽然醉心于唐五代诗词"精致的冶艳"和法兰西象征派诗歌的神秘和颓唐，但写这首《预言》的时候，"我受那些鼓吹悲观、怀疑和神秘主义的世纪末文学的影响还不深"。诗人这时能够用一种宁静、透明而又柔美的格调，表现自己内心世界的"微妙的感觉"，从而创造了一种"新的柔和，新的美丽"的艺术风格。这可以说是何其芳的《预言》，也包括他早期一些诗篇给新诗的国土带来的一股"奇异的风"。

《预言》用和谐和富于音乐性的语言抒情，使这朵小花具有鲜明的音乐美感。全诗每节均为六行，大体上一、二、四、六行押韵，各节的韵脚又不完全相同，随抒情需要换韵。有时四、六行的韵又与一、二相异。为了增强音乐的美感，也加重抒情的色彩，作者还自然而巧妙地运用诗句语言的重复。重复的方法各有所异，不尽雷同。如有时是："告诉我，用你银铃的歌声告诉我"；有时是："请停下，停下你疲劳的奔波"；有时是："那歌声将火光一样沉郁又高扬，火光一样将我的一生诉说"；有时是："我可以不停地唱着忘倦的歌，再给你，再给你手的温存"，使诗的音乐性服从于情绪的表达而显出多姿的风采。如果说《雨巷》被誉为新诗的音节"开了一个新的纪元"，那么可以说何其芳对新诗音乐美的追求又丰富、加宽了这个美的航道。

何其芳很注意对诗歌的含蓄性追求。他说："我喜欢那种锤炼，那种色彩的配合，那种镜花水月。""我曾有过一段多么热心的时间虽说那么短促。我倾听着一些飘忽的心灵的语言，我捕捉着一些在一刹那闪出金光的意象。我最大的快乐或酸辛在于一个崭新的文字建筑的完成或失败。"❶在何其芳的创作过程中，不是从一个概念的闪动去寻找它的形体，浮现在他心灵的原来就是一些颜色、一些图案。由于对这种"镜花水月"的情调的追求，加上作者捕捉的闪光的意象和意象之间又省去了联系，就造成了《预言》这首诗朦胧的特征。但这不是那种令人不解的晦涩的朦胧，而是给人以更丰富的想象天地和咀嚼余味的美的朦胧。如开头四行：

> 这一个心跳的日子终于来临！
> 呵，你夜的叹息似的渐近的足音，
> 我听得清不是林叶和夜风私语，
> 麋鹿驰过苔径的细碎的蹄声！

第一行"心跳"前省略了"令我"两字，第四行全句前又省略了"不是"二字，这就给读者增加了想象的天地。又如第三节中的四行：

> 让我烧起每一个秋天拾来的落叶，
> 听我低低地唱起我自己的歌！
> 那歌声将火光一样沉郁又高扬，

---

❶ 何其芳：《夏夜》，《刻意集》，第39、40页。

火光一样将我的一生诉说。

第一行"每一个秋天拾来的落叶",不仅是自然物的写照,也象征了诗人自己的生命经历;最末一句在《汉园集》中原为"火光样将落叶的一生诉说",到了《预言》中才改为"将我的一生诉说",这样改,是更容易理解了,可是却失去了原句含蓄的味道。

这首《预言》和其他一些诗的出现,曾引起当时一些人的非难。就抒情内容的狭窄来说,这种批评是对的。就艺术探索来看,就未免是过于苛求了。何其芳回答说:"现在有些人非难着新诗的晦涩,不知道这种非难有没有我的份儿。除了由于一种根本的混乱或不能驾驭文字的仓皇,我们难于索解的原因不在作品而在我们自己不能追踪作者的想象。有些作者常常省略那些从意象到意象之间的链锁,有如他越过了河流并不指点给我们一座桥,假若我们没有心灵的翅膀,便无从追踪。"(《梦中道路》)

何其芳后来虽然厌弃了"自己的精致",唱出了更多与时代同步的夜歌和白天的歌,但我还是偏爱他这首梦中升起的小花,愿意插上心灵的翅膀,努力去追踪诗人美丽的想象。

祝　福

何其芳

青色的夜流荡在花阴如一张琴。

香气是它飘散出的歌吟。

我的怀念正飞着，

一双红色的小翅又轻又薄，

但不被网于花香。

新月如半圈金环。　那幽光

已够照亮路途。

飞到你的梦的边缘，它停伫，

守望你眉影低垂，浅笑浮上嘴唇，

而又微动着，如嗅我的吻的贪心。

当虹色的梦在你黎明的眼里轻碎，

化作亮亮的泪，

它就负着沉重的疲劳和满意

飞回我的心里。

我的心张开明眸，

给你每日的第一次祝福。

（选自《预言》，上海文化生活出版社，1945 年）

虹色的梦在黎明的眼里轻碎

浅析何其芳的《祝福》

爱和梦在何其芳的笔下长了温柔的翅膀，他的爱情世界总与思念联在一起。这首《祝福》也是写爱的思念，但却写得那么轻盈而情深。

这是一种多么甜蜜而宁静的气氛：青色的夜流荡在花阴，它如一张带给人欢乐的琴，那夜色中弥漫的花的香气，便是这琴"飘散出的歌吟"。作者开头两行诗就写了一个令人沉醉的夜，他思念的梦就在这种氛围中展开翅膀了。

诗人接着用五行诗写了自己的"怀念"飞到恋人"梦的边缘"的历程。因为这怀念也是一个幸福而美丽的梦，于是，它有一双"又轻又薄"的"红色的小翅"，轻盈得"不被网于花香"，那夜空中半圈金环似的新月，用如水的幽光为它"照亮路途"。怀念化作梦，也化作了一只美丽的蝴蝶，一个幸福的精灵，花香和月色都那么与它默契而为它送行。这真是一次美丽的飞翔！诗人想象的世界与他的内心感情达到了高度的和谐，情与景进入了合而为一的境界。

诗人用三行诗写梦与梦的相会。"我"思念的梦"飞到你的梦的边缘，它停伫，/守望你眉影低垂，浅笑浮上嘴唇，/而又微动着，如嗔我的吻的贪心"。想象世界中展开的爱的情景，细腻、逼真、痴情而贪恋的怀念者，在梦中实现了自己美丽的渴望。诗人潜意识的心理在梦中如愿以偿了，一片"虹色的梦"贮满了诗人的痴情。

但是，梦的沉醉如现实爱情的失落一样，毕竟不是永驻的。美好的梦随着时光而消失了，留给人的是痛苦而甜蜜的回忆。"当虹色的梦在你黎明的眼里轻碎，/化作亮亮的泪，/它就负着沉重的疲劳和满意/飞回我的心里。"于是我的心也从思念之梦中醒来，张开明眸，给那梦中的恋人送上"每日的第一次祝福"。

这首诗题目为"祝福"，实际写的是对情人的思念。作者是否接触过弗洛伊德的精神分析学说？很难断言，但他喜爱梦却是事实。他的散文诗集即名为"画梦录"，这首诗又是以夜梦构思的典型。时间跨度是夜色降临至黎明的到来，空间的距离是从自己思念的梦的飞翔到回归，始终都是一种心理的感情活动。诗人通过一个美丽的想象，把梦幻化为一只美丽的蝴蝶，付给他自己的生命和感情，在梦的飞翔过程中，诗人自己获得了"沉重的疲劳和满意"，也获得了现实中得不到的爱的满足。他的"每日的第一次祝福"也是回答给自己带来幸福的报偿了。作者曾在不觉醒的青春年龄错过了一次爱的给予，但这爱的失落更增加了他后来思念的分量。这里"虹色的梦"也是对那种甜蜜情感的一种回味和追思吧！

通感手法的运用和美丽的想象，给这首爱情小诗带来了光彩。"青色的夜"是一个富于柔和感情色彩的意象。作者写夜色流荡在花阴"如一张琴"，"香气"是夜色飘出的"歌吟"。把视觉的美感，与听觉、嗅觉的美感，交错搭配，不仅给人以新鲜感，也制造了一种魂梦飞翔的氛围。作者对"怀念"这个抽象的情感用了隐喻的方法意象化，把它写成有"一双红色的小翅"的蝴蝶，写它飞翔和回归的过程，以意象为诗，创造了一个美好的流动性的世界。

读了这首诗，似乎会使人看到，那虹色的梦幻中又轻又薄的红色的小翅在飞翔⋯⋯

月　下

何其芳

今宵准有银色的梦了，

如白鸽展开沐浴的双翅，

如素莲从水影里坠下的花瓣，

如从琉璃似的梧桐叶

流到积霜的瓦上的秋声。

但眉眉，你那里也有这银色的月波吗？

即有，怕也结成玲珑的冰了。

梦纵如一只顺风的船，

能驶到冻结的夜里去吗？

（选自《预言》，上海文化生活出版社，1945 年）

银色的梦能驶进冻结的夜吗？

读何其芳的《月下》

热烈的情潮退去之后会有一片透明的情感天地，这个透明的天地对诗人来说是一个创作的王国。何其芳放弃了一个美好的爱的机遇，却收获了无数美丽的艺术的珍珠。这些情感的果实，带有失落与追怀的苦涩和甜蜜，它们揭开了人们心中爱的感情世界的一角，而这一角又是十分美好动人的。《月下》就是一首美丽的歌。

最初收在《汉园集》里时，《月下》原题为"关山月"，用的是古体诗词的题目。后来，题目改了，诗的文字也有许多地方做了改动。似乎作者担心人们读不懂，把披在诗歌上朦胧美的云雾色调冲淡了许多。很可惜！

《月下》仍然写的是绝望的爱的思念。

一个月光如水的深秋之夜，诗人痴痴望着那遍地银白的月色，心中涌起了对远方曾爱恋过的一位少女的思念之情，诗的构思遂由此开始。前五行诗写自己美丽的梦。"今宵准有银色的梦了"，开头用一个肯定的句式，传达了思念的真切与美好。为了说明这"银色的梦"的境界，诗人连着使用了三句明喻。他挑选最美丽而又符合主体感情色彩的比喻，构成一个鲜明的情感意象组合：

如白鸽展开沐浴的双翅，

如素莲从水影里坠下的花瓣，

如从琉璃似的梧桐叶

流到积霜的瓦上的秋声。

　　这三个意象分别唤起人们温馨、自由、纯洁、轻盈而又亲密的感觉，组合在一起，把"银色的梦"包容的感情内涵暗示得非常充分。诗句虽属明喻，但它们完全以具象的形态呈现，比喻的意象和被比喻的梦之间，若断若连，迷离扑朔，使这三句诗带有了很强的朦胧色彩。每句诗意思可以把握，其情境却难以说得明白。总之，爱的感情的纯洁与深厚，美丽而宁静，轻盈又略带萧瑟，都隐含在这些意象中了。

　　后半段的四行诗是情感的转折，也是全诗构思的情感重心。诗人向自己的梦中人发问，又做出自己的推想：

但眉眉，你那里也有这银色的月波吗？

即有，怕也结成玲珑的冰了。

梦纵如一只顺风的船，

能驶到冻结的夜里去吗？

　　眉眉大约是曾经恋爱着的梦中人。在没有修改过的本子里，这句话是"但渔阳也有这银色的月波吗？"我以为还是原来这句更好些，借用古诗中常用的地名"渔阳"化为一个独创性的意象，暗指感情已冰冷了的被思念的恋人，虽然朦胧了一些，字面上看不出作者思念的对象是哪一个人，但读了之后都能意会到作者的感情所指。现在改成"眉眉",这名字当然也只是一个符号,但把读者想象的范围弄得狭窄化了。这四行诗,染有一种过于绝望的冰冷色调,诗人的想象是富于创造性的,因为情感的变异,那里即使有"银色的月波",恐怕也早已"结成玲珑的冰了",这样,纵使梦如一只满帆"顺风的船",想驶进那"冻结的夜里",也是不可能的了。诗中的句子是作者内心的自我发问,并不渴望对方回答。诗人知道,回答是得不到的。年轻诗人的爱情未进入觉醒期的一个"美丽的错误",结下了后来一串美丽的果实。《月下》中这种凄冷的色调和同样题材的其他几首诗完全一致,都同诗人这种情感的根源有关。

何其芳的思维始终在一种具象的境界中进行。呈现在他头脑中的往往是一些具体的场景,而不是抽象的概念。诗人带有绝望色彩的感情,在这首短诗中没有概念化的表述,如今宵银色的梦的内涵,用一连串的意象来暗示,在想象中进行思维,每个意象都有或静或动的轮廓与廓线,却没有一种凝固的被比喻的内涵,即谜面和谜底没有固定的关系,形象思维的灵活性和意象创造的朦胧性也就由此而产生了。银色的月波结成玲珑的冰,使得船无法驶入冻结的夜,这想象中的意象同前边现实中的意象不同,只有在超现实的想象世界中才能实现。如果说前半段的诗把修饰的句子简化一下,即成"如白鸽……的双翅""如素莲……的花瓣""如……瓦上的秋声",修饰语与被修饰语构成的关系还是传统的方式,意象也多透传统的诗词气息,那么到了诗的后半段,月波结成"玲珑的冰",船无法驶进"冻结的夜",从意象的营造与语句的构成,都是非传统诗人笔下所能有而为现代诗人创造的了。传统与现代的融合在这首《月下》里又以新的方式体现出来。

同样的艺术意向可以呈现纷繁的色彩，作家的才华和思维特征，这时候就起决定的作用了。

休洗红

何其芳

寂寞的砧声散满寒塘，
澄清的古波如被捣而轻颤。
我慵慵的手臂欲垂下了。
能从这金碧里拾起什么呢？

春的踪迹，欢笑的影子，
在罗衣的变色里无声偷逝。
频浣洗于日光与风雨，
粉红的梦不一样浅褪吗？

我杵我石，冷的秋光来了。
它的足濯在冰样的水里，
而又践履着板桥上的白霜。
我的影子照得打寒噤了。

（选自《预言》，上海文化生活出版社，1945 年）

粉红的梦不一样浅褪吗?

浅析何其芳的《休洗红》

或许是诗人从他曾耽爱的晚唐五代词中,找寻到创作的灵感,连这首诗的题目都染上了很浓的词的色彩。我们似乎从这里看到许多古代的"浣衣曲""捣衣曲"的影子。

同样写爱的逝去和追想,《休洗红》却换了一个观照的视角。抒情主人公由诗人自我换成了一个浣衣的少女,诗里的"我"是这个少女的代称。同时,这个形象又是诗人心象的外化,自我情绪的一个象征。

诗人创造了一个清冷而沉思的意境:又是一番秋景,在一个寂寞的散满了砧声的寒塘边,清澈而古老的水波,由秋风吹拂而颤动起轻轻的涟漪。"如被捣而轻颤",是写寒塘中古波由砧声而引起的波纹,读了内心都有一种寒冷的战栗。古波是写景,也是写情,寂寞妇女的心境常用"心如古井"来形容,这里的意象是古波微颤,也是心境的一种象征。前两行是主体对客体的感受,到第三行才开始出现这诗的主体:"我慵慵的手臂欲垂下了。"或许是捣衣已很久了,已有一种疲倦慵懒的感觉;或许在单调的捣衣劳作中突然有所省悟,这浣衣者欲垂下自己慵慵的手臂了。她悟到了什么?第四句以一个问句的方式做了回答:"能从这金碧里拾起什么呢？""金碧"是寒塘夕照的古波？是罗衫褪色染红的淡水？是对逝去的爱的温暖追忆？总之是暗示一种无法追回的怅惘之感。理解了这一句诗，下一节诗的情感基调也就非常清楚了。"罗衣"即诗人曾用来象征过去美好时光的罗衫（见《罗衫怨》）。美好的爱情已过去，粉红的罗衫几经浣洗已变色了。伴随着这"罗衣的变色"，那些春天值得纪念的"踪迹"和"欢笑的影子"，也都一起"无声偷逝"了。主人公由春光与欢乐随浣衣的褪色，联想到自己逝去的爱情，于是由生活现象上升为人生的思考，便不无感伤地发问：

> 频浣洗于日光与风雨，
> 粉红的梦不一样浅褪吗？

这两句诗才是全诗的主题，惋惜罗衣的褪色只是一种象征而已。过去美好的爱情随时光而消失，这是诗人无可奈何的叹息。

在一段凝思悟想中清醒过来，诗人把情景又拉回到眼前秋寒的现实。"我"仍在孤独地杵石捣衣，任冷的秋光袭来。"我杵我石"，词句中有倔强，更充满无奈感。诗人以拟人化的两行诗写这无情秋天的脚步："它的足濯在冰样的水里，/ 而又践履着板桥上的白霜"，以致在这样萧瑟的气候中，寒塘中"我的影子"也"照得打寒噤了"。

《罗衫怨》以一件被弃置的罗衫的哀怨口气，写了爱情失落的痛苦；《休洗红》则以一个寂寞的浣衣女的凝想叹息失去爱情的怅惘，两首诗的题目都借自晚唐五代词的意境。这首诗因将少女内心失望的寒冷与秋天寂寞的寒塘融汇在一起交织描写，造成了一种情感的意境。寂寞的寒塘，冷然的砧声，澄清的古波，冰冷的秋水，板桥的白霜，和主人公内心的寂寞感、失落感及寒冷的感觉融成了一幅令人战栗的境界与图画。诗人的情感世界在这幅象征性的图画中得到了充分的暗示。

这首诗中许多句子化用了古诗词的意境，有些句子是直接由古典诗歌借用来的。如"又践履着板桥上的白霜"，就化自温庭筠的"鸡声茅店月，人迹板桥霜"，只是经过点化，由写人的足迹，改为写秋光的足迹，变得更有灵气，而非呆板的挪用。整首诗古典气息很浓，传达的却是现代人的感情。诗中有些句子："能从这金碧里拾起什么呢？""我的影子照得打寒噤了"，对生活的感受和把握，对感情的暗示和传达的方式，已非古诗中所能有，而带有明显的现代人思考和构造意象的特征，这些意象有诗人很强的自创性质。而在总体上，《休洗红》中的主人公及其心境又是一个象征载体，并非实有的人境。这首诗融古代诗词与西方象征诗的方法于一炉，正是何其芳诗歌世界的主要特色。

轻松中浸着悲凉与沉重

理发匠的胰子沫
同宇宙不相干
又好似鱼相忘于江湖。

美丽的"悟解"

读废名诗二首

妆　台

因为梦里梦见我是个镜子，

沉在海里他将也是个镜子，

一位女郎拾去，

她将放上她的妆台。

因为此地是妆台，

不可有悲哀。

1931 年 5 月 16 日

（选自废名、开元《水边》，北京新民印书馆，1944 年）

作者的偏爱和欣赏者的眼光之间的距离是常有的。这种差异又何尝不能变成一种互补和启迪呢？关于《妆台》这首小诗的一段有趣的轶话，就说明了这一点。

那是 1931 年，废名在勤奋创作充满诗意的小说之余，忽然灵感喷涌，写了很多诗，他把这些诗送给朋友们看。有一天一个人提议，每人自选一首诗，拿来出一本集子，问他选哪一首。废名觉得自己最好的诗总不止一首，又不忍割爱，一时说不出选哪一首好。诗人林庚这时从旁说，他替着选一首，就选了这首《妆台》。废名当时竟觉得出乎自己的意料，因为他心里认为他最好的诗不是《妆台》，然而他还是喜欢这首诗的，所以就默认了林庚先生的话。后来，废名在他《谈新诗》的讲义中，选讲自己的一些诗的时候，开篇就是《妆台》。

《妆台》也产生于诗人敏捷的悟性。废名说："这首诗我写得非常之快，只有一二分钟便写好的。当时我忽然有一种感觉，我确实是一个镜子，而且不惜于投海，那么投了海，镜子是不会淹死的，正好给一个女郎拾去。往下便自然吟成了。"❶

《妆台》一开始写梦，这是为增加作品的曲折与朦胧而使用的一种艺术表现手段，实际上作家是以诗的外形来表达自己独特的艺术观念和人生观念。作者说明《妆台》在本意上"只注重一个'美'字"，"在作诗时只注意到照镜子应该有一个'美'字"❷。

整首诗由几个互为关联的意象构成。这里有诗歌抒情主体"我"，有象征鉴照和反映人生的艺术创造本体的"镜子"，有代表生活中美丽事物的"女郎"，有作为镜子与女郎中介物的安放镜子的"妆台"。在这几个意象的连环组合中，诗人推出了他"美"的艺术与生活哲学："因为此地是妆台，/不可有悲哀。"

在开头，诗人就暗示了自己这一哲学。现实的人生当然是不美满的，美的人生，只有存在于美的艺术创造之中。所以写梦，

---

❶ 废名：《谈新诗·十六〈妆台〉及其他》，《谈新诗》，北京：人民文学出版社，1984年，第218、219页。

❷ 同上。

写梦中梦见"我"是个镜子，即使沉在海里也是个镜子。诗人把艺术创造主体同创造的结晶融而为一了，镜子几乎成了梦寐以求的艺术品或艺术的人生创造的象征。第二行诗表现了这种信念的执着和坚韧，真有一点儿"虽九死其犹未悔"的精神。因为镜子是一个空的，它本身包容一切，又一无所有，只有被一个女郎拾去，一个爱美者拾起，放在她的"妆台"上，镜子才会显示它追求的价值。"我"的愿望实现了。一个女郎拾去了镜子，将镜子放在"她的妆台"上，镜子因此获得了它的价值的实现，找到了自身的意义：它找到了妆台这一位置，也就找到了生活中美的内涵。人生多难，生活中有无限的丑恶与变异，但艺术家和诗人的作用，就在于做一个挖掘生活与人生之美的镜子，镜子就应该给女郎拾去，女郎就应该在妆台的镜子里鉴照自己的美。诗人的许多小说把生活中美好的东西再现出来，可以说是美化了人生，从《竹林的故事》到《桥》均是如此。诗人写《妆台》，意在阐明《桥》中的哲学："女子是不可以哭的，哭便不好看"，照镜子就"应该有一个'美'字"。诗不是阐释哲学的，但诗里应该包含大的哲学。《妆台》所暗示的哲学，可以说是指人生，也可以说是指艺术创造，在作者，这两者是相通的。

一首美丽的现代诗，有时会有"美丽的悟解"。作者在"此地是妆台，／不可有悲哀"中，只着重一个"美"字，而当时的林庚先生未注意及此。作者后来说："他大约觉得这首诗很悲哀了。我自己今天读之，仿佛也只感到'此地是妆台，不可有悲哀'之悲哀了。其所以悲哀之故，仿佛女郎不认得这镜子是谁似的。"一种美丽的"悟解"，也引起重读此诗的作者自身的共鸣。这个有趣的现象再一次说明，一首美丽的象征性的现代诗，会在不同人的心里升起一座座不同的灵魂的海市蜃楼。一些解悟往往会超出作者的主观意图，而觅出另一些曲径通幽的小路来。美丽的"妆台"给了读者这种权利。

十二月十九夜

深夜一枝灯，
若高山流水，
有身外之海。
星之空是鸟林，
是花，是鱼，
是天上的梦，
海是夜的镜子。

思想是一个美人，
是家，
是日，
是月，
是灯，
是炉火，
炉火是墙上的树影，
是冬夜的声音。

1936年

（选自1937年6月1日《文学杂志》第1卷第2期）

《十二月十九夜》是一首普通的无题诗。废名在诗里展示了他孤寂而又美丽的心灵世界，这乃是20世纪30年代现代派诗人共同的心态。但由于诗人任思绪与想象自由流动，且自然信笔写来，一些意象的跳跃性又很大，遂造成了一种模糊朦胧的效果，令人读起来很美，却又颇有些费解。要读懂这首诗，最重要的就是要把握诗人意识流动内在的思维逻辑。

　　一个寂静的深夜里，屋内的炉火噼啪地燃着，一个悟彻人生的诗人，在自我沉思中内心不断有缕缕的寂寞袭来。于是面对眼前的孤灯，他写出了这首孤寂的思想者之歌。

　　思路先从灯开始：

　　　　深夜一枝灯，
　　　　若高山流水，
　　　　有身外之海。

　　前两句的诗意，是比较容易领悟的。在这里，"灯"是作为人的知己者的意象出现的。在孑然一身的诗人眼里，深夜里的这一支灯，就是自己唯一可以倾诉与交流内心寂寞的知音了。"若高山流水"是讲诗人与灯此时的关系。古代钟子期听俞伯牙演奏古琴，觉得声若"高山流水"，因此钟子期被引为知音，诗里化用了这个人们熟知的典故。第三句"有身外之海"，我以为这里是指身外的人生世界的意思。海，无论在佛教里还是在艺术中往往是人生的一种象征。诗人的内心很孤寂，一只明亮的灯成为可以慰藉自己的知音。因为暂时消除了内心的寂寞，自身思想也便获得了一种无限的自由。诗人任思维的翅膀飞进了想象中的大千世界，这个世界也便是与孤寂冷漠形成鲜明对照的"身外之海"了。

接着作者用四行诗来写这身外之海的美丽：

> 星之空是鸟林，
> 是花，是鱼，
> 是天上的梦，
> 海是夜的镜子。

作者为我们展现了一个想象中的美好世界：星光闪烁的夜空如鸟林一般充满了生机，甚至好像唱出了欢乐的歌声，它有如花一般的美丽，有鱼一般的自由，它简直就是人们幻想中的"天上的梦"，而这一切美都鉴照在"我"的"身外之海"中了，因为："海是夜的镜子。"它可以鉴照一切美，包容一切美。在自然层面上讲，海确是夜空的镜子，海容纳了万点星光，容纳了一切自由和美丽的东西；从象征的层面上说，由自在世界进入了自为世界之后的"身外之海"，因为超越了现实的凡庸与痛苦，便可进入一个美好的天地。说得更直透一点儿，就是讲一个孤寂的人，一旦彻悟了人生之后，他就会在自我的内心世界中获得极大的丰富和自由，自我本身就可以成为一个充满欢乐的世界。废名的禅理又自然地流露在他的诗思之中了。

诗的第二部分，写"身外之海"获得的根源在于人的会思想。

> 思想是一个美人，
> 是家，
> 是日，

是月，
是灯，

一个真正懂得孤独的人，往往是一个最会思想的人。这里说的思想，是禅宗里讲的解悟或彻悟，或是艺术上的想象与创造，不同的理解都是可以的。戴望舒 1937 年写过一首小诗《我思想》，开头一句就是"我思想，故我是蝴蝶……"，将"我思故我在"的命题艺术化了之后，肯定了人自身的创造价值和意义。抛开禅宗之义，单就人生的层面来理解，废名的诗同戴望舒的诗的句子结构与传达的意思是很接近的。

"身外之海"的美丽，完全来自诗人彻悟人生之后的思想神驰。"思想是一个美人"，正是对思想之价值的高度肯定。诗人由"美人"，说到家，说到日，说到月，说到灯，从灯开始，又回到灯来。这里潜藏的意思是，只有彻悟人生之后，才能在自身的心灵里找到知音，找到心灵的自由、光明和温暖。从积极的意义上说，这是一种自我的确认，诗人与灯的关系是在一个新的境界中的又一次呈现，这已是超越了孤寂的与灯相对了。从消极的意义上说，这也可以说是一种自我解嘲，在"身外之海"中盘旋了半天，还是回到一支孤灯上来，寂寞之感不可排遣，似乎更为强烈了。

是炉火，
炉火是墙上的树影，
是冬夜的声音。

诗末尾三行，又是废名式的漫不经心的自由联想，但细细品嚼，却又颇有深意。由灯想到炉火，由炉火看到映在墙上的"树影"，又听见炉火发出的噼噼啪啪的"冬夜的声音"，这是对"灯"神思彻悟之后的身边现实景观，同时又可以说具有两层象征内涵：一是暗示自己经过一番神思驰骋之后，回到的仍是只有夜灯与炉火陪伴的孤寂的世界，这个世界使人感到寒冷与战栗。一个人谛听"冬夜的声音"是多么孤寂和辛酸啊！另一种，是暗示获得了内在自由的自我，精神跨越上了一个新的境界，周围虽仍是严冬的深夜，自己却感到春意盎然的丰美与欢快。"树影""冬夜的声音"成为带有欢乐色彩的意象。诗人似乎在暗示：一个善于思想而超越了一切外在与内在束缚的人，也会在一切中找到自己的知音和快乐，获得真正的精神上的解脱。

　　这首《十二月十九夜》，用的意象都是大家熟知的，在语言上除前三行之外，又完全用直指式的"是"字结构，没有更多曲折回环的造句，但却构成了一个引人入胜的抒情意境。前半段由"身外之海"构成，后半段以"思想是一个美人"为轴线，把诗人的情绪流动组织得如行云流水，有一气呵成的动势。"是"字的运用，读起来有些单调，实际上是服从于写情与造境的需要，如飞流直下的瀑布，造成极大的感情落差，读者的想象不能不跟随作者急骤的想象而疾速地跨越向前。诗以灯开头，又回到灯与身边的炉火，从深夜入笔，又回到"冬夜的声音"，这一圆圈式的构思，不同于传统诗歌惯用的复沓，而是在形式结构中融进了更深层的象征内涵。这首短诗的形式构想是只属于"这一个"的，它本身已成了诗歌内容不可分离的部分。

理发店

废 名

理发匠的胰子沫
同宇宙不相干
又好似鱼相忘于江湖。
匠人手下的剃刀
想起人类的理解
划得许多痕迹。
墙上下等的无线电开了，
是灵魂之吐沫。

1935年5月1日
（选自1935年12月10日《新诗》第3期）

轻松中浸着悲凉与沉重

浅析废名的《理发店》

诗不多，但谁说废名在这个领域中不是个奇才？他的诗真是写得潇洒自如，很少雕琢痕迹，读起来又朦胧扑朔，有如隔雾看花，有一种特殊味道的美。禅意盎然的诗这样，记叙杂事的诗也这样。他漫不经心，在最枯索无味的生活琐事中提炼出非常富于现代意义的诗趣来。理发店的胰子沫、剃刀以及下等收音机的广播，与诗何干？废名坐在那里，诗思却来了，来得那么自然，且一吟而就。这就是 1935 年写的一首小诗《理发店》。

关于《理发店》的产生，废名是这样自述的："这首诗是在理发店里理发的时候吟成的。我还记得那是电灯之下，将要替我刮脸，把胰子沫涂抹我一脸，我忽然向着玻璃看见了，心想，'理发匠，你为什么把我涂抹得这个样子呢？我这个人就是代表真理的，你知道吗？'连忙自己觉得好笑，这同真理一点儿关系没有。就咱们两人说，理发匠与我，可谓鱼相忘于江湖，这时我真有一种伟大之感。而再一看，一把剃刀已经把我脸上划得许多痕迹了。而理发店的收音机忽然开了，下等的音乐，干燥无味，我觉得这些人的精神是庄周说的涸鱼，相濡以沫而已。"

胰子沫是与宇宙不相干的，但自己与理发匠此时又好似鱼的相忘于江湖，现实的思索同历史的典故突然错位相撞，一刹那产生一种"伟大之感"。这"伟大之感"乃是诗人对人生的一种顿悟，写诗的灵感和冲动也就由此而发生了。废名对诗篇如何产生的说明，为寻求这首诗隐藏的意义，提供了一把理解的钥匙。把握作者思路内在的逻辑是进入此诗的关键。

理发店的胰子沫，乱涂在脸上，是刮脸之前必需的方法，它与自己头脑里阔大的宇宙有什么相干？宇宙是废名诗中常用的一个意象，它是一个充满美好生活的大千世界的象征。悟彻人生的诗人，自我也是一个孤独的宇宙。诗人由胰子沫而想起理发匠此时同孤独的"我"之间是互不相关的，他刮他的脸，我想我的"真理"，可谓风马牛不相及也。但诗人的思路一转："我"和理发匠之间又何尝不是在同样的处境之中呢？在这个境遇中，我们之间又"好似鱼相忘于江湖"，产生一种偶然的命运上的相互关联。《庄子》中涸泽之鱼"相濡以沫"的故事，由胰子沫而浮上脑海，于是出现了这一诗句。古代典故中的悲凉色彩也浸染了这些诗句。在偌大的宇宙之中，人和人之间灵魂是很难相通的。人类之间发生的关系，只如理发匠之于"我"，是一种"鱼相忘于江湖"的偶然相联而已。现代人的孤独感与人类相互理解的艰难主题，在这里以隐蔽的形式呈现。

到了下面三行诗："匠人手下的剃刀／想起人类的理解／划得许多痕迹。"一个具体的意象：匠人手下的剃刀划得许多痕迹；一个抽象的思想：想起人类的理解。诗是以具象暗喻抽象，意在说明人类相互理解的艰难。人与人之间灵魂真正的沟通和理解，几乎是难以实现的，就如同那不经意的剃刀划下的痕迹；或者说，人类理解的实现要付出极高的代价。很难说废名这时已有什么存在主义的哲学意识，但一种人类孤独感的主题能这么自觉地进入他的诗思，在当时确有他深刻的哲学思考在内。

最后两句"墙上下等的无线电开了，/是灵魂之吐沫"，理发店当时的情景，在这里已化为诗的意象，成为对于人类理解这一主题悲剧性的升华。我以为诗人在这个意象背后，总体性地告诉人们，宇宙中的芸芸众生，他们如一群"涸泽之鱼"，只能在这个肮脏而沉寂的世界中"相濡以沫"，以无聊的"灵魂之吐沫"来驱除各自灵魂的寂寞。

作者写作这首诗的时候，现实的沉寂与民族的危难，已时时袭入诗人的心头。在民族危亡的关头，诗人看到周围一些人的精神却是一片麻木。一年后他写的《北平街上》《街头》等诗就反映了这种景象和诗人心中的痛苦。《街头》一诗更直接喊出了"汽车寂寞，/大街寂寞，/人类寂寞"的呼声。诗人渴望人与人之间灵魂的理解，渴望民族精神闪光的凝聚。现实给他看到的却是另外一番景象，他在理发店这个最无味的场所找到了自己情绪的载体，偶然的灵感触动搅起了他深层的哲学思考。题材本身又提供了他以轻松戏谑笔调出之的条件，于是我们在这首看去平淡的诗里可以感到一种悲凉的色调和哲学思考。读了之后，你会逐渐在轻松的诗句之中，悟到一种无限的悲凉与沉重之感。

我来到时
只剩下
一片月光

月光颤动着在那儿叙说
过去风雨里一切的景象。
你们的死觉是这般的静默
静默得像我远方的故乡。

给秋心

冯　至

一

我如今知道，死和老年人
并没有什么密切的关连，
在冬天我们不必区分
昼夜，昼夜都是一般疏淡；
反而是那些黑发朱唇
时时潜伏着死的预感，
你像是一个灿烂的春，
沉在夜里，宁静而阴暗。

二

我们当初从远方聚集
到一座城里，好像只有
一个祖母，同一祖父的
血液在我们身内周流。
如今无论在任何一地
我们的聚集都不会再有，
我们只觉得在血里

还流着我们共同的血球。

三

我曾经草草认识许多人，
我时时想一一地寻找：
有的是偶然在一座树林
同路走过僻静的小道，
有的同车谈过一次心，
有的同席间问过名号……
你可是也参入了他们
生疏的队中，让我寻找？

四

我见过一个生疏的死者，
我从他的面上领悟了死亡：
像在他乡的村庄风雨初过，
我来到时只剩下一片月光——
月光颤动着在那儿叙说
过去风雨里一切的景象。
你们的死觉是这般的静默
静默得像我远方的故乡。

（选自《十四行集》，桂林明日社，1942 年 5 月）

我来到时只剩下一片月光

读冯至的《给秋心》

　　这组诗，共四首，最初发表于1937年7月1日《文学杂志》第1卷第3期，题为"给几个死去的朋友"，后作为"附录"收入1942年明日社出版的《十四行集》，题目改为"给秋心"。在《冯至诗选》（四川人民出版社，1980年）中，收入其中一、三两首，改题为"给亡友梁遇春二首"。二、四两首未曾收入。

　　梁遇春（1906—1932），福建闽侯人。1924年入北京大学英文系学习，散文作家，著有《春醪集》《泪与笑》。1930年5月，冯至、废名筹办的《骆驼草》杂志出版。此时冯至任北大助教，不久便开始与梁遇春交往，梁遇春也陆续在《骆驼草》上发表散文。1931年9月冯至往德国留学。1932年秋，梁遇春病逝，冯至得到消息，深为悲痛，大约于8月间，他特意往吕根岛旅行，以排遣对远方朋友的哀思。1935年9月，冯至归国，不久与戴望舒、卞之琳等合作主编《新诗》杂志，介绍里尔克的生平和诗作。1937年年初，朱光潜主编的《文学杂志》的"新诗专号"上，发表了他译的《尼采诗抄》。后来，他将6月里写的这组诗，也送给这个杂志发表了。

　　废名先生说："秋心这位朋友，正好比一个春光，绿暗红嫣，什么都在那里拼命，我们见面的时候，他总是燕语呢喃，翩翩风度，而却又一口气要把世界上的话说尽的样子，我就不免于想到辛稼轩的一句词，'倩谁唤流莺声住'，我说不出所以然来，暗地叹息。我爱惜如此人才。……秋心今年才二十七岁，他是'赍志以没'，若何可言，哀矣。"（《泪与笑》序）叶公超说："'死'似乎是我们亡友生时最亲切的题目，是他最爱玩味的意境。"他意识到："'所谓生长也就是灭亡的意思。'这点他在《善言》《坟》《黑暗》里说得最透彻……他对于人生似乎正在积极的探求着意义。"（《泪与笑》跋）《泪与笑》于 1934 年 6 月初出版。对于这些，冯至肯定是会看到的。

这组诗写作的时间离亡友逝世的祭日大约五年。悲伤的感情已经逐渐淡去，哲理的探索进入诗的凝思，人的"生"与"死"正成为冯至思考的命题。诗人在这里着重要表达的是，通过纪念亡友而学会怎样看待人的生与死的联系，品味在对人与自然的和谐的体认中死亡获得的宁静和永恒。这组诗，以舒缓的调子、整齐的形式、明朗而又略带朦胧的手法，抒写了诗人对人的生命与死亡的哲理思考。

第一首诗是说死亡与青春的密切关系。一个朋友的英年早逝，使自己知道，死并不只和老年人有密切的关联，与青年人是同样相关联的。就如同在冬天里，我们很难区分昼与夜，因为"昼夜都是一般疏淡"。一些黑发朱唇的青年人，看去年纪非长，生命中却"时时潜伏着死的预感"。他们过早的死，像一个"灿烂的春"沉在夜里，带给人的是"宁静而阴暗"。就是说，灿烂的青春生命也可能迎接死亡的袭来。年轻的生命面对死亡不应是恐惧，而是宁静。因为，这"死亡或含凝着更大的丰富"。

第二首诗是说生命共同的自然基础。死亡不是人生的结束，而是人生的延伸。我们一个个的生命，如从远方聚集到"一座城里"。我们都同有一个根，身内流着如"同一祖父"一样的血液。有的生命逝去了，虽然因此我们不可能再在人世间相晤，我们的"聚集""不会再有"，但在我的生命里你是永远活着的。就如同"我"的血里，时时"还流着我们共同的血球"。也就是说，"死亡并不能抹去个人存在的影子"。

　　第三首诗是说对于死者的回忆。生者对于逝者的怀念，是一种情感上永远的"追寻"。在人生的路途中，"我"草草地认识过许多人。他们与我陌生而又亲近，相见匆匆，相去匆匆，可是他们的生命都与"我"发生了关联，他们的死，同样让"我"寻找和思念。似乎死者并没有离开这个世界，他们会永远留存于生者的记忆中间，"'生疏'里会有更大的惊喜"。

　　第四首诗是说诗人对死亡的领悟。从一个"生疏的死者"的面上，"收拾起一个死亡"（据初发表稿），这"死亡"是那样的宁静，像风雨初过的村庄，只剩下一片月光。月光在颤动着叙说过去风雨里的景象。没有恐怖，没有痛苦，只有静默与安详。"你们的死觉是这般的静默/静默得像我远方的故乡。"诗的哲学思索与歌唱到这里达到了一个很高的境界。它使我们想起陶渊明唱的："亲戚或余悲，他人亦已歌。死去何所道，托体同山阿。"在这里，冯至已将西方的现代哲学与中国的精神传统融汇于一起。"这正是东方人的一种视死如归的精神，死，就是永恒，是一种'比担负我们的欢乐更大的信心（里尔克），也是诗人所私淑的大诗人歌德说的永远的欢欣，一种可以担负着沉重的悲哀的信心——静默，莎士比亚说：死亡是人类一去不返的故乡。"

这首组诗发表后不久，卢沟桥事变发生，全民族的抗战开始，因此没有引起什么反响。1942年收入《十四行集》，只在"附录"位置，因为诗集本身的光辉淹没了人们对于组诗关注的视线，它也就不可能得到更多的注意了。这种被淡漠的命运一直延续至今，以致许多研究者只从20世纪80年代的选本上知道《给亡友梁遇春》诗二首，而忽略了这组诗的全貌。其实这是一首完整的关于生命与死亡的组歌，它由青春与死、生命同源、死的追寻、死与自然四个部分构成了一个沉思的变奏曲，最后如贝多芬的《月光》，升华为一片宁静与悠远的生命与永恒的奏鸣。哲理的沉思与亲切的意象融为一体，八行一节，时用跨行，行与行间连接，如行云流水，朴实自然。这不但是冯至归国后唱出的"第一声"，也成为他从原有的创作走到《十四行集》的一座不可忘记的桥梁。

十四行集（十八）

冯 至

我们常常度过一个亲密的夜
在一间生疏的房里，它白昼时
是什么模样，我们都无从认识，
更不必说它的过去未来。原野

一望无边地在我们窗外展开，
我们只依稀地记得在黄昏时
来的道路，便算是对它的认识，
明天走后，我们也不再回来。

闭上眼吧！让那些亲密的夜
和生疏的地方织在我们心里：
我们的生命像那窗外的原野，

我们在朦胧的原野上认出来
一棵树，一闪湖光；它一望无际
藏着忘却的过去，隐约的将来。

（选自《十四行集》）

我们的生命像那窗外的原野

读冯至的《十四行集（十八）》

一首充满智性的"沉思的诗"，不在于向你传达怎样的一种情感，而在于向你揭示他对于生活有怎样的发现。但是，要做到这发现，不是在庄严的题材里，而是在日常的事物中，就需要诗人感觉的敏锐。冯至就是具有这种敏锐感觉的诗人。冯至的《十四行集》第18首，就是这样一首由敏锐感觉创造的生命发现的诗。

为了显示诗中情绪的普遍性，增加读者的亲切感，诗人在诗中的抒情主体常常用"我们"，而不使用"我"。这首诗也如此。诗人选取一个最常见的生活细节，告诉人们一个最普通的生活经验：人们行旅中的偶然相逢。他在这里发掘诗意。

> 我们常常度过一个亲密的夜
> 在一间生疏的房里，它白昼时
> 是什么模样，我们都无从认识，
> 更不必说它的过去未来。

人的生命是孤独的，但又是互相关联的，正是这种孤独与联系，才构成了一个个生命存在的价值。诗人用诗告诉我们的正是这样一种生命体认。"我们"的生命里有无数个漂泊的境遇：有时在一间"生疏的房里"，一起度过一个"亲密的夜"。这"亲密的夜"是那样的偶然，那样的短暂，以致除此之外，其他并无所知。即如这个房子，我们并不认识"它白昼时／是什么模样"，更不要说它的过去与未来。最重要的是生命经历的那个存在——"亲密的夜"本身，这个已知的和它所包含的许多未知的东西，同样给我们一种生命存在的满足。

为了说明这点人生哲理，诗人进一步用自然景物做比喻，展开他的思考获得的形象的过程。我们生命经历的这种"亲密"和"生疏"，已知的快乐和未知的茫然，就如同窗外的"原野"一样，它一望无际地在我们窗外展开。与它的关系，就是我们只依稀记得"在黄昏时／来的道路"，这算是对它的"认识"，而明天走后也"不再回来"。"原野"对于"我们"，如同陌路者与习见的路各自不同的存在一样。可是这短暂经历的拥有，却给我们生命以丰厚的馈赠。它让我们享有由此获得的快乐，让我们体味个中的无穷滋味。

诗人在最后两节诗里，非常动情于人生存在的这种普通的经历，进而揭示了"亲密的夜"这个短暂获得在生命中蕴藏的意义和价值。他如此满怀深情地说：

闭上眼吧！让那些亲密的夜
和生疏的地方织在我们心里：

一个对生命暂时经历的"夜"的感悟，一个比喻这种感悟的"原野"的意象，两个线索在这里也一起被诗人"织在我们心里"

了。诗人创造了一个"远取譬"的比喻来说明"织在我们心里"的内涵："我们的生命像那窗外的原野。""原野"属自然物象，与"生命"很难说有什么必然的联系，但这样的非联系性意象的运用正好可以给人以更有弹性的联想。生命的经历引起诗人无边的沉思，而自然的物象给这沉思的结果以美的定型。由此，"生命"与"原野"之间的内在联系也就成了诗人的一个发现了。这确然是一个非常珍贵的发现：在"我们的生命"存在之中，无论是"生疏"，还是"亲密"，它们都是紧密相连的，在人生中，即使短暂相逢，也将留之永远。就如同窗外原野上的"一棵树，一闪湖光"，在"一望无际"中，它藏着"忘却的过去"与"隐约的将来"。这里是写自然，也是写人生，在自然的朦胧中找到了人生的真谛。生命的现在是珍贵的：短暂偶然的现在中，蕴含着生命的过去与将来。

冯至在《十四行集》另一首诗中，写人的别离。

啊，一次别离，一次降生，
我们担负着工作的辛苦，
把冷的变成暖，生的变成熟，
各自把个人的世界耘耕，
为了再见，好像初次相逢，
怀着感谢的情怀想过去
像初晤面时忽然感到前生。

一个写相逢，一个写别离，均在捕捉人的生命存在的感受。贯彻于诗人内心深处的是珍惜自身的生命体验，珍惜人类生命本身包含的属于现在，也属于过去与未来的美好感情。

这也是诗人的一种爱的胸怀。"但是 Love 不仅是人间的现象，而且更是自然力的亲和与相吸，诗人质朴的自然主义使他皈依了这自然的运行轨道""这是时间辩证的抒情说：现在的我里藏着过去的我，也含着未来的我"。

十四行集（二十）

冯 至

有多少面容，有多少语声
在我们梦里是这般真切，
不管是亲密的还是陌生：
是我自己的生命的分裂，

可是融合了许多的生命，
在融合后开了花，结了果？
谁能把自己的生命把定
对着这茫茫如水的夜色，

谁能让他的语声和面容
只在些亲密的梦里萦回？
我们不知已经有多少回

被映在一个辽远的天空，
给船夫或沙漠里的行人
添了些新鲜的梦的养分。

（选自《十四行集》）

对着这茫茫如水的夜色

读冯至的《十四行集（二十）》

诗人谈了人的相逢，人的别离，在其中体悟出了人生的哲理，似乎意犹未尽。一种诗情的思考仍在他的心头萦绕。如何把定自己个人的生命？一个人的生命里可否融合了许多其他的生命，他们之间有着怎样形式的联系？孤独的个人与人类的整体又有什么样的关系？这些，对于"沉思的诗人"冯至来说，是一个非常有诱惑力的问题。既然能用诗写出前面那些哲理性的人生，为什么不可以给自己这样的思索以一种艺术的定型？接着第18首、第19首之后，这第20首，就是诗人继续写出的又一篇对个人生命意蕴抉幽发微的作品。

诗人抓住"梦"这个环节，展开了他关于生命关联的哲学思考。

"有多少面容，有多少语声／在我们梦里是这般真切，／不管是亲密的还是陌生："我们"的生命，与多少或是亲密的或是陌生的生命发生某种联系，都是在我们的"梦"里。"梦"成了联结生命的纽带，在"梦"里，我们感到自我与他人生命之间联系的"这般真切"。尼采和西方的现代主义的声音告诉人们，人生来就是孤独的，世界上越是孤立的人就越是强大的人。而与尼采和存

358

在主义哲学有某种精神联系的冯至，却告诉人们，每个人的生命都不是一个孤立的存在，都是与其他的生命存在相互关联的。当时诗人所处的时代，与他对于这种生命论的接受恐怕是有一定关系的。一个在深重苦难中抗争着的民族的歌者，他的情感与理智的选择在这里得到了富有时代良知的体现。

人与人的这种"真切"的关联，产生的根源在哪里？诗人接着便做了回答：

> 是我自己的生命的分裂，
>
> 可是融合了许多的生命，
>
> 在融合后开了花，结了果？

这回答是相当出色的。"我们"梦里的许多别人的生命，别的"面容"和别的"语声"，是自己生命的"分裂"，可是，在这种"分裂"里，就"融合"了许多别的"生命"，他们是否就是这生命与生命"融合"后开的花，结的果？美丽的设问已经在暗示里给了肯定性的回答。在诗人的观念中，在民族苦难深重的时代里，人和人的生命是亲密关联的。孤立的个人会在别人的生命存在中得到他求生的力量。这种积极的生命观给了生命战胜一切挑战的力量。

一个陷阱摆在面前：诗人可以沉思人生的哲理，但不能够把诗变成哲理的说教，获得了哲理而丧失了诗，当时已经有人说要警惕"冯至式的说教"了。诗的前半截，确然有这种弊病闪露。后面的诗句进入具象的运作，对这种缺陷多少做了一些弥补：

谁能把自己的生命把定
对着这茫茫如水的夜色，

谁能让他的语声和面容
只在些亲密的梦里萦回？
我们不知已经有多少回

被映在一个辽远的天空，
给船夫或沙漠里的行人
添了些新鲜的梦的养分。

面对茫茫如水的夜色，思考个人生命与他人生命之间的关联。一个人的生命不可能是孤立的存在，疏远和陌生不可能永远阻隔心灵的交流。正如没有人能让自己的声音容貌"只在些亲密的梦里萦回"。因为，就在你可能为个人生命的独立与强大而骄傲的时候，你的生命已离你而去：它已经多少回为别人的梦"添了些新鲜的梦的养分"，无论是辽远天空下的"船夫"，还是"沙漠里的行人"。这两个意象，可能是真实，也可能是象征。每个人的生命都是一个"跋涉者"的行程，既可获取别人的给予，也可给别人以前行的激励。这就是生命存在的价值和意义的实现。

这首诗之后，诗人在第21首诗中，写面对"狂风里的暴雨"时个人生命的孤单无力和寻求意志。"我们紧紧抱住，/好像自身也都不能自主。"面对大的挑战是"生命的暂住"，一种坚守精神在这里闪烁。这样，在四首诗里，我们发现诗人连续对于个人生命哲理发微的四个侧面：相逢，别离，关联，坚守。隔了半个多世纪之后，再来听这曲生命的"四重奏"，仍然会给人们某种生命的启迪吧。

描一个轻鸽的梦

—读辛笛的诗—

今夜第一次
我试着由廊下探首窗间
绿窗有无声息
独自为主人
描一个轻鸽的梦吗

诗美追求与抒情姿态

谈辛笛诗的艺术魅力

一、"因了月光的点染，你最美也不孤单"

孙玉石：辛笛先生不幸病逝，我闻之是非常悲恸的。1月18日到系里取信，得到寄来的讣告，真的感到有些愕然。好像刚刚在上海见面，怎么忽然人就走了？我当晚曾随记："上午，往系里开会，取信报。顷接上海王辛笛治丧委员会来函，内讣告，得知诗人辛笛先生于1月8日病逝，17日将举行追悼会。因信收晚，已无法表达哀思。羊年不吉，继施蛰存先生匆匆离去之后，老天又夺走了另一位我尊敬的老诗人的生命！刚刚在上海参加研讨辛笛的作品会上，与先生短暂晤面，即成永别，不禁黯然。踽踽步行归家。"这里，用这些文字，传达我对于先生的哀思，也向你，表示我诚挚的慰问，望珍重节哀！

王圣思：谢谢您的唁慰！父亲走得平稳安静。想到他与我母亲分离百日又能团聚，我们做子女的在悲痛之余又略感安慰。不少友人问我，他是否留下遗言？在他生前最后的日子里，我们也曾问过他还有什么要嘱咐的？他没有回答。也许，他的遗嘱早已写在20年前的《一个人的墓志铭》里：

我什么也不带走，

我什么也不希罕；

拿去，

哪怕是人间的珠宝！

留下我全部的爱，

我只满怀着希望

去睡！

也许，他觉得他该做的都已做了：他看到旧体诗集《听水吟集》、中英文对照《王辛笛短诗选》、他的传记《智慧是用水写成的——辛笛传》等经他过目都一一问世，他参加了自己的诗歌创作七十年研讨会，出席了老友巴金的图片展览，在医院病榻上他还拿到南京凤凰出版社出版的、由他最后亲自审定的新散文集《梦馀随笔》。

回顾我父亲的一生，尽管他在中学、大学教过书，在银行界、工业战线做过事，写诗只是他的业余爱好，但我觉得他本质上还是诗人。他一生重情，友情、诗情、爱情、乡情、亲情常来往于胸中，在九十岁高龄以后还能继续写新诗和旧体诗。当诗的灵感随我母亲而逝，他写成最后一首七绝悼亡诗后不再写诗，是否也可以理解为，一旦不能写诗吟诗，他似乎感到生命也就失去存在的价值？搁下诗笔两个月后他平静地迎向死亡。我想，纪念父亲最好的方式莫过于谈谈他的诗艺魅力。您是研究新诗的专家，您最欣赏他的诗作有哪些？为什么？

孙玉石：辛笛先生最好的诗篇，大都写于二十世纪三四十年代，那是辛笛诗创作的第一个黄金时期。比起后来，我更喜欢的，是他收在《手掌集》里那些优秀的诗作。另外，还有在《中国新诗》等刊物上发表的一些作品，无论是在这一类新诗横遭贬抑的年代，还是到了新诗名声不怎么被看好的今天，他的这些诗作，总是以一种独特的风貌和醇美的韵味，给新诗，给读者，带来一种充满世事人文关怀与诗艺情愫结合的美感。如《手掌集》中的《航》《告别》《潭柘》《丁香、灯和夜》《挽歌》《月夜之内外》《再见，蓝马店》《刈禾女之歌》《门外》《杜鹃花和鸟》《姿》《月光》《手掌》《夏日小诗》《寂寞所自来》；20世纪40年代末期发表的《赠别》《尼亚加拉瀑布》《熊山一日游》《风景》《山中所见——一棵树》等，都是为我所喜欢和欣赏的。这些诗，无论是写自然景物，写人生哲理，写内心寂寞与爱的感悟，还是针砭现实社会弊病，诗笔或深沉，或恬淡，或空灵，或悠远，或充满思辨，或点染如画，都能以短小篇幅和独特发现，构成一个完整的抒情世界，蕴藏着超越于当时一些抒情诗之上的美和艺术魅力。

辛笛诗的美和魅力，来自他对诗情的独特发现，也来自他自觉融汇西方现代与传统诗艺的意识和追求。20世纪30年代，中国一部分知识分子的文化心态，已经发生了由反叛传统开始向传统诗歌吸收艺术营养的转变。他们重视传统诗歌对于新诗自身发展的不可疏离性，还以现代性的眼光，对传统诗歌艺术蕴藏做现代性审美的开掘，进行"唯我所用"的选择与发现，20世纪30年代中国诗坛上曾出现一股不大不小的"晚唐诗热"。这个"热"从本质上说，是为现代诗歌的象征性与朦胧美寻找艺术的合法性，寻找自己依据的"祖宗"。

王圣思：说起晚唐诗，有一个小故事。父亲在中学时代就养成爱逛书店、书摊的习惯，对新旧书、中外文书的情况比较熟悉，曾为周作人买过一本外文书。买书这件事在周作人的《杨柳风》一文中有记载，文中提到"天津有一位小朋友"就是指还在南开中学读书的父亲。不久他得到周作人赠送的条幅墨迹，上录日本诗人大沼枕山所作的汉诗七绝：

> 未甘冷淡作生涯，月榭花台发兴奇。
> 一种风流吾最爱，南朝人物晚唐诗。

收到条幅父亲十分珍惜，因为晚唐诗也正是他所倾心的，尽管他觉得这首诗本身写得一般，唯后两句尚佳。不过，条幅在以后的战乱中丢失了。

孙玉石：辛笛是当时"晚唐诗热"中一个最年轻的歌者。从他自述文章中可见，童年时的古典诗歌阅读中，他就比较喜欢李义山、周清真、姜白石、龚自珍等一脉传达迷离惝恍的诗人，大学外文系及后来赴英的学习，使他接近了17世纪英国玄学派诗人、法国象征派诗，到艾略特代表的20世纪西方现代主义诗歌。巴黎旅次中，又深爱上了19世纪后半叶印象派画和音乐的手法。他在西方现代艺术手法与传统诗歌艺术营养之间，寻找一种"似曾相识"的艺术关联与审美趣味。这种关联，这种趣味，驱使他对于诗传达美的关注，超过对于诗功利性的思考。他在诗的现代性美的层面上，吸收消化西方现代诗的象征隐喻方法与古典诗歌的言简意深、追求意境，注重用暗示、象征、通感手法和节奏美的丰富养分，找到了一条营造诗美的独特抒情方式与氛围的道路。如《刈禾女之歌》，写苏格兰高原田野刈禾女劳作的情景，赞美人类的和平与劳动，给人一幅充满异域风情的印象派画。《手掌》里，无限的人类哲思，呈现在独特发现与充满灵性的手掌图中，机智与奇警，生活真实与巧妙比喻，融合得非常完美。《风景》一诗，能将眼前所见生活景象，与尖锐的社会问题，巧妙地扭结在一起，其巨大的概括性与精神震撼力，产生了一种令人警醒的美。而《山中所见——一棵树》，写得更加宁静蕴蓄，具有一种回味无穷的永恒美：

> 你锥形的影子遮满了圆圆的井口
>
> 你独立，承受各方的风向
>
> 你在宇宙的安置中生长
>
> 因了月光的点染，你最美也不孤单
>
> 风霜锻炼你，雨露润泽你
>
> 季节交替着，你一年就那么添了一轮
>
> 不管有意无情，你默默无言
>
> 听夏蝉噪，秋虫鸣

是一种知识分子人格独立的情怀？一种特异的艺术追求精神的坚守？一种美丽不孤单的生命节操的表述？还是一种民族生命自持与信念的赞美？或者还有其他……诗里没有给你明确的信息，却在极为平常的自然景物的吟咏中，如画的文字里，像晚唐李义山的那些《无题》诗一样，留给你一种多义的猜想，一种悠远的遐思，一种精神升华与审美愉悦的获得。新诗的现代性与古典性融合后创造的美，得到了一种呈现和体认。探寻辛笛诗的美和魅力，可能会给我们这样一种自信：新诗中产生的一些最好的篇章，不仅可以与古典诗歌佳作比肩，而且往往会给人一种古典诗歌无法替代的超越性的美。

王圣思：确实，海内外华人读者也热爱父亲三四十年代的诗，《手掌集》里有不少他们特别喜爱的作品，《再见，蓝马店》就是他们耳熟能详的诗篇之一，香港的青年诗人把他们的刊物起名为"蓝马季"，即由此而来，还有的干脆将"蓝马店"冠作报纸专栏的名称，一位加拿大华裔"忘年交"友人得知"辛笛的'蝴蝶'"——终身伴侣——病逝后，立刻想到"辛笛和文绮63年共同生活的情谊何等深厚？！如今，祝英台飞走了，梁山伯怎样活下去？能不叫人担心？"他们互相传递消息，急切地要"让他知道，他的蝴蝶，他的蓝马店的小鬼头们都要他活下去，要看他在巨变以后，用更动人更有感情的笔尖去讲着人间有情的故事！"父亲感谢他们的关切，只是他不再用诗句、用文字表达他的情感，而是用他默默的行动讲述人间有真爱在。正如他在未刊诗稿里写下的："无言的爱却有 / 碧海青天为证。"

去年10月底，香港友人潘耀明（彦火）在老诗人黎焕颐的陪同下来家看望父亲，他们在20世纪80年代初的香港结识，彦火曾对父亲做过专访，畅谈三小时，整理记录为《王辛笛的诗歌造诣》。这次重逢，父亲很高兴，特地在日历上记下一笔。在此之前台湾诗人痖弦、张默先后来访，也聚谈甚欢。痖弦是在台湾介绍父亲诗歌的第一人，早在20世纪70年代初，大陆文学在台湾是禁忌，他就冒着危险写下《开顶风船的人——〈手掌集〉的作者辛笛》一文，在文章中传达了台港读者对父亲的惦念，在中国新诗发展的背景下，联系台湾诗坛的现状分析了父亲诗歌的特点。这次把晤后他俩都有相见恨晚的浩叹。旅美诗人叶维廉接到讣告后来信说，"我的诗师诗友辛笛走了，这伤情就更深沉了""仿佛和我有深切关系的时代完全被推入历史了"。23年前在香港，他与父亲深谈八小时之久，将其中的一部分内容整理成《婉转深曲——与辛笛谈诗和语言的艺术》发表，他还真想把这些材料全部整理出来，他觉得辛笛一生为诗尽了心力，可以告慰了。

更多的读者反复吟味他们喜爱的诗句，"如今生涯叫我相信 / 是春天草长呢""想念温暖外的风尘 / 今夜的更声打着了多少行人""将生命的茫茫 / 脱卸与茫茫的烟水""智慧是用水写成的""'再见'就是祝福的意思""时间在松针上栖止"等，认为在这些平凡的字眼中透着诗情，经得起咀嚼，叫人不易忘怀。

孙玉石：辛笛诗，多数明朗而蕴蓄，比较好懂。也有些诗，写得较朦胧。他说过，"晴朗的天色就是好 / 朦胧却也自有一番风景""诗歌中无可否认朦胧总是一种美"，他以宽容的胸怀与眼光，来看待艺术上的朦胧美。这样一些诗，往往有些地方不是很好懂，《月夜之内外》就是。在为辛笛先生创作七十周年研讨会写的文章里，我曾解释说：自然的月夜，成了诗人心理的月夜：一种生命短暂与时间永恒的暗示或象征。接着这些月夜之美的描写，诗的后面进入了对于人生与死亡主题的思考。"碧玉盘中有绿色花果"，这个突兀的现代性意象，与前面的月夜之美的意象，是联系在一起的。它是充满生命之美的意蕴象征。《对照》一诗里就有："杯盘该盛饰着试剪的果菜 / 但去年浅酌尝新的人呢。"在此诗里，或是暗示生命的完美，由于面对月的这样"内"与"外"的美，自己竟"不敢"再去向镜中窥照，而忧虑于个人生命的衰老和死亡，朦胧地透露着由自然美而引起的哲理沉思。对于诗中的字句关联与意义解释，特别是"碧玉盘中有绿色花果 / 我不敢再向镜中窥照"等句，是真实情景，还是象征？我没有把握。开会期间我曾就此问过你，你答应回去后，代我问问父亲。后来你特意为此与父亲进行讨论，并很快写信答复。这封讨论诗的信是很珍贵的。

王圣思：那封给您的信主要内容是这样的："您在家父诗歌创作七十周年研讨会上的发言录音，家父听了两三遍，认为很有见解。我问起他《月夜之内外》一诗的某些含义，他一时记不起当时写作的情景了。与他讨论了一下，是否可做如下解释：

月夜之内外

窗前的禾黍在星光里点头
静静的原野是白的
波来波去
听万年海的潮音。
碧玉盘中有绿色花果
我不敢再向镜中窥照
问是否有白骨在沙里笑
在风里舞。
夜之后来了黎明。

这首诗还是他惯常的做法，即以句号把全诗分成三部分。前四行为一段，是看到窗外的月夜景色而引起隐喻联想：从'碧玉盘中有绿色花果'以下四行是第二段，这句将视线转入'内'，展示屋里的静物，碧玉盘是指果盘，也为增加色彩与质感，而盘中的绿色花果与窗前的禾黍既有点题——月夜之内外，又有二者的暗暗呼应，然后就如您所解释的对生命的感悟。最后一句则单独为一部分，将前面的诗绪既收拢又放开去。这些想法供您参考。"

二、"我的脚步还能保持过去玫瑰色的余绪回声"

孙玉石：我最感兴味的，是辛笛诗所选择的抒情姿态。他避开口号式的呼喊，不做缺乏升华的现实描写，也不沉迷于个人狭小情怀的吟咏，而着重与社会联系的内心世界地开掘与人生哲理的感悟。将这些开掘与感悟，通过敏锐的诗感，捕捉一些富有诗意的印象、意象，让富有新颖性的意象去创造诗的意境。他以自然景物为主的抒情诗，就充满了这种融真情于物象中的醇美。比如那首《月光》，就是这样的杰作：

何等崇高纯洁柔和的光啊
你充沛渗透泻注无所不在
我沐浴于你呼吸怀恩于你
一种清亮的情操一种渴想
芬芳热烈地在我体内滋生

你照着笑着沉默着抚拭着
多情激发着永恒地感化着
大声雄辩着微妙地讽喻着
古今山川草木物我的德性
生来须为创造到死不能休

你不是宗教是大神的粹思
凭借贝多芬的手指和琴键

在树叶上阶前土地上独白

　我如虔诚献祭的猫弓下身

　　但不能如拾穗人拾起你来

　　这首诗，写在 1946 年春天的上海。对月光神圣而纯粹的情感抒发，对高洁的人性与创造者永恒而纯粹的美的礼赞，对知识分子清亮情操与精神升华的渴望，以及对一个灵魂渴望获得美、创造精神（月光）却又无法得到的那种"虔诚献祭"者的无奈……在这首咏叹月光的诗里，表现得十分隐约含蓄而动人。月光的意象，通过诸多具体事物和现代典故的演绎渲染，构成了一个完美的抒情姿态与幽美意境，对月光的精神开掘与发现，对人性与月光的交辉思考与拟人描述，又极富现代人的哲思。这些品质，使辛笛的这首诗不仅可视为整个新诗中描写"月光"的一曲绝唱，而且，堪与古典诗歌中无数咏月的名篇佳作并置而熠熠生辉。辛笛是在新诗中最自觉追求诗歌抒情意境创造的一位诗人。他曾不无珍惜之情地说，八九十年代的诗里，"我的脚步还能保持过去玫瑰色的余绪回声"。

　　王圣思：这首《月光》在父亲的诗作中是很有代表性的，其意境内涵正如您所阐释的那样，同时在艺术形式上他也做出有意识的实验，视觉上是方块体诗，读来却是自由体的感觉，运用语词表达的停顿变化来体现诗绪的节奏、情感的起伏。我记得您曾经说过，若只能选辛笛的一首诗，您就会选他的这首《月光》。您把读他佳作的感觉表达得真准确，对诗歌文本分析得细致扎实。这是现在不少诗歌研究中十分缺乏的。

　　刚才您还谈到他对美的珍视，让我想起他病逝后，上海作家协会建议给他设计制作生平纪念卡，我在他的笔记本里查找可以用作手迹的诗歌手稿，不是太长，就是内容不合适，翻到最后，冥冥中仿佛父亲在示意，又仿佛是天意，一张小纸片飘落出来，上面有他的字迹，一首他生前悄悄写下的诗稿《听着小夜曲离去》，九行长短诗句，原来他的遗言留在了他的诗里，他已无须多说什么了！

1月17日为父亲送行的仪式完全照着这首诗嘱办的，父亲不要我们哭哭啼啼，而是希望我们在优美如诉的旋律中送他远行。他一生敏感于美，给人们带来诗的美，也在音乐美的感受中离去。他躺在花丛中，看上去丰容盛鬓，仿佛熟睡，舒伯特的《小夜曲》在大厅里悠扬盘旋。送给吊唁者的最后纪念是父亲最新出版的散文集《梦馀随笔》和家里还存有的诗集，在这个浮躁喧哗的时代，父亲留下他对诗歌和文学永恒的爱恋和追求。

父亲在晚年写下了比三四十年代更多的诗作，还有一些没有结集出版，或没有发表。就他已发表的八九十年代的诗作，您有何评价？

孙玉石：八九十年代辛笛恢复了创作的权利与活力，开始诗的第二个黄金时期。他曾自喻一株"窗前树"，承担寂寞但并不说一声憔悴："一年四季，亭亭挺立：/不正是由于他心中，还怀有吸自地心的活力？/明年春天来了，/它还会照样开花/还会照样翠绿，还会照样结出华美的果实。"20世纪80年代作品留有恢复期的迹痕，虽保持"善于捕捉印象"的长处，但多因匆促而成带来的浮泛，少蕴蓄凝思而炼就的深警。收在《印象·花束》集子中的多数作品，就是如此。我比较喜欢的，有《乐园鸟——记在厦门大学生物系标本室所见》《大海唱给月亮的歌》《香山深处》《留别香江》

等。20世纪90年代的诗仍然承袭自己寻美的思考，写得更加朴实老练，沉着宁静。如《夜航》，一次夜航船经验的象征性素描，暗示了对于广大人生"平安夜"的企盼。《熔浆照亮了酡颜》，是现实，也是想象，歌唱一种村野欢乐的豪情，有一种新见的雄放之美。《一颗半披着袈裟的凡心》，一首无题诗，唱的是生命对多彩世界生活的留恋。《是亲切还是陌生》，写诗人归来后所体验的亲切与陌生，珍惜与自励，写得楚楚动人。他写给诗友艾青、卞之琳、赵端蕻、杜运燮等人的几首怀念诗，也在真情与痛楚的抒写中，蕴藏味尽人生后的一种情挚意切的感染力。20世纪90年代的诗，情感意象，少刻意发现，更自然老辣，仍然保留"玫瑰色的余绪回声"，但就诗美与魅力的力度来看，还很难说超越了以前的一些名篇。

王圣思：我总觉得大自然的草木能及时感应气温的回暖而抽绿开花，可受禁锢的诗心却往往需要一个更长的过程才能复苏。正因为人心挣脱外在束缚如此艰难，人们才如此吁求和渴望一个健康、和谐、自由、宽松的外在环境。

记得20世纪70年代末上海工人文化宫举办诗歌讲座，请父亲做首次讲座的主讲人。我坐在听众席，听父亲在"文革"以后做第一次演讲。遗憾的是，他还没有从过去的余悸中走出来，做的不是关于诗歌的演讲，倒像是政治大报告，教条的术语、枯燥的宣传，让我如坐针毡，身边和身后的人们在窃窃私语，甚至大声打呵欠，也许这次与1947年他在上海青年会做的英诗讲座所受的欢迎迥然不同。好不容易报告结束了，作为礼貌，也有一些稀稀落落的掌声。但我听到后座发出讥讽的声音："这下好了，辛笛，辛笛，笛子吹破哉！"回头一看，是个青年人，满脸嘲笑，幸亏在座的听众不知道我是谁，否则我真恨不得转身就走。回到家，我气急败坏地告诉父亲："这次讲得一点儿都不好，知道人家说你什么吗？'辛笛，辛笛，笛子吹破了！'"没想到，父亲一听这话，就大笑起来："哈哈，哈哈，讲得真妙，笛子吹破了！比喻很形象，语言很生动！"

禁锢是一步一步打破的，思想是一点儿一点儿解放的。整个社会尚且如此，更遑论像父亲这样的人。20世纪80年代他终于迎来了新的创作生命，他感到做梦似的，这辈子竟还能写新诗，而且能发表！有些诗作留下了他冲破外在和自身桎梏的痕迹，看得出他所做出的挣脱羁绊的努力。尤其要写遵命诗歌时，临到交稿日他常常会大声叹气："苦恼啊，写不出！"只有触动他内心真实情感时，诗情才会自然从容地流露。八九十年代他的诗艺逐渐向三四十年代回归，但已不可能彻底回归。时间是无法倒流的，沧桑的岁月，艰难的探索，人生的积淀，使他品出人世间的悲欢，悟出生死的禅机，他的有些诗更多有几分淡泊的情趣，也有深切委婉的回忆和独白，达到明朗豁达的意境。我与您一样，更喜欢他三四十年代的名篇，而他自己看重的却是晚年作品。我参加过他的诗歌创作六十年、七十年两次研讨会，与会者的有些发言使我对他的晚年之作有所关注，抒情题材比较丰富，风格多样，如平易隽永的《黄昏独白》、灵动深情的《蝴蝶·蜜蜂和常青树》、清新阔大的《潮音和贝》、含蓄悠远的《别情》、现代感强烈的《洛杉矶的多元性格》、隐寓禅意的《无题草》、沉静忧郁的《梦过旧居》等，将现代意味的阐发、古典意境的变形、积极入世的情怀和出世禅意的恬淡交织在一起，充满着温馨乐观的感情，还有一些个人想象之作带有预言性，形成老年诗人创作的一道景观。

中国人喜欢盖棺论定，我父亲已走完了他的人生之路，您觉得他与"九叶"诗人在中国新诗史上有着怎样的贡献和地位？

孙玉石：穆旦 20 世纪 40 年代初，在艾青的《吹号者》《他死在第二次》等诗中，发现了"博大深厚的情绪"与历史的"真实的图画"完美结合的艺术图景，并在此基础上提出了"新的抒情"的观念，既肯定诗关切人民命运的现实性，也坚守诗歌自身应有的艺术美。"九叶"诗人承袭和发扬了艾青树立的传统，又自觉将之与世界现代性诗潮相衔接，为新诗贡献了一种独特的艺术原则：追求时代关切与艺术魅力二者完美的结合。他们反对过分脱离现实的"走出了人生"，也反对过分忽视诗美的"走出了艺术"，认为诗的"神圣任务"是"将人生和艺术综合交错起来"，奋力追求艺术与现实间的正常的平衡，通过"强烈的现代化倾向"，确定地指向诗的新生。袁可嘉将这个诗人群体所追求的现代主义称为"内在的现实主义"，他们为新诗构建了一个新的"现实、象征、玄学的综合传统"。

辛笛是"九叶"的领头人。从当时写诗，一直到 20 世纪 80 年代，他都这样认为："诗歌是不能脱离现实的。因为人总是社会的人，诗歌的源泉既是来自生活，就必然和社会、时代密切相关。但诗终究首先必须是诗，而不是政论，一定要有丰富的想象，有思想的深度，谋求艺术性和思想性的统一，同时以精练的语言表达出来，给想象留下空间的容量，这才能增强诗歌的魅力。"收在《手掌集》里的《姿》《布谷》，在非常形象的抒情里，或隐或显地传达了自己这种美学理想追求与坚守的声音。

丁香、灯和夜

辛　笛

今夜第一次
我惊见灯下
我的树高且大了
花的天气里夜的白色
映照中一个裙带的柔和

今夜第一次
我试着由廊下探首窗间
绿窗有无声息
独自为主人
描一个轻鸽的梦吗

1936 年 4 月
甘雨胡同六号
（选自《珠贝集》，上海光明印刷局，1936 年）

描一个轻鸽的梦

读辛笛的《丁香、灯和夜》

　　试想这样的情景：一位敏感的青年人，在一个宁静的暮春之夜，一天劳作之后，合上书册，稍作小憩，心与神游，轻轻地推开窗子，借助那淡黄色的灯光，突然望到园子里一树丁香花开满了的白色，于是他为这纯洁的花所惊异，而由此浮想联翩，在他的心中泛起一片想象的情潮。我读辛笛的《丁香、灯和夜》，走进他这首小诗描写的情境，就会为诗人看似平淡实则热切的感情传达所吸引。此诗最初发表于 1936 年 7 月 17 日《大公报·文艺》，后收入《珠贝集》。根据末尾所署，这首诗写于 1936 年 4 月北京的甘雨胡同六号，此时辛笛当为 24 岁，是刚刚走向社会的清华校园诗人。

　　这首短诗深得中国传统诗的含蓄蕴藉的精髓。全篇没有直露的表白，没有情感的波动，甚至没有一个浓烈的情绪的字眼，一切的情思都错落地镶嵌在几个意象组合构成的氛围之中。这几个意象，就是诗题中所提示的：丁香、灯和夜。对于它们构成的景色的发现也同时发现了心底的秘密。

　　诗的开始写出了北京小院的图景，也画出了诗人一幅心的图景：

今夜第一次

我惊见灯下

我的树高且大了

　　在前三行诗里，三个主要的意象都出现了。而且这三个意象组合构成中，没有出现名字的丁香树，成为感情传达的中心。物随情移，人之常理，树本来还是原来的树，但因诗人情感浓化了，才会"惊见"于"灯下"的"树"，竟会不同寻常地变得"高且大了"。人因感情的不同而对自然景物感受的结果也不同，这突然高大起来的"树"，在自然生长秩序中是不合理的，可是在人的主观感情秩序中就是非常合理的了。因为这"树"，已经不仅是自然之树，而是注入了人的主观感情成为一种自然美之爱的象征。也许纯洁美丽的丁香树是一种情感的象征物吧，所以这"树"的"高且大"引起了我的"惊异"。

　　下面两行诗，当然是对"树"象征的情感的展开和推进，也是诗的点题之笔："花的天气里夜的白色／映照中一个裙带的柔和。""我"看见花，看见繁花中月光下的夜色也如花一样的洁白了，而想象中的一位佳人的"裙带"，也被映照得分外的"柔和"了。这是想象中的"现实"，又是回忆中的情景。诗里不说思念的女子，而说"裙带"，以物代人，这是中国古诗传统的一种表达方式。一个"裙带的柔和"里有多少被今夜的"灯"所唤起的无言之美的记忆啊！

　　下面是小诗的第二段：

今夜第一次

我试着由廊下探首窗间

绿窗有无声息

独自为主人

描一个轻鸽的梦吗

　　夜深人静中，见"树"而想人，由想人而走到廊下"探首窗间"："试着"探问"绿窗"里"有无声息"，也就是说，自己多么想知道，思念着的人现在怎样了呢？这位绿窗人怎样呢？她或者也在思念着自己，或者已经进入宁静的梦乡，究竟怎样，都只能靠读者的想象去填补这一片空白。诗人的传达则跨越这空白，写出了最后无奈的然而又是非常真诚的、近乎天真的愿望：很有些孤独与怅惘之感的"我"，要为"绿窗"里的"主人"，描一个"轻鸽的梦"，这"绿窗"的"主人"，是诗人自己，也可以是一种美称的想象。接句不用肯定语气，而用询问的语气，犹疑而自问的姿态，更增加了全诗传达的轻柔而含蓄的气氛。

　　辛笛的女儿王圣思解释这首诗说："在写法上试着采用一上来就以意象扑面掠人的方法，春夜猛见窗外的丁香树在灯影下变得又高又大，原本熟悉的东西一下子变得陌生了，把人所产生的幻觉意象凌空抓起，造成扑面而来的效果，现实、幻觉、想象融合在一起，春天树开花，又有月光，花就有颜色，联想到女性，展示了一种柔和的美感；第二节则化用了韦端己句'劝我早归家，绿窗人似花'之意境，韦句抒写在外旅人想家，家中有人等着他归来，而辛笛的诗中则无人等他，心中寂寞的他把自己幻化为另一个自我。在窗外想象在窗里有无人，这里的'主人'，其实就是指作者本人，做着自我审视。最后以提问的方式做结束，暗含着描不成这个'轻鸽的梦',表达了内心淡淡的惆怅和寂寞。"

"在这段日子里他与文绮没有联系,只从公叙那里听说她去日本留学了。有时脑海里也会闪现出文绮的倩影,但中国传统的规矩束缚着他,他俩没有进一步的联系,连通信都没有。"

辛笛当时住的甘雨胡同六号,与金鱼胡同平行,在北面,只相隔两条小巷,东端通米市大街,西端通王府井大街。清华毕业后,辛笛在北平城内贝满女子中学、艺文中学教书,学校分别在灯市口和南长街,离这个小院都不是很远。这是一个香火久废的道观,里面有改修过的小客栈。辛笛在这里度过了温馨的一年。他经同学章公叙牵线,这时已经认识了女友徐文绮。这首诗,可以看作诗人自己内心境域的独白,传达了一种"内心淡淡的惆怅和寂寞",但把它看作诗人青春期爱情思绪隐藏性的传达,也是未尝不可的。

月夜之内外

辛　笛

窗前的禾黍在星光里点头
静静的原野是白的
波来波去
听万年海的潮音。
碧玉盘中有绿色花果
我不敢再向镜中窥照
问是否有白骨在沙里笑
在风里舞。
夜之后来了黎明。

1936 年在爱丁堡

（选自《手掌集》，上海星群出版社，1948 年 1 月）

自然景色描绘中的人生感喟

读辛笛的《月夜之内外》

　　《月夜之内外》一诗写于 1936 年，是诗人留学英国住在爱丁堡时的作品。爱丁堡为苏格兰首府，依山傍水。后来此诗收在《手掌集》的"异域篇"里。

　　这首诗的传达，全靠的是自然景物构成的意象。诗人将自己的意图隐藏起来了，究竟是什么意思，作品没有说，也就使人读了感觉很朦胧。这是一幅月夜的图景，由屋内与屋外两幅图画构成。自"窗前的禾黍"开始的前面四行，写月夜里的屋"外"景象，讲的是自然生命永恒的抒发。禾黍在星光下快乐生长，原野在月光下美丽如雪，大海潮音永远在奏着欢快的音乐。是真实的海，还是月光如海？难以确定，更多的可能是指后者。诗人在这里，暗用了"春江潮水连海平，海上明月共潮生。滟滟随波千万里，何处春江无月明……"（张若虚《春江花月夜》）的诗意。自"碧玉盘中"开始的四行诗，则写月夜的"外"，讲的是人生短暂的忧虑。盘中绿色花果，是象征人的生命的可爱与美，而"我不敢再向镜中窥照"三句，讲的则是人的生命易逝的感叹。"问是否有白骨在沙里笑，在风里舞"，暗示人生苦短，死亡永恒。诗似在告诉人们：恐惧是没有用的，只有享受美，享受人生，创造人

生的美，才是生命的价值与意义。人生活着是美丽的，即如"碧
玉盘中"的"绿色花果"一样。与前六行独立的最后一句诗"夜
之后来了黎明"，是说时间就是这样永远不变地运转，人的生与死
是不可抗拒的自然规律。在象征的自然景物中，在隐喻性意象中，
诗人传达的是一种传统和现代都同样面对的生命的主题。诗很短，
很美，也很朦胧，但走近了，或理解了它隐藏的意思，也就更觉
得它哲思的深沉与隽美了。

　　我的这些解释，是吸收了诗人自己的意见的。2003 年 11 月
初在上海召开的辛笛诗歌创作七十年研讨会上，我在宣读的论文
中，是这样讨论这首诗的：这首诗里，写了从月夜到黎明时的景
物与心境。诗人眼中月色下的一切，都是那样宁静：星光下点头
的"禾黍"，寂静无声的白的"原野"，月光似水如听万年里"海
的潮音"，这一切"月夜"里的意象，都浸透了诗人的感情。它使
人们想起唐人笔下的一些诗意："春江潮水连海平，海上明月共潮
生。滟滟随波千万里，何处春江无月明。""今人不见古时月，今
月曾经照古人。古人今人若流水，共看明月皆如此。"（李白《把
酒问月》）自然的月夜，成了诗人心理上的月夜：一种生命短暂与
时间永恒的暗示或象征。接着这些对月夜之美的描写，诗的后面，
诗人进入了对于人生与死亡主题的思考。"碧玉盘中有绿色花果"，
这个突兀出现的现代性意象，与前面的月夜之美的意象，是联系
在一起的。它是充满生命之美的意蕴象征（《对照》一诗有："杯
盘该盛饰着试剪的果菜／但去年浅酌尝新的人呢"）：或喻指一轮
圆月，或暗示生命的完美，由于面对这样的美，自己"不敢"再
去向镜中窥照，因为忧虑于个人生命的衰老和死亡。这些意象组
合构成的抒情世界里，朦胧地透露着一种自然美的永恒与生命短

暂的哲理思绪。他坦然告诉人们，这是自然的规律，不是人生的悲哀；它是那样平常，就像"夜之后来了黎明"一样。

我当时对于自己的解释没有足够的把握。会后，我就自己的理解，与辛笛的女儿王圣思讨论，并请她代为转问辛笛先生，诗人自己是怎样看待此诗的写作背景与内涵的？没有多久，我得到王圣思教授的复信。这里将复信附后，供读者理解此诗时参考：

玉石先生：

想来您已从台湾返京，此行有收获吧？

您在家父诗歌创作70周年研讨会上的发言录音，家父听了两三遍，认为很有见解。我问起他《月夜之内外》一诗的某些含义，他一时记不起当时写作的情景了。与他讨论了一下，是否可做如下解释：

月夜之内外

窗前的禾黍在星光里点头
静静的原野是白的
波来波去
听万年海的潮音。
碧玉盘中有绿色花果
我不敢再向镜中窥照
问是否有白骨在沙里笑
在风里舞。
夜之后来了黎明。

这首诗还是他惯常的做法，即以句号把全诗分成三部分。前四行为一段，是看到窗外的月夜景色而引起隐喻联想；从"碧玉盘中有绿色花果"以下四行是第二段，这句将视线转入"内"，展示屋里的静物，碧玉盘是指果盘，也为增加色彩与质感，而盘中的绿色花果与窗前的禾黍既有点题——月夜之内外，又有二者的暗暗呼应，然后就如您所解释的对生命的感悟。最后一句则单独为一部分，将前面的诗绪既收拢又放开去。

　　这些想法供您参考。即颂

冬安！

家父辛笛嘱笔问候！

王圣思 11.17

再见，蓝马店

辛　笛

走了

蓝马店的主人和我说

——送你送你

待我来举起灯火

看门上你的影子我的影子

看板桥一夜之多霜

飘落罢

这夜风　　这星光的来路

马仰首而啮垂条

是白露的秋天

他不知不是透明的葡萄

鸡啼了

但阳光并没有来

马德里的蓝天久已在战斗翅下

七色变作三色

黑　红　紫

归结是一个风与火的世界

听隔壁的铁工手又拉起他的风箱了

他臂膀上筋肉的起伏

说出他制造的力量

痴痴的孩子你在玩你在等候

是夜的广大还是眼前的神奇

也让你守着这尽夜的黎明不睡？

来去辄欲与吉诃德先生同行

然而除了风车　除了巨人

森林里横生的藤蔓　魔鬼的笛声

我是已有多久了

行杖与我独自的影子？

——年青的　不是节日

你也该有一份欢喜

你不短新衣新帽

你为什么尽羡慕人家的孩子

多有一些骄傲地走罢

再见　平安地

再见　年青的客人

"再见"就是祝福的意思

1937 年 4 月春旅自伦敦北归
（选自《手掌集》）

"再见"就是祝福的意思

读辛笛的《再见，蓝马店》

1937年春假，辛笛留学英国期间，自所在的爱丁堡再游巴黎，对于纪德的"我思，我信，我感觉，故我在"的阐释颇默会于心，他接受法国象征派的象征意象创造和诗与音乐关系的理解与实践，深化了现代主义诗歌创作意识。他先后写了一系列诗篇，表明他的诗艺进入了成熟时期。后来收在《手掌集》"异域篇"中的《对照》《巴黎的旅意》《题 Van Gogh 的画》和这首《再见，蓝马店》等，就是其中的代表性作品。

这首《再见，蓝马店》写于1937年4月，是他自巴黎返回伦敦，从伦敦再返归苏格兰爱丁堡途中所作。旅途中，因乘便宜的夜车，路经一个名为蓝马店的小客栈。在第二次世界大战爆发前的阴影中，小店主人的热情好客，人们的亲切平和，给过路的诗人以难得的温馨，激发了他内心的绵绵诗绪，于是诗人借与客栈主人告别的口吻，抒发了自己的人间关切情怀。

全诗共四节，三十六行。诗以蓝马店主人送别口吻开头，中间二节主题部分为诗人的思绪与感悟，再到最后一节是蓝马店主人的告别与嘱词，是一个前后呼应、完整统一的圆形抒情结构。

诗的开头"走了，蓝马店的主人和我说"，用平淡叙事的笔调开头，给人以亲切自然之感。接着，是蓝马店主人送客的话，语句短促与舒缓参差，不仅写出热情，也写出情态。"送你送你／待我来举起灯火／看门上你的影子我的影子／看板桥一夜之多霜"，举火送客，叙述火光照耀门上的影子，"你的影子我的影子"，既有主人的亲近絮叨，又有不尽留恋的淡淡情怀。诗中巧妙地化用了积淀于心的著名的温庭筠《商山早行》"鸡声茅店月，人迹板桥霜"的诗句，既合乎异域旅店主人的口吻，又有旅人自身意境的温暖。接着进入旅行人借题发挥的心境抒发。先写秋天早晨的感觉：星光隐去，秋风吹来，落叶枝条，鸡声啼鸣，阳光未见，均给人一种离别时的萧瑟之感。"鸡啼了／但阳光并没有来"，呼应前面的化用"鸡声茅店月，人迹板桥霜"的诗句，也暗应后面将出现的关于战争的抒写；而"马仰首而啮垂条／是白露的秋天／他不知不是透明的葡萄"，据王圣思说，似运用了嘉宝主演的影片《瑞典女皇》里的一个镜头：主人公斜卧，手举一串半透明葡萄，她仰头吃着手中这串半透明的葡萄。这个充满诗意的美的瞬间，长久留在诗人的记忆中。记忆中的想象与生活里的实景，是真是幻，纠结于一起，这里透露的无知者的幸运与智慧者的痛苦，呼应着后面对于充满杀戮、战争的现实思考的酸涩。后面接着是写对马德里战事的想象，写现实中孩子的天真，写羁旅中自己的忧虑惆怅，这都与战争环境下的复杂心境相关。战争使马德里的天空失去彩虹的七色，而代之以屠杀、鲜血与死亡——"黑红紫"三种颜色，构成了一个充满"风与火的世界"。"听隔壁的铁工手又拉起他的风箱了"，一种解释，是以铁工手臂膀隆起的肌肉，说明他"制造的力量"，暗示一种对于抗争的期待和呼唤；另一解释是，以铁工手为战争势力的象征，"以铁工手的臂膀显示的力量隐喻希特勒法西斯在欧洲张牙舞爪（这样的意象比喻已不仅是不落俗套的新颖，而且蕴含着现代理解）"。我以为两种理解，似均可存在，而前一种理解似更接近一些。后面几行，写战时的孩子：

> 痴痴的孩子你在玩你在等候
> 是夜的广大还是眼前的神奇
> 也让你守着这尽夜的黎明不睡?

可解释为一种隐喻：当时英国首相张伯伦一味采取绥靖政策，善良的老百姓如孩子般天真，幻想和平能维持下去。我想，此解与此诗意象所蕴含的意思大体是符合的，但似也有求之过深之嫌。如果与前面和后面连续起来读，其实就是很简单的暗示：面对战争的即将袭来，这里的人民在积蓄力量，孩子在等待黎明，而浪迹异域的我自己呢，则像堂吉诃德一样，满怀理想而无所事事，成为与森林里的藤蔓和魔鬼的笛声相伴的孤独的漂流者。自己欲与堂吉诃德同行，然而除了想象中的"风车"、"巨人"、森林里的藤蔓与"魔鬼的笛声"之外，"我是已有多久了／行杖与我独自的影子?"就是空负理想、无力付诸实践的漂泊者与孤独者的暗示。这是一种有良知的知识分子离开多灾多难的祖国，独行在外的忧郁与自遣，也是在行旅中由现实引起的对于国家命运的沉重思考。

完成了这段没有"欢喜"的"旅愁"的抒发，诗便自然地回到最前面，是蓝马店主人的送客之词，他的出自关切的安慰。他看出了年轻人忧心忡忡的心事与情感，于是这样说：

> ——年青的　不是节日

你也该有一份欢喜

你不短新衣新帽

你为什么尽羡慕人家的孩子

多有一些骄傲地走罢

再见　平安地

再见　年青的客人

"再见"就是祝福的意思

　　末尾诗句似乎啰唆，似乎拙笨，但却充满了真情实感，充满了乡间小店主人的一片质朴的真诚。对李商隐"年少因何有旅愁"的借鉴、化用，在这里产生了别样的诗意与境界。"'再见'就是祝福的意思"，这里看似啰唆浅白的一句话，却"点破了无法说尽的惜别之情"。世事纷扰的思虑，战争忧患的痛苦，游子失落的悲凉，人情冷暖的慨叹，交融汇流，构成这首短诗的魅力源泉。这首《再见，蓝马店》所写的难得的人间真情，所蕴含的深沉的人类关怀，在宁静的意象与调子中所充溢的巨大的内心悲情，给作品带来的生命与魅力是永久性的，"多少年后一直为读者所深深喜爱。直到二十世纪五六十年代，来自港台的不少留学海外的青年都爱吟辛笛这首诗。当辛笛在内地销声匿迹之时，香港的青年诗人甚至将他们的刊物题为'蓝马季'，就是从《再见，蓝马店》而得名的"。

刈禾女之歌

辛　笛

大城外是山

山外是我的家

我记起家中长案上的水瓶

我记起门下车水的深深的井

我的眼在唱着原野之歌

为什么我的心也是空而常满

金黄的穗子在风里摇

在雨里生长

如今我来日光下收获

我想告诉给姐妹们

我是原野上的主人

风吹过镰刀下

也吹过我的头巾

在麦浪里

我看不见自己

蓝的天空有白云

是一队队飞腾的马

你听　风与云

在我的镰刀之下

奔骤而来

1937 年 4 月 30 日在苏格兰高原（选自《手掌集》）

异域高原刈禾女的心声

读辛笛的《刈禾女之歌》

这首《刈禾女之歌》，写于 1937 年 4 月，与《再见，蓝马店》的创作时间是相近的。当时没有见诸于世，隔了九年之后，最初发表于 1946 年 1 月《文艺复兴》第 1 卷第 1 期。诗末署写作于"在苏格兰高原"，但据诗人之女王圣思说："其实这里的苏格兰高原只是一个泛指，它是辛笛站在爱丁堡皇家植物园的高地上神思遐想的产物。"

吴宓在清华大学外文系曾经开设《十九世纪浪漫主义诗歌》，给予在那里读书的辛笛很深的影响。辛笛很喜欢湖畔诗人华兹华斯那些略带忧郁而充满美丽想象与浓厚抒情气味的作品。华兹华斯的一首《孤独的刈禾女》，留给他至深的印象。几年之后，当他踏上苏格兰高原这刈禾女的故乡的时候，诗意的记忆与现实的景物触发了他的灵感，使他写下了这首美丽而不朽的歌。

据王圣思教授说，辛笛的这首《刈禾女之歌》，很明显的，脱胎于华兹华斯的《孤独的刈禾女》，但不是意象、抒情的简单模仿，而是基于同样情境和意象的一种艺术的改写与创造。华兹华斯的作品，描述的是"我"看到刈禾女在山地独自收割，唱着幽怨的曲调；诗人着重渲染了刈禾女的孤独和忧伤，这个画面与曲调呼应了"我"内心的孤寂，因此，当"我"缓步离开后，那已寂然无声的调子，"还在心底悠悠回荡"。诗里写了刘禾女的劳作，但整个画面是恬静而寂寞的。在华兹华斯的诗中，刘禾女是自然的一部分，这折射了诗人的泛神论思想，隐含着诗人对于自然的虔诚与神圣的感情。辛笛的这首诗，让第一人称的"我"，即刘禾女自己成为主体，抒发的完全是人世生活的情调，让劳动中的刘禾女唱着自己心中的歌，改变了华兹华斯诗中忧伤与孤独的情调，而充满了欢乐和自豪。

由于抒情对象的选择，诗人采用了与之相适应的格调，使得这首诗具有了明显的苏格兰谣曲的风味。诗的情绪愉快欢乐，抒情气势也开阔博大，与辛笛20世纪30年代一些诗惯有的沉思、细腻、忧郁相比较，是全然不同的另一种风格。全诗隐去了诗人这个抒情主人公自己，而让刘禾女以主人公的口吻歌唱。

诗的前四行，刘禾女唱的是自己的家。"大城外是山，山外是我的家"，这个朴实之极的民歌式的开头，既符合歌唱者的身份与情调，又突出了苏格兰高原的特殊背景，质朴中给人一种自然豁朗、开阔雄浑的感觉。后面两句是对家的描述。在大城外的山里，"我记起家中长案上的水瓶，我记起门下车水的深深的井"，两个排比的句子，突出了诗中人物刘禾女家庭生活的典型画面。这些描写，都是苏格兰高原农家寻常生活的事物和意象，诗里用的又是极为自然的抒情调子，这样一开始就构成了诗的抒情基调的古朴、自然和亲切。接着"我的眼在唱着高原之歌"下面第二部分的头四行诗，刘禾女抒发自己在丰收时候的欢乐愉快心情，也隐含了自己与"金黄色的穗子"一起"在风里摇""在雨里生长"中所付出的劳动的艰辛。由此，"为什么我的心也是空而常满"这句抽象的歌唱，也就将刈禾女与高原一起所经历的艰辛和收获的喜悦，概括和描写得非常贴切，有了感人的力度。

最后十行，是收获者刈禾女直接歌唱自己劳动的情景和内心的无比自豪。"如今我来日光下收获 / 我想告诉给姐妹们 / 我是原野上的主人"，这是抽象的心情自述，后面跟着的是具象的心情描写："风吹过镰刀下 / 也吹过我的头巾 / 在麦浪里 / 我看不见自己"，抽象抒情与具象描写的结合，显得画面更为真实丰满。中国古代民歌中"风吹草低见牛羊"的诗句，经过诗人意会于心与艺术变形，构成了异国高原刈禾女收获时弯腰劳动的风景，在这里用的是那样贴切而不露痕迹。麦浪无边而刈禾者愉快劳动，一幅图画展现于读者眼前。人真正成了自然的主人，消失在自然的怀抱里，自然也会向人发出亲近的呼应。人的心境变了，四周的自然也就变了，于是才有后面的歌唱："蓝的天空有白云 / 是一队队飞腾的马 / 你听　风与云 / 在我的镰刀之下 / 奔骤而来。"这里最终还是突出主人公刈禾女的力量——自然的创造者——人——的力量：自然的奔腾气势通过"在我的镰刀之下"发生。通过这些描写，可以感到握有镰刀的刈禾女那种创造丰收和主宰大地的气势，与前面以抽象语句所歌唱的"我是原野上的主人"是完全一致且相互呼应的。这首有浓郁民歌风也颇具现代味的诗，其结构的完整与抒情的气势，由此也可以明显见出了。

RHAPSODY[1]

辛 笛

楼乃如船

楼竟如船

千人万人的脚

窗上风的雨的袭击

但咆哮不过是寂寞的交替

我试着想初夏的清凉

清凉手臂中清凉的荷叶

我要以荷叶当伞

以荷叶当扇子

但我为什么又有了太多的伞下的寒冷

我捻去了燃烧着的橙色的火团

我在暗处

我在远方

我静静地窥伺

一双海的眼睛

一双藏着一盏珠灯

和一个名字的眼睛

今夜海在呼啸

---

[1] 《智慧是用水写成的——辛笛传》，第 95 页。

多变幻的海呀

今夜我不再看见蛇腹里的光

            白的长尾

但我为什么还能听见那尖破的笛声

我不知今夜咋夜明夜

夜夜

  在风的夜里

  在雨的夜里

  在雾的夜里

黑水上黑的帆船

是载来还是载去的

又毕竟载着的是那一些"谁"

我想呼唤

我想呼唤遥远的国土

风声雨声

楼乃如船

楼竟如船

行步声喧语声笑声

门的开闭声

邻近的人家有人归来

"是我是我"

我想问

我想呼唤

我想告诉他,安东·契诃夫,

我想告诉他:

是一个契丹人

是一个病了的

是一个苍白了心的

是一个念了扇上的诗的

是一个失去春花与秋燕的

是一个永远失去了夜的……

1936 年 5 月

（选自《手掌集》）

一个永远失去了夜的"契丹人"

读辛笛的《RHAPSODY》

　　这首诗最初发表于 1937 年 7 月 10 日戴望舒等人主编的《新诗》第 2 卷第 3、4 期合刊，后来收入《手掌集》（星群出版社，1948 年 1 月）。收入《辛笛诗稿》（人民文学出版社，1983 年）时，题目改为"狂想曲"。

　　诗人辛笛 1934 年毕业于清华大学外文系，1936 年往英国爱丁堡大学继续攻读英国文学。他后来说："抗日战争爆发了，我这个身在海外的中国人再也无法安心读死书了，在爱国热情的驱使下，忙于在英国各地四处奔走，宣传募捐，支援抗战。……我就此下定了决心从绵绵的个人情感中走出来，基本搁笔，不再写诗，以促成个人风格的转变。"（《辛笛诗稿》自序）

　　这首《狂想曲》，写于 1936 年 5 月。诗人正处于暂时"搁笔"而促成"个人风格的转变"的前夕。从诗中我们已经可以看出这种"转变"透露的信息。在这里，我们听到的已经不再是"绵绵的个人情感"，而是一个华夏游子对于迢遥的"国土"强烈思念的心声。

　　同以往的辛笛诗的宁静气氛不同，这首诗是以一种非常急促焦灼的旋律开始的："楼乃如船，楼竟如船。"突兀的比喻，重复的旋律，包含着特定的情感。一个爱国青年，置身于异国的楼群中，往日的安逸感没有了，由于自己归心似箭，热切思乡，受情感的驱使，周围的静物也似乎忽然"动"起来了，遂有"楼乃如船"的意象产生。诗人接着描写外在的景象：外面窗上风声雨声的"袭击"，像是"千人万人的脚"，但这嘈杂的声音排遣不了自己内心的寂寞："咆哮不过是寂寞的交替。"躁动的寂寞中，想着"初夏的清凉"，想着"清凉手臂中清凉的荷叶"，要以荷叶当伞，以荷叶当扇子，来排遣内心的寂寞感，但得到的结果却是"太多的伞下的寒冷"。思念的寂寞是无法排遣的。接着诗情由描写寂寞推进到抒写渴望。"我捻去了燃烧着的橙色的火团"，就是说捻去身边的灯火，我在"暗处"和"远方"，静静地窥视"一双海的眼睛"，"一双藏着一盏珠灯/和一个名字的眼睛"。这是海上远方的灯塔，是诗人思念的国土的象征。但这些窥视得到的与期待中夏夜的清凉一样的枉然，因为，"今夜海在呼啸"。在那多变幻的海里，今夜不再看见大的船舶航行时"蛇腹里的光"，看不见海面上拖着的"白的长尾"，但是，"我为什么还能听见那尖破的笛声"，在"不知今夜昨夜明夜"的"夜夜"风的、雨的和雾的"夜里"。笛声在这里也是一种暗示，它是呼唤，它是思念，它是游子的一颗心与远方故土隐隐的割不断的联系。

诗人继续写他在无灯光之夜的遐想和感觉，渴望似乎变成了焦急的等待。"黑水上黑的帆船"，它们是载来的还是载去的？它们载着的又是一些"谁"？在茫茫夜中，"我想呼唤/我想呼唤遥远的国土/风声雨声/楼乃如船/楼竟如船"。这时的"我"不能不由幻想回到现实中来，周围一仍其旧。等待的结果，打破这宁静的，是行步声、喧语声、笑声、门的开闭声，原来是邻近的人家有人归来，答应着"是我是我"。一个凝望中等待着黑帆船载的是"谁"，一个是邻家归人回答的"是我是我"。前后衔接和诗情转折这个小小技巧的运用，在诗里是那样自然而又恰到好处。现实打破了诗人的幻想，回答的获得是自己更大的失望。游子深情的凝神沉思与突然被惊醒的怅惘，情态隐曲，跃然纸上。

当这种静静的沉思被等待的失望打破之后，诗人的情感进入了一种不可遏止的甬道。诗人顽强地唱着：

> 我想问
> 我想呼唤
> 我想告诉他，安东·契诃夫，
> 我想告诉他：
> 是一个契丹人。

"契丹人"即"中国人"。这里为什么用了俄国作家契诃夫？或许诗人正在读契诃夫的小说或剧本，或许是契诃夫的剧本《三姊妹》中对往昔生活的怀想触动了诗人怀念远方国土的情思，或许是契诃夫的创作中出现了契丹人，无论是哪一种，在这里，都只是诗人的一种借用。诗人向"契诃夫"倾诉了自己对故国刻骨的怀念和远离故土的痛苦。这个尾声，虽属叠句式的直抒胸臆，但诗人用了"病了的"，"苍白了心的""念了扇上的诗的""失去了春花与秋燕的""永远失去了夜的"等等具象的或象征的意象或词语，从而增加了思乡的色彩与暗示的力量，给读者以更大的想象空间，达到了含蓄隽永的艺术效果。

创作这首诗的前一个月，诗人在一些作品里写了同样动人的心境。他写自己作为巴黎的"远来客",产生了这样思乡的情感:"千里万里 / 我全不能为这异域的魅力移心 / 而忘怀于凄凉故国的关山月"(《巴黎旅意》);他写异乡的杜鹃花的明媚和杜鹃鸟的啼声,怎样"招引"起自己对"故国故城"的一片情思,怎样"唤起我往事重重里的梦","感谢你多情告诉我也南来了 / 可是你与我一样而不一样 / 因为你是过而不留 / 在月明中还将飞越密水稠山 / 我这个海外行脚现代的中国人 / 对你无分东西都是世界 / 合掌唯有大千的赞叹"(《杜鹃花和鸟》)。这些诗里流露的思念祖国的情怀与这首《狂想曲》是相一致的。只是前两首写得宁静舒缓些,而这首《狂想曲》更为峻急深沉,情感炙热,曲折隐藏,而且诗中多了一些悲怆的情调。全诗构思巧妙,结构完整,"楼乃如船",身在楼中如置身大海的奇妙想象,真实与幻象的外在和内心真实的交织,以及最后一段痛苦心声的倾诉,这些意识情感的流动构成一部"思乡"的"狂想曲",强烈而完整地完成了诗人想念并急于回归"遥远的国土"的感情传达。诗人以一曲"狂想"唱出那个时候多少海外游子心中回响着的"呼唤"。这"呼唤"的声音是人类心灵永恒的闪光。

门 外

辛 笛

罗袂兮无声
玉墀兮尘生
虚房冷而寂寞
落叶依于重扃

夜来了
使着猫的步子
当心门上的尘马和蛛丝网住了你罢
让钥匙自己在久闭的锁中转动
是客？还是主人
在这岁暮天寒的时候
远道而来
且又有一颗怀旧的心
我欢喜
我的眼还能看
黑的影相
还托着一朵两朵
白色黄色的花
我还记得那炉火"爆"的声音
因为我们投掷了山栗子进去

或是新斫下的木柴

如此悠悠的岁月

那簪花的手指间

也不知流过了多少

多少惨白的琴音

但门外却只有封积了道路

落了三天的雨和雪

不再听你说一声"憔悴"

我想轻轻地

在尘封的镜上画一个"我"字

我想紫色的光杯

再触一次恋的口唇

但我怕

我怕一切会顷刻碎为粉土

这里已没有了期待

和不期待

今夜如昨夜一样的寂灭

那红的银的烛光

也不因我而长而绿

我听不见眼的语言

二十年　二十年

我不曾寻见熟稔的环珮

猫的步子上

夜来了

一朵两朵

白色黄色的花

我乃若与一切相失

在这天寒岁暮的时候

远道而来

且又怀有一颗怀旧之心

在一个阴寒多雨

而草长青的地方

1937 年

（选自《手掌集》）

我乃若与一切相失

读辛笛的《门外》

这是一首相当悲哀与寂寞的爱情诗。诗前题词是汉武帝刘彻的《落叶哀蝉曲》中的四句诗："罗袂兮无声，玉墀兮尘生，虚房冷而寂寞，落叶依于重扃。"这首诗是武帝为怀念爱姬李夫人所作，抒写人去室空、落叶封门的寂寞与空寥的情景与情感。这些哀婉寂寞的诗句，放在全诗的前面，像一个传达信息的窗口，给我们透露了这首诗悲剧性情感色彩的基调，也暗示了"门外"这个诗题的来源。此诗原题为"相失"，最初发表于 1937 年 6 月 27 日《大公报·文艺副刊》第 354 期，收入《手掌集》时改题为"门外"。❶

诗中写的是一个"远道而来"的寻觅者"我"的现实感受与对往昔的回忆，是"有一颗怀旧的心"的"我"的一段隐秘的经历。

全诗没有分节，但就情感发展的历程，大体可以分作四段。

第一段前八行诗，讲的是想象中的归来。这似现实，又似梦境。在"岁暮天寒的时候"，在一个"使着猫的步子"轻轻来临的

---

❶ 参见《辛笛传》，第 94 页。

"夜"里，离开这个地方很久了的"我"，竟"远道而来／且又有一颗怀旧的心"。大约因为离开时间太长的缘故吧，这里的一切对自己都是那样的久远和陌生，一切都那样的荒芜而寂寥，一切又是那样的小心翼翼。"当心门上的尘马和蜘蛛丝网住了你罢／让钥匙自己在久闭的锁中转动／是客？还是主人。"一个为"怀旧"而归来的重返者，这时竟成了自己房屋的陌生客。

第二段自第九行起至二十行止，讲的是归来的情景与对过去爱情的回忆。"我"走进屋子，"欢喜"的是，自己的眼还能看见昔日留下的"影相"，相片中人——她的手里"还托着一朵两朵／白色黄色的花"。两个细节中已经透出"我"的思念之深挚与真诚。接着这段描写的，是诗人最平常也最动情的回忆：

  我还记得那炉火"爆"的声音

  因为我们投掷了山栗子进去

  或是新斫下的木柴

  如此悠悠的岁月

  那簪花的手指间

  也不知流过了多少

  多少惨白的琴音

"炉火'爆'的声音"是对具体情景的描写，何尝没有热恋时情感的寓意？那段难忘的日子是很长的，所以称"如此悠悠的岁月"。诗人对于往昔爱的热烈的眷恋与爱的逝去的伤感，借着炉火"爆"的声音和簪花手指间流过的"惨白的琴音"这两种物象来传达，运用适度，朴实自然，充满了生活的气息，朦胧的暗示中有一种透明的感觉。

第三段自二十二行起至三十八行止，诗人由咀嚼往昔的回忆回到现实中寂寞的沉思，以及对自我心灵伤痛的抚慰。过去的日子已经不可能返回，如今得到的是一片寂寞和怅惘。"门外"落了三天的雨和雪，只有被雨雪"封积"了的"道路"，再也听不见"你说一声'憔悴'"的声音。这里进一步暗示了恋人的永逝，爱的失落。在这悲剧之中，自己似乎在想办法找回一点儿什么用以自慰，于是有这样的诗句出现：

> 我想轻轻地
> 在尘封的镜上画一个"我"字
> 我想紫色的光杯
> 再触一次恋的口唇

但这些多情的"痴想"是枉然的。"我"清醒地知道："我怕一切会顷刻碎为粉土。"因为一切已无可挽回。现实无情地告诉他：

> 这里已没有了期待
> 和不期待
> 今夜如昨夜一样的寂灭
> 那红的银的烛光
> 也不因我而长而绿

从"门外"归来，得到的只是一片绝望的怅然：二十年了，

二十年了，"我"已听不见她的"眼的语言"，看不见她"熟稔的环珮"。反复的叹息，强化了思念的深切。这里的"二十年"，只是言时间之漫长。爱的失落所产生的沉思与寂灭感，带给诗人的是麻木的创痛。没有了"期待／和不期待"的绝望的人是尝味最深痛苦的人。

如同一段悲情小夜曲一样，最后一段完全是诗的开端一节旋律的反复。夜色是同样的夜色，花是同样颜色的花，但经历了大的失望之后的抒情主体"我"，已经没有一点儿刚刚由"门外"踏进门内时的那种"欢喜"，没有走进旧屋之后回忆往事的那一丝甜蜜，诗人痛苦地说出："我乃若与一切相失！"岁暮天寒的时候，他这颗"远道而来"的"怀旧的心"，也已经不再是刚刚归来时那样，没有了"是客？还是主人"那种寻求的急切感和恍惚感，而是"若与一切相失"的无可寻求也无可挽回的沉重的失落感。同是一颗"怀旧的心"，文字上复沓，而意义上已是新的境界：这已是一颗永远被关闭在爱的"门外"的心。诗末缀有这样的文字："在一个阴寒多雨／而草长青的地方。"这诗写于作者留学伦敦期间的1937年，这里所写的时令与情境，与作者所在的爱丁堡大学非常相似。这告诉我们，作者写此诗是一个纯属个人世界的情感：在极端的阴郁中仍有深深的怀念。"阴寒多雨"而"草长青"，也许可以看作一种感情的象征和暗示吧。"诗人写《门外》时，年仅二十余岁，因远离故土，孤寂思乡，思念已逝的恋人，写了这首诗，是可以理解的。《门外》留给今天读者的直接阅读印象是一首别致的悼亡诗，起因于思乡，又与怀念过去的恋情交织在一起。他将回忆与实境，抒情与追述和谐地结合起来，节奏舒缓低回，闪烁着绵绵情思，而游子的离愁反倒由于隐在诗后，几乎完全淡化了。"

淡化也是一种再创造，人们更喜欢这里悲怆的情调。欢快热恋的歌唱固然是美丽的，失落悲怆的歌唱同样也是美丽的。因为在这里，我们得到的是心底的寻求、灵魂的震撼、精神的升华。作者给这种情感以一种细微曲折而又富于隐藏性的表现，读者可以在反复的咀嚼中得到更多审美余香与回味。这里写的是爱情，是离愁别恨，也可以说是人生的美的追求。在人生的旅程中，谁没有自己的寻求，没有自己的"怀旧的心"，没有自己的"门内"的温馨和"门外"的怅然呢？

原题"相失"，因诗里"我乃若与一切相失"而来，后来据诗中句子"但门外却只有封积了道路"，改题为"门外"，这样给诗的抒情与读者的想象留下了更大的追寻空间，也在具象化中具有了含蓄朦胧的诗意。

姿

辛　笛

你吗，年青的白花
就在推来推去的人丛中
我们遇着了
说你是一幅画里
不可少的颜色
你也以此自傲
而有一点淡淡的馨凉
可是凝神的眼看了你
就尝有一点野百合的苦味
原来你在美丽中瘦了
你还不懂人群是似海如潮
你还不懂只有空气
没有土地是生活不下去的
在黄昏的风里
你常常歪仰着头问天
或是一招手
在谛听飘来的弥撒钟声
你仿佛在绰约的姿容里就忘了一切
忘了身在何处
忘了是一支禁不起风的芦苇

虽然安详的快乐是久已不属于这一片土地的
难得你雾鬓风鬟
饶他一个平常的过路人
能不投掷一瞥怜爱的眼
而为你圣洁的光辉所感动

你吗，年青的白花？
可是你是吹弹不起的
你会立时立地破了
就像一个水泡泡

1946 年春在上海
（选自《手掌集》）

艺术与人生的感悟和警醒

读辛笛的《姿》

　　美的创造者应该是真正的美的爱护者。对美的弱点的批评也是对美的生命的珍视。《姿》这首诗表现了辛笛作为一个真正诗人的这一品格和境界。

　　《姿》是一首谈论艺术观念的诗，也是一首谈论生命价值的诗。诗人是通过对芦苇这一"年青的白花"的对话，来完成自己的任务的。

　　这是在拥来挤去的人丛中，被诗人遇见的一束"年青的白花"。这白花是美丽的，她具有像一幅画"不可少的颜色"一样的美丽，她也有一种特有的沁人肺腑的"淡淡的馨凉"。她当然也拥有"以此自傲"的弱点。但是，这种颜色，这种美丽，带来了价值和意义，也带来了无知和自害。因为，清醒的诗人知道，这"年青的白花"还不懂得自身生命最重要的根基：任何来自人群和土地的生命都不能离开土地和人民而存在。

　　　原来你在美丽中瘦了

　　　你还不懂人群是似海如潮

　　　你还不懂只有空气

没有土地是生活不下去的

　　到这里，诗人把这一带有高度社会使命感和艺术使命感的诗的观念，表达得再清楚不过了。这当然只是诗的方式的表达，不是理论概念的陈述。

　　诗人为了更深地展示这一主题，没有到这里打住。他要告诉人们，为什么会出现这种情况呢？在下面的诗中，作者更进一步展示了这一道理：矜持于自身的美，就可能连这美的生命根源也忘得一干二净，美也就丧失自身了。

　　　你仿佛在绰约的姿容里就忘了一切
　　　忘了身在何处
　　　忘了是一支禁不起风的芦苇

　　在那个没有"安详的快乐"的国度里，虽然你的美带给你令人瞩目的"圣洁的光辉"，但是这爱怜，这瞩目，都不能改变注定的命运：

　　　你吗，年青的白花？
　　　可是你是吹弹不起的
　　　你会立时立地破了
　　　就像一个水泡泡

　　离开土地，离开生活的人群，最美的圣洁也是最脆弱的存在。这首诗写作于作者的一个黑暗与光明交战的苦闷时期，是一首在苦难中思考艺术生命和人生价值的诗。作者的高明处，是他没有概念化地传达自己的思考。他找到了自己思想的"客观对应物"：那既有圣洁的颜色，又经不起风的吹弹的芦苇——年青的花，作为他的象征的寄托者。诗人在对白花的独白中表达了自己的思考。作者没有诅咒，没有申斥，而是在对美的肯定中对美的价值做了警醒的劝悟。艺术创造的弱点要用艺术的方式来改变。这诗是对美的关注，诗的观念也具有一种美的品格。

《姿》写的是"绰约的姿容"的美。既看到美的价值又寻求美的生命便是这首诗里展示的思想内涵。题目简洁，又富暗示性。全诗用第一人称的语气与"年青的白花"谈话，由平叙的"你吗，年青的白花"开头，到疑问的"你吗，年青的白花？"结束，形成完美的艺术整体。从头到尾，对话是单向进行的，但有起有伏，转折跌宕，富于韵味。诗人拉远了客观事物与传达喻意的距离，使之陌生化，增加了暗示度；诗人又拉短了喻体的意象与抒情主体的关系，增强了亲切感。而暗示与亲切这两者的结果，是具有含蓄蕴藉特征的传统诗与西方象征诗共同的艺术品格。《姿》正因具备了这一品格而为人们所钟爱。

现代诗的艺术容量是很阔大的。在艺术美的追求中，在人生美的追求中，读读这首诗可以得到很深的感悟与警醒。在"安详的快乐"久已不属于这片土地的时代里，诗人这种对艺术美与人生美的反思值得多少迷误者自悟自重？时过近五十年后，这一声音仍然有很高的审美自省的价值！

月　光

辛　笛

何等崇高纯洁柔和的光啊
你充沛渗透泻注无所不在
我沐浴于你呼吸怀恩于你
一种清亮的情操一种渴想
芬芳热烈地在我体内滋生

你照着笑着沉默着抚拭着
多情激发着永恒地感化着
大声雄辩着微妙地讽喻着
古今山川草木物我的德性
生来须为创造到死不能休

你不是宗教是大神的粹思
凭借贝多芬的手指和琴键
在树叶上阶前土地上独白
我如虔诚献祭的猫弓下身
但不能如拾穗人拾起你来

1946 年春在上海
（选自《手掌集》）

418

一种清亮的情操在我体内滋生

读辛笛的《月光》

古来多少诗人唱着清澄滢洁的月光，人们在它身上寄托了无数的精神与品格。它的美好和高洁更成为中国传统文化的积淀，留在每个人的情感和记忆中，无论走到哪里，对它的无限情思都会呼之欲出，流在心灵里，流在文字上。美的文字往往创造出超越文字本身的美，这美的创造又会给无数的人带来一种精神世界的丰富和超越。读辛笛的《月光》，我们体味到的就是这样一份难得的获取。

《月光》和《姿》原来并列收在作者《手掌集》（1948）的"异域篇"里，诗后均没有注明写作的时间。在1981年出版的《九叶集》里，篇末才都注明"一九四六年春在上海"。根据材料，我们知道，辛笛于1939年即由伦敦回国，任上海暨南大学、光华大学教授，后在上海银行界工作。解放战争时期，参加中国民主同盟，从事民主运动。在作者手定的《辛笛诗稿》（人民文学出版社，1983年）中，这两首诗的写作时间，所注与《九叶集》相同。由此可确知，《月光》的写作时间，应该是1946年春天，不是1939年归国以前，地点是故国的上海，也非异域。此诗最初发表于1946年8月19日《侨声报》。

在辛笛的创作中，多为现代的自由体诗，像这样严整的现代格律体诗，几乎是唯一的例外，在此后的创作中也不多见。全诗共三节，每节五行，每行十一言，不用断句，也不用跨行。句子有的是一蹴而就的悠长舒缓，有的是由多个短语构成的仓迫急促。诗人精心构筑了一个完美自然的抒情整体，如同洒在地上或心上的那一片完美滢澈的月光一样。形式美的追求受传达内容的制约，完美形式的凝成又更充分展示了内容的闪光。诗人辛笛现代性的睿智在这个文本里体现得非常出色。

走进诗的境界，我们首先感受到诗人对月光强烈的赞美：

> 何等崇高纯洁柔和的光啊
> 你充沛渗透泻注无所不在

这使我们想起了诗人所喜爱的李义山的诗《月》中的两句："过水穿楼触处明，藏人带树远含清。初生欲缺虚惆怅，未必圆时即有情。"以一种动态笔调描写的"无所不在"的月光，暗示一种人生的哲理。在现代诗人辛笛的手里，超越借物咏怀，月光已被赋予了人们所最景仰的"崇高纯洁柔和"的品格。这里，月光已经不再是一种单纯的自然现象，而成为独立的精神人格的象征。悟到这一点，我们才可能理解，诗人辛笛对月光一往情深地描写的原因。

> 我沐浴于你呼吸怀恩于你
> 一种清亮的情操一种渴想
> 芬芳热烈地在我体内滋生

诗人说明，自己不仅领受月光的恩惠，而且由此获得月光的启示，生命中获得一种清亮的情操，一种纯洁升华的渴望。诗人用"呼吸"来体现月光的恩惠，用"芬芳热烈"来描绘月光的照耀，超越了生硬的通感手法，又非常自然地收到特殊的效果。

　　第一节诗完成了对月光的品格与诗人精神之间关系的描写和赞颂，到第二节诗，进入对于月光本身永恒的创造精神的礼赞。月光在这里被充分地人格化了。"你照着笑着沉默着抚拭着／多情激发着永恒地感化着。"月光成为人类爱的使者。月光坦然而无私，多情而耐心，面对一切善良的人群。而对于那些不公平的世界和贪鄙的群类，它有另一番情怀："大声雄辩着微妙地讽喻着。"诗人的爱憎多少，月光的爱憎也多少。人的情感位移到自然物的情感。在月光的"雄辩"和"讽喻"中，透露的是人面对现实的尊严。最后两句，诗人将读者引向对月光所启示的创造精神永恒性的思考。"古今山川草木物我的德性／生来须为创造到死不能休。"跨越时间空间的界限，自然万物与人类自我，生生不息，创造不止，停止了创造也就意味着生命的死亡。在三段礼赞月光的乐曲中，这一哲理性的升华乃是诗人奏出的最高的凯旋曲。

　　在第三节里，诗人创造了一个月光洒满人间的温馨境界。诗人拂去了月光的神性，拉近了月光与人的距离。"你不是宗教"，但你是"大神的粹思／凭借贝多芬的手指和琴键／在树叶上阶前土地上独白"。据我理解，这里的"大神的粹思"的"大神"指的是太阳。诗人由月光想到太阳，由月光满想到贝多芬的《月光》。于是他告诉人们，月光是充满智慧的，因为它是太阳的光辉发出的精粹思想，凭借贝多芬的手指和琴键，才能够"在树叶上阶前土地上独白"，演奏出大自然至美至善的"月光曲"。"独白"一词在这里用得十分巧妙。这是"月光"有声的音乐"独白",是"月光"说给山川万物和人类无边的话语,也是"月光"洒满树上大地阶前的洁白的颜色。古人曰"床前明月光,疑是地上霜""月光如水照缁衣""明月出天山,苍茫云海间""今夜鄜州月,闺中只独看"等,都是讲视觉上的月光,辛笛却跨越这一切,将音乐与月色相沟通,一个音乐的"独白",写出了听觉中的"月光",这是辛笛的一个独特的创造。因为这"独白",又引出诗人最后的奇想:"我如虔诚献祭的猫弓下身 / 但不能如拾穗人拾起你来。"爱之愈深,思之弥切。诗人因月光满地"独白",竟如李白一样,弓下身"拾起"月色来了。一是水中捞月,一是阶前拾月,辛笛没有走古人的路,不仅想象极为新奇,也透出运意的自然巧妙,运用象征派诗"通感"的方法而不露一点儿人为的痕迹,这首诗因此有浓郁的古典意境,但又是很现代的。在 20 世纪 40 年代的新诗中,恐怕再也找不出可与此相媲美的写月光的诗了。

为写月光而写月光不是诗人灵感的聚焦和闪光。如同米勒的《拾穗人》给人以永恒的美同时也给人以人生的启迪一样,辛笛的《月光》如一幅"拾月光的人"的画,在那个充满黑暗与光明、丑与美、驯服贪鄙与"讽喻"抗争的年代里,在给人以永恒的美的同时,也给人以"崇高纯洁"的人格坚守的启示。

手　掌

辛　笛

形体丰厚如原野

纹路曲折如河流

风致如一方石膏模型的地图

你就是第一个

告诉我什么是沉思的肉

富于情欲而蕴藏有智慧

你更叫我想起

两颊丛髭一脸栗色的水手少年

粗犷勇敢而不失为良善

咸风白雨闯到头

大年夜还是浪子回家

吉卜赛女儿惯于数说你的面相

说哪一处代表生命与事业

又哪一处代表爱情与旅行

她编造出一套套宿命的故事

和二月百啭的流莺比美

无非想赚取你高兴中的一点慷慨

你若往往当真

岂不定要误事

我喜欢你刚毅木讷而并非顺从

在你心中

摆上一个无意义的不倒翁

你立刻就限制他以行动的范围

洒上一匙清水

你立刻就凹成照见自己的湖沼

轻轻放下你时可以压死蚊蚋蜉蝣

高高举起你时可以呼吸全人类的热情

唯一不幸的

你有一个"白手"类的主人

你已如顽皮的小学生

养成了太多的坏习惯

为的怕皮肉生茧

你不会推车摇橹荷斧牵犁

永远吊在半醒的梦里

你从不能懂劳作后甜酣的愉快

这完全是由于娇纵

从今我须当心不许你更坏到中邪

被派作风魔的工具

从今我要天天拼命地打你

打你就是爱你教育你

直到你坚定地怀抱起新理想

不再笃信那十个不诚实的

过于灵巧的

属于你而又完全不像你的

触须似的手指

1946 年 6 月 30 日黎明

（选自《手掌集》）

知识分子的审视与自省

读辛笛的《手掌》

　　《手掌》写于 1946 年 6 月 30 日，载于 1946 年 8 月 1 日《文艺复兴》第 2 卷第 1 期。这个杂志，是由郑振铎、李健吾在上海主编发行的，得到了辛笛工作所在的金城银行的经济支持。后来收在作者以此命名的第二本诗集《手掌集》中，可见诗人自己对于这首诗是如何看重了。

　　为"诗歌音乐工作者学会上海分会"在"诗歌节"举办诗歌朗诵活动，辛笛于 1946 年 6 月写了《布谷》一诗，这标志辛笛诗风由关注内心世界向关注社会现实方面的转变。他自己说："是啼血的布谷使我领悟到古中国凡鸟在大时代中的啼鸣，必须把人民的忧患融于个人的体验之中，写诗才能有它一定的意义。"（《辛笛诗稿》自序）在《布谷》中，他从以前"歌唱永恒爱情"的布谷鸟的啼声里，听出了"你一声声是在诉说／人民的苦难无边"，自己并由此得到启发，决心让自己的诗，能够发出布谷一样的声音，"要以全生命来叫出人民的控诉"。同时这种抒情观念的转变所带来的艺术探索与理解误区，所导致的诗歌创作上艺术美的获得与失落，也明显表现在《手掌》一诗中。

　　据说，《手掌》是一首突如其来的灵感突发之作。1946 年 6 月

30 日黎明，辛笛夫人徐文绮生第二个女儿于难产中，辛笛一直守护在产房之外，彻夜未眠，到了黎明的时候，辛笛在"急也没用"的自我安慰中，一气呵成，匆匆写下这首诗。此时，他新生的女儿——圣珊，也与这首诗一起诞生了。

据王圣思说，这首诗，"是受罗丹的雕塑《沉思者》的启发而写"。辛笛赴英留学期间，曾两次旅行巴黎。他参观了罗丹的博物馆。罗丹为但丁不朽诗作《神曲》构思雕塑"地狱之门"的时候，构思并创造了《沉思者》的形象。《沉思者》置于"地狱之门"一组雕塑的正上面。《沉思者》的永恒思考者的形象，他的灵与肉完美结合的生命力，他的支撑头颅的手臂的粗壮与有力，给辛笛留下了极深刻的印象。另外，笔者看到罗丹的另一作品《圣堂》，也更直接地雕塑了高高耸立的两个既分似合的一对手掌，这是以手掌象征圣堂之门的拱形结构，也象征着艺术之殿堂乃是由人的双手所创造。说辛笛《手掌》是受罗丹这些雕塑所启迪，应该是有根据的。但是他将对手掌的思考，引向了自身对生命的选择和反思，因此这首诗，既赞美了艺术创造的力量，同时也抒写了创造者对于自身的审视与自省。

全诗分四节。

第一节，写手掌外形的深厚、风致，它蕴含着热情和智慧，它蕴蓄着勇于探险与眷恋的品格。"形体丰厚如原野／纹路曲折如河流／风致如一方石膏模型的地图"，将手掌的形体、纹路及风致，与自然的原野、河流、石膏模型的地图相喻，给人以丰厚、阔大、充满质感的印象。"你就是第一个／告诉我什么是沉思的肉／富于情欲而蕴藏有智慧"，进一步揭示了手掌的象征灵肉结合的内涵。"粗犷勇敢而不失为良善"的水手少年及大年夜浪子回家这两句，更是以常见的生活意象，揭示了手掌所代表的生命所拥有的勇敢然而富有情欲的内涵。这节诗，暗示了手掌所拥有的生命，是怎样一个充满创造和情感的躯体和灵魂。

第二节，拉开手掌与观察者的距离，进入对手掌与人生命运关系的思考。诗里用了一个常见现象，即吉卜赛女儿给人算命，通过看手相，来让人相信命运的吉凶好坏。吉卜赛女儿编造的一套套"宿命的故事"，可与"二月百啭的流莺比美"，只能骗取"你"的"慷慨"，如若当真，"岂不定要误事"。作者以此告诉人们，相信"宿命"是不可靠的，生命、事业、爱情，一切的幸福，都需要自己用双手去创造。这里作者告诉我们，他不相信手掌虚无缥缈的宿命功能。

第三节，进一步写手掌内在的品格和精神。诗人驰骋自己的想象，进入对手掌象征自我生命品格的思考。

> 我喜欢你刚毅木讷而并非顺从
>
> 在你心中
>
> 摆上一个无意义的不倒翁
>
> 你立刻就限制他以行动的范围
>
> 洒上一匙清水
>
> 你立刻就凹成照见自己的湖沼
>
> 轻轻放下你时可以压死蚊蚋蜉蝣
>
> 高高举起你时可以呼吸全人类的热情

木讷质朴而富有正义感，是手掌的特性，也暗示人自身所追求的精神品格。"不倒翁"一句，暗示自己的精神坚守，不随风而变。后两句，讲手掌的巨大力量，比较直白，但因比喻机智，"一匙清水"与"照见自己的湖沼","蚊蚋蜉蝣"与"全人类的热情"等轻重、大小形成鲜明对比的二者并置一起，意象非常鲜明，富有张力，产生了很尖锐的传达效果。

最后一节，进入诗的主题：通过对于手掌因为"主人"而养成坏习惯的"不幸"的认识，表达谴责以及对改正的期许，传达出诗人对于人类自我觉醒的反思。这种因"白手"主人而养成的许多"坏习惯"，里面有"为的怕皮肉生茧／你不会推车摇橹荷斧牵犁"，有"永远吊在半醒的梦里／你从不能懂劳作后甜酣的愉快"。作者把造成这样后果的原因归结为："唯一不幸的／你有一个'白手'类的主人。"后面的九行诗，进入对于"白手"的教育，为了不使它更坏到"中邪"，"被派作风魔的工具"，"从今我要天天拼命地打你／打你就是爱你教育你"，一直到让它能够"抱起新理想"，获得新的生命，"不再笃信那十个不诚实的／过于灵巧的／属于你而又完全不像你的／触须似的手指"。这里手指触须似的"灵巧"，与前面讲的手掌的"刚毅木讷"前后呼应。作者用一些近似大白话的语言，结束了全诗的抒情，其意象创造与语言传达，都有些粗糙，但真实的情感借一些朴拙的诗句表达出来，也给这首诗带来另一种天真幽默的意趣。

"白手人"，几乎是"五四"以后现代知识分子自我谴责的一个代表性意象。它来自俄罗斯作家屠格涅夫的一篇散文诗《干脏活的人和白手的人》（又译《工人和白手人》）。散文诗以干脏活的人与"白手人"对话的形式，写出一个富有良知的作家的人道主义思考与情怀。很多作家以"白手人"意象来表达对知识分子谴责的声音，形成了一个新的传统意象。辛笛是一个深于自省的知识分子。在英国留学初期，与《再见，蓝马店》写作同时，他还创作了一首诗《对照》，写散步于卢森堡公园时的思考：

俯与仰一生世

石像之微笑与沉思

会让你忆念起谁

秋天的叶落如在昨晚

黑的枝干有苔莓

告诉你林中路的南北

但新生的凝绿点却更带来新生的希望

点点的声音是点点光的开落

雨后　雨后故国的迢遥

杯盘该盛饰着试剪的果菜

但去年浅酌尝新的人呢

听钟声相和而鸣

东与西　远与近

罗马字的指针不曾静止

螺旋旋不尽刻板的轮回

昨夜卖夜报的街头

休息了的马达仍须响破这晨爽

在时间的跳板上

白手的人

灵魂

战栗了

通过一系列意象的"对照"，传达一个清醒的知识分子在时间流逝中枉度生命，一个"白手人"灵魂的"战栗"。大约十年之后，在战争之后苦难与混乱、抗争与新生的年代里，辛笛在《手掌》一诗中，又响应当时的社会思潮，写下了这首自我审视与自省的诗，为后人留下了一代知识分子宝贵的鲜活心迹。

寂寞所自来

辛　笛

两堵矗立的大墙栏成去处

人似在涧中行走

方生未死之间上覆一线青天

果有自由给微风吹动真理的论争

空气随时都可像电子样予以回响

如今你落难的地方却是垃圾的五色海

惊心触目的只有城市的腐臭和死亡

数落着黑暗的时光在走向黎明

宇宙是庞大的灰色象

你站不开就看不清摸不完全

呼喊落在虚空的沙漠里

你像是打了自己一记空拳

1946 年秋
（选自《手掌集》）

呼喊落在虚空的沙漠里

读辛笛的《寂寞所自来》

　　随着中国现代化大城市的发展，物质的富有和精神的死亡以及人的美好本性的被扭曲、被扼杀，这个尖锐的矛盾，一直是 20 世纪 30 年代现代派诗人们关注的一个主题。受 T. S. 艾略特《荒原》的影响，在这些诗人中产生了一种强烈批判现代社会的"荒原意识"，形成了 30 年代现代派诗中的"《荒原》冲击波"现象。这股"冲击波"，到 40 年代"中国新诗"派诗人那里，得到更大的发展。辛笛是由 30 年代现代派走向 40 年代"中国新诗"派的一个跨越性的诗人，又长期生活在上海这个大都市里。他说，对于从 17 世纪法国玄学派的诗篇到叶芝、艾略特、里尔克等人的作品，"每每心折"（《辛笛诗稿》自序）。外来艺术的影响和个人的生命体验，使他对这个批判性的现代主题，拥有了更加敏感的体认和表现的能力。收在《手掌集》中的这首短诗《寂寞所自来》，就是一篇代表作。

　　《寂寞所自来》写于 1946 年秋天的上海。这首诗写作之前，诗人在一首《夏日小诗》里，对于城市的空虚与市侩们的腐败做了这样充满愤怒的描绘：

电灯照明在无人的大厅里

电风扇旋转在无人的居室里

禁闭中的鬼影坐在下面吹风凉

呵，这就是世界吗？

在南方的海港风里

我闻见了起腻的肥皂沫味

有一些市侩在那里漂亮地理发

呵，真想当鼓来敲白净的大肚皮

就着脐眼开花，点起三夜不熄的油脂灯

也算是我们谦卑地作了七七的血荷祭

　　如果这首夏日小诗是注重于对现代城市生活的批判，那么《寂寞所自来》这首小诗，就是通过对内心感受的挖掘，进入形而上层面的思考。

　　人的渺小和现代城市建筑的庞大，腐臭与死亡的无边无际，形成鲜明的对比，是这首诗构思的一个基本框架。诗一开始，就出现了这样尖锐的张力："两堵矗立的大墙栏成去处／人似在涧中行走。"鳞次栉比的高楼夺去了人们自由生活的空间，堵住了人们的"去处"，使得人好像在耸立的山涧中行走。在现代摩天楼的挤压下，人的精神变得异常的软弱无力了。因此，这些人生命的全部，即"方生未死之间"，都只能覆在"一线青天"之下。自由与生机，在这里不复存在。

果有自由给微风吹动真理的论争

空气随时都可像电子样予以回响

这两句诗是说，在林立的高楼中，即使风也是很难到达的，偶有微风吹来，空气中就会有电线发出刺耳的叫声。

前面五行诗讲城市林立的高楼带给人的精神挤压，接着四行诗是讲城市本身的腐臭与死亡、绝望与黑暗。人无法摆脱这样悲惨的处境：如今你"落难的地方"不是什么谋杀，不是灭顶的天灾人祸，而是"垃圾的五色海"，使你"惊心触目"的"只有城市的腐臭和死亡"。身陷于这样的生存困境中，人即使有摆脱的渴望与希冀，"数落着黑暗的时光在走向黎明"，但是，你所获得的，仍然是无法摆脱的灰暗的现实：整个"宇宙"就是一个无法逃脱的"庞大的灰色象"。诗人的思考由对城市的诅咒进而发展到对"宇宙"整体性的批判。这是诗人对被现代物质文明异化的城市发出的一种愤激和绝望的呼喊。

最后三行诗是前面情绪的深度发展，由愤激的诅咒进入对体验者个人痛苦的挖掘。"你站不开就看不清摸不完全 / 呼喊落在虚空的沙漠里 / 你像是打了自己一记空拳"，这是说，身置于这样的处境中，"站不开"的"你"、"我"，面对强大的对手，如入无物之阵，"看不清"也"摸不完全"，一个人只能束手无策，反抗的"呼喊"声如落在"虚空的沙漠"里一样，无人听见，也无所反响，就如同打了自己"一记空拳"一般。这愤激的诗句里，包含着一个现代觉醒者怎样的悲哀与寂寞的感觉啊！

从波德莱尔的"人生是一个大病院"的愤激的声音，到 T. S. 艾略特"蝗虫过后，世界就是一片荒原"的预言，现代派的诗人们这种对人类精神文明异化现象进行反思的"人类的焦虑"的意识，带给人们一种特有的惊醒、痛苦和渴望，他们的"呼喊"本身就是一种挑战和决裂的姿态。辛笛的《寂寞所自来》，就是这种声音在中国大地上的一个回响，它为 20 世纪 30 年代以来的现代都市诗带来了新的姿态和声音，也开启了 20 世纪 40 年代新现代派诗人同一主题创作的先声。

海上小诗

辛 笛

任凭船载几何万吨的重

巧夺神工地加上去罢

大海总归还是大海

芥子依然是芥子

巨鲸的讽刺只要歪一歪嘴

老水手笑着看游戏变为呕吐

一切都推出去

一切却又悄悄地回来

要你管领而虚无所有

呵 那怅触的轻丝游絮

——记忆化作春泥

问生命能死几次

青山是白骨的归藏地

海正是泪的累积

在愁苦的人间

你写不出善颂善祷的诗

1947 年冬在太平洋上

（选自《中国新诗》第 2 集，1948 年 7 月）

海正是泪的累积

读辛笛的《海上小诗》

这首诗末署："1947年冬在太平洋上。"此后不久的诗作《尼亚加拉瀑布》末署："1948年春"，《熊山一日游》一诗末署："1948年春在纽约市郊外。"辛笛于1947年冬至1948年春这段时间里，曾以英文秘书的身份，陪同银行家的父亲，环游世界一周。这些作品和《甘地的葬仪》等诗，都写于此间。此诗最初发表于1948年7月《中国新诗》第2集。

《海上小诗》是诗人在太平洋上眺望大海时的即景之作，但这里一点儿没有写景抒情的欢快色彩，全然是一首充满冷峻智性和悲剧色调的哲理诗。它讲的是人的生命的渺小，人间愁苦的繁多，在这些大自然力量和命运的安排面前，个人是软弱和无能为力的。

诗人立于太平洋舟中，眺望无边浩瀚的大海，再一次感到海的伟大力量。任凭你"巧夺神工"地往上加东西，使"船载几何万吨的重"，但是，"大海总归还是大海／芥子依然是芥子"。大海是不可征服的，而在大海面前，万吨巨船和人都渺小得就如同一个微弱的"芥子"。"巨鲸的讽刺只要歪一歪嘴／老水手笑着看游戏变为呕吐"，是海上的一种常见现象，也是作者强化前面思想的一个比喻。严肃的政治的或生活的述语——"讽刺"，用在鲸鱼的身上，增加了诙谐的力量和色彩，使传达的方法更具现代味。这第一节的六行诗，在对比中赞美了海的力量的伟大，衬托出人的生命之渺小。古今多少人文人赞颂的人的"巧夺神工"，在大海的力量面前显得是怎样的苍白无力！

诗人逐渐由对大海的赞叹，进入对人的生命的沉思。第二节诗开始说"一切都推出去／一切却又悄悄地回来／要你管领而虚无所有"，仍然在写海，写海的万顷波涛，写海的沉默的力量，人面对海的无力和软弱。"管领"而"虚无所有"，正是对于人征服自然、征服大海的嘲弄。面对这样的现实，诗人只能发出这样的感叹了：呵，这怅惘感触的一缕思绪，如一点"轻丝游絮"，只能"化作春泥"，留在"记忆"里，"问生命能死几次"，这个生命的追问，即是面对大海的永恒，对于人的生命短暂的痛苦的自我确认。这个在近两千年前曹操的《观沧海》中已经写过的永恒性命题，作者在现代处境中又有了自己感受的再发现。

最后的四行诗，是全诗情感与智性的升华。"青山是白骨的归藏地／海正是泪的累积。"古人云："青山处处埋忠骨。"诗人化用传统，演绎出第一句诗，讲到人的生命归宿问题，或许是诗人远游时的感慨吧，还难说有更新的诗意，但到"海正是泪的累积"就不同了。在这里，他进入了对人世命运的普遍性思考。"人间苦"是思考的核心。由海想到泪，由泪又想到世界上遍布的"愁苦的人间"，面对"愁苦的人间"又想到自身力量的苍白与无力，于是才发出这样自责式的表述："你写不出善颂善祷的诗。"自然的海，人生的海，在这里已经难分难辨。而诗人辛笛这种充满良知的自责，不正是40年代知识分子如大海一样的社会承担精神的自我阐释吗？

此前，于 1946 年 6 月"诗人节"时，诗人在《布谷》一诗中，歌唱"古中国的凡鸟"杜鹃：

你一声声是在诉说

人民的苦难无边

我们须奋起　须激斗

用我们自己的双手

来制造大众的幸福

时至今日

我们须在苦难和死亡的废墟中站起

在此后，于 1948 年春天，诗人在《甘地的葬仪》一诗中，这样唱道：

甘地死了

他的骨灰撒向恒河的水

从者们以最美丽的理想说

他将化为无量数沙碛的化身

与历史同其长久

从这些近于自白式的诗人的宣言和真诚的颂赞里，我们可以清晰地看到，辛笛的《海上小诗》面对大海沉思人生，内含怎样深厚而丰富的人间情怀。

熊山一日游

辛 笛

八百万的人烟外

何意竟得有此幽居

流水渐濯我情怀清浅

青林渐染我生命欣新

在七曲湖边啾咭鸟啼

暂许我一日时光来与三春同始

野棠花落无人问

时间在松针上栖止

白云随意舒卷

我但愿常有这一刻过客的余闲

可是给忧患叫破了的心

今已不能　　今已不能

（选自《中国新诗》第 2 集，1948 年 7 月）

忧患的心难能有过客的余闲

读辛笛的《熊山一日游》

　　一颗拒绝现代都市喧闹的心，常常为一尘不染的自然风景而沉醉，流连忘返。诗人辛笛却不然。故国的忧患在他的心里凝成了一种现代性的情结，于是，他于远离故国的异乡，在世界第一大都市的郊外，得一难见的宁静优美的风景，却唱出了一番令人惊异的心声。这就是《熊山一日游》，此诗最初发表于 1948 年 7 月《中国新诗》第 2 集。

　　熊山是美国纽约市郊外一个美丽的自然风景区，风光旖旎的七曲湖，就在此地附近。

　　诗一开始，诗人就以一种很大的气势，赞叹自己面对熊山的自然景色时所产生的惊异之情："八百万的人烟外 / 何意竟得有此幽居。"在八百万人烟喧哗的纽约城外，竟会有如此幽静安宁的地方！一个"何意竟得有"，道出了诗人发自心底的惊诧之感。因为这里的幽静与美丽，与现代大城市的嘈杂与喧闹，形成怎样鲜明的对比与差异啊。这赞叹中也分明透露出诗人的内心情向与价值选择，诗人与自然在进行生命的交流。"流水渐濯我情怀清浅 / 青林渐染我生命欣新"，两行诗近于排比或对偶的句式，将自然美荡涤自己的情怀，给自己生命带来的欢快之感，以舒缓平静的调子传达出来。后面两句诗，进一步于静中见动，通过谛听七曲湖边"啾咭"的"鸟啼"，进一步唤起自己生命与自然美融合为一的渴望："暂许我一日时光来与三春同始。""暂许"是一种调子徐缓的祈求，与前面的"渐濯""渐染"放在一起，这情感表达的结果与自然本身的宁静相和谐。"鸟鸣山更幽"，诗人由鸟的啼鸣得到启示，祈愿自己的生命也能随着这一日的时光化入春天的脚步。

没有自然美的世界是枯槁的世界，没有领略自然美的心灵是一片沙漠。诗人辛笛的心里是一片绿色，他懂得并且能够领略自然美的全部境界。因此，当前一节诗完成了对"幽居"处湖光山色的"动"态生命与自我生命的欣悦和谐的抒写之后，即进入诗的后一节，抒写湖光山色的"静"态生命对于自我生命的吸引。

如同进入了中国古典诗中"行到水穷处，坐看云起时"的意境，诗人眼中的熊山，一切都是那么的清幽静谧，自由自在，无拘无束，"野棠花落无人问／时间在松针上栖止白云随意舒卷"。这是一种自然万物未经尘世污染破毁的原生的美，是人与自然完全融而为一、超然物外的境界，所以他就情不自禁地说："我但愿常有这一刻过客的余闲。"

但是，诗人在理智上却与这种情感上的企盼相矛盾。他内心里有另一种比企盼"余闲"更沉重的声音在呼唤，这声音就是："忧患"，对故国，对民族，对于人民所正在经受的苦难。他因此情思戛然，笔锋突转："可是给忧患叫破了的心／今已不能　今已不能。"末尾一句的反复表示了情感的决绝。我们在这里读到的不是矫情，而是一颗真实的心。这时的祖国、民族，虽然取得了抗日战争的胜利，但仍陷于光明与黑暗决战的苦难之中。诗人是爱憎分明的，是有社会良知的。他以布谷鸟自喻，"以血来化作你的声音"。他说自己"给忧患叫破了的心",是 20 世纪 40 年代"中国新诗"派诗人们的共同拥有,是当时一切有社会良知的诗人的精神特征。这是最珍贵的民族的良心,20 世纪的知识分子最高尚的心!是这样的心,让他放弃对人生"余闲"的追求,选择了更有价值、更具个性的艺术和人生之路。

全诗开始看似写异国的美丽自然景色,写自己烦厌闹市而沉爱自然的情怀,但是沿着诗人的思路,一步一步地发展,这种情思到了极限之时,却笔锋一转,风云突变,一日游却唱成了出人意料的一支"忧患曲"。这种写法,带给人情感"暂许"的美感享受和轻松,同时,这一"欲擒先纵"的方式,给全诗的抒情带来了意料之外的"惊人"效果。诗里以曲折的描写,"逼"出诗人所要揭示的一个真理:只有与祖国、人民,与现实的苦难共命运的"给忧患叫破了的心",才是 20 世纪知识分子最宝贵的心。

风　景

辛　笛

列车轧在中国的肋骨上

一节接着一节社会问题

比邻而居的是茅屋和田野间的坟

生活距离终点这样近

夏天的土地绿得丰饶自然

兵士的新装绿得旧褪凄惨

惯爱想一路来行过的地方

说不出生疏却是一般的黯淡

瘦的耕牛和更瘦的人

都是病，不是风景

1948 年夏

在沪杭道上

（选自《中国新诗》第 4 集，1948 年 9 月）

都是病，不是风景！

读辛笛的《风景》

刻意为诗者使有些诗太像诗，读起来反倒不怎么自然。有些似乎是漫不经心的作品，既不想有惊人的创造，也淡漠于说理的意图，却能在真实感受和恰到好处的艺术处理中，着实地显示出诗人真实的心和美的创造，读了让你深思，或让你心痛。这样的创造，既获得了诗，也获得了读者。辛笛的短诗《风景》，就是这样的一颗硬朗而美丽的果实。

《风景》写于1948年，最初刊载于1948年9月出版的《中国新诗》第4集。它说明，"中国新诗"派诗人群自觉追求的"现实、玄学、象征"的新"综合"传统中，"现实"这一维始终是诗人们热切关注的中心，他们生于忧患而唱于忧患，确然有一颗忠于现实与忠于艺术的诗心。

以T. S.艾略特为代表的西方现代派诗艺中一个重要的方法，是"反讽"的使用。在现实中发现矛盾的现象，以冷静的方式客观地呈现矛盾本身，这冷峻的客观本身往往就成了反讽。这首《风景》突出的现代主义特色，就在于此。

题为"风景"，似乎是一个很有浪漫诗意的情境，实际描写与题目却恰恰相反，展现给人的不是美丽的"风景"，都是社会的病态。这种很令人扫兴的效果，正是这首诗追求的精义所在：冷静的客观中满是嘲讽的批判。真正的非常现代性的诗意也就在这似乎枯燥无味的描写中间产生了。无味之为味，此之有味也。

具象描写与抽象思考错落地交织在一起，构成一幅幅社会图景，让图景本身说话，是这首诗的一个重要方法。1948年夏，诗人乘车在沪杭道中，凭窗眺望，忧心忡忡。在他眼里飞过的"风景"，不是什么美丽的自然景象，更无个人旅行的轻松的欣赏之情，而是非常沉重的感觉：

　　列车轧在中国的肋骨上
　　一节接着一节社会问题

对列车铁轨连续不断的响声的具象呈现，与中国社会各种问题的沉重繁多、无法解决，似乎是不相干系的两个现象，在诗人的感觉中却如此自如地融合在一起，织成一个忧患者观察世界的覆盖网。这两行很现代也很有概括力的诗句，是展开全篇批判性思考的一个凝视点。

诗人是有良知的，他将自己关切的眼光首先投向最下层的农民。他先看到的"风景"是挣扎于死亡边缘线上的人民无边的苦难。"比邻而居的是茅屋和田野间的坟/生活距离终点这样近。"这是田野上的实有景象，也是那个黑暗年代里广大农民命运的普遍性象征。这里，诗人不是对生命终极进行玄学思考，而是直逼那个残害人民生命的现实。先为具象，后是议论，看似荒诞，实为真理。平静的叙述和平静的感慨，有多少不平静的情感在！

接着推出的是一个形成鲜明对比的意象。随着列车前行，诗人的凝视点在不断地变化。诗人内心的关切又移向为那个社会卖命却被那个社会遗忘的下层士兵。"夏天的土地绿得丰饶自然／兵士的新装绿得旧褪凄惨。"土地丰饶的颜色与兵士新装褪色的凄惨，这片颜色被颠倒了的荒诞的"风景"，尖锐地暗示了社会的腐败与衰落。后一句原发表时为"黄得旧褪凄惨"，收入《九叶集》时改为"绿得旧褪凄惨"，可能为增强颜色对比的效果。诗人反讽的指向、批判的精神，同样寓于淡漠的叙述中。

最后四行由观"景"进入对抒情主体内心痛苦的挖掘。诗人由外在走向内在，由凝思走向怀疑，由冷静走向愤激，典型的客观"风景"展示过后，接着而来的是超越发现"社会问题"的更深层的反讽。诗人说，自己惯爱想一路来行过的地方，"说不出生疏却是一般的黯淡"。不管是陌生，还是熟悉，一切地方都是那样"黯淡"，那样贫穷，那样令人痛心与失望。到这里，心理的黯淡与社会的黯淡给诗人的心灵带来了双重的重压。于是，他在诗的最后，发出了这样痛苦而绝望的叫喊：

> 瘦的耕牛和更瘦的人
>
> 都是病，不是风景

"瘦的耕牛和更瘦的人"，是写实，也是象征，它为我们的想象提供了更具宽度的覆盖性，它所包容的内涵绝不仅是字面的意义指向。到这样的时候，诗人推出的"都是病，不是风景"就具有超越一般讽刺的力量。

20世纪40年代新诗展现了一种现实主义与现代主义互相融汇和渗透的艺术前景。辛笛作为由30年代现代派走出来的诗人，他在抗战时期完成了自身创作风格的"转变",自觉地将创作方向定位于深切关注现实又具有强烈现代性的追求点上。他的这首《风景》,可以视为这种努力的一个显示。

山中所见——一棵树

辛　笛

你锥形的影子遮满了圆圆的井口
你独立，承受各方的风向
你在宇宙的安置中生长
因了月光的点染，你最美也不孤单

风霜锻炼你，雨露润泽你，
季节交替着，你一年就那么添了一轮
不管有意无情，你默默无言
听夏蝉噪，秋虫鸣

1948 年夏
（选自《中国新诗》第 4 集，1948 年 9 月）

美丽而不孤单

读辛笛的《山中所见—— 一棵树》

一个普普通通的常见的自然景物，在富于创造性的诗人的灵感里，可以升华出一个美丽的世界。当时已有十多年创作实践的辛笛，成熟的才华使他写于20世纪40年代末的《山中所见——一棵树》这首八行的小诗，具有永久性的艺术魅力。

诗人以最敏锐的眼光，在人们不太注意的事物中发掘了诗的精魂，但不倾诉，不玄想，而是用线条和色彩给你一个图景和氛围、一幅美丽的画。这就是八行小诗的总体特征。

前四行诗写树的独立品格。这是用语言构成的一幅印象派的画，画的基调是飘洒的月光，画的中心图景是山中一棵独立生长的树。或许是偶然的相遇，触景生情；或许是记忆中的情思，化为物象，自然景物已非原来的意义，作者的情感也在象征的物象后面隐藏起来了。当然，倘若我们沿着作者凝固下来的意象，寻踪追迹，仍然不难找到这个小小艺术世界的通幽曲径。我们看到，这是一棵翁郁的树，它庞大浓密的树顶，在月光下留下一片锥形的影子；这又是一棵站在一个井口的大树，它有水的滋润，作为生命之绿的源泉。它以自己巨大的清荫，庇护着人们生命的根。这棵树是与大地母亲血脉相连的，这棵树本身也就是山之子，是

451

大地及其精神的象征。

在充满暗示能量的第一行诗文之后，作者进入对树的品格、形体、姿态、感觉的描写。这树是独立不倚的，它站在空旷的山中，承受着八面来风；它是那么宁静，在广大的宇宙中生长。由于月光的点染，那朴素的精魂更增添了几分美丽。因为立足于大地，因为生命的充实，孤独感是与它无缘的，它的生命紧连着广大世界。

到这里为止，诗还在现实描写与感觉层面进行，我们对现实中树的品格与特征已经十分清晰。进入第二节，诗人的思维进展就不同了，由现实的描述进入想象的推衍。诗人更注意挖掘树坚强的个性。任你风霜磨炼，任你雨露滋润，一切的苦与乐，磨难与抚慰，均化入那坚实的生命之中，"一年就那么添了一轮"。生活带来的不论是荣辱毁誉，还是风霜雨露，或是逆流顺境，一切都置之度外，默默无言地承受。"夏蝉噪，秋虫鸣"，都任它在耳边鼓噪，树仍在坚忍宁静中生长。

树的独立，树的美丽，树的坚忍，在作者的笔下，用一连串的客观意象和主观推衍呈现出来。读到这里人们不禁会发问：这幅美丽的印象派画式的小诗，启示于人们的究竟是什么呢？诗人没有告诉我们。这是美的创造者的权利，这也是一首美的诗的生命。诗写于1948年夏天。就时代讲，这是一个郁闷黑暗的季节，是一个考验人精神品格的季节。就艺术讲，"中国新诗"派诗人的现代主义探索受到了来自激进的诗人的尖锐批判、嘲讽和谩骂。作者是象征坚忍而独立的不可征服的民族精神？是暗示人们应该具备迎接种种考验、坚贞不移的高尚品格？还是传达一种不顾纷扰、沿着自身品格坚忍生长的艺术信念？实在难以说清，也不必说清。

　　我们在这首小诗里，得到了美，也得到了悠然遐思去再造美的权利，得到了对于超群拔俗、坚忍生长的生命的认同与赞赏，更主要的，我们得到了一个启示："默默无言"中的美，是更富于深层韵味的美。

　　四十五年后重读这首八行小诗，领略那里面蕴含的人生的哲理意趣，面对各种风霜，各种鸣噪，我们的生命仍然可以在美中得到强大、永久的力的启示。

一曲
爱情与
人生的
美丽交响

你底眼睛看见这一场火灾,

你看不见我,虽然我为你点燃,

唉,那燃烧着的不过是成熟的年代,

你底,我底。我们相隔如重山!

诗八首

穆　旦

一

你底眼睛看见这一场火灾，
你看不见我，虽然我为你点燃；
唉，那燃烧着的不过是成熟的年代，
你底，我底。我们相隔如重山！

从这自然底蜕变底程序里，
我却爱了一个暂时的你。
即使我哭泣，变灰，变灰又新生，
姑娘，那只是上帝玩弄他自己。

二

水流山石间沉淀下你我，
而我们成长，在死底子宫里。
在无数的可能里一个变形的生命
永远不能完成他自己。

我和你谈话，相信你，爱你，
这时候就听见我底主暗笑，

不断地他添来另外的你我
使我们丰富而且危险。

三

你底年龄里的小小野兽，
它和春草一样地呼吸，
它带来你底颜色，芳香，丰满，
它要你疯狂在温暖的黑暗里。

我越过你大理石的理智底殿堂，
而为它埋藏的生命珍惜；
你我底手底接触是一片草场，
那里有它底固执，我底惊喜。

四

静静地，我们拥抱在
用言语所能照明的世界里，
而那未成形的黑暗是可怕的，
那可能和不可能的使我们沉迷。

那窒息着我们的
是甜蜜的未生即死的言语，
它底幽灵笼罩，使我们游离，

游进混乱的爱底自由和美丽。

五

夕阳西下，一阵微风吹拂着田野，
是多么久的原因在这里积累。
那移动了景物的移动我底心
从最古老的开端流向你，安睡。

那形成了树木和屹立的岩石的，
将使我此时的渴望永存，
一切在它底过程中流露的美
教我爱你的方法，教我变更。

六

相同和相同溶为怠倦，
在差别间又凝固着陌生；
是一条多么危险的窄路里，
我制造自己在那上面旅行。

他存在，听从我底指使，
他保护，而把我留在孤独里，
他底痛苦是不断的寻求
你底秩序，求得了又必须背离。

七

风暴，远路，寂寞的夜晚，
丢失，记忆，永续的时间，
所有科学不能祛除的恐惧
让我在你底怀里得到安憩——

呵，在你底不能自主的心上，
你底随有随无的美丽的形象，
那里，我看见你孤独的爱情
笔立着，和我底平行着生长！

八

再没有更近的接近，
所有的偶然在我们间定型；
只有阳光透过缤纷的枝叶
分在两片情愿的心上，相同。

等季候一到就要各自飘落，
而赐生我们的巨树永青，
它对我们的不仁的嘲弄
（和哭泣）在合一的老根里化为平静。

1942 年 2 月
（选自《旗》，初收入《穆旦诗集（1939—1945）》，题为"诗八章"）

一曲爱情与人生的美丽交响

·

穆旦《诗八首》解读

这里所要解读的《诗八首》，是诗人穆旦的一篇经典性作品，写于 1942 年 2 月。这时，他 24 岁，刚刚毕业于著名的西南联大。

穆旦的诗，在思维形式、创作风格和表现方法等方面，深受二十世纪二三十年代西方现代派诗人爱尔兰的叶芝、英国的 T. S. 艾略特和奥登等人的影响，这种影响中的某些方面，如玄学思辨与具象象征的结合，又可上溯至一直为 T. S. 艾略特所深爱和推崇的 17 世纪英国玄学派诗人们。穆旦的诗有明显深刻的时代感情，但多数的诗往往并不是直接表现时代，而是注意自身心灵的搏斗和内层思想感情的开掘，并努力在抽象概念与具体形象的结合中，追求传达的感情密度，传达方法的独特新颖和理性成分的介入，再加上他运用很多精心独创的暗喻和意象联想上的跳跃，就使他的诗具有一种沉厚、新奇、锋利和涩重，同时也带给读者接受上的极大的陌生感。即使他写爱情题材诗，也是如此。他著名的《诗八首》，就是这样的代表作品之一。

《诗八首》是属于中国传统中"无题"一类的爱情诗。但是，在这里，我们看不到一般爱情诗中感情的缠绵与热烈，也没有太多的对顾恋与相思的描写。他以特有的超越生活层面以上的清醒的智性，对自身的也是人类的恋爱情感及其整体过程，做了充满理性成分的分析和很大强度的客观化处理。整首诗，从头到尾显得很深沉，也很冷峻。每首诗均为两节，每节四行，一首诗为八行。在穆旦的诗中，形式上算是属于比较整齐匀称的一类。

第一首，写在爱逐渐走向成熟的季节中，在尚处于初恋的时候，一方爱的热烈与另一方感情的冷静之间所形成的矛盾。

"我"所爱的"你"，和"我"一样，都应该有爱的"成熟的年代"时那种情感的渴望，但是同时，又有被爱的少女在理性控制之下的情绪的冷静，这样就造成了两个人之间情感的陌生。这样，虽然"我为你点燃"了我的爱，可是它在尚未达到同样境地的"你"的眼睛里，这"爱"，却是那么的可怕："你"就如同看见一场"火灾"，却看不见一个真实的"我"的爱的真诚的"燃烧"。而这"燃烧"，其实一点儿也不奇怪，它不过是情侣们必然有的，不管是属于"你底"，还是属于"我底"，只是因为"你"还将这"成熟"的自然感情视为一种可怕的东西，所以，两个人感情的距离就远了："我们相隔如重山！"

因为爱是人类成熟过程中的一个自然的环节，但就个体的人来讲，却不能完全按照这个自然"程序"去实现，所以，诗里接着说："从这自然底蜕变底程序里，/我却爱了一个暂时的你。"因而"我"有一种失望的感觉。爱了一个"暂时的你"，就是没有得到"你"真正的理解。是的，爱是不能勉强的，"我"虽然努力追求，做种种痛苦状，却还是得不到"你"的爱。"即使我哭泣，变灰，变灰又新生，/姑娘，那只是上帝玩弄他自己。"这里的"上帝玩弄他自己"，意思是说，大自然和一切生物的创造者，既创造了人类爱的情感，又创造了人类的理性，这种由它亲手制造的矛盾，只是"上帝"的自我嘲弄，自己"玩弄自己"罢了。

穆旦的一些诗中，常有用"上帝""主"的地方，这一点，诚如很理解穆旦的诗人杜运燮先生说的：穆旦"并非基督教徒，也不相信上帝造人，但为方便起见，有一段时间曾在诗中借用'主''上帝'来代表自然界和一切生物的创造者"。

第二首内容是讲，随着时间的推移，"你""我"的爱也逐渐变得成熟起来，摆脱理性的控制而开始进入热烈的阶段。

"水流山石"是自然的象征意象，也含有时间推移的意思。"死底子宫"，象征一件事物（包括爱）于一定的时间（相对静止的时间）中的孕育诞生。前两行诗的意思是，随着大自然的启示和给予，"你我"的生命都开始成熟起来，我们的爱的"成长"，也就在这一段时间里开始孕育、开花。但这所谓的成熟，也只是人生命中的一种表现，因为，造物者所创造的爱，是丰富而千变万化的。"你我"的生命本身，"你我"的爱的"成长"，也只能是"在无数的可能里一个变形的生命 / 永远不能完成他自己"。这个"他"，可以理解为"你我"的爱，也可以理解为造物者对于人类爱的创造。玄学式的语言自有它玄学的深蕴。人的生命（包括爱）本身，都是自然创造出来的千万种形态的一种"变形"的存在，创造既无终结之日，生命也永无完成之时。"你我"的爱，也正是这"不能完成"的生命链条中的一个环节。不要问他完成的结果，要的只是这真实的现实的存在。而这存在，就是成熟了的爱。

下一节诗，就可以说明这一种爱的发展和造物者的创造过程。

"我和你谈话，相信你，爱你，/ 这时候就听见我底主暗笑"，这是说，在爱的发展中，"你我"的理性的因素仍然在起作用，以至于使"主"暗笑，"主"也就是造物者——人类生命本能，包括爱的创造者——自然，他也在暗笑，现在的"你我"太理智了，所以，就"不断地他添来另外的你我／使我们丰富而且危险"。这个"另外的你我"，就是对现在过分理智的"你我"的一种超越，添加之后的"丰富而且危险"，是对爱的热烈感情的一种抽象性暗示。"主"的"添来另外的你我"，实际上是说自身感情的自然强烈化，或者说生命潜在本能的能动的发扬。

第三首，是写已经达到"丰富而且危险"的境界，"你我"完全超越了理性的自我控制之后，爱情热恋的时刻到来了，"你我"之间，才真正获得了爱的狂热与惊喜。

"你底年龄里的小小野兽，／它和春草一样地呼吸"，这里的"小小野兽"，是暗示"你"在爱中萌生的狂热之情，或者说是潜意识中产生的一种爱的冲动，"和春草一样地呼吸"，是这种狂热与冲动之情发展的表现。"春草"的"呼吸"，也有青春、蔓延、生机勃勃、不可遏止地生长等意思包含在内，同时也是女性表示爱的一种方式的象征。在此前，穆旦写的一首诗《春》里，有这样的诗句：

> 绿色的火焰在草上摇曳，
> 他渴求着拥抱你，花朵

这诗是写对大时代的"春天"的期待，而此处是对少女爱的热烈的比喻。了解了这一点具体而陌生的暗示性意象之意义，也就懂得了后两句诗的含义了："它带来你底颜色，芳香，丰满，/它要你疯狂在温暖的黑暗里。"这里是讲，"你"摆脱了理性的制约，理解了真正的爱之欢乐之后，所表现出来的年轻人的热烈与"疯狂"。穆旦在另一首诗中，曾这样写道："因为青草和花朵还在你心里，/开放着人间仅有的春天"（《一个战士需要温柔的时候》），意思相近，抄在这里，可帮助我们理解。

下半首的四行诗，是进一步在分析"我"此时爱的表现与感觉。这里诗人在说，"我"终于越过了你那"大理石"般的"理智底殿堂"，且为这"理智底殿堂"中所"埋藏的生命"，感到一种格外的爱的"珍惜"。"大理石"是一个给人以非常冷静的感觉的意象，用在这里来形容"理智底殿堂"，就更强化了这个"理智"的印象。两个人耳鬓厮磨，拥抱接吻，作者没有直接地写出来，而是使用了一个"远取譬"的比喻："你我底手底接触是一片草场。"这样，既与前面的"春草"相呼应，本身又给读者一种蓬勃生春、辽阔无边、情意绵绵的感觉和想象。这句诗写得非常之漂亮。最后一句："那里有它底固执，我底惊喜。"这里的"它"仍然指的"小小野兽"。可以想象的是，在爱的接触中，女性仍有她的羞怯、婉拒和执着，这里用一个抽象的"固执"的词来暗示这些复杂的感情。在这场恋爱中，"我"一开始就是主动的，而对方并没有完全理解，甚至感到惊惧，所以，当双方都超越一种界限而进入热恋的时候，作为"我"所感觉到的，当然会是一种爱的获得者所应有的态度："我底惊喜。"

第四首，是进一步讲两个人进入真正的热恋之后，在一片宁静的爱的氛围中所产生的种种复杂的情感。这是爱的"沉迷"，也是爱的深化。

两个人在倾诉各自的心境和甜蜜的话语。这爱的"言语"，是黑暗中唯一能发光的东西。这就是第一个四行诗的前两句所传达的意思："静静地，我们拥抱在／用言语所能照明的世界里"；前面说过，"疯狂在温暖的黑暗里"，同这句"用言语所能照明的世界"，是一个意思。我以为，这"黑暗"，不是指夜色（因为第五首诗里才出现有"夕阳西下"的字样），而是指感情程度的"黑暗"；到这段诗的第三、四句里"那未成形的黑暗是可怕的"，这里的"未成形的黑暗"又指的是什么呢？从上下文来看，这里的"黑暗"，仍然说的是爱的情感上的一种境界，也就是我们所常说的"爱得昏天黑地"的意思。他们在热恋中的理智，使他们感到一种警觉，所以才这样说。这是内心一种强烈的矛盾感，或者说，这里指造物者给予人的一种理性的冷静感。有的阐释者把这"未成形的黑暗"，说成是即将到来的现实的恐怖的阴影，可以作为我们理解这句诗的参考。诗人接着说，但是，当前这种爱，毕竟是人生成熟时期的一种美好的境界，因此我们在有理性的爱中，有"可能"的，有"不可能的"，这一切不管是哪一种，美丽得都"使我们沉迷"。超越矛盾，或者就在矛盾之中，才能获得爱的"沉迷"。

后一段的四行诗，前两句好理解："那窒息着我们的／是甜蜜的未生即死的言语。""未生即死的言语"，很显然，是指想要表达而又未能说出口，或当时无法表达的一些甜蜜的情话。同年穆旦写的另一首诗《自然底梦》里，有这样的句子：

> 那不常在的是我们拥抱的情怀，
> 它让我甜甜的睡：一个少女底热情，
> 使我这样骄傲又这样的柔顺。

我们谈话，自然底朦胧的呓语，

美丽的呓语把它自己说醒。

"未生即死的言语"，是接近"美丽的呓语"的情话。

问题在于，第三行的"它底幽灵笼罩，使我们游离"，这里所说的"它"指什么？我想，这个"它"仍是指前面二首所说的"主"，也就是自然界和一切生物（包括人在内）的创造者。它给人以爱的本能，又给人以爱的理智。前面是"暗笑"你我的冷静，"不断地他添来另外的你我"，那时为的是促进爱进入"丰富"和"危险"；现在，在"你我"已经进入"沉迷"的爱的境界中的时候，"它"，也就是它所创造的人类的"理智"，又幽灵般地出来，笼罩"你我"，要"使我们游离"，也就是要"你我"能够做到再战胜自我，回归于理智的状态。诗人说，这时的"你我"已经不是"它"，也就是"理智"的指挥所能改变的了，感情还是胜过了理智，结果，不是"游离"到越过"大理石的理智底殿堂"之前的状态，而是相反，"游进混乱的爱底自由和美丽"。他们在一种内在的矛盾状态中爱得更深沉、更热烈了。这首诗，使我们想起穆旦的另一首诗《忆》中的几句：

多少年的往事，当我静坐，

一齐浮上我的心来，

一如这四月的黄昏，在窗外，

糅合着香味与烦扰，使我忽而凝住——

一朵白色的花，张开，在黑夜的

和生命一样刚强的侵袭里，

主阿，这一刹那，吸取我的伤感和赞美。

　　超越"主"的意志也好，得到"主"的赞同也好，"我"此刻，在回味和咀嚼着往昔的爱的"伤感和赞美"。

　　第五首，一首爱情的交响乐章，在这里进入了转折之前的宁静的抒情。热烈的爱过后，进入宁静的"安睡"，进入对于这美的时刻"永存"的渴望。

　　"夕阳西下，一阵微风吹拂着田野，/是多么久的原因在这里积累。"这是一个美丽而宁静的时刻，是"你我"爱的感情长久的"积累"。长久的感情，说成"多么久的原因"，也是穆旦常用的把具象的东西抽象化的方法。下面讲"我"的心在随着时间的移动而移动，在这个时间里，"我"回味刚刚过去的这个美好的时刻，这就是"那移动了景物的移动我底心"这句诗的意思。"移动了景物的"一语，暗指时间。而热恋中的"你"呢，这时候，"从最古老的开端流向你，安睡"。"最古老的"，暗指人类的爱情。在整个人类生命的存在中，爱情，这是一个最古老也永恒常新的主题。这句诗的意思是：在爱的热烈结束之后，"流向""你"的，是宁静的"安睡"。

　　下面四行诗，整体上是在讲爱情的热潮过后"我"内心的凝想。

　　"那形成了树木和屹立的岩石的，/将使我此时的渴望永存"，造化与时间是永恒的生命的创造者，它们创造了田野上高大的树木，创造了屹立着的坚硬的岩石，它们的存在，使"我"强烈地感到一种希望：对于爱的"渴望"永存。诗人在大自然的永恒中，寻找自身爱情永存的力量。

下面两句诗，是说自己在体味这"永存"的意味。诗句中的"它"，可以指爱，也可以指造物者对于人类爱的创造；一切在这个过程中"流露的美"，都是永远难忘的，"教我爱你的方法，教我变更"。这里又来了一句穆旦式的感情抽象化的诗句："教我变更"，实际上就是教"我"改变，教"我"成熟，教"我"更懂得、更忠实于"你我"的爱情。爱，使人在投入中也改变了自己。"我"由于爱的纯洁美丽而变得更为理智了。

这两句诗，上一句讲的是爱在时间中的永恒，下一句讲的是爱在空间里的坚贞。这两句诗，实际上是与前面相联系，以树木的不断生长和岩石的坚硬为暗喻。前后两句诗相互呼应，形成为一个不可分割的整体。

第六首，在这部整体性的爱的交响诗中，这是最抽象也最难解的一首。

它继续上面在爱的热烈后产生的宁静的思绪，进入了一种更深入的哲学的思考。爱是一个永恒的矛盾，人的爱是不可能没有理智支配的，因此，造物者给予的只能是，得到了爱又必须得"背离"爱，即人类在爱情之中的一种自我控制。这"背离"，我认为，是使爱进入一个更高的层次，而并非是指在"背离"这个词的原生意义上爱的悲剧性发展。

过分的相互认同、感受热烈，最终会"溶为怠倦"，这"怠倦"，也就是爱的情感的冷却、沉淀。但是，在"你我"的爱之间，保留着"差别"，因为过于接近了，进而又会开始"凝固"为一种新的"陌生"。这新的"陌生"，也不是原来意义上的"相隔如重山"那样的"陌生"了，而是对于爱的获得的一种重新认识。一重矛盾解决了，又一重矛盾随之产生。这就是这首诗中所贯穿的爱情的辩证法吧。因此，这种人生的爱本身，也就是一种自身"旅行"的"冒险"，人的生命中一种勇敢的尝试。"是一条多么危险的窄路里，/我制造自己在那上面旅行。"之后的这两句诗，说的就是这样一种对爱情的哲学的体验。在与《诗八首》写于同一时间的一首诗里，穆旦说他自己：

> 啊上帝！
> 在犬牙的甬道中让我们反复
> 行进，让我们相信你句句的紊乱
> 是一个真理。而我们是皈依的，
> 你给我们丰富，和丰富的痛苦。(《出发》)

他的所谓的"危险的窄路"上的"旅行"，也是有这种"丰富的痛苦"的味道在内。33年后，穆旦袒露说："我的那首《诗八首》，那是写在我二十三四岁的时候，那里也充满爱情的绝望之感。"

下面四行诗里，诗人把这种爱的矛盾的辩证法，引向它的根源，即创造人类的造物主。这诗里的"他"，均指造物主，也就是前面已经说过的自然界和一切生物的创造者。诗人在回味爱的过程和这中间的矛盾。

"他存在，听从我底指使"，是说从前，如第一、二首诗写的那样，因为他的存在，故在"自然底蜕变底程序里"，开始是使"我"爱了一个"暂时的你"，但是，由于"我"的"相信你，爱你"，这时候，他又"暗笑"着，来"不断地他添来另外的你我"，等于是改变了他的"伎俩"，又在"听从我底指使"了。

"他保护，而把我留在孤独里"，是说由于"他"的支配，也就是"他"创造的人类自身的"理智"的作用，"你""我"不能永远存在于"热恋"之中，"你"已流向"安睡"；这样，就只能"把我留在孤独里"。人可以得到爱的热烈，也就必然会尝到爱的孤独。人类的爱，有它自己的秩序。这是自然的法则。所以，这节诗的最后两句说：

他底痛苦是不断的寻求

你底秩序，求得了又必须背离。

这里的"寻求"在句子上是与"你底秩序"连在一起的。"你底秩序"中的"你"，似泛指爱情，意思就是前面所说的"自然底蜕变底程序"，也就是"我"为你所"点燃"的爱的"秩序"。爱情是一颗充满矛盾的果子，人应该懂得爱，但人又不能满足于仅仅在爱的热烈里。这是自然给予人（包括"你我"在内）的一种"秩序"。自然给予人这"秩序"后，又必须让人去"背离"它。这是自然界和万物创造者给予人的一种寻求，但同时又是"他"自身的矛盾所产生的一种"痛苦"。这里也隐含了穆旦对爱情"近"与"远"的辩证思考。如后来穆旦给自己抄录的奥登的一首爱情诗《太亲热，太含糊了》所加的注释里说的那样："爱情的关系生于两个性格的交锋，死于'太亲热，太含糊'的俯顺。这是一种辩证关系，太近则疏远了。该在两个性格的相同和不同之间找到不断的平衡，这才能维持有活力的爱情。"诗人把这段很抽象的哲理思考写入诗中，给全诗关于爱的追求与转折带来了特有的深度。

第七首，已经进入这首交响乐章的尾声。这首诗是说，经过爱的热烈，也经过爱的冷却后的爱情，才能够变得如此的成熟而坚强，使它成为独立生长的生命，成为相爱者的"你我"战胜一切恐惧与寂寞的力量。

"风暴，远路，寂寞的夜晚，／丢失，记忆，永续的时间"，这些具体的形象和抽象的语言，组合在一起，构成了"你我"两个人于爱情获得之后，在人生的道路上跋涉时可能遇到的种种"恐惧"。这里可以包括遥远的共同的跋涉，也可以包括别离的漫长的思念。真正的爱情本身就是一种强大的精神力量。获得了这真正的爱的诗人，才可能唱出这样自信的歌：

> 所有科学不能祛除的恐惧
>
> 让我在你底怀里得到安憩——

诗人特别在"安憩"后面加了一个破折号，这是表示与下面的文字相连接。作者是想说明，这"安憩"，并不是一种依赖，而是从相互独立而又形成为一体的爱情中，各自都获得了支撑自己的力量。诗人以一段柔美的颂歌来完成他的这一思想的传达：

> 呵，在你底不能自主的心上，
>
> 你底随有随无的美丽的形象，
>
> 那里，我看见你孤独的爱情
>
> 笔立着，和我底平行着生长！

到此为止，全诗中第二次使用"！"号。第一次是在第一首诗里，"我们相隔如重山！"那时，"你"还是爱的陌生者。现在，经过一番充满矛盾与痛苦的路，两个人都获得了真正的爱。"你"的爱情，已经是"孤独"地"笔立着，和我底平行着生长！"这是爱的一个飞跃性的进展，也是诗人唱出的对于爱的颂歌的第一支优美旋律。

这里的"孤独"一词，我以为，不是指一个人脱离对方或其他人而存在的那种伤感的"孤独"，而是"独立支持"的意思。诗人想如是说：这种互为依存又互不依赖的爱，才是一种坚强的人生之爱。也就是说，爱的双方，应该是两棵独立支持的"巨树"。

第八首，已是这部爱情交响诗的最高亢的尾声，如贝多芬的《第九交响乐》最后的《欢乐颂》奏出的人类之间相亲又相爱的高昂的颂歌一样，诗人在这里奏出对人类真正的爱情，也是诗人"你我"之间的"我们的爱""巨树永青"的赞歌。

因为他们获得了真正的爱情，因为他们之间有了互相的深刻理解和爱，他们之间也就融而为一了，于是"再没有更近的接近，/所有的偶然在我们间定型"。人生的爱，常含有许多"偶然"的因素，但很多的"偶然"中又含有必然。这里说"所有的偶然在我们间定型"，是一种真实的体认。它包含了"爱莫大于心相知"这样深层的潜台词在里面。两句看来非常抽象的话，放在这里，让人读起来一点儿也不感到乏味和空洞。因为，这是前面具体的爱的发展过程的必然抽象，在每个读者的心中唤起的都是一种很具体的感情。

何况，在这两句抽象的诗行之后，作者马上就用了一个非常具体的意象作为补充："只有阳光透过缤纷的枝叶/分在两片情愿的心上，相同。"

到最后一节，我们可以说，这是诗人用他整个的生命体验和认识唱出来的一段对于人类的爱情，也是自我的爱情的永恒赞歌：

> 等季候一到就要各自飘落，
>
> 而赐生我们的巨树永青，
>
> 它对我们的不仁的嘲弄
>
> （和哭泣）在合一的老根里化为平静。

这里讲的是人由爱情的获得，到了生命结果的"季候"。第一句暗示了人的生命死亡的"季候"的到来；但是，自然或造物者赐生给我们的爱情却永不会衰老，"巨树永青"。"它"这个造物主在最后又一次出现了。自然创造了人的生命，也创造了人的生命对自然的回归。"不仁的嘲弄"，与此诗开头相呼应，指的是第一首里讲的，在"你"的爱情尚未成熟时，使"我哭泣，变灰"等等，那里曾说："那只是上帝玩弄他自己"，可与这里的"不仁"参读。所谓"哭泣"，指的是前面说的"我哭泣，变灰"，或者是指"上帝"为他的"痛苦"（见第六首"他底痛苦是不断的寻求／你底秩序，求得了又必须背离"）而"哭泣"，均可以。我以为，后者理解起来可能更顺一些。这里是说，到了那个时候，创造了人和万物的大自然（造物的"主"或"上帝"）的嘲弄与痛苦，也将与我们合在一个"老根"（永恒的大自然）里，一同化为一片平静。

人的爱，是大自然的赐予，最终，人的爱又将回归于大自然之中。这就是人类的爱情的实现，就是真正获得了"巨树永青"的人生之爱的归宿。

这里，使我们联想起穆旦在 18 岁的时候写的一首《我看》（也相当于"无题"诗）中最后的三行：

〇，让我的呼吸与自然合流！
让欢笑和哀愁洒向我心里，
像季节燃烧起花朵又把它吹熄。

《诗八首》可以视为中国现代的《秋兴八首》。不同的是，杜甫的《秋兴八首》是各自独立而又相互关联地抒发秋之情怀的，而穆旦的《诗八首》是作为一首诗连续在一起写爱情的。这一组诗是不可分割的整体，它以十分严密的结构，用初恋、热恋、宁静、赞歌这样四个乐章（每个乐章两首诗），完整地抒写和礼赞了人类的爱情，也包括他自己的爱情复杂而又丰富的历程，礼赞了它的美、力量和永恒。

《诗八首》是一篇爱情的启示录，也是一首生命的赞美诗。它超越时间与空间的限制，产生了永恒的艺术魅力。闻一多很欣赏这首诗，早在 1945 年就收入他所编的《现代诗钞》一书中，这本身就是对这首诗无言的赞誉。

城市的舞

穆　旦

为什么？为什么？然而我们已跳进这城市的回旋的舞，

它高速度的昏眩，街中心的郁热。

无数车辆都怂恿我们动，无尽的噪音，

请我们参加，手拉着手的巨厦教我们鞠躬：

呵，钢筋铁骨的神，

我们不过是寄生在你玻璃窗里的害虫。

把我们这样切，那样切，等一会就磨成同一颜色的细粉，

死去了不同意的个体，和泥土里的生命；

阳光水分和智慧已不再能够滋养，使我们生长的

是写字间或服装上的努力，是一步挨一步的名义和头衔，

想着一条大街的思想，或者它灿烂整齐的空洞。

哪里是眼泪和微笑？工程师、企业家和钢铁水泥的文明

一手展开至高的愿望，我们以渺小、匆忙、挣扎来服从

许多重要而完备的欺骗，和高楼指挥的"动"的帝国。

不正常是大家的轨道，生活向死亡追赶，虽然"静止"

有时候高呼：

为什么？为什么？然而我们已跳进这城市的回旋的舞。

（载《通向世界的门扉——首届青海国际诗歌节诗人作品集》，青海人民出版社，2007年8月）

对"城市的回旋的舞"的质疑

重读穆旦《城市之舞》之感言

从 1917 年年初中国新诗诞生起，就已经有诗人关注和思考现代都市文明的产生与自然环境，和自我主体之间的紧张关系这个人类性的普遍忧虑的话题了。郭沫若、李金发、孙大雨、朱湘、徐迟、艾青、辛笛等，对于这个主题做了多侧面的书写。从现代工业黎明曙光的赞美，都市与自然生态矛盾的揭示，到城市罪恶膨胀挤压人的精神空间的诅咒，经过不断追寻与反思，产生了一些具有很强现代意识的作品。穆旦发表于 1948 年 9 月《中国新诗》杂志上的《城市的舞》，即是一例。全诗以东方大都会上海城市想象为题材。全诗首尾呼应，以"为什么？为什么？"的强烈质疑，追问泯灭人类精神空间的现代化的"城市的回旋的舞"的大潮如何给人类主体及其生存环境带来生命扭曲、个性窒息、服从欺骗，乃至走向死亡的可憎而无奈的悲剧。60 年前诗人的痛苦思考和无奈抗争，如今都在"全球化"风暴席卷的中国大地上变成了触目惊心的现实。重读传达了卡夫卡《变形记》同一世纪性"哲思链"上的这首诗，仍可唤起有卓识远见的智者良知的共鸣和震撼。

深受 T. S. 艾略特、奥登的影响，诗人的先锋意识表现得异常超前和尖锐。超越于人类与自然对立以及如何爱护自然环境的一般性思考，在这种城市"回旋的舞"的悲剧演出中，诗人最刻骨铭心的，是对人类主体在被扭曲变形过程中自身所扮演角色的叩问："为什么？为什么？然而我们已跳进这城市的回旋的舞。"可悲处在于：人类自己在这个"城市的回旋的舞"中越跳越疯狂。面对"钢筋铁骨的神"，今日人类自身，都不仅是"寄生在你玻璃窗里的害虫"，以没有阳光和智慧滋养的整齐划一的"名义和头衔"，"想着一条大街的思想，或者它灿烂整齐的空洞"，或是"以渺小、匆忙、挣扎来服从／许多重要而完备的欺骗"，成为"高楼指挥的'动'的帝国"里可悲的奴隶和同谋，而且更愈演愈烈地去毁灭人类赖以生存的自然环境。人类服从"重要而完备的欺骗"吞噬的正是人类自身："不正常是大家的轨道，生活向死亡追赶。"鲁迅在《狂人日记》里揭示旧世界"吃人"同时发现自己也是一个"吃了人的人"这样惊世骇俗的真理，正在被不断复制。当时被批评家认为是"最善于表达中国知识分子的受折磨而又折磨人的心情"，承传了鲁迅"凶狠的刺人的机智"❶的穆旦，呼喊出的这些令人深忧的反思与追问、抗争与诉求，至今仍是对中国过往和既存的实有，也对整个民族、个人和人类自身而发出的一个知识分子内心的"惊悍痛苦的战叫"。

---

❶ 穆旦 1975 年 5 月 9 日致郭保卫的信，见曹元勇编：《蛇的诱惑》，第 226—227 页。

附：漫谈穆旦诗

拟答上海电视台记者录像采访

一、诗人穆旦出现的历史背景

穆旦 1936 年考入清华大学外文系，第二年开始，以"慕旦"的笔名，在《清华周刊》《文学》杂志等全国性刊物上发表新诗，受到人们的注意。抗战爆发后，他为西南联大最活跃最杰出的诗人。他新诗的出现至发生最大影响的创作高潮期是 20 世纪中叶，即 1937—1948 年的十余年时间里。这时候最突出的背景事件，正值中国抗日战争从开始经历极艰苦的阶段，到达全面胜利的民族精神崛起的高潮时期。然后是四年多激烈的内战。绵延不断的战争，社会激烈的动荡，给穆旦的诗创作提供了一个极为特殊的历史舞台。他的诗里，始终跃动着一个与民族共患难，为民族争自由的富有良知的青年知识分子的灵魂。1945 年 1 月出版了第一部诗集《探险队》。1947 年 5 月第二部诗集《穆旦诗集（1939—1945）》自费出版。1948 年 2 月诗集《旗》列入巴金主编的《文学丛刊》出版，先后相继收入《还原作用》《在寒冷的腊月的夜里》《赞美》《控诉》《诗八首》《森林之魅》《裂纹》《被围者》《隐现》等诗作。这些诗无论有怎样超前的意识和错综的甚至朦胧的表现，其意识追求和情感里淌的，都始终是一个忠于自己民族和自己时代的中国诗人的血脉。

1940年3月和4月，他在《大公报·综合》（香港版）上，接连发表了两篇重要的诗评文章：《他死在第二次》《〈慰劳信集〉——从〈鱼目集〉说起》。在这些评论里，他值得注意的突出的意识是：第一，强调艾青诗歌作品与中国土地深刻联系的"本土性"。"作为一个土地的爱好者，诗人艾青所着意的，全是苗生于我们本土上的一切呻吟、痛苦、斗争和希望。他的笔触范围很大，然而在他任何一种生活的刻画里，我们都可以嗅到同一'土地的气息'。这一种气息正散发着芳香和温暖，在他的诗里。从这种气息中我们可以正确地辨认出来，这些诗行正是我们本土上的，而没有一个新诗人是比艾青更'中国的'了。"第二，强调卞之琳诗代替"自然风景加牧歌情绪"的"旧的抒情"的"有理性的鼓舞人们去争取各样"的"新的抒情"，即增强诗的智性成分。他认为20世纪西方诗歌风气，代替拜伦、雪莱浪漫主义的，是T.S.艾略特"以机智（wit）来写诗的风气"的盛行。由于享受物质生活的疯狂，那些中产阶级"掉进一个没有精神理想的深渊"，诗人们只能"以锋利的机智，在一片'荒原'上苦苦垦殖"。他认为，将这样的新的种子移植到中国来的，首先是卞之琳的《鱼目集》。《鱼目集》的第一辑和第五辑里的有些诗，"无疑地，是给诗运的短短路程上立下了一块碑石"。"自'五四'以来的抒情成分，到《鱼目集》作者的手下才真正消失了。"他所思索的是：面对中国因抗战而开始走向新生的现实，"我们的诗运又该采取哪个方向呢？"这个问题被徐迟先生提出来了：是"抒情的放逐"。他认为，如果"抒情"就等于"牧歌情绪"，而在那个时代，需要的是"新的抒情"，不是"理智深处没有任何基点"的"牧歌的情绪"，不是"苦涩呆板的标语口号和贫血的堆砌词藻","这是新诗唯一可以凭借的路子"。

二、王佐良说,穆旦一方面最善于表达中国知识分子的受折磨而又折磨人的心情,另一方面他的最好的品质却全然是非中国的。那么。穆旦的诗受到国外诗歌的哪些影响?

穆旦自在清华外文系读书,开始接受英国浪漫主义诗人影响,到西南联大转而接受英国当代诗人和批评家燕卜荪的直接影响,通过他进入 T. S. 艾略特《荒原》等现代主义文学思潮的冲击波,发现现实世界乃是一片"荒原"后的绝望,寻找自我的本真,而又无法获得的孤独感袭来。从跳出"古墙"而走向"荒原",从浪漫走向现代,从"群体"走向自我。这种个人灵魂孤独撕裂的感觉非常强烈,几乎成为此时他诗歌中超前意识的一个重要侧面。

如 1940 年 11 月作的《我》这首诗,讲现代人离开"母体",已经失去了"本真",自己"从残缺的部分渴望救援",怀着美丽的梦进行追求,使自己超前,"离开了群体",想坚守精神的自我,努力摆脱庸俗的"时流",但得到的却是这样失望的感觉:

> 遇见部分时在一起哭喊,
> 是初恋的狂喜,想冲出樊篱,伸出双手来抱住了自己
>
> 幻化的形象,是更深的绝望,
> 永远是自己,锁在荒野里,
> 仇恨着母亲给分出了梦境。

这种永远锁在"荒野"里的自我形象,在同月写的《还原作

用》里，更尖锐地喊出了人被物质工作挖空了灵魂，失去精神后被扭曲的本性，唯一的安慰是友人之间的可怜回忆，但拼接起来的"还是一片荒原"。一切都是那么"无边的迟缓"，诗人极端痛苦悲愤，在"那里看出了变形的枉然"。此诗传达的正是现代主义作家卡夫卡《变形记》里发出的对人的精神回归的愤怒呼喊。

他并没有在玄学范围里过深地沉醉，而是以一分中国现代知识分子的良知和热忱，将这种批判性的人生哲学思考与对更广大人民苦难遭遇的现实关怀结合起来，同时唱出了那个时代里对于民族命运最温馨最痛苦的歌声。距此仅三个月后写出的《在寒冷的腊月的夜里》，几乎可以堪称是那个时代里的一首伟大的诗篇。这首诗以亲切的调子，朴实的意象，唱出寒冷腊月里，古老路上泥草屋顶下苦难中的人民的坚忍不拔与继续承担的精神，是一首不屈民族灵魂最深情的颂歌。

三、穆旦作为"中国新诗派诗人群的超前意识"的代表，请您分析一下他的诗超前在哪里？（以《诗八首》为例）

说穆旦是中国新诗派诗人群"超前意识"的代表，是就他的诗的艺术探索实践整体而言。在接受 T. S. 艾略特和奥登等人影响之下，对于新诗抒情方式和语言探索的实践而言，他们不仅超越"五四"时代胡适、刘半农的写实和郭沫若的浪漫抒情语言模式，而且超越了戴望舒、冯至、艾青等注重意象的现代性抒情之路，进入更为智性化的抽象与具象结合的特殊的抒情方式，摧毁平易的接受与传达的"习惯"桥梁，糅合传统与现代、熟悉与陌生于一炉，造成一种全新的诗的"抒情场"，往往将读者引进"理智的深处"，给人带来更大的陌生化与新奇感。从这个角度来说，《诗八首》确实是一个代表。

《诗八首》（初发《文聚》1942 年 4 月第 1 卷第 5、6 期，初收《穆旦诗集（1939—1945）》，题"诗八章"），写爱情这个最富情感的传统题材，却用了最深的"理智性"的处理方式，意象与语言的陌生化很强。

全诗讲述爱情与生命的过程。开始一、二章，爱的陌生初期开始，爱的要求给被爱者一种恐惧，随着时间的流逝与情感的不断接近，开始变得"丰富而且危险"；三、四章写进入初恋时爱的固执与惊喜，进入热恋的"混乱"时的"甜蜜"和"美丽"；五、六章，爱进入深化时的宁静，又产生新的陌生："他底痛苦是不断的寻求／你底秩序，求得了又必须背离。"七、八章，两人爱情平行地生长，最深的接近中爱情之树宁静而长青：

> 等季候一到就要各自飘落，
>
> 而赐生我们的巨树永青，
>
> 它对我们的不仁的嘲弄
>
> （和哭泣）在合一的老根里化为平静。

写了爱的进入、爱的热烈、爱的宁静、爱的永恒这个过程，抒情被放逐到最低程度，理智与哲学成为爱的主线。爱被升华为一种美丽的精神实现与永恒追求。

四、穆旦的个人经历与他的诗歌的关系（如《森林之魅》与他的远征军经历）

在艰苦卓绝的抗日战争中，穆旦有一段独特的生活经历。1942 年 2 月，他参加中国远征军，任司令部（杜聿明将军）翻译，前往缅甸战场作战。5 月至 9 月，他亲历了缅甸战场与日军的战斗，以及之后的大撤退。在野人山战役失败后，在原始森林的死亡线中痛苦挣扎，历尽生与死的艰难考验，最后逃出，至印度养病。后来他始终没有与人们讲及这段奇迹般的从死亡线上逃出的生活，只与少数友人做了星星点点的透露。王佐良据此简略写进他评论穆旦的论文《一个中国诗人》中。该文最早在1946年6月英国一份杂志上发表，收入1947年5月出版的《穆旦诗集（1939—1945）》附录中，题为"一个中国诗人——原载伦敦 Life and Letters 杂志1946年6月号"，一年后又发表于1947年7月1日《文学杂志》第2卷第2期上，题目改为"一个中国新诗人"。

在此文章中，王佐良第一次披露说："那是一九四二年缅甸撤退，他从事自杀性的殿后战。日本人穷追，他的马倒了地，传令兵死了。不知多少天，他给死去的战友直瞪瞪的眼睛追赶着。在热带的豪雨里，他的腿肿了，疲倦得从来没有想到人能够这样疲倦，放逐在时间——几乎还在空间——之外，胡康河谷的森林的阴暗和死寂一天比一天沉重了，他更不能支持了，带着一种致命性的痢疾，让蚂蟥和大得可怕的蚊子咬着，而在这一切之上，是叫人发疯的饥饿，他曾经一次断粮达八日。但是这个二十四岁的年轻人在五个月的失踪后，最终拖了他的身体到了印度。果然他从此变了一个人，以后在印度三个月的休养里又几乎因为饥饿之后的过饱而死去，这个瘦长的，外表脆弱的诗人却意想不到地坚韧。他活了下来，来说他的故事。但是不！他并没有说……只有一次，被朋友们逼得没有办法了，他才说了一点儿，而就是那次，他只是说到他对于大地的惧怕，原始的雨，森林里奇异的、看了使人害怕的草木怒长，而在繁茂的绿叶之间却是那些走在他前面的人的腐烂的尸身，也许就是他的朋友们的。"胡康河谷，缅语为"魔鬼居住的地方"。

过了三年之后的 1945 年 9 月，穆旦写了这首"森林之歌——祭野人山死难的兵士"，最早发表于 1946 年 7 月 1 日《文艺复兴》第 1 卷第 6 期，题目为"森林之歌——祭野人山上的白骨"；1947 年 5 月收入《穆旦诗集（1939—1945）》时，题目改为《森林之魅——祭胡康河上的白骨》；稍后再次发表于 1947 年 7 月 1 日《文学杂志》第 2 卷第 2 期时，题为"森林之歌——祭野人山死难的兵士"。

诗以森林与人之对话的形式写成。人"离开文明，离开了众多的敌人"，走进满是"毒烈的太阳"和"深厚的雨"的可怕的原始森林，以自己"不和谐的旅程把一切惊动"，"无始无终，窒息在难懂的梦里"。森林对人说："欢迎你来，把血肉脱襟。"人发出恐惧的惊叹：

是什么声音呼唤？有什么东西
忽然躲避我？在绿叶后面
它露出眼睛，向我注视，我移动
它轻轻跟随。黑夜带来嫉妒的沉默
贴近我全身。而树和树织成网
压住我的呼吸，隔去我享有的天空！
是饥饿的空间，低语又飞旋，
像多智的灵魂，使我渐渐明白
它的要求温柔而邪恶，它散布
疾病和绝望，和憩静，要我依从。
在横倒的大树旁，在腐烂的叶上，
绿色的毒，你瘫痪了我的血肉和深心！

484

森林要将人带入死亡，"从此我们一起，在空幻的世界游走，/ 一个长久的生命就要拥有你，/ 你的花你的叶你的幼虫"。最后是旁白者唱出的"祭歌"。一段人的生命迅速消失及其被永久遗忘和隐在价值的咏叹：

在阴暗的树下，在急流的水边，
逝去的六月和七月，在无人的山间，
你们的身体还挣扎着想要回返，
而无名的野花已在头上开满。

那刻骨的饥饿，那山洪的冲击，
那毒虫的啮咬和痛楚的夜晚，
你们受不了要向人讲述，
如今却是欣欣的林木把一切遗忘。

过去的是你们对死的抗争，
你们死去为了要活的人们生存，
那白热的纷争还没有停止，
你们却在森林的周期内，不再听闻。

静静的，在那被遗忘的山坡上，
还下着密雨，还吹着细风，
没有人曾知道历史曾在此走过，
留下了英灵化入树干而滋生。

全诗抒情调子很平静，没有其他现代诗那样的隐晦与紧张，没有叙述自己，只写森林与受难士兵的对话，自己的"祭歌"，以全热情唱出了对于更多无名士兵逝去灵魂的礼赞。

五、穆旦晚年的诗歌与早期的有什么差别？

所谓穆旦晚年，也是 1977 年，他才 59 岁。准确说，应是 20 世纪 50 年代以后发表或未发表过的一些诗。我大学时，读过穆旦在 1957 年《诗刊》第 2 期上发表的《葬歌》，那里将自己视为"小资产阶级"的自剖的心境与自责的基调，有一种当时气氛下自我蹂躏的味道，但感情还是真实而真诚的，非虚伪的违心之言。还有更多一些诗，写于"文革"期间。因为不曾想拿出去发表，写给友人，或写给自己，心里很宁静，也有沉思性质。也没有过去那种峻急、犀利、沉潜，更多一些宁静的思考。从这些诗，可以看到他内心的痛苦与自慰，如：

> 只有痛苦还在，它是日常生活
> 每天在惩罚自己过去的傲慢，
> 那绚烂的天空都受到谴责，
> 还有什么彩色留在这片荒原？

> 但唯有一棵智慧之树不凋，
> 我知道它以我的苦汁为营养，
> 它的碧绿是对我无情的嘲弄，
> 我诅咒它每一片叶的滋长。

《秋》可能是这些作品里最好的一首，书写自己的心灵，经过多少风雨而趋于宁静以及可能再遭摧残的复杂心理，技巧熟稔而调子舒缓。整体上却未有超越1938—1946年前后那样的辉煌佳作了。

六、穆旦在中国现代诗上的地位如何？为什么他会长期被忽视？

几乎可以这样断言：在新诗走向现代化道路探索的过程中，穆旦20世纪40年代的诗就创作意识、抒情深度、传达方式以及内在艺术魅力等方面，所做出的艺术"探险"，是他之前出现的诗人，乃至之后很多年的诗人，所无法比拟的，也是至今许多诗人所未能到达或超越的。他是中国新诗一座永远年轻的喜马拉雅山峰，他的诗提供了新诗艺术历史上的一个最闪亮的坐标。他兼有唐代大诗人李白的浪漫和大诗人杜甫的沉厚。他是一位为"人"和为"人民"二者高度统一而至美歌唱的伟大歌者。他的长期被忽视，是我们倡导鼓吹的艺术眼光与审美尺度的狭窄，是一个过于超前的艺术家长期不被认识和理解的悲剧。许多喧嚣一时的诗和诗人都如过眼云烟，而穆旦的诗却将随着历史而永生。"五四"的时候，许多人读不懂李商隐的诗，有的大家还骂他诗里说的都是一些几百年后也读不懂的"鬼话"。但是梁启超在1922年清华学校的讲演中就回答说：虽然他诗里讲的什么，自己一时理论不着，文义也可能解释不出来，但自己总觉得他美。他由此说，美是多方面的，美是含有神秘性的。我们若还承认美的价值，对于这种文学，是不容轻易抹杀啊。后来多少人有这样的气魄和眼光？我们长期忽视抹杀了这种美，这种诗，正是因为我们太缺少或者根本没有前驱者们的这种理解和宽容了。

2009年9月3日写毕

图书在版编目（CIP）数据

新诗十讲／孙玉石著 . -- 济南：山东人民出版社，
2023.1

ISBN 978-7-209-13916-8

Ⅰ . ① 新 … Ⅱ . ① 孙 … Ⅲ . ① 新诗 - 诗歌研究 - 中国
Ⅳ . ①I207.25

中国版本图书馆CIP数据核字(2022)第168383号

新诗十讲

XINSHI SHIJIANG

孙玉石　著

主管单位　山东出版传媒股份有限公司
出版发行　山东人民出版社
出 版 人　胡长青
社　　址　济南市市中区舜耕路517号
邮　　编　250003
电　　话　总编室（0531）82098914
　　　　　市场部（0531）82098027
网　　址　http://www.sd-book.com.cn
印　　装　山东临沂新华印刷物流集团有限责任公司
规　　格　32开（140mm×210mm）
印　　张　16.5
字　　数　370千字
版　　次　2023年3月第1版
印　　次　2023年3月第1次
ISBN 978-7-209-13916-8
定　　价　69.80元
　　　　　如有印装质量问题，请与出版社总编室联系调换。